Viagem Mortal

J. D. ROBB

SÉRIE MORTAL

Nudez Mortal
Glória Mortal
Eternidade Mortal
Êxtase Mortal
Cerimônia Mortal
Vingança Mortal
Natal Mortal
Conspiração Mortal
Lealdade Mortal
Testemunha Mortal
Julgamento Mortal
Traição Mortal
Sedução Mortal
Reencontro Mortal
Pureza Mortal
Retrato Mortal
Imitação Mortal
Dilema Mortal
Visão Mortal
Sobrevivência Mortal
Origem Mortal
Recordação Mortal
Nascimento Mortal
Inocência Mortal
Criação Mortal
Estranheza Mortal
Salvação Mortal
Promessa Mortal
Ligação Mortal
Fantasia Mortal
Prazer Mortal
Corrupção Mortal

Nora Roberts

escrevendo como

J. D. ROBB

Viagem Mortal

Tradução

Renato Motta

2ª edição

BERTRAND BRASIL

Rio de Janeiro | 2021

EDITORA-EXECUTIVA
Renata Pettengill

SUBGERENTE EDITORIAL
Marcelo Vieira

ASSISTENTE EDITORIAL
Samuel Lima

ESTAGIÁRIA
Georgia Kallenbach

REVISÃO
Renato Carvalho

CAPA
Leonardo Carvalho

DIAGRAMAÇÃO
Futura

TÍTULO ORIGINAL
New York to Dallas

CIP-BRASIL. CATALOGAÇÃO NA PUBLICAÇÃO
SINDICATO NACIONAL DOS EDITORES DE LIVROS, RJ

Robb, J. D., 1950-
R545v Viagem mortal / J. D. Robb; tradução de Renato Motta. - 2. ed. -
2. ed Rio de Janeiro: Bertrand Brasil, 2021.
(Viagem mortal; 33)

Tradução de: *New York to Dallas*
Sequência de: *Corrupção mortal*
ISBN 978-65-5838-025-2

1. Ficção americana. I. Motta, Renato. II. Título. III. Série.

21-69524 CDD: 813
CDU: 82-3(73)

Leandra Felix da Cruz Candido - Bibliotecária - CRB-7/6135
23/02/2021 23/02/2021

Texto revisado segundo o novo Acordo Ortográfico da Língua Portuguesa.

2021
Impresso no Brasil
Printed in Brazil

Seja um leitor preferencial. Cadastre-se no site www.record.com.br e receba informações sobre nossos lançamentos e nossas promoções.

Atendimento e venda direta ao leitor:
sac@record.com.br

O Presente é a viva soma total do passado.

— THOMAS CARLYLE

Espanta-me, em verdade
O que fizemos, tu e eu, Até nos amarmos?

— JOHN DONNE

Capítulo Um

Enquanto uma tempestade de fim de verão castigava a minúscula janela da sua sala, a tenente Eve Dallas implorava por um assassinato.

Na sua percepção, um bom e sangrento homicídio era a única coisa que poderia salvá-la da tortura de lidar com a papelada que se erguia, como um monte alpino, de sua mesa na Central de Polícia. Culpa da própria tenente, sem dúvida. Mas ela estivera muito ocupada nas últimas semanas, investigando e encerrando casos; não tivera chance de mergulhar em orçamentos, relatórios de despesas e malditas fichas de avaliação da equipe.

Dizer a si mesma que aquilo fazia parte do trabalho não ajudava quando ela precisava de fato meter a mão na massa, e havia muita massa. Por isso havia se trancado na sala com uma quantidade exagerada de café e se perguntava por que alguém não matava outra pessoa lá fora para salvá-la daquele pesadelo.

Não era certo, disse a si mesma. Pelo menos, não de todo. Mas, já que as pessoas sempre se matavam, por que não *agora*?

Encarou os números na tela do computador até os olhos latejarem. Praguejou, fez cara feia e bufou; em seguida, enxugou, arredondou e manipulou os números até fazer com que o valor do minguado orçamento do departamento se ajustasse às necessidades da divisão que comandava.

Eles eram policiais de homicídios, pensou, com um travo ressentido na boca. Só que assassinatos não se resumiam a sangue.

Ela seguiu adiante e passou para os relatórios de despesas apresentados pelos seus policiais e detetives.

Será que Baxter realmente achava que ela ia engolir 375 dólares por um par de sapatos só porque ele ferrara o antigo ao perseguir um suspeito pelo esgoto? E por que diabos Reineke tinha desembolsado o dobro do valor de tabela para uma acompanhante de rua licenciada em troca de informações?

Ela parou, pegou mais café e ficou observando a brutalidade da tempestade durante mais alguns minutos. Pelo menos, não estava lá fora, imprensada como uma rolha molhada em um dos bondes aéreos que faziam tudo estremecer; nem tentava avançar com sua viatura através do trânsito infernal. Poderia estar encharcada, suando como uma porca no meio da interminável onda de calor que o verão de 2060 despejava sem dó sobre a cidade de Nova York.

Procrastinando, pensou, indignada consigo mesma, e se forçou a sentar novamente à mesa. Prometeu a si mesma que terminaria antes da cerimônia marcada para aquela tarde. Ela e a parceira receberiam medalhas. Peabody tinha feito jus a uma e merecia até mais, pensou Eve, como catalisadora da ação que derrubara uma quadrilha de policiais corruptos.

Se a burocracia era a parte enfadonha do comando, indicar o nome de Peabody para a Medalha de Honra ao Mérito por Integridade tinha sido um bônus. Tudo o que ela precisava fazer era terminar aquele trabalho mecânico para poder aproveitar o momento com a cabeça fria e a consciência leve.

Ansiava por uma barra de chocolate, mas ainda não havia descoberto um novo esconderijo para frustrar o nefasto ladrão de chocolates. De repente, desejou poder despejar parte daquela porcaria em cima de Peabody, do jeito que fazia quando ela ainda era sua assistente, em vez de parceira.

Aqueles dias tinham acabado.

Estava protelando novamente, admitiu, e passou os dedos pelo cabelo castanho curto e espetado.

Ela se forçou a preencher os relatórios de despesas e submeteu-os à instância superior. Aquele abacaxi teria de ser descascado por outra pessoa agora, decidiu, e se sentiu quase virtuosa. Não havia razão para ela não terminar as avaliações individuais mais tarde.

— Tarefa concluída. Computador, desligar!

Impossível atender ao seu comando.

— Já terminei.

Declaração incorreta. Comando anterior determinou que todos os relatórios e avaliações devem ser completados antes do desligamento do sistema.

Tal comando, estipulado pela tenente Eve Dallas, em caráter prioritário, só poderá ser revogado, segundo ela determinou, em situação de incêndio, ataque terrorista, invasão alienígena ou algum caso aberto de homicídio que exija a sua intervenção imediata...

Caraca, ela tinha realmente programado aquilo?

— Mudei de ideia.

O comando anterior especifica que ele não deve ser revogado; mudanças de ideia, fadiga, tédio e outras desculpas esfarrapadas não são aceitáveis como contraordem...

— Vá se foder! — murmurou Eve.

Sistema incapaz de cumprir tal ordem...

— Tudo bem, tudo bem, já entendi. Computador, exibir avaliações anteriores, em ordem alfabética, de todos os oficiais sob o meu comando.

Ela resolveu se livrar logo da tarefa. Afinal, dera aquele comando para obrigar a si mesma a se manter na linha. E também porque cada um dos seus homens merecia o tempo e a atenção necessários para uma avaliação séria e criteriosa.

Tinha acabado a avaliação de Baxter, dos dois Carmichaels, e pegado a pasta de Jenkinson quando alguém bateu à sua porta.

— Sim, que foi? — Fez uma careta para Peabody quando sua parceira abriu a porta. — Alguma invasão alienígena?

— Não que eu saiba. Mas tem um sujeito muito abalado aqui, que afirma que só pode falar com você. Diz que é uma questão de vida ou morte.

— É mesmo? — Ela se animou. — Computador, revogação por situação de vida ou morte. Salvar os dados e arquivar tudo!

É necessária uma confirmação...

— Peabody, diga a essa porra de máquina que existe um ser humano que exige a minha atenção em uma questão de vida ou morte.

— Ahn... computador, aqui fala a detetive Delia Peabody, que solicita a atenção da tenente em um assunto urgente.

Confirmação aceita. Salvando dados. Processando...

Irritada, Eve deu um tapa no computador com a base da mão.

— É lamentável quando o seu próprio computador não acredita na sua palavra.

— Foi você que inseriu essa ordem no sistema para não se esquivar da papelada.

— Mesmo assim. Chame o sr. Vida ou Morte.

Ele entrou quase correndo, um homem magro que lhe pareceu ter vinte e tantos anos. Exibia um emaranhado de tranças rastafári, usava uma bermuda vermelha larga, calçava chinelos com sola de gel, tinha uma argola de prata nos lábios e vestia uma camiseta clara desbotada que deixava de fora as tatuagens dos braços. O suor escorria pelo rosto magro e pálido.

— Você é Dallas? Tenente Eve Dallas, do Departamento de Polícia da Cidade de Nova York? Divisão de Homicídios?

— Isso mesmo. Qual é o...

Ele caiu em prantos... lágrimas copiosas, entrecortadas por soluços.

— Ele disse... ele disse que eu só podia falar com você. Tinha que encontrá-la. Ele a pegou. Ele pegou Julie. Ele vai matá-la se você não vier comigo. Ele me deu uma hora, e levei metade disso só para chegar aqui.

Suas palavras se atropelavam umas às outras, entre soluços e tremores. Eve se levantou da cadeira e o fez se sentar nela.

— Respire fundo e fale mais devagar. Qual é o seu nome?

— Eu me chamo Tray. Tray Schuster.

— Quem é "ele"?

— Não sei. Um sujeito que apareceu na minha casa. Na *nossa* casa. Julie se mudou na semana passada. Ele já estava lá dentro quando nós acordamos e nos amarrou. Depois tomou o café da manhã e... isso não importa. Você tem que vir comigo ou ele vai matá-la. Eu esqueci, eu esqueci! — exclamou, falando mais depressa. — Eu deveria dizer: "Já tocou o sinal do segundo round." Por favor, ele tem uma faca e vai enfiar em Julie. Se você não vier ou eu levar outra pessoa, ele disse que vai matar ela.

— Levar para onde?

— Para a minha casa. Quero dizer, para a *nossa* casa.

— Onde é a casa de vocês, Tray?

— Rua Murray, número 258.

O endereço fez algo se encaixar na mente de Eve, e com ele veio o embrulho no estômago.

— Apartamento 303?

— Isso mesmo. — Ele enxugou o rosto. — Como você...

— Fique aqui, Tray.

— Mas...

— Fique!

Ela saiu e foi para a sala de ocorrências.

— Peabody. — Examinou as mesas e o movimento. — Baxter, Trueheart, Carmichael, Sanchez. O que quer que estejam fazendo, parem e peguem o equipamento. O suspeito se chama Isaac McQueen. Ele fez uma refém, na rua Murray, 258, apartamento 303. O suspeito está armado e é extremamente perigoso. Fornecerei dados adicionais no caminho, pois o suspeito me deu um prazo para agir. Carmichael e Sanchez, peguem a testemunha na minha sala e a mantenham trancada na viatura de vocês. Peabody, você vem comigo. Mexam-se!

— Isaac McQueen? — Peabody tentava acompanhar as longas passadas de Eve. — O Colecionador? Mas ele está em Rikers. Prisão perpétua.

— Confirme isso. Ou ele fugiu ou alguém está se passando por ele. É o apartamento onde ele morava. Onde ele mantinha...

Todas aquelas garotas. Tantas meninas!

— Ele pegou a companheira desse homem — continuou Eve, forçando a passagem para alcançar o elevador. — O rapaz foi enviado para falar comigo, especificamente. Fui eu que prendi Isaac, naquele apartamento.

— Mas não há alerta ou notificação de nenhum tipo sobre... Espere! — Peabody digitou algo no tablet. — Há um alerta interno no meio dos comunicados. Ainda nem informaram ao comandante. Isaac fugiu da prisão ontem. Matou um dos enfermeiros de plantão e conseguiu escapar, usando o uniforme e o crachá do morto. — Peabody ergueu os olhos do tablet. — Saiu caminhando com as próprias pernas.

— Vamos colocá-lo lá dentro outra vez. — Ela correu pela garagem até a viatura. — Informe o caso ao comandante Whitney. Ele já pode começar a bater de frente com a administração do presídio. Isaac não a matou — murmurou Eve, enquanto saía do estacionamento subterrâneo. — Ele não fugiu da prisão só para matar uma mulher aleatória. É inteligente, organizado e segue um plano; tem carências. Nunca mata as vítimas, a menos que percam o controle ou não o satisfaçam mais. Ele as coleciona; não está interessado nessa Julie. Ela já passou da idade que o atrai.

Peabody terminou a mensagem para o gabinete do comandante antes de olhar para Eve.

— Ela é uma isca. Para pegar você.

— Sim, mas não faz sentido. Ele está encurralado, tal como antes.

Realmente não fazia sentido, refletiu Eve mais uma vez, mas ordenou que Peabody enviasse policiais ao local, como reforço.

Eve olhou para o smartwatch que o marido lhe dera e ligou o comunicador.

— Carmichael, quero que você e Sanchez cubram a parte dos fundos do prédio. Pedi reforço, já está a caminho. Baxter, você e Trueheart vão entrar comigo e com Peabody. Usem o colete de proteção. Ele está à nossa espera.

Ela balançou a cabeça, acelerou e tirou um fino de dois táxis da Cooperativa Rápido.

— Não vamos encontrá-lo lá. Duvido que ele se deixe emboscar e prender desse jeito. Ele sabe que eu estou a caminho e que não vou sozinha.

— Talvez seja isso que ele quer que você pense, pode ser uma armadilha.

— Estamos prestes a descobrir.

Eve avaliou o lugar, um dos edifícios lúgubres que tinham sobrevivido às Guerras Urbanas para ser convertido em prédio residencial. O lugar já conhecera dias melhores — na verdade, esses dias tinham acontecido um século atrás —, mas ainda se aguentava em pé, apesar dos tijolos rosados muito desbotados e das grades em ferro trabalhado nas janelas.

A entrada principal dava diretamente na calçada, com segurança mínima. Era um bairro operário, lembrou Eve; já era assim durante o reinado de Isaac. A maioria dos moradores chegava em casa no fim do dia, se recostava na poltrona com uma bebida e uma tela, e cuidava da própria vida.

Isaac também conseguira cuidar da sua por quase três anos. E a vida de vinte e seis meninas entre doze e quinze anos tinha sido maculada para sempre.

— Ele está com o modo privacidade ativado — avisou Eve. — Se está lá em cima, já sabe que estamos aqui. Deve ter feito muitos contatos e amigos na prisão. É charmoso, envolvente, astuto. É possível que esteja portando algo de alcance mais longo do que uma faca. Mantenham-se abaixados e movam-se com rapidez.

Ela confirmou a posição de Carmichael e deu sinal verde.

Bloqueando as próprias lembranças, ela se moveu como uma sombra e subiu os lances de escada com a pistola de atordoar em punho. Tinha a garganta seca, a mente focada.

— Deixe-me escanear a porta. — Peabody pegou o tablet. — Ele pode ter preparado alguma armadilha.

— A entrada dá na sala de estar, a cozinha fica ao fundo, e a sala de jantar, à direita. Há dois quartos, um à direita, outro à esquerda. O banheiro se liga ao quarto da direita. Há um lavabo à esquerda da cozinha. É um apartamento relativamente grande, com cerca de quinhentos metros quadrados.

— A leitura do scan veio limpa — avisou Peabody.

— Baxter, vá direto para os fundos. Trueheart e Peabody, peguem a esquerda. Vou entrar pela direita. — Ela assentiu para Trueheart, que carregava um aríete padrão, e contou até três com os dedos.

A porta quebrou nas dobradiças e os trincos cederam. Eve entrou agachada e com agilidade, focada no agora, e não no passado. Ouviu o som das botas pesadas quando sua equipe a seguiu até a sala.

Abriu a porta do quarto e fez uma varredura circular com a arma. Viu a mulher sobre a cama, mas continuou a avaliar o espaço — esquerda, direita, armário, banheiro, até que ouviu os membros da equipe gritando:

— Tudo limpo!

— Aqui! — chamou Eve, e se encaminhou para a cama. — Você está salva, está tudo bem. Somos da polícia.

Eve afrouxou a mordaça ao redor da boca ferida e ensanguentada da mulher, que emitia sons guturais, gemidos e sussurros incoerentes.

Ele a tinha deixado nua; seu padrão não mudara. Antes de Eve dar a ordem, Trueheart — com seu rosto jovem e bonito que irradiava compaixão — pegou a colcha fina do chão para cobrir o corpo trêmulo da mulher.

— Você vai ficar bem — disse ele, com um tom gentil. — Está em segurança agora.

— Ele me machucou. Ele me machucou.

Peabody se aproximou e desfez o nó do lençol que Isaac usara para prender as mãos da mulher em um gancho aparafusado na parte de trás da cama.

— Ele não pode mais machucar você agora. — Então se sentou na beira da cama, abraçou Julie e deixou que chorasse.

— Ele jurou que não me faria mal algum se Tray fizesse o que ele tinha mandado, mas acabou me machucando. Ele me estuprou e me machucou. E fez isso comigo.

Eve já havia visto o número em vermelho-sangue tatuado sobre o seio esquerdo de Julie, dentro de um coração perfeito.

— A ambulância já está a caminho — anunciou Baxter. Ele se afastou da mulher, que ainda soluçava nos braços de Peabody, e completou baixinho: — Vão trazer uma psicóloga. Você quer que eu chame os peritos para varrer este lugar?

Aquilo não ia servir de nada, pensou Eve. Ele não deixaria pista alguma sem segundas intenções. Mas fez que sim com a cabeça.

— Avise ao namorado da vítima que ela está segura. Ele pode encontrá-la no hospital. Você e Trueheart saiam do quarto, por favor. Peabody, pegue algumas roupas para Julie, mas ela ainda não deve vesti-las. — Parada aos pés da cama, esperou até que os olhos de Julie encontrassem os seus. — Eles precisarão examinar você primeiro, e teremos que lhe fazer perguntas. Sei que isso é difícil. Saiba que Tray fez tudo que pôde para me encontrar o mais rápido possível e me trazer aqui.

— Ele não queria sair daqui. Implorou que o homem deixasse eu ir no lugar dele. Tray não queria me deixar aqui sozinha.

— Eu sei. O nome do homem é Isaac McQueen. Ele te disse alguma coisa, Julie, alguma mensagem que ele queria que você me repassasse.

— Ele disse que eu não era a mulher certa, não era... virgem, mas que ia abrir uma exceção. Não consegui impedi-lo. Ele me machucou, amarrou minhas mãos. — Ainda trêmula, ela estendeu os braços para mostrar os ferimentos nos pulsos. — Não consegui detê-lo.

— Eu sei. Julie, sou a tenente Dallas. Eve Dallas. O que Isaac queria que você me dissesse?

— Dallas? Você é Dallas?

— Isso mesmo. O que ele queria que você me dissesse?

— Ele mandou que eu lhe dissesse que você deve tudo a ele. E está na hora de pagar a conta. Quero ligar para a minha mãe. — Ela cobriu o rosto com as mãos. — Quero a minha mãe.

Era tolice sentir-se inútil. Ela não poderia ter feito nada para impedir o que Julie Kopeski e Tray Schuster haviam enfrentado. Não podia fazer nada para diminuir a intensidade com que aquele trauma os marcaria.

Ela conhecia a patologia de Isaac McQueen e o seu estilo particular de tortura. Ele gostava de transmitir uma sensação de impotência e desespero às vítimas; gostava de convencê-las a fazer exatamente o que lhes era ordenado, da forma e no momento que queria.

Eve não tinha sido uma das suas vítimas, mas entendia muito bem o processo.

Porque fora vítima de outra pessoa.

Não adiantava se lembrar daquilo nem pensar nas garotas que ela conseguira salvar. Ou nas que foram perdidas antes, doze anos antes, quando ela olhara no fundo dos olhos de um monstro e o reconhecera.

Em vez disso, chamou Tray de lado, no hospital.

— Eles precisam examiná-la, e Julie terá de conversar com uma psicóloga.

— Ai, meu Deus. Eu não deveria tê-la deixado lá.

— Se você não a tivesse deixado, ela estaria morta e você também. Ela está viva. Está ferida e foi violada, mas está viva. Vocês precisam se lembrar disso, vocês dois, porque estar vivo é melhor. Você disse que ele já estava dentro do apartamento quando vocês acordaram.

— Isso mesmo.

— Conte-me como foi.

— Nós dormimos demais, pelo menos foi o que eu pensei...

— A que horas você acordou?

— Não sei exatamente. Acho que eram quase oito da manhã. Eu me virei e pensei: "Cacete, nós dois vamos nos atrasar para o trabalho." Eu me senti estranho, meio alterado, como se tivéssemos bebido muito na noite anterior. Só que não consumimos nada — completou ele, depressa. — Juro. Julie não consome nem mesmo zoner.

— Vamos precisar fazer um exame toxicológico nos dois — avisou Eve.

— Juro, não usamos nada. Eu contaria. Ele deu alguma coisa a Julie, foi o que ele mesmo disse, só que...

— É provável que ele tenha drogado vocês. Vamos descobrir o que ele usou. Ninguém vai incomodá-los por causa de possíveis drogas ilícitas, Tray.

— Ok. Ok. Desculpe. — Ele esfregou o rosto com força. — Fui eu que estraguei tudo. Não consigo pensar direito.

— O que você fez quando acordou?

— Eu... Eu disse a Julie para ela se levantar, cutuquei ela, sabe? Mas ela continuou apagada. Eu a rolei para o meu lado e vi a fita adesiva grudada em sua boca. Achei que era alguma brincadeira e comecei a rir. De repente, ele estava ali dentro, cara, é tudo que sei. Ele me agarrou pelos cabelos, puxou minha cabeça para trás, encostou uma lâmina na minha garganta. Perguntou se eu queria viver. Se eu queria que Julie vivesse. Ele disse que não havia necessidade de ninguém se machucar, eu só precisava fazer tudo que ele mandasse. Eu devia ter reagido.

— Isaac é uns trinta quilos mais pesado que você, talvez mais. Tinha uma faca encostada na sua garganta. Se ele tivesse te matado, você acha que Julie estaria viva?

— Não sei. — Lágrimas continuavam escorrendo de seus olhos, mais depressa do que ele conseguia enxugá-las. — Talvez não. Eu estava assustado. Disse a ele que não tínhamos muito dinheiro, mas ele poderia pegar o que quisesse. Ele me agradeceu, foi muito educado. Isso foi o mais assustador. Ele pegou uma dessas algemas de plástico; mandou que eu as colocasse e me sentasse no chão, aos pés da cama. Foi o que fiz, mas Julie continuava totalmente apagada. Ele me disse que havia lhe dado algo para fazê-la dormir enquanto nós dois conversássemos. Ele me disse para prender as algemas em um dos pés da cama e me entregou outras para eu colocar nos tornozelos. E colou fita adesiva na minha boca. Mandou que eu me sentasse ali e ficasse calado porque ele voltaria em um minuto.

— Ele saiu do quarto?

— Saiu. Tentei me soltar, mas não consegui. — Com ar distraído, ele esfregou as marcas vermelhas nos pulsos. — De repente, comecei a sentir um cheiro de café. O canalha estava na cozinha preparando café! Voltou com uma caneca e uma tigela de cereais. Tirou a fita da minha boca e se sentou. Começou a me fazer perguntas enquanto tomava seu café da manhã. Quantos anos eu tinha, qual era a idade de Julie, há quanto tempo estávamos juntos, quais eram os nossos planos; perguntou há quanto tempo nós morávamos naquele apartamento. E quis saber se conhecíamos a história do lugar.

Tray se obrigou a respirar fundo, estremeceu ao expirar.

— Ele continuou sorrindo, como se fosse um cara legal. Como se realmente quisesse nos conhecer.

— Por quanto tempo vocês conversaram?

— Ele falou a maior parte do tempo, não sei. Foi algo surreal, entende? Ele me disse que aquele apartamento já tinha sido dele, mas explicou que estivera fora durante muito tempo. Disse que não gostou da cor que escolhemos para pintar o quarto. Meu Deus!

Ele hesitou e olhou para a porta da sala de exames.

— Quanto tempo terei de esperar antes de poder entrar?

— Ainda vai levar algum tempo. Julie acordou durante a conversa?

— Ele terminou de tomar o café da manhã e até guardou a louça. Quando voltou, ele aplicou alguma coisa nela. Eu surtei. Comecei a gritar e tentei me soltar. Pensei que ele fosse matá-la. Achei que...

— Ele não a matou. Lembre-se disso.

— Eu não podia *fazer* nada. Ele me deu alguns tabefes; nada forte, só uns tapas leves. Isso também foi assustador. Disse que se eu não me comportasse... porra... ele cortaria fora o mamilo esquerdo dela. Perguntou se eu queria ser responsável por isso. Ele tinha um desses ganchos que Julie usa para pendurar plantas e outras coisas, e o aparafusou na parede. Usou os lençóis para amarrá-la e a pendurou no gancho de tal jeito que Julie estava sentada quando acordou. Ela ficou com muito medo. Dava para ouvi-la tentar gritar atrás da fita adesiva, e ela lutava para se desvencilhar dos lençóis. Foi então que ele colocou a faca na sua garganta, e ela parou na mesma hora.

"Ele disse: 'Boa menina.' Depois me explicou que havia dois desfechos possíveis. Ele poderia retalhar Julie... mamilos, dedos, orelhas... pequenos pedaços poderiam cair no chão do quarto até que ela estivesse morta. Ou eu poderia aceitar o prazo de uma hora para ir até a Divisão de Homicídios da Central de Polícia para falar com a tenente Eve Dallas, entregar um recado e voltar com ela até o apartamento. Se eu levasse mais tempo que isso ele mataria Julie. Se eu falasse com mais alguém, ele mataria Julie. Se eu tentasse usar um *tele-link* em vez de falar com você pessoalmente, ele mataria Julie. Eu disse a ele que faria tudo que ele quisesse, mas que, por favor, a soltasse. Pedi que deixasse Julie lhe entregar a mensagem, no meu lugar."

Ele teve que enxugar novas lágrimas dos olhos.

— Eu não queria deixá-la ali, sozinha com ele. Mas ele me disse que, se eu tornasse a pedir isso ou fizesse qualquer outra coisa... se eu o questionasse de alguma maneira, ele arrancaria o primeiro pedaço dela, para eu aprender a lição. Acreditei nele.

— Você fez bem em acreditar, Tray.

— Ele me explicou o que dizer e me fez repetir o recado várias vezes enquanto mantinha a faca encostada em Julie. Depois me soltou, chutou algumas roupas e os chinelos em cima de mim. Sessenta minutos, ele disse. Se eu demorasse sessenta e um, ela estaria morta, já que eu não tinha conseguido seguir as instruções. Eu tive que correr. Não tinha dinheiro nem cartão nem fichas de crédito, nada para pegar um táxi, nem para o ônibus. Talvez se eu tivesse procurado outro policial, se eu tivesse agido mais depressa, ele não teria tido tempo de machucá-la.

— Talvez. Mas também pode ser que ele tivesse cortado a garganta de Julie. Isso não demora muito. Ela está viva. Conheço esse homem, e você pode acreditar em mim quando eu digo que ele poderia ter feito coisas muito piores.

Ela pegou um cartão pessoal e o entregou a ele.

— Vão precisar conversar com alguém sobre o que aconteceu com vocês. Alguém que não seja policial. Pode me ligar quando se sentirem prontos, e eu vou lhe dar alguns nomes.

Ela foi embora, pensando na papelada que tinha deixado para trás. Havia desejado um assassinato, lembrou-se, e conseguiu algo muito mais complicado.

Ao chegar à Central, Eve usou a sala de ocorrências para fazer uma breve e detalhada descrição de Isaac McQueen.

— O suspeito é um homem de trinta e nove anos, olhos azuis e cabelos castanhos, embora troque de cor regularmente. Tem um metro e noventa, pesa quase cem quilos. Treinou e é adepto de lutas em geral, incluindo vários tipos de artes marciais, e se manteve em forma na prisão.

Ela mostrou a ficha de Isaac na tela e analisou as rugas que os doze anos passados dentro de uma cela tinham cavado em seu rosto. Eve sabia que as mulheres o achavam bonito e charmoso, com um sorriso sedutor e atrevido. As meninas confiavam nele por causa dos traços meio femininos, dos lábios carnudos e das covinhas.

Ele usava aquilo, todos aqueles atributos, para atrair suas presas.

— Ele prefere facas como arma e meio de intimidação. Sua mãe era viciada, uma vigarista de considerável habilidade que o iniciou no crime. Eles tinham um relacionamento incestuoso e muitas vezes trabalhavam como se fossem um casal. Foi ela que alimentou o seu vício por meninas. Juntos, sequestraram, estupraram, torturaram e, mais tarde, traficaram ou descartaram muitas vítimas, até que o corpo de Alice Isaac foi retirado do rio Chicago no outono de 2040. Sua garganta fora cortada. Embora Isaac nunca tenha admitido o assassinato, todos o consideram culpado. Ele devia ter dezenove anos na época.

"Ele também é considerado responsável pelo sequestro de pelo menos dez menores, sexo feminino, na região da Filadélfia e também de Baltimore; e pelo assassinato de Carla Bingham, na Filadélfia, e Patricia Copley, em Baltimore. Essas duas mulheres, quarenta e cinco e quarenta e dois anos, respectivamente, eram viciadas com as quais Isaac se associou, viveu e caçou durante o tempo que passou nessas cidades. Ambas foram encontradas em rios, com a garganta cortada. Devido à falta de provas ou à falta de coragem dos respectivos promotores locais, Isaac nunca foi acusado desses crimes."

Mas ele os cometeu, pensou Eve. *E muitos outros.*

— Entre 2045 e 2048, ele usou Nova York como local de caça, em parceria com Nancy Draper, uma mulher de quarenta e dois anos viciada numa droga conhecida como funk. Durante esse período ele refinou suas habilidades e acrescentou seu toque pessoal. Ele e Draper moravam em um apartamento no Lower West Side. Bancavam seus vícios e estilos de vida com golpes, identidades falsas e fraudes eletrônicas, outras das habilidades que ele tinha desenvolvido. A essa altura, ele já não vendia suas vítimas, mas as mantinha em cárcere privado. Vinte e seis meninas entre doze e quinze anos foram sequestradas em Nova York, estupradas, torturadas, espancadas e sofreram lavagem cerebral. Ele as mantinha acorrentadas em um quarto daquele apartamento. O lugar era à prova de som, e as janelas eram vedadas. Durante a sua fase nova-iorquina, ele marcava suas vítimas com um número tatuado dentro de um coração sobre o seio esquerdo. Vinte e duas jovens foram encontradas naquele quarto.

Eve ainda conseguia vê-las, cada uma delas.

— As quatro últimas nunca foram encontradas, nem os corpos foram recuperados. Até suas identidades são desconhecidas, já que ele geralmente caçava meninas fugitivas.

"Ele é um sociopata muito inteligente e metódico, um predador pedófilo, um narcisista com capacidade de assumir inúmeras personalidades. Usa as substitutas da mãe como apoio, disfarce, para alimentar o próprio ego, e depois as elimina. O corpo de Nancy Draper foi retirado do rio Hudson dois dias após a prisão de seu assassino. Ela já estava morta havia três dias. Era provável que Isaac estivesse se preparando para a próxima jogada, fosse sair de Nova York ou simplesmente encontrar outra cúmplice."

Eve apostava numa nova cúmplice.

— Ele não confessou nada, mesmo após intenso interrogatório. Foi condenado por várias acusações de sequestro, cárcere privado, estupro e agressão. Foi condenado a várias sentenças de prisão perpétua, a serem cumpridas aqui no planeta, mas sem possibilidade de liberdade condicional. Foi transferido para a Penitenciária de Rikers, onde todos os relatórios afirmam que era um prisioneiro de comportamento exemplar.

Ela ouviu um dos homens emitir um som de nojo e escárnio, e, como sentia o mesmo, não fez nenhum comentário.

— Foi um prisioneiro modelo até ontem, quando cortou a garganta de um enfermeiro e escapou. Em seguida, voltou ao seu antigo apartamento, amarrou e amordaçou os atuais moradores, ameaçou o casal e, depois de obrigar a vítima masculina a me procurar, espancou e estuprou a mulher, deixando-a com a tatuagem em formato de coração com o número 27.

"Isaac os deixou vivos porque queria que entregassem mensagens. Ele voltou e pretende continuar de onde parou. Esse não é um caso de homicídio — acrescentou. — Oficialmente, essa investigação não é nossa.

Ela viu Baxter se endireitar em sua mesa.

— Tenente...

— Porém — continuou no mesmo tom —, quando um psicopata como Isaac me envia uma mensagem, eu presto atenção. Espero que cada um de vocês faça o mesmo. Leiam o histórico do caso. Peguem uma foto. Onde quer que estejam trabalhando ou com quem encontrem e conversem, seja uma testemunha, um informante, uma vítima, um suspeito, outro policial, o vendedor de cachorro-quente de soja na carrocinha da esquina, mostrem a foto dele. Mantenham os olhos e ouvidos atentos. Ele já está caçando a vítima número 28.

Eve saiu em direção à sua sala. Precisava de um minuto e planejava fechar os olhos por alguns instantes quando ouviu os passos de Peabody atrás dela.

— Preciso redigir o relatório, Peabody, para depois entrar em contato com o comandante. Leia a ficha de Isaac.

— Já li tudo. Estudei o caso minuciosamente quando ainda estava na Academia. Você mal tinha se formado quando o encontrou. Ainda usava farda. Foi o seu primeiro caso importante. Você...

— Eu estava lá, Peabody, me lembro dos detalhes.

Os olhos escuros de Peabody permaneceram firmes, o rosto quadrado muito sério.

— Você sabe *quem* ele é, *o que* ele é, *como* ele é. Então você sabe que ele quebrou o padrão usual para lhe enviar uma mensagem. Você custou a ele doze anos de vida, Dallas. Ele vai atrás de você.

— Talvez, mas eu não sou o tipo dele. Passei da puberdade há muito tempo. Não sou ingênua, burra nem indefesa. É muito mais provável que ele considere isso uma competição; ele precisa me vencer. E há uma cidade cheia de meninas para ele capturar e me fazer pagar por esses doze anos.

Cansada, ela se sentou.

— Ele não quer me ver morta, Peabody, pelo menos não por enquanto. Ele quer provar que é mais esperto do que eu. Quer me humilhar, pelo menos por algum tempo. É assim que ele vê as coisas: uma humilhação para mim, já que ele já deu início a uma nova coleção.

— Ele deve ter estudado você. Ele acha que te conhece, Dallas, mas não conhece.

— Vai me conhecer até o fim dessa história. Olha, estamos em cima da hora. Vá vestir o seu uniforme.

— Podemos adiar a cerimônia e começar a trabalhar no caso.

Embora ter uma medalha colocada no peito fosse a última coisa que Eve quisesse naquele momento, quando ainda se lembrava do rosto triste de Tray Schuster e dos olhos vidrados de Julie Kopeski, ela balançou a cabeça.

— Não vamos adiar nada, esse caso não é nosso. — Mas Eve pretendia lutar com determinação para consegui-lo. — Agora, largue do meu pé, também preciso trocar de roupa. Você não é a única que vai receber uma medalha hoje.

— Sei que não é a sua primeira medalha. Isso ainda representa muito para você?

— *Esta* medalha representa, sim. É um grande momento. Agora, caia fora daqui.

Sozinha, ela ficou sentada por mais alguns instantes. Peabody tinha razão, pensou, Isaac não a conhecia. Ela não se sentia humilhada; ela se sentia enjoada no peito, na barriga e na mente. E, graças a Deus, percebeu, estava começando a se sentir mais furiosa a cada instante.

Ela trabalhava melhor furiosa.

Capítulo Dois

No vestiário, envolta pelo aroma familiar de suor, sabonete e loção pós-barba barata, Eve amarrou os cadarços das botas pretas e duras do uniforme de gala. Ela odiava aquelas botas — sempre odiou —, mas normas eram normas. Flexionou os dedos dos pés por um momento, depois se ergueu do banco e pegou o quepe. Virando-se para o espelho, ela o ajeitou com cuidado sobre a cabeça.

Conseguiu se imaginar como havia sido doze anos antes, uma novata inexperiente, o distintivo reluzente como as malditas e duras botas pretas.

Já era policial na época e, tanto agora quanto então, não tinha nenhuma dúvida nem hesitação sobre o que deveria ser na vida. Sobre o que *tinha* de ser. Há doze anos ela pensava que sabia; mas não imaginava, sequer começara a supor as coisas que veria e faria, o que aprenderia e o que viria a aceitar. O que enfrentaria e com o que ia conviver.

Muitas reviravoltas tinham acontecido em sua vida, pensou ela, e uma das mais difíceis e assustadoras se deu no momento em que ela entrou no apartamento 303 da rua Murray, 258, em um dia sufocante de fim de setembro, seis semanas depois de se formar na Academia.

Lembrou-se do medo, do travo de metal na boca, e reviveu o horror como uma névoa vermelha.

Será que ela faria algo diferente agora, agora que sabia, agora que não era mais tão inexperiente? Não tinha como saber, concluiu, e ficou remoendo o porquê de essa pergunta ter surgido em sua cabeça.

Tinha desempenhado o seu trabalho. Aquilo era tudo que qualquer policial poderia fazer.

Ouviu a porta do vestiário abrir, afastou-se do espelho e fechou o armário. Quando ela se virou, lá estava ele.

Eve tinha dito a ele para não mudar sua agenda, mas Roarke sempre fazia as coisas do próprio jeito. Vê-lo ali ajudou a acalmá-la, afastou a pergunta que não poderia responder. E tirou o foco do passado que ela desejava que pudesse desaparecer.

Ele sorriu para ela — lindo, lindo demais no terno sofisticado, a cabeleira negra brilhando quase até os ombros.

Eve conhecia todos os planos e ângulos daquele rosto incrível; todas as linhas do corpo alto e esguio. Mesmo assim, havia momentos em que só olhá-lo lhe roubava o fôlego com a mesma velocidade do ladrão que ele havia sido no passado distante.

— Adoro ver uma mulher de uniforme. — O leve sotaque irlandês lhe enredava a voz como um fio de prata.

— As botas são uma bosta. Eu te disse que você não precisava vir. É só uma formalidade.

— É muito mais que isso, tenente, e eu não perderia essa cerimônia por nada no mundo. Quando penso em todos os anos que passei me esquivando da polícia, sem jamais considerar o quanto uma mulher em um uniforme azul poderia ser sexy. Ou talvez seja apenas porque é a minha mulher. A *minha* tira.

Ele deu um passo à frente e passou o polegar sobre a covinha rasa no queixo de Eve enquanto lhe erguia o rosto para encará-lo. Em seguida, beijou-a de leve e seus deslumbrantes olhos azuis procuraram os dela.

— O que há de errado?

— Nada, apenas trabalho. — Ele via, como ela havia aprendido, o que os outros não viam. — Surgiu algo.

— Você pegou um caso novo?

— Não exatamente. Não tenho tempo para entrar em detalhes agora. Mas estou feliz por você ter vindo. A cerimônia não vai demorar muito. Você só precisa adiar a compra de alguns países do Terceiro Mundo e ouvir o prefeito fazer um discurso chato.

— Vale a pena. — Ele manteve a mão no rosto dela por um momento. — Você me contará tudo mais tarde, então.

— Sim. — Ela ia contar. Poderia fazer isso. Ele tinha sido outra guinada em sua vida, a maior e a melhor. Eve o tinha conhecido em um funeral em que era a investigadora principal de um assassinato; ele era um suspeito com um passado sombrio e um presente duvidoso. Um homem com o rosto de um anjo caído e mais dinheiro e poder que o próprio diabo.

Agora ele era dela.

Eve pegou as mãos dele, sentiu a forma da aliança de casamento contra a palma da sua mão.

— É uma longa história.

— Vamos arrumar tempo para ela.

— Mais tarde. — Ela deu de ombros. — Você tem razão. Isso é mais que uma mera formalidade. É algo importante para Peabody e para a detetive Strong. O momento representa mais do que a medalha e muito mais do que o discurso chato. Elas mereceram.

— Você também, tenente.

Ela confessou o que pensara havia pouco.

— Fiz o meu trabalho.

Eve o acompanhou até a porta, que se abriu assim que ela esticou a mão. O namorado de Peabody, Ian McNab, estava ali. Não vestia as cores e as estampas chamativas dos nerds estilosos, e sim a elegante farda azul. Tinha até escondido o longo rabo de cabelo loiro debaixo do quepe.

— Oi, Eve, você está bonita. — Ele a cumprimentou. — Roarke, fico feliz por você ter conseguido vir.

— Ian, mal te reconheci. Você está com um ar muito oficial.

— A gente faz o que pode. Mas as botas apertam os pés.

— Já ouvi falar.

— Entrei aqui para avisar que eles decidiram mudar a cerimônia para o lado de fora da Central, nos degraus da frente do prédio.

— Ah, fala sério! — reclamou Eve.

Um ar de cumplicidade brilhou nos olhos verdes de McNab.

— O prefeito quis mais exposição para as policiais que derrubaram a poderosa Renee Oberman. E também quis aparecer um pouco, acho. Dá para imaginar que isso vai ter uma bela repercussão na mídia. Tiras bons contra tiras maus e tudo mais. De qualquer forma, Peabody ainda está na mesa dela. — Ele apontou com o polegar por cima do ombro magro. — Está enjoada, com a cabeça entre os joelhos. Talvez você possa acalmá-la para que ela não vomite quando o prefeito espetar a medalha no seu peito.

— Ah, pelo amor de Deus!

Ela caminhou a passos largos em direção à sala de ocorrências, alta e esguia em seu uniforme, e foi até a mesa de Peabody.

— Controle-se, detetive. Você está envergonhando a si mesma e, o que é pior, envergonhando a mim.

— Eles vão fazer a cerimônia lá fora. Em público.

— Isso mesmo. E daí?

— Em público! — repetiu Peabody, ainda com a cabeça entre os joelhos.

— Você está sendo homenageada por este departamento e por esta cidade por ter demonstrado a integridade, a coragem e a habilidade de destruir uma praga que manchou o departamento de polícia e a imagem da cidade. Policiais corruptos, assassinos, gananciosos e traiçoeiros estão presos neste instante porque você teve essa integridade, essa coragem e essa habilidade. Não quero saber se eles vão fazer a cerimônia na Estação Grand Central, só sei que você *vai* se levantar agora! *Não vai* vomitar, desmaiar, chorar como um bebê nem gritar como uma menininha. É a porra de uma ordem!

— Eu tinha em mente algo mais na linha do "Relaxe, Peabody, este é um momento de orgulho" — murmurou Ian para Roarke.

Roarke balançou a cabeça e sorriu.

— Mesmo? Você ainda precisa aprender um pouco sobre a tenente, não acha?

— Sim, senhora! — Engolindo sonoramente em seco, Peabody se levantou.

— Por Deus, você está com a cara esverdeada e toda suada. Jogue um pouco de água fria no rosto.

— Ok.

— Peabody... Droga, você mereceu isso. Portanto, pare de frescura, levante o peito e aceite com algum orgulho o que você conquistou. Se não conseguir fazer isso por orgulho, faça-o por medo, porque juro por Deus que vou chutar a sua bunda com muita força e por muito tempo se você não...

Ela parou de falar quando notou certo movimento em volta e reconheceu os olhos que a fitavam.

E pensou: *Droga!*

— Não queríamos interromper — disse Phoebe Peabody, com um sorriso alegre.

— Mamãe? — Apesar da ordem direta, Peabody gritou como uma menininha. — Papai! Vocês vieram! Vocês vieram até Nova York!

Ela se lançou na direção do casal e pulou direto em seus braços, apesar das botas do uniforme de gala.

— Pegamos um engarrafamento, foi por isso que não chegamos antes. — Sam Peabody fechou os misteriosos olhos cinzentos e abraçou a filha com força. — Todo mundo lá de casa mandou abraços. Viemos entregá-los pessoalmente.

— Vocês estão aqui. Vocês estão aqui!

— Onde mais estaríamos? — Phoebe inclinou o rosto de Peabody para trás e o seu rosto bonito ficou macio como seda. — Vejam só a minha doce filhinha. Minha doce e corajosa menina. Estamos muito orgulhosos de você.

— Não, não. Vocês vão me fazer chorar, não tenho permissão para isso. Estou cumprindo ordens.

— Sim, nós ouvimos. — Jogando para trás os longos cabelos escuros, Phoebe se aproximou, deu um abraço apertado em Eve e um beijo em sua bochecha. A risada curta mostrou que Phoebe sabia que demonstrações de afeto deixavam Eve envergonhada. — Você está formidável de uniforme de gala. E sexy. Não acha, Sam?

— Muito sexy.

Eve recebeu outro abraço e beijo, em plena sala de ocorrências da sua divisão. Os seguidores do movimento da Família Livre, lembrou, precisavam espalhar amor como precisavam de ar.

A tenente só conseguiu suspirar de alívio quando eles voltaram a atenção para Ian e Roarke.

— Eles nunca quiseram que eu fosse uma policial — explicou Peabody, com a voz calma, e isso chamou atenção de Eve. — Eles me amam e me queriam em segurança, em casa. Mas, como eles me amam, me deixaram partir. E vieram me ver receber essa homenagem. Não vou vomitar nem desmaiar.

— Ótimo. Tire o restante do dia de folga depois da cerimônia e passe algum tempo com eles.

— Mas Isaac...

— Ele não é nosso caso. Ainda. Aproveite esse tempo, Peabody. As coisas podem ficar difíceis por algum tempo, então aproveite enquanto tem chance.

Ela estava parada nos degraus da Central, em meio ao mormaço e ao ar úmido, fruto da tempestade matinal. Talvez tivesse preferido um local mais privado para a cerimônia, com menos mídia e menos confusão. Mas Peabody merecia aquele momento. Assim como a detetive Strong, que estava ao lado delas, apoiada em muletas.

Tinham atraído a multidão que o prefeito desejava; havia muitos repórteres, colegas policiais, familiares ou simplesmente curiosos. Ela se abstraiu dos discursos chatos enquanto analisava o público.

Nadine Furst estava ali, é claro, bem na frente e no centro do grupo de repórteres. Ela não perderia aquela história, e não só por amizade. Eve também viu Mira, vestindo um de seus terninhos adoráveis, e lembrou-se de que deveria conversar sobre Julie e Tray com a psiquiatra e melhor analista de perfis criminais do departamento.

Ali estavam os pais de Peabody, de mãos dadas. Mavis, sua amiga mais antiga, estava com eles, acompanhada do marido e da filha bebê.

Ela não esperava por eles. Pelo visto, subestimar aquela história de medalhas não funcionara como ela previra. Obviamente que não, refletiu, ao ver Crack. Era difícil deixar de reparar em um gigante negro, tatuado e com penas penduradas nas orelhas. E, ao lado dele, estava Charles, o ex-acompanhante licenciado, com a noiva, a dedicada dra. Louise Dimatto.

Eve sentiu uma leve sensação de pânico ao ver Trina se aproximar de Mavis, acariciar a bebê Bella e, em seguida, voltar os olhos estreitos e críticos para Eve.

Por Deus, até parece que alguém ia reparar no cabelo dela debaixo do quepe. Claro que ninguém ia reparar, com exceção de Trina, concluiu. Ela suspeitava que a especialista em pele e cabelos tinha visão de raios X.

Eve desviou o olhar, encontrou Roarke e concluiu que se sentia mais confortável olhando para ele.

Quem não se sentiria?

Então sentiu um choque absoluto, pois tinha certeza de ter vislumbrado uma figura ossuda toda de preto. Summerset, o mordomo sargentão de Roarke. Aquele pé-no-saco, o cadáver ambulante, também estava ali?

Talvez ela estivesse tendo alucinações devido ao tédio de ouvir o blá-blá-blá interminável.

Todos os policiais da sua divisão tinham comparecido e, a seu pedido, estavam de pé ao longo dos degraus. Acompanhados de Feeney, seu ex-mentor, ex-parceiro e atual capitão da Divisão de Detetives Eletrônicos. Seu rosto de cachorro triste parecia sóbrio, mas ela achou que os olhos estavam um pouco vidrados.

Imaginou que os dela talvez também estivessem.

Ela voltou a atenção à cerimônia ao ouvir os aplausos, e olhou para o comandante Whitney quando ele se juntou ao prefeito. Ele também usava uniforme de gala azul. Eve pensou, como costumava fazer, no policial de rua que o homem tinha sido antes de assumir o comando do Departamento de Polícia.

Então seus olhos se moveram para a detetive Strong. O prefeito falava em voz baixa com ela sobre o serviço que a jovem prestara e sobre os seus ferimentos. Em seguida, prendeu a medalha em seu peito.

O processo se repetiu com Eve. Ela não tinha nada contra o prefeito. Só que, para ela, o aperto de mão de Whitney significava mais que as palavras de um político.

— Bom trabalho, tenente.

— Obrigada, senhor.

De repente, Eve sentiu uma onda de orgulho quando o prefeito mencionou Peabody. Integridade, honra, coragem. Como era um momento especial, Eve deixou o sorriso se ampliar ao ouvir a voz de Peabody, um pouco trêmula, conforme aceitava os parabéns e as manifestações de gratidão.

Por um momento tudo foi perfeito — o tempo, a agitação, até a sessão de fotos. Porque ela estava ao lado de duas boas policiais, e o homem que ela amava a ponto de se sentir tola sorria para ela naquele instante.

O empurra-empurra começou — tapas nos ombros, apertos de mão. Ela captou o brilho nos olhos de Peabody e lhe devolveu um olhar de cumplicidade.

— Sem abraços — avisou à parceira. — Policiais não se abraçam.

Peabody desviou o olhar para Strong, que naquele instante era abraçada por outro policial.

— Ela sofreu ferimentos — explicou Eve.

— Ok, mas mentalmente você está recebendo um abraço apertado e um beijo babado meu.

— Lembre-se do que eu disse ou você sofrerá ferimentos.

Feeney aproximou-se dela com o quepe enterrado na cabeça, escondendo a explosão de cabelos ruivos e prateados.

— Belo trabalho, garota. — Ele lhe deu o equivalente aceitável de um abraço entre policiais: um soco no ombro.

— Obrigada.

— Achei que o prefeito nunca ia calar a boca, mas, apesar de tudo, foi uma boa cerimônia.

Peabody conseguiu um abraço apertado e um beijo babado de Ian, com o adicional de um tapinha na bunda.

— Sim, foi uma boa cerimônia. — Ela viu Roarke abrindo caminho até onde ela estava e receou receber um abraço e até mais que isso, apesar do seu pedido por dignidade.

Em vez disso, porém, ele simplesmente pegou sua mão e a colocou entre as dele. Naqueles olhos notou algo que fez os dela arderem. Ela viu orgulho.

— Parabéns, tenente. — Ele bateu na medalha com a ponta do dedo. — Essa medalha combina com você. Parabéns para você também, Ryan — disse a Feeney —, por sua contribuição para torná-la a policial que ela é.

Feeney ficou vermelho, como costumava ficar quando se sentia satisfeito ou envergonhado.

— Ora, ela já tinha a matéria-prima. Tudo que fiz foi polir um pouco aqui e ali.

— Ele sempre diz isso — garantiu Eve. — Acho que ele...

Eve parou de falar. Ela o viu. Apenas um vislumbre, um lampejo fugaz. O rosto bonito, a palidez da prisão. Óculos escuros, cabelos cor de areia penteados para trás, um elegante terno cinza listrado, uma gravata azul-rei.

— Por Deus! — exclamou.

Ela deu um pulo para fora do palco, mas a multidão engoliu a ambos. Com uma das mãos no coldre da arma, Eve abriu caminho entre as pessoas, esticando o pescoço. Policiais e civis a cercavam por todos os lados; o barulho do centro da cidade rugia pelas ruas e calçadas. Um dirigível de propaganda ribombava um jingle, apregoando uma liquidação no Shopping Skymall.

Roarke serpenteou por entre as pessoas e foi até onde ela estacou na calçada, com uma das mãos ainda sobre a arma e a outra cerrada em frustração.

— O que foi?

— Eu o vi. Ele estava aqui.

— Quem?

— Isaac. Isaac McQueen. — Ela balançou a cabeça. — Filho da puta! Preciso relatar isso ao comandante.

— Eu espero aqui. Vá — disse ele. — Pode deixar que ofereço as suas desculpas para Mavis e o restante dos amigos. Mais uma coisa, Eve. — Ele colocou a mão no braço dela. — Quero saber de tudo... tudo mesmo... quando você voltar.

Assim como Eve, o comandante Whitney ainda vestia o uniforme de gala quando ela entrou no seu gabinete. Ele estava atrás de sua mesa, um homem grande, que carregava o peso do comando de forma confortável sobre os ombros fortes. Seus olhos escuros, olhos de tira, a observaram longamente antes de ele fazer que sim com a cabeça.

— Você tem certeza?

— Tenho, senhor. Ele quis que eu o visse, quis que eu soubesse que ele poderia caminhar com toda a calma em meio a um mar de tiras, na entrada da Central de Polícia. Ele precisa insultar e humilhar este departamento, e a mim em particular. Preciso montar uma equipe *o mais rápido possível*, comandante, e encontrá-lo.

— Ele já está sendo caçado, tenente. Pelo Departamento de Polícia e pelo FBI. — Ele ergueu a mão antes que ela tivesse chance de falar. — Entendo que você queira pegá-lo e deseje participar da caçada. Não vou impedir que use o seu considerável conhecimento sobre Isaac nem os seus valiosos recursos para auxiliar nas buscas. Mas a questão é que ele quer pegar você tanto quanto você quer pegá-lo, e suspeito que ele tenha pensado muito mais em você ao longo desses últimos anos do que você nele.

— Eu o conheço, comandante. — A frustração que ela sentiu na rua ameaçou voltar à superfície. — Eu o conheço melhor do que qualquer policial do Departamento de Polícia de Nova York, melhor do que qualquer agente do FBI. Fiz questão de conhecê-lo. Não quero esperar até que ele mate alguém para torná-lo minha prioridade.

— Você acredita que ele entrará em contato com você novamente?

— Sim, senhor, ele fará isso.

— Então vamos seguir a partir daí. Enquanto isso, reúna tudo que sabe sobre ele, rode programas de probabilidades, use seus recursos. Aguardo para amanhã de manhã um relatório completo do carcereiro, do administrador-chefe, do psiquiatra que acompanha

Isaac na prisão e dos guardas que cuidam do seu pavilhão. Você receberá cópias de tudo.

— Ele tem um plano. Ele *sempre* tem um plano. Não saiu de Rikers sem um esquema na cabeça. Quero conversar com os outros prisioneiros com quem ele mantinha contato regular e com os guardas também. Preciso ter acesso aos registros dele, à sua lista de visitantes e às ligações que fez e recebeu na cadeia.

— O presídio já está conduzindo uma investigação interna.

— Comandante, faz quase vinte e quatro horas que ele escapou da prisão.

— Estou ciente disso, tenente. Não fui informado sobre a fuga até esta manhã. — Ele esperou um pouco e assentiu lentamente com a cabeça. — O prefeito e eu tivemos mais coisas para discutir hoje, além da distribuição de medalhas, por mais que elas tenham sido merecidas. Os administradores do presídio nos solicitaram até as nove horas de amanhã para que pudessem conduzir uma investigação interna. Eles receberam esse tempo. Posso lhe prometer que amanhã, às nove e um, você saberá o mesmo que eu.

— Eles estão de politicagem e encobrindo as próprias cagadas. Amanhã, às nove da manhã, pode ser que ele tenha atacado outra garota. Até mais de uma.

— Também estou ciente disso. — Então ele se sentou. — Mesmo depois de recebermos o que precisamos, pode ser que não tenhamos nada de palpável para ajudar nessa caçada humana. A prisão de Isaac envolveu um massivo trabalho policial, Dallas, e também um golpe de sorte. Vamos precisar de ambos para colocar o homem de volta ao seu lugar de direito.

Ela levou algum tempo para trocar de roupa, reunir todos os discos de que precisava e os relatórios antigos. Mesmo assim, ainda podia sentir um gosto amargo no fundo da garganta.

Conforme combinado, Roarke encontrou-a ao lado da sua viatura, na garagem.

— Ei, deixe-me carregar isso. — Ele pegou uma das caixas lotadas de pastas que ela carregava. — Eu teria ajudado você a trazer tudo isso para baixo, se tivesse me avisado.

Eve queria dizer que cabia a ela aquele peso, mas isso lhe pareceu arrogante.

— Eu não sabia que havia tanto material.

Aquilo não era totalmente verdade, pensou ela, e deixou que ele assumisse o volante. Ainda havia mais material sobre Isaac McQueen armazenado no escritório de casa.

— Primeiro, devo dizer que recusei uma série de convites para bebidas, um jantar e/ou uma megacelebração cheia de gente bêbada em um lugar de sua escolha.

A última opção devia ter sido ideia de Mavis, deduziu Eve.

— Desculpe.

— Não precisa se desculpar. Hoje você recebeu muitas pessoas orgulhosas de você, que entenderam quando eu disse que você estava com muito trabalho acumulado. Os pais de Peabody planejam ficar em Nova York mais um dia ou dois, e esperam poder rever você antes de voltarem para casa.

— Sim, isso seria ótimo. — Ela tamborilou no joelho.

— Como foram as coisas com Whitney?

— Mais ou menos como eu esperava. Menos do que eu gostaria.

— Pelo peso dessas caixas eu diria que você terá uma noite movimentada.

— Não vou receber os relatórios da prisão até amanhã de manhã. Trata-se de Isaac McQueen. Ele é...

— Pesquisei o nome enquanto você estava com Whitney, então me inteirei dos pontos principais. Vinte e seis garotas. Até que você apareceu e o pegou. Quero ouvir toda a história, Eve, da sua boca.

— Vou lhe contar tudo. Estou precisando fazer isso. Mas tenho que clarear as ideias. Tenho que organizar os dados. Ele pode estar em qualquer lugar. — Ela olhou para as ruas, as calçadas, os edifícios, as multidões sempre em movimento. — Qualquer lugar. Queria estar lá fora, procurando Isaac, mas seria uma perda de tempo e de energia. Tenho que raciocinar e não consigo fazer isso até organizar as coisas na minha cabeça. E preciso desopilar, suar um pouco. Vou passar uma hora me exercitando na academia de casa.

— Lutando com um androide que você consiga surrar?

Ela sorriu um pouco.

— Não é para tanto.

— Não tenha pressa, depois conversaremos.

Ela permaneceu em silêncio até que ele atravessou os portões com a viatura e seguiu pela longa curva da alameda que ia até a bela casa com suas pequenas torres, seus torreões e estilo único.

Ele tinha construído tudo aquilo, pensou ela. Aquela casa. Aquele lar. Que agora também era o seu lar — e isso era outra coisa que a comovia a ponto de lhe tirar o fôlego.

— Naquela época eu não tinha ninguém com quem conversar. Ainda não tinha começado a fazer meu treinamento com Feeney, não conhecia Mavis. Achava que não precisava, nem queria, conversar com alguém sobre o meu trabalho. Acho que agora, desta vez, se não o fizesse, eu acabaria enlouquecendo. Não sei se aguentaria enfrentar tudo de novo sozinha.

— Você não está sozinha. — Como ele tinha feito na Central, pegou sua mão e a colocou entre as dele. — Nunca mais estará sozinha. — Dessa vez, encarando-a, ele levou a mão dela até seus lábios. — Tire sua hora para relaxar. Vá em frente, eu carrego as suas caixas de arquivos lá para dentro.

Ele intuiu tudo aquilo, pensou ela, porque já tinha lido sobre Isaac. Sabia que ela precisava de algum tempo e entendia o porquê. Eve não tinha certeza do que havia feito de bom na vida para ser recompensada com alguém que a entendia tão bem.

Ela entrou no saguão.

Por outro lado, nada era de graça.

Parado, Summerset ainda vestia seu terno preto de funeral, o rosto severo como uma lápide; o gato gordo, Galahad, estava aconchegado aos pés do mordomo.

— Descobri que ainda consigo ficar chocado — disse ele. — Você chegou em casa quase na hora e sem manchas de sangue.

— O dia ainda não acabou. Sabe que pensei ter visto um morto-vivo algumas horas atrás? Você teve que ir ao centro renovar o estoque de olho-de-tritão?

Ele ergueu as sobrancelhas.

— Não tenho ideia do que você está falando. Prefiro fazer minhas compras longe do centro.

— Deve ter sido outro cadáver, então. — Ela passou por ele e optou por pegar o elevador até a academia.

Lembrando como a tenente parecia imponente em seu uniforme de gala nos largos degraus da Central, Summerset foi em direção à porta e a abriu para Roarke.

Ergueu as sobrancelhas ao ver as caixas cheias de arquivos.

— Presumo que qualquer jantar comemorativo tenha sido adiado.

— Sim. Um velho adversário reapareceu. É preocupante — disse Roarke, enquanto subia a escada com o gato trotando atrás dele.

Ela percorreu cinco quilômetros com muita determinação, selecionando um cenário urbano na esteira de realidade virtual; o programa simulava o som de seus pés batendo na calçada, o zumbido do tráfego, os sons da rua e do ar.

Em seguida, ela rodou outro programa para trabalhar com os halteres e forçou os músculos até começarem a chorar. Ao sentir que ainda não era o suficiente, limpou o suor do corpo na ducha contígua à ampla academia.

Resolveu que ainda daria algumas dezenas de voltas rápidas na piscina, para queimar o resto da terrível frustração e do medo doentio.

Não se deu ao trabalho de vestir um maiô, simplesmente se enrolou em uma toalha. Ela já estava na academia havia mais de uma hora, notou, mas ainda não estava pronta.

Quando saiu para o paraíso tropical instalado na área da piscina, entremeado de árvores e flores, Eve o viu sentado a uma das mesas. Ele já tinha trocado de roupa e vestia uma camiseta e uma calça leves. Trouxera uma garrafa de vinho, alguns cálices — e trabalhava com aparente prazer em seu tablet.

Esperava por ela, pensou Eve. Não era um milagre? Aquele homem incrível sempre esperaria por ela, sempre estaria ali.

Ela não precisava ter corrido cinco quilômetros, percebeu; nem malhar loucamente; nem nadar dez voltas na piscina. Tudo de que ela precisava era Roarke.

— Ora, aí está você. — Ele ergueu a cabeça para encará-la. — Sente-se melhor?

— Demorei mais do que eu tinha imaginado. Eu me empolguei.

— Tudo bem. Eu tinha um trabalho para terminar e também nadei um pouco.

— Ah. Pensei que fosse querer nadar um pouco comigo.

— Poderia fazer isso, mas preferi ficar observando você na água, especialmente porque você gosta de nadar nua.

— Tarado! — Ela caminhou até onde ele estava. — Por que você não entra? A menos que só esteja disposto a assistir.

Ela deixou cair a toalha.

— Desse jeito...

Em vez de mergulhar de cabeça como era seu hábito, ela desceu os degraus lentamente pela borda da piscina em forma de lagoa e acionou os jatos e as luzes azuis enquanto afundava lentamente.

— Eu ia eliminar o restante da tensão nadando algumas voltas — explicou ela, quando Roarke se livrou das roupas. — Mas acho que você pode fazer algo melhor. Quem sabe?

— Um desafio. — Ele se juntou a ela na água. — Essa é outra das coisas para a qual sempre estou pronto.

Ela inclinou a cabeça para trás, envolveu os cabelos dele com os dedos e os puxou com força.

— Prove — desafiou ela, e trouxe a boca do marido para junto da sua.

Ela o queria quente e duro, como os jatos que pulsavam na água azul. Sem ternura, sem carinho ou gentileza, mas ávido e descontrolado.

Ele sabia, ele sempre sabia. Ela cravou os dentes no ombro dele quando aquelas mãos a tomaram, rudes e prontas, levando-a para um lugar onde não havia espaço para pensamentos, preocupações ou crueldade.

Sua boca, aquela boca que lhe queimava a pele, também parecia lhe devorar o coração, sugando-o para fora do peito, enquanto a mão dele a explorava entre as pernas. O primeiro orgasmo a rasgou no instante em que ele a arrastou para o fundo da água.

Sem fôlego, cega, ela se deixou afundar na piscina, nele e no mar de sensações. Para emergir em um grito selvagem de liberação quando ele a puxou para cima novamente.

Ela o envolveu com as pernas, escorregadia de água e quente de carências. Suas mãos e sua boca estavam tão ocupadas quanto as dele, igualmente exigentes e apressadas. A preocupação que ele viu nos olhos de Eve e a tristeza que sentiu na mulher tinham desaparecido. Com elas também desaparecera a preocupação dele e todo o resto, com exceção daquele desejo louco, quase brutal.

Enlaçado em tudo aquilo, ele a empurrou contra a borda da piscina. Seus dedos se cravaram nos quadris dela quando ele a penetrou com vontade.

Gritos abafados e sem fôlego quase sumiram contra a boca dele. Ele quis engoli-los, sorvê-la em profundos e ávidos goles. A água os chicoteava, deslizava e escorria suavemente pela pele de ambos, em um tom mágico, colorida pela luz azul.

— Tome mais! — Ele estava mergulhado nela; afogado nela. — Tome mais.

Sim, pensou ela, sim. Mais. Segurando a borda, ela enroscou as pernas com mais força em torno da cintura de Roarke. Arqueando o corpo para cima e para trás, ela tomou até que seus gritos ecoaram pelo jardim. E tomou tudo o que pôde, até não sobrar mais nada.

Capítulo Três

Roarke sabia que, se dependesse da mulher, eles conversariam sobre o caso e comeriam algo pouco nutritivo no escritório de casa. Mais um caso, refletiu ele, onde Eve precisaria de energia. Como o verão se recusava a partir, ele decidiu comer em um dos terraços onde os jardins estavam repletos de cores e aromas.

Ali, com o ar teimosamente retendo a umidade da tempestade da manhã, pequenas luzes brilhavam e velas tremeluziam contra a escuridão.

— Tenho muitas pesquisas para fazer — avisou Eve.

— Sem dúvida, e teremos todo o tempo de que precisar assim que eu entender a situação e você comer algo nutritivo. Carne vermelha.

Ele levantou a tampa de uma bandeja.

Eve olhou o bife.

— Isso é jogo sujo.

— Existe outro tipo? Eu trouxe um barril de sal para você colocar nas suas batatas fritas.

Ela teve que rir.

— Jogo sujo mesmo. — Ela pegou o vinho que ele oferecia. — Você conhece minhas fraquezas.

— Cada uma delas. — Ele esperava que a linda mesa e a bela tarde a ajudassem a contar tudo a ele. — Aposto que você pulou o almoço.

Ela tomou um gole e se sentou.

— Lidei com papelada a manhã inteira, e fiquei pensando que, se eu tivesse um crime para investigar, poderia escapar da burocracia. Sabe aquela história do *cuidado com o que você deseja*? É terrível constatar que geralmente é verdade.

Ela contou sobre Tray e Julie, comentou sobre a administração da prisão e sua demora em notificar a fuga de Isaac. Resumindo a parte mais difícil, pensou. Preparando o mergulho no passado.

— Ele quer atrair sua atenção.

— Conseguiu. E vai tê-la até voltar para a prisão. Ele deveria ter sido transferido para uma instalação fora do planeta há seis anos, quando o presídio de Omega ficou pronto. Mas...

Ela deu de ombros e continuou a comer.

— Eles nunca o acusaram dos assassinatos — completou Roarke. — Da mãe dele, das meninas jamais encontradas e das outras mulheres?

— Não. Não havia evidências suficientes, especialmente para um promotor mais preocupado com sua taxa de condenação do que com a justiça.

— Você ficou desapontada — concluiu Roarke.

— Eu era uma novata. — Ela deu de ombros novamente, quase um reflexo. — Imaginei que tínhamos evidências circunstanciais suficientemente sólidas com as quatro meninas desaparecidas, a mãe morta e as cúmplices. Tínhamos o suficiente para julgá-lo por todas essas acusações. Mas a decisão não era minha. Meu trabalho não é esse.

— Você continua desapontada.

— Talvez, mas não sou mais novata, sou realista. Isaac não confessou. Feeney trabalhou com ele durante horas... dias. Ele me deixou observar tudo. Chegou a me deixar entrar na sala de interrogatório algumas vezes, achando que, ao me ver ali, Isaac fosse se abalar ou simplesmente se irritar a ponto de contar alguma coisa nova ou cometer um erro. Mas estou colocando o carro na frente dos bois — declarou. — Acho melhor começar do início.

— Doze anos — incentivou Roarke, querendo que ela colocasse tudo para fora. — Você mal tinha saído da Academia.

— Estou tentando lembrar de mim. Tentando me ver, me sentir. Eu queria muito ser policial. Uma boa policial, competente e confiável. Para um dia chegar a detetive. Queria trabalhar na Divisão de Homicídios, esse sempre foi meu objetivo: virar uma detetive de homicídios. Na verdade, eu não conhecia ninguém no departamento nem na cidade. A maioria dos novatos que se formaram comigo tinham sido espalhados pelos outros condados. Eu fui alocada em Manhattan, e achei isso o máximo. Eu precisava estar aqui.

Ele a serviu de mais vinho e lhe deu uma pequena deixa.

— Estou me lembrando da foto que você me presenteou no Natal. Você sentada à sua mesa na academia de polícia. Quase uma criança, com o cabelo comprido.

— Cortei a cabeleira quando me formei.

— Você já tinha olhos de policial desde aquela época.

— Mas deixava passar detalhes. Ainda tinha muito a aprender. Estava trabalhando na 46ª DP, no Lower West Side. Era uma delegacia pequena. Acho que foi desativada e absorvida pela Central há uns oito anos. No antigo prédio, hoje funciona uma boate chamada "A linha azul". Esquisito esse nome para uma boate.

Ela hesitou quando um pensamento a atingiu.

— Você não é dono daquele lugar, é?

— Não. — Mas ele guardou a ideia na cabeça, achando que talvez Eve gostasse de ser dona de uma antiga delegacia de polícia.

Ela respirou fundo.

— Ok. Então. Eu estava havia apenas algumas semanas na função. Fazia patrulhas ou o serviço monótono que eles geralmente jogam em cima dos recrutas. Fazia calor como agora, um fim de verão daqueles em que você se pergunta se algum dia o tempo voltará a esfriar. Houve um assalto que acabou muito mal. Um casal tinha ido visitar a filha que acabara de dar à luz. Eles estavam voltando para a casa da filha, depois de comprar algumas coisas para a netinha.

"Um drogado surgiu do nada, muito doido, com uma faca na mão. Eles não entregaram as coisas tão depressa quanto o homem queria, e ele enfiou a faca na mulher para apressá-los. Uma coisa levou a outra e o marido acabou morto com mais de dez facadas. A mulher estava em estado crítico, mas ainda consciente. Conseguiu gritar até que alguém parou. É um bairro bem decente e o crime aconteceu à luz do dia. Só que ninguém estava por perto na hora. Foi uma falta de sorte. Feeney foi encarregado do caso."

— Foi um belo golpe de sorte — comentou Roarke.

— Verdade. Nossa, Roarke, ele era muito bom. Sei que o trabalho eletrônico é a coisa que ele mais gosta de fazer, e é o melhor nessa área. Mas Feeney era um excelente policial de homicídios. Ele não mudou muito daquela época até hoje. Não tinha tantos cabelos brancos, e exibia umas poucas rugas. Mas já naquela época ele parecia ter dormido de roupa durante várias noites seguidas. Observá-lo em ação era uma aula. Você precisava ver o jeito como ele trabalhava uma cena de crime, a maneira como observava os detalhes e lidava com as testemunhas.

Relembrando tudo e vendo Feeney mentalmente, Eve ficou um pouco mais calma.

— Parada lá, enquanto o observava, eu pensei: "É assim que eu quero ser." Não apenas trabalhar na Divisão de Homicídios, mas ser tão boa quanto ele. Feeney ficou ali na calçada, junto do sangue e do corpo, e enxergou tudo. Ele *sentia* as coisas, mas não se exibia para os outros, é difícil de explicar.

— Não é preciso. — Roarke já tinha estado ao lado de Eve, junto de corpos ensanguentados, e sabia que ela também enxergava tudo. E sentia as coisas.

— Bom, o drogado tinha fugido e a testemunha nos deu informações conflitantes. A vítima que sobreviveu estava praticamente apagada na hora, mas tínhamos uma ideia geral do lugar por onde começar. Foram convocados alguns guardas para dar início à investigação, porque uma das testemunhas declarou que talvez o criminoso morasse ali mesmo, na rua Murray, ou era amigo de alguém da área. Eles me colocaram como parceira de Boyd Fergus, um bom policial de ronda. Acabamos no prédio da rua Murray, 258. Não estávamos chegando a lugar algum na busca. Ninguém tinha visto nada, e a maioria dos moradores do bairro estava no trabalho quando ocorreu o assalto. Então, quando chegamos ao prédio, Fergus sugeriu que nos separássemos; como eu era jovem e tinha pernas mais fortes, devia começar no terceiro andar. Ele ficaria com o primeiro andar e nos encontraríamos no segundo. Foi uma questão de...

— Destino?

— Ou sorte, sei lá, mas fui para o terceiro andar.

E ela viu algo errado. Sentiu.

O velho prédio retinha calor como uma fornalha, misturado com o cheiro de kebab vegetariano carregado no alho; alguém preparava o jantar no segundo andar. Eve conseguia ouvir várias opções de entretenimento noturno reverberando contra as paredes e portas. *Trash rock*, noticiários, risadas enlatadas de alguma série de comédia e uma ópera no último volume formavam uma cacofonia que ecoava pelas escadas. Por cima de tudo ela identificou rangidos, vozes e alguém reclamando do preço do café de soja.

Ela se identificou com quem reclamava.

Ela arquivou na memória todas as sensações; anotou mentalmente o comprimento e a forma do corredor, as saídas, a janela no fundo, as rachaduras no antigo revestimento de gesso.

Era importante prestar atenção, observar os detalhes, conhecer bem o lugar onde a pessoa estava. Agradecia a Fergus por confiar nela e acreditar que ela conseguiria fazer sozinha as perguntas de porta em porta, mesmo que tudo não passasse de rotina.

As rotinas constituíam o todo, formavam a estrutura para todo o resto. O tédio fazia parte, claro, da rotina de bater de porta em porta, se identificar, fazer perguntas, seguir em frente e fazer tudo de novo, vezes sem conta. Mas sempre que o tédio ameaçava se infiltrar, ela lembrava a si mesma que era uma policial e estava fazendo o seu trabalho.

Pela primeira vez na vida, ela *era* alguém.

Policial Eve Dallas, Departamento de Polícia de Nova York.

Ela representava algo, então. Para alguém. Ela subiu as escadas do prédio abafado e barulhento para ajudar Trevor e Paula Garson.

Duas horas antes, Trevor estava vivo e Paula tinha saúde perfeita. Agora ele estava morto e ela lutava para sobreviver.

Em uma daquelas portas, as perguntas poderiam resultar em informações sobre o imbecil que tirara uma vida e destruíra todas as outras ligadas a ela.

Então ela batia de porta em porta, se identificava, fazia perguntas e seguia em frente.

No segundo apartamento, a mulher que atendeu a porta estava de pijama e tinha olhos exaustos.

— Resfriado de verão — explicou a Eve. — Estava tentando dormir.

— Ficou em casa o dia todo?

— Sim. Aconteceu alguma coisa?

— Duas pessoas foram assaltadas na vizinhança há mais ou menos duas horas. Você viu ou ouviu algo incomum?

— Pensando bem, talvez. Esse resfriado me pegou feio, então não sinto gosto de nada, meu cérebro está enevoado, e os meus ouvidos, entupidos. Mas acho que ouvi alguém gritar. Achei que era impressão minha, ou o som da TV do vizinho, mas olhei pela janela. Vi alguém correndo, mas não pensei em mais nada e voltei para a cama. Por Deus, alguém se machucou? Este é um bairro tranquilo.

— Sim, alguém se machucou. Você conseguiria descrever o indivíduo que viu correndo?

— Talvez. Só que eu não olhei com muita atenção. Foi naquela janela — apontou ela. — Eu tinha saído do quarto para beber algo... preciso me manter hidratada... e pensei em me deitar um pouco no sofá. Foi quando ouvi um barulho e fui até a janela olhar.

— Você se importa se eu entrar?

— Não, claro que não. Mas é melhor manter distância. Provavelmente o meu resfriado é contagioso. Vou ser sincera, policial, eu estava meio apagada, com todos esses remédios, mas vi alguém correndo. Naquela direção.

Na janela, ela apontou para o oeste.

— Era um homem de cabelo comprido; castanho, eu acho. Ele estava fugindo, mas olhava para trás enquanto corria. Pelo menos, acho que sim. Tinha uma barba não muito longa, meio desgrenhada.

— Altura, peso, cor da pele?

— Ahn... Branco, eu acho. Não era negro. Parecia meio magro. Short! Ele estava de short. Joelhos grandes. Carregava duas sacolas, dessas de compras. Lembro porque pensei: "Uau, ele está com pressa para levar essas compras para casa." Eita, agora que a ficha caiu! Aquelas eram as compras de outra pessoa?

— Foi alguém que você já viu antes?

— Acho que não. Normalmente trabalho durante o dia. Só me mudei há alguns meses, e ainda não conheço ninguém.

Eve anotou o nome da mulher, suas informações de contato e a agradeceu a cooperação. Saiu do apartamento com a intenção de ligar para Fergus e informá-lo da possível pista.

Foi quando viu alguém parado à porta do apartamento 303.

O homem carregava duas sacolas de compras do mercado local, ela notou, e as tinha colocado no chão para abrir a porta de casa.

Ela observou que a porta tinha um sistema de segurança reforçado, diferente do padrão que observara no restante do prédio.

Enquanto ela se aproximava, gravou mentalmente a altura aproximada do homem, seu peso e as roupas que vestia.

— Com licença, senhor.

Ele acabara de abrir a porta e pegava as sacolas de compras. Endireitou o corpo lentamente e se virou. Ela notou uma expressão distante, mas logo seu rosto assumiu um ar de curiosidade e respeito.

— Olá, policial. Posso ajudá-la em alguma coisa?

— Você mora aqui?

— Moro, sim. — Ele sorriu. — Meu nome é Isaac McQueen.

— Você está voltando do trabalho, sr. McQueen?

— Não, eu saí de casa há algum tempo para fazer umas compras.

— Você estava em casa mais ou menos duas horas atrás?

— Sim, estava. Algum problema?

Havia algo errado ali, pensou ela, mas não sabia o que ou por quê. Manteve os olhos fixos nos do homem enquanto caminhava pelo corredor na sua direção.

— Houve um assalto aqui perto.

Uma expressão aflita cobriu seu rosto, mas pareceu a Eve que ele a vestia como se fosse uma máscara.

— Então foi isso o que aconteceu? Vi a polícia aqui perto quando saí do mercado.

— Isso mesmo, senhor. Você viu ou ouviu mais alguma coisa?

— Não que eu lembre. E agora preciso guardar essas compras.

Algo errado, pensou ela mais uma vez. Havia... algo estranho.

— Eu gostaria de lhe fazer algumas perguntas de rotina. Posso entrar?

— Escute, policial...

— Dallas.

— Policial Dallas, não vejo como posso ajudá-la.

— Não vou ocupar muito do seu tempo e o senhor será poupado de outra visita mais tarde, quando eu tiver que encerrar o meu relatório.

— Tudo bem. Faço de tudo para ajudar as moças e os rapazes da farda azul. Ele entrou e segurou a porta para ela.

A sala era grande, reparou Eve, e bem mobiliada. Muitas janelas, todas com a tela de privacidade acionada. A porta do cômodo à esquerda tinha uma trava de segurança e dois ferrolhos.

Sim, algo ali parecia errado.

— Preciso guardar minhas frutas e legumes frescos na geladeira — informou ele.

— Tudo bem, fique à vontade. Este é um belo apartamento, sr. McQueen.

— Sim, gosto daqui. — Ele levou as sacolas para a cozinha e começou a esvaziá-las.

— O senhor mora aqui sozinho?

— No momento, sim.

— Emprego?

— Isso é relevante?

— Apenas detalhes para o meu relatório, senhor.

— Trabalho na área de informática, como autônomo.

— Então o senhor trabalha em casa.

— Basicamente, sim.

— Um lugar bonito e silencioso — elogiou ela.

Silencioso demais, pensou, ao contrário do restante do prédio. Por que um autônomo que trabalhava com informática precisaria revestir o próprio apartamento com um sistema à prova de som? E por que havia um quarto fechado e com uma tranca do lado de fora?

— Você estava trabalhando duas horas atrás, quando o assalto aconteceu?

— Exatamente, eu estava trabalhando, é por isso que não vi nem ouvi coisa alguma.

— É uma pena, porque a janela às suas costas dá direto para a cena do crime. — Ela olhou para a esquerda. — Aquele é o seu escritório?

— Isso mesmo.

— O senhor se importa se eu der uma olhada?

— Eu me importo, sim, sinto muito. — Ele continuou a sorrir, mas sua irritação transpareceu no olhar. — Trabalho com dados importantes e sigilosos.

— Que exigem que o seu local de trabalho seja trancado por fora.

— É melhor prevenir do que remediar. Agora, se isso é tudo...

— Você disse que mora aqui sozinho.

— Exatamente.

— Isso é muita comida para uma pessoa só.

— Você acha? É porque você é muito magra, não é? Policial Dallas, a menos que imagine que eu assaltei duas pessoas na rua, a poucos passos de casa, gostaria de guardar a minha comida e voltar ao trabalho.

— Eu não disse que foram duas pessoas.

Ele suspirou longa e profundamente.

— Deve ter dito. Por favor, venha comigo, vou acompanhá-la até a porta.

Quando ele contornou a bancada que dava para a cozinha e caminhou na sua direção, Eve mudou o peso do corpo de uma perna para a outra e, por instinto, colocou a mão na coronha da arma.

— Senhor McQueen, estou me perguntando por que motivo o senhor não denunciou um crime, ou, pelo menos, ligou para a Emergência quando ouviu uma mulher gritar por socorro.

— Eu já lhe disse que não vi nada. Mesmo que tivesse visto, tem gente que prefere não se meter. Agora, se me dá licença...

— Acho melhor não colocar a mão em mim, senhor.

Ele ergueu a própria mão em um gesto de paz.

— Ei, não quero entrar em contato com seu superior para denunciar esse tipo de intimidação, policial.

— Vou entrar em contato com meu parceiro que está no andar de baixo. Ele vai subir, e o senhor poderá denunciar a nós dois. — Fergus provavelmente ia esculhambá-la, mas, puxa, havia algo estranho ali. Foi por isso que ela resolveu pressioná-lo um pouco mais. — E, então, o senhor terá a chance de nos explicar o que está atrás dessa porta.

— Policial Dallas... — Seu tom de voz e sua expressão transmitiram um leve ar de aborrecimento misturado com diversão relutante. — Faça do seu jeito, então.

O punho a atingiu rápido e com força. Ela se esquivou, mas o soco pegou parte da sua bochecha e o rosto de Eve explodiu de dor. Ela recuou, desequilibrada, o que deu a ele tempo e espaço para chutar da sua mão a arma que ela já havia sacado.

Ela girou o corpo, a mão direita dormente e o rosto latejando, e atacou Isaac simultaneamente com um chute e com as costas da mão. Ela acertou os dois golpes e teria apertado o comunicador para pedir ajuda, mas percebeu o brilho de uma faca.

O medo fechou sua garganta quando ela mal conseguiu escapar da primeira investida violenta.

— Pode gritar, se quiser. — Ele sorriu, mas ela viu... e de alguma forma reconheceu... o monstro por trás do rosto. — Ninguém conseguirá ouvi-la. Quanto ao seu *tele-link* ou qualquer outro dispositivo de comunicação? — provocou ele, espetando a faca no ar, quase em tom de brincadeira. — Não vão funcionar aqui dentro. Tenho bloqueadores de sinal ativados. Você deveria ter me ouvido, policial Dallas. Eu lhe dei todas as chances para cair fora.

Ele bloqueou o chute de Eve, lançou a faca para a frente mais uma vez e lhe acertou o ombro.

Ele era muito mais pesado que ela, tinha o braço mais longo e uma arma na mão Também tinha treinamento de combate, avaliou Eve, enquanto usava as próprias habilidades para se esquivar, simular um ataque e lhe acertar um ou dois golpes.

Fergus entraria em contato quando não conseguisse localizá-la, e logo sairia à sua procura.

Mas ela não podia depender de reforço. Contava apenas com a própria habilidade.

— Você queria ver o que há na minha sala de trabalho? Vou te mostrar quando terminarmos. Vou te mostrar para onde vão as meninas más.

Eve jogou uma luminária nele. Atitude ridícula, pensou ela, mas aquilo lhe deu um pouco mais de espaço.

Em seguida, quando ele atacou com a faca, ela se abaixou, deu um soco em seus testículos e enfiou a cabeça na barriga do oponente. Sentiu a faca rasgar outra parte da pele, mas se ergueu rápido, com um gancho de direita, e enfiou o joelho na virilha ainda dolorida.

Ela tentou derrubá-lo com uma alavanca, mas ele a lançou no outro lado da sala.

— Isso *doeu*! — A indignação o deixou rubro, e o ar divertido que ele exibia desapareceu. — Sua puta magricela, vai pagar por isso.

Ela sentiu os ouvidos zumbirem e ficou tonta. Sua visão ficou turva. Não, pensou ela, nem por um cacete ia morrer daquele jeito. Ela queria chegar a detetive.

Eve mudou o peso do corpo de uma perna para a outra, tomou impulso e o atacou com os dois pés no ar. Quando ele cambaleou para trás, ela se levantou com dificuldade e se escondeu atrás de uma cadeira. Era hora de recuperar o fôlego. Estava ferida, sabia que estava muito machucada, mas não conseguiu pensar nisso. Ele a mataria, a menos que ela conseguisse equiparar as coisas.

— Sou uma policial. — Ela provou sangue e também medo. — Policial Eve Dallas, e você está preso. Tem o direito de permanecer em silêncio.

Ele riu. Gargalhou, com um filete de sangue escorrendo do lábio ferido. Ele avançou na direção da policial e lançou a faca de uma das mãos para a outra.

— Você é danada, e é divertida. Vou mantê-la viva por muito, muito tempo.

Por um instante, ela viu dois dele e pensou, vagamente, que poderia ter sofrido uma concussão. Deixe-o chegar mais perto, pensou. Permita que ele se aproxime. Faça-o achar que você está derrotada.

Então ela jogou a cadeira com força contra os joelhos de Isaac e mergulhou.

Ela rolou de lado e se ergueu com a arma na mão. Quando ele pulou em sua direção, ela disparou. Ele recuou um passo, mas continuou vindo. Eve atirou de novo.

— Caia, seu filho da puta! — E atirou de novo.

Eve se ouviu gritando quando a faca caiu da mão de Isaac, quando ele deslizou, trêmulo, até o chão.

— Filho da puta, filho da puta, filho da puta! — Ela ficou de joelhos, com a arma ainda apontada para o homem. Ela não conseguia respirar. Tinha que recuperar o fôlego.

Pense no treinamento, na rotina. Chute a faca para longe, pegue suas algemas. Prenda o indivíduo.

Ela se levantou, cambaleou quando a dor e a náusea a atravessaram.

Jesus... Jesus, estou ferida.

Ela não sabia dizer por que fez aquilo. Mesmo anos depois, não sabia por que se sentiu tão compelida a fazer o que fez. Vasculhou os bolsos de Isaac e encontrou a chave.

Tropeçou até o quarto trancado enquanto a mente repetia os procedimentos em casos como aquele. Saia, entre em contato com Fergus e peça reforço. Policial precisa de ajuda.

Santo Cristo, aquela policial precisava de ajuda.

Em vez disso, abriu os cadeados da porta e conseguiu, depois de três tentativas, decodificar a fechadura.

E abriu a porta para o inferno.

— Havia tantas prisioneiras! Crianças, pouco mais que meninas, todas algemadas, nuas, cobertas de hematomas, sangue seco, só Deus sabia mais o quê. A maioria estava amontoada num canto. Olhos, tantos olhos grudados em mim. O cheiro, os sons, não consigo descrever.

Ela não sabia se havia pegado a mão de Roarke ou se fora o inverso, mas o contato a mantinha presa ao agora, em um desesperado distanciamento daquele horror.

— Ele tinha instalado alguns banheiros químicos, colocado alguns cobertores velhos. Havia câmeras nos cantos superiores do quarto, para que ele pudesse monitorá-las. Não vi nada disso; pelo menos não naquele momento. Tudo que eu consegui enxergar foram as meninas e seus olhos imensos. Ainda consigo vê-los.

— Descanse um pouco — sugeriu Roarke.

Ela balançou a cabeça e apertou a mão dele com mais força.

— De um fôlego só, assim é melhor. Por um minuto, fui remetida para outro lugar. Já tinha enterrado fundo as lembranças do meu pai e daquele quarto em Dallas. Estava no passado, tudo aquilo tinha ficado no passado. Por um momento, porém, parada ali, diante de todas aquelas garotas, de tantos olhares, voltei ao passado. A luz vermelha embaçada do anúncio luminoso piscou contra o vidro da janela. Senti frio, muito frio. E o sangue me cobriu dos pés à cabeça; não cobriu a mim, mas a criança que fui, e a dor era minha. Naquele momento, tudo voltou como um veneno que me escorria pela garganta. Congelei. Fiquei parada ali, uma parte de mim com oito anos coberta de sangue naquele quarto horrível.

"Tentei entrar, mas me senti levada para longe dali, deslizei para o chão e me vi de volta àquele lugar do passado que eu já não reconhecia. Foi quando uma das meninas começou a gritar. *Ajude-nos. Faça alguma coisa. Sua vaca*, disse, *faça alguma coisa*. O nome dela era Bree Jones. Ela e a irmã gêmea, Melinda, tinham sido as últimas a ser raptadas, uma semana antes. Uma semana naquele inferno. Algumas das outras vinham aguentando aquilo durante anos."

— Como você — murmurou ele.

— Eu não sabia, ou não podia saber. Ou não quis. — Eve fechou os olhos por um momento, focada no contato quente e firme que era a mão de Roarke segurando a dela. — Mas ela gritou e berrou, puxando as correntes. E isso me trouxe de volta à realidade. *Ajude-nos*. Aquele era o meu trabalho: ajudar, não ficar ali paralisada, trêmula e tonta. As outras começaram a gritar, berrar e chorar. O som não parecia humano. Eu entrei no quarto. Não conseguia pensar direito. Não tinha as chaves dos grilhões. Eu precisava encontrar as chaves.

Ela soltou a mão dele para esfregar as duas no rosto.

— Tinha que seguir o procedimento, o protocolo. Eu me agarrei a isso e me arrastei para dentro do inferno. A rotina me ajudou a fazer meu trabalho. Eu contei a elas que era da polícia, recitei minha função e o meu nome, garanti que elas estavam seguras. Quando avisei que precisava sair para buscar ajuda, eles enlouqueceram. *Não nos abandone!* Elas imploraram, me xingaram, urraram como animais. Mas eu precisava sair. Tinha que chamar Fergus, convocar mais policiais, buscar assistência médica. Seguir o procedimento, o protocolo. Isso é o fundamento de tudo. Eu as deixei ali. Isaac começou a voltar a si. Eu o acertei mais uma vez com a pistola de atordoar, sem hesitacão. Nem pensei duas vezes. Saí para o corredor e chamei Fergus pelo comunicador. Disse a ele para pedir reforços e assistência médica. Bastante de ambos. Múltiplas vítimas, apartamento 303. Ele não fez perguntas e ligou para a

Emergência enquanto corria em disparada. Era um bom policial, um tira confiável. Eu o ouvi subindo a escada quando voltei para o quarto. Eu o ouvi dizer: "Virgem Maria, Mãe de Deus!" Quase como uma oração. Lembro-me bem disso, mas depois tudo me pareceu desfocado durante algum tempo.

Ela respirou fundo e tomou mais um gole de vinho.

— Encontramos as chaves, e ele achou alguns lençóis e cobertores para as meninas. Fergus ficou muito calmo, como um bom pai, eu acho. Ele as acalmou. Depois, seguiu o procedimento. Reforço, assistência médica, buscou identificá-las, pediu informações. E ligou para Feeney.

Ela olhou para o jardim com suas luzes cintilantes, imerso na fragrância de flores que ela não saberia identificar.

— Feeney chegou e se sentou ao meu lado enquanto os paramédicos tratavam meus cortes. Havia um caos controlado à nossa volta, mas ele se sentou junto de mim e me encarou por um longo tempo. Você sabe como ele faz.

— Sim — murmurou Roarke. — Eu sei.

— "Bom, menina", disse ele, "você prendeu o vilão hoje e salvou várias vidas. Nada mau para um recruta." Eu estava meio grogue. Eles me deram um tranquilizante, antes que eu conseguisse impedi-los. Então eu disse: "Porra nenhuma, tenente Feeney. Nada mau para qualquer policial." Ele simplesmente fez que sim com a cabeça e me perguntou quantas garotas havia ali. Eu respondi vinte e duas. Não sei quando eu as tinha contado. Não me lembro de tê-las contado.

Ela limpou as lágrimas que acabara de sentir escorrendo pelo rosto.

— Deus. Eu não quis ir para o hospital. Minha cara, né? Ele colheu o meu depoimento ali mesmo, no apartamento de Isaac. Dois dias depois, fui designada como sua assistente. Divisão de Homicídios, Central de Polícia. Por mais perverso que tenha sido, Isaac me deu tudo o que eu queria na vida.

— Está enganada. Em todos os sentidos, Eve, você conseguiu o que queria por mérito próprio. Você reparou algo nele que outros não tinham visto, e talvez continuassem sem ver durante muito tempo.

Ela pegou a mão dele novamente, precisava da mão dele novamente.

— Eu vi meu pai. Eu vi Richard Troy. Não percebi na hora, mas eu o vi quando olhei para Isaac.

— E salvou vinte e duas meninas.

— Por doze anos, isso foi suficiente. Agora não é. Ele voltou e já está caçando novamente, Roarke.

Ela sustentou o olhar dele.

— Ele tem um esconderijo. Se ainda não tem uma cúmplice, em breve encontrará alguém. Tem algum meio de transporte, provavelmente uma van escura. Ele arrombou a enfermaria, então deve ter drogas; tranquilizantes, substâncias paralisantes. Ele vai mudar um pouco o visual. Seu cabelo estava mais claro quando o vi hoje. Ele é vaidoso demais para mudar muita coisa, vai fazer mudanças sutis. Vai se vestir bem, na moda, mas nada exagerado. Vai parecer seguro e atraente. Deve estar ansioso para recomeçar. Julie lhe deu um gostinho, mas ela não era o que ele procurava. Ele precisa de uma menina de doze, treze anos ou uma garota de catorze ou quinze que pareça mais jovem. Se ela estiver com amigos ou familiares, ele encontrará um jeito de separá-los. Ele vai atraí-la para a van ou lhe injetar algum tranquilizante, o suficiente para que ela coopere.

Ela precisava trabalhar, pensou Roarke. Utilizar os dados, a lógica, analisar o padrão e se afastar da emoção.

— Como? — perguntou ele. — Como ele conseguiu comprar um transporte, de um lugar para ficar, de roupas adequadas e assim por diante?

— Quando é conveniente ou necessário, ele rouba. Bate carteiras. Ele é tão bom quanto você.

— Ora, por favor.

— Tudo bem, talvez não tão bom, mas, de todo modo, estou me atendo aos relatórios e aos fatos. Suspeitávamos que ele tivesse algum dinheiro ou fundos escondidos. A julgar pelas roupas, pelos eletrônicos, pela comida e pelo vinho que havia no apartamento, ele certamente tinha grana, bem mais do que encontramos. Era um estelionatário, aplicou golpes virtuais, com eficácia e por um longo tempo, e a fraude eletrônica era lucrativa. A DDE não conseguiu encontrar uma única conta em seu nome, além da conta básica que mantinha com dois mil dólares. É possível que os detetives eletrônicos tenham deixado passar algo, mas acreditamos que ele mantinha uma bolada escondida, como foi treinado a fazer quando criança. Bastava desenterrar, colocar a mão na grana e escapar.

— Guardar em vários esconderijos seria mais inteligente. Todos os ovos na mesma cesta fazem uma omelete cara, se a cesta cair.

— Você certamente entende disso. Se ele tivesse fundos escondidos em Nova York, já os teria acessado. Mas...

— Mas...? — incentivou Roarke.

— Admito que ele tem grana em algum lugar, ou em vários. Dinheiro vivo, grana rápida. Mas é inteligente, ganancioso e, como eu disse, gosta de roupas caras, bom vinho, tudo isso. Ele conhece muita coisa de informática.

— Então ele tem uma conta; ou várias contas, provavelmente, como você imagina. Investimentos, talvez; deixe o dinheiro gerar mais dinheiro.

— Sim, é isso que eu acho. Sua outra prioridade seria arrumar uma cúmplice. Ele precisa dessa atenção, precisa de apoio e de alguém para interceder por ele.

— Procure na lista de visitantes, nas suas ligações. Essa mulher estará registrada, certo?

— Tem que estar. Ele pode ter escapado por impulso e oportunidade, mas se já não tivesse um plano montado, teria permanecido oculto até organizar um esquema.

Ela parou um momento e se permitiu raciocinar, agora que a mente estava limpa.

— Eles estão procurando alguém em fuga, escondido e metendo os pés pelas mãos. Ele não é assim. Procurou chamar nossa atenção de forma deliberada, ou seja, se sente confiante e seguro. Ele não está fugindo. Encontrá-lo por meio do alerta de busca, onde já o colocamos, seria pura sorte. Ele manteve sua primeira vítima aqui em Nova York, naquele quarto, durante três anos. Ela foi forte. Ele morava em um bairro operário, no terceiro andar de um prédio bem frequentado; conseguiu transportar suas vítimas para lá, e imaginamos que levou para fora dali os corpos ou os restos mortais das que não sobreviveram; fez isso sem que ninguém o visse. Não vai se deixar pegar com facilidade.

— Não questiono o seu julgamento, mas devo lembrá-la de que desta vez a questão é mais complexa do que alimentar uma carência; mais do que as meninas. O foco é *você*. Ele está se exibindo para você, quer se vingar. E vingança é uma distração. Ele adicionou um elemento de risco que não estava na mesa antes.

— É um fator importante, sim — concordou Eve. — E a quebra no seu padrão de comportamento complica as coisas, mais para ele do que para nós. Mesmo assim, ele teve doze anos para pensar, planejar e aprimorar os detalhes. Preciso compensar o tempo perdido.

— Então é melhor começarmos. — Ele se levantou e pegou a mão dela para colocá-la de pé. — Você não o derrubou há doze anos só porque teve sorte, Eve. Você foi mais esperta que ele, mesmo naquela época. Ele era mais forte, estava em vantagem, mas você não perdeu a cabeça nem entrou em pânico. E não parou de trabalhar. Ele pode ter tido todo esse tempo para planejar e aperfeiçoar, mas você teve a chance de aprimorar seus instintos e adquirir mais experiência. E você tem outra coisa agora que não tinha antes.

— Você.

— Viu só como você é esperta? — Ele roçou um beijo na sua testa. — Será um prazer usar os meus consideráveis recursos, sem falar das minhas habilidades...

— Mas já falando...

— Que seja. O que importa é que vou gostar de usá-las para ajudar você a tirar esse sujeito de circulação pela segunda vez, e para sempre. E posso começar acessando todos os registros de visitas e ligações de Isaac durante seu tempo de prisão.

Ela abriu a boca, com uma recusa quase instintiva na ponta da língua. Não que ela já não tivesse quebrado as regras antes, mas aquilo nunca lhe parecia certo.

— Sim, tudo bem, faça isso. Os dirigentes do presídio não deviam atrasar a investigação até amanhã, enquanto trabalham para arrumar uma desculpa. Estou pouco me lixando para a desculpa deles e para o protocolo. Preciso saber com quem ele se encontrou e quem ele viu. Preciso de tudo. Uma vantagem de algumas horas pode impedir que outra criança seja raptada.

Eles se instalaram no escritório particular de Roarke, com o equipamento não registrado, protegido dos olhos intrusivos do CompuGuard governamental. Roarke caminhou até o amplo centro de comando em forma de U e apoiou a palma da mão no painel de segurança.

— Aqui fala Roarke. Ligar equipamento!

Os controles brilharam como joias contra o elegante console preto. Nada que fosse acessado dali poderia ser usado em relatórios, pelo menos até que os dados oficiais chegassem a Eve pelos canais adequados e legais. Mesmo assim...

Aquela era uma área cinzenta na vida do marido, refletiu Eve. Ele tinha ainda mais tons de cinza do que ela; uma fronteira mais fina e flexível. De qualquer modo, bastou ela se lembrar de todas as meninas e de todos aqueles olhos naquele quarto obsceno para passar para o lado de Roarke.

Eve acessou o computador auxiliar e abriu seus arquivos. Ela precisaria montar um quadro de investigação, pois geralmente trabalhava melhor com informações visuais. Por enquanto, porém, focaria nos registros de tudo relacionado a Isaac McQueen.

Ela mergulhou fundo no trabalho, nas fotos, na miríade de dados, nos relatórios psiquiátricos do preso, nas transcrições das sessões nos tribunais. Só voltou ao presente quando Roarke colocou uma caneca de café para ela sobre o console.

— O enfermeiro que ele matou ontem tinha uma esposa e uma filha de dois anos — informou ele.

Ela assentiu com a cabeça.

— Você acha que eu preciso justificar o que estou fazendo ou permitindo que você faça. Talvez em algum momento isso aconteça. Mas eu sei muito bem o que estou fazendo. Estou ignorando o protocolo. — Eve o encarou. Roarke tinha prendido o cabelo atrás da nuca, em modo de trabalho. Ela declarou: — E não tenho nenhum problema com isso, Roarke.

— Ótimo. Consegui o registro dos visitantes e a lista de todas as ligações feitas e recebidas por ele aprovadas pelo sistema prisional. Imagino que você desconfie de que ele se comunicava com alguém de fora por meios não oficiais. Se isso aconteceu, ele não usou nenhuma variação da própria identidade; também não enviou nem recebeu nada de alguém que tenha usado uma variação, dentre os que estão na lista de visitantes liberada. Vou pesquisar mais fundo.

Ele se apoiou no console e tomou um gole de café da sua caneca.

— Programei uma busca por palavras-chave e repetições. Até agora, todas os contatos eletrônicos parecem normais. São respostas a mensagens de repórteres, escritores, um grupo de defesa dos direitos dos presos. Houve pouco contato com ele ao longo dos doze anos; isso me faz crer que ele encontrou um jeito de burlar a vigilância para dispensar a aprovação oficial.

Eve bebeu um gole de café e considerou a ideia.

— Ele tem habilidade com informática. Não cometeria um erro nessa área e seria cuidadoso com o que ficaria registrado. Passamos um pente fino em todos os seus computadores na época. Não havia quase nada. Ele é muito cauteloso. O caminho para chegar à cúmplice, se tiver se aliado a alguém, terá sido através das visitas. Contato pessoal, olho no olho. As regras de privacidade, graças aos grupos de direitos humanos, impedem o monitoramento das visitas aos prisioneiros. Com certeza é uma mulher, na casa dos quarenta... somando os doze anos, provavelmente terá entre cinquenta e sessenta anos. Atraente, com algum tipo de dependência ou vulnerabilidade que ele possa explorar.

— Quase todos os visitantes eram mulheres. Os dados foram enviados para o seu computador.

Eve ordenou que os nomes aparecessem no telão. Dos vinte e seis visitantes, dezoito eram mulheres, e a maioria fazia visitas frequentes.

— Entendo a visita de repórteres atrás de uma história interessante, talvez para escrever um livro ou fazer um filme. Ele provavelmente os envolveu por algum tempo, fez com que voltassem e o distraíssem. Não revelava nada a eles. Mas... e o restante das pessoas? O que elas lucraram passando algum tempo com ele, mesmo sabendo o que tinha feito e quem é? Eu não... Caraca, Melinda Jones!

— Sim.

— Agosto de 2055. Cinco anos atrás. Uma única visita. Preciso pesquisar todos os seus dados.

— Já fiz isso. Ela é psicóloga especializada em abuso sexual, ligada ao Departamento de Polícia de Dallas, onde a irmã policial acabou de se tornar detetive. As duas dividem um apartamento, moram a poucos quilômetros dos pais e da casa onde cresceram. Ela é solteira e não tem ficha criminal.

— Ok. Ela tinha dezenove anos quando fez essa visita.

— Foi enfrentar seu monstro.

— Talvez. Provavelmente. Tenho que entrar em contato para saber o que ela ouviu dele. Melinda não é mais o tipo de Isaac. Muito velha para o seu gosto e muito jovem para virar cúmplice.

Uma psicóloga e uma policial. Parece que conseguiram superar o que lhes aconteceu. É bom saber disso.

Ela examinou a lista com atenção.

— É mais provável que ele tenha recebido várias visitas da pessoa que o ajudou. Não muitas. Não faria sentido chamar atenção.

Ela ordenou que o computador apontasse os nomes das pessoas que tinham visitado Isaac entre seis e doze vezes.

— Vamos começar com essas.

— Fico com quatro.

Eles rodaram os dados e colocaram as fotos no telão.

— Computador, remover as de números três, cinco e oito. Têm várias passagens pela polícia — explicou a Roarke. — Ele não trabalharia com uma mulher que fez tantas burradas e foi pega. Como a número dois está morta, podemos deixá-la de fora. Sobraram quatro — disse ela, andando pela sala. — A número um, Deb Bracken, tem endereço em Nova York, podemos conversar com ela pessoalmente. As outras três estão espalhadas. Miami, Baltimore e Baton Rouge. Vamos pedir às autoridades locais para investigá-las, mas só depois que conseguirmos autorização.

— Há algo estranho nessa aqui. Número sete.

— Irmã Suzan Devon — Roarke leu o nome em voz alta. — Ajuda viciados em drogas ilegais. Foi presa duas vezes por posse de drogas e uma por oferecer sexo sem ter licença para isso.

— Sim, mas as prisões ocorreram durante a sua juventude rebelde. Não vejo mais nada desde que ela completou trinta anos. Ela teria a idade certa. Cinquenta e poucos anos agora, nada mau. Pertence à Igreja da Redenção, com sede em Baton Rouge. Declara ser conselheira espiritual para justificar as visitas. Papo furado!

— A última visita foi há mais de um ano.

— Isso não importa, pois Isaac pode ter conseguido um jeito de entrar em contato com ela fora do radar oficial. Ela me acendeu uma luzinha, vamos investigá-la, e também a número seis... ela se encaixa no perfil. Então temos Bracken, porque mora perto,

Devon e a tal Verner, por puro instinto; a última, Rinaldi, porque preenche os requisitos.

Ela se virou para Roarke.

— Se correlacionarmos a localização geográfica das suspeitas no momento de cada um dos e-mails que você desenterrou, conseguiremos identificar as suas ligações específicas? E a forma de contato que usaram?

— Não sei se "nós" conseguiremos, sei que "eu" consigo.

— Engraçadinho.

— Vou sentar o meu traseiro engraçadinho nesta cadeira e fazer isso por você, querida. E você pode me arrumar um cookie.

— Um cookie?

— Isso mesmo. Quero um cookie e mais café.

— Ahn.

Quando ele sentou o seu traseiro engraçadinho, Eve decidiu que um cookie não seria má ideia.

Capítulo Quatro

Quando Eve entrou no gabinete de Whitney na manhã seguinte, já tinha escolhido seu plano de ação. Trazia dados, teorias e indivíduos específicos que mereciam ser interrogados.

A maneira de contar tudo ao comandante era fundamental.

A reunião com o FBI, o representante do presídio, os advogados e a equipe do Departamento de Recaptura de Fugitivos poderia ser conturbada, inconclusiva, com muita bajulação e provocações.

Pessoalmente, ela gostava de uma boa provocação, mas não quando o tempo era curto.

Entrou no gabinete preparada para enfrentar a batalha com toda a intenção de vencê-la.

— Tenente Dallas. — Whitney permaneceu em sua mesa quando a apresentou ao FBI.

Eve os avaliou. A morena curvilínea, agente especial Elva Nikos, e o parceiro, Scott Laurence, com seu corpo de lutador e careca brilhante, lhe pareceram tiras experientes.

Torceu para que não fossem idiotas.

— O tenente Tusso lidera a equipe dos agentes do FBI. Estamos esperando o representante da Penitenciária de Rikers.

— Enquanto esperamos — começou Nikos —, gostaria de relatar a você, tenente, o que o agente Laurence e eu já dissemos ao comandante Whitney e ao tenente Tusso. Não estamos aqui para atrapalhar sua investigação nem para pisar no seu pé. Sabemos que o Departamento de Polícia de Nova York prendeu o suspeito e conseguiu condená-lo; também sabemos que você em particular, tenente Dallas, tem grande interesse em localizar Isaac McQueen.

— Nesse caso, permita-me assegurar a vocês que não me importo com quem vai encontrar e levar Isaac de volta à cadeia. Você e o seu parceiro, o tenente Tusso e os seus homens, eu e a minha equipe, ou qualquer combinação desses nomes. Não me importo se for alguma vovó com uma lata de spray de pimenta e um bom gancho de direita.

— Agradeço, tenente. Pode ter certeza de que quaisquer pistas ou informações que obtivermos ao longo dessa investigação serão compartilhadas.

— Idem. Podemos começar agora ou devemos esperar até que o representante do presídio decida se juntar a nós, comandante?

Whitney a observou com cuidado.

— Você tem novas informações, tenente?

— Acredito que eu tenha conseguido possíveis pistas, senhor. — Ao aceno do homem, ela continuou. — Acessei os registros oficiais dos guardas e dos outros funcionários que tinham contato frequente com Isaac. Como todo o pessoal envolvido pode e deve ser considerado suspeito, o acesso aos seus dados pessoais está dentro dos limites do protocolo. Executei pesquisas padronizadas, verifiquei probabilidades e gostaria de trazer para a nossa avaliação Kyle Lovett, um guarda designado para o pavilhão de Isaac, bem como Randall Stibble, um conselheiro civil.

— O que você encontrou que possa incriminá-los? — Quis saber Elva.

— Presumo que vocês não precisem verificar o meu trabalho — disse Eve, num tom seco. — Lovett participou por duas vezes de um programa de reabilitação para viciados em jogos de azar. Como a esposa o abandonou, cerca de um ano e meio atrás, aposto que logo vai participar pela terceira vez. Isaac gosta de trabalhar com dependentes.

Eve havia descoberto mais informações, mas para chegar lá precisou adentrar território proibido.

— Stibble trata de alcoólatras e dependentes químicos. Usa no trabalho a experiência pessoal. Entra e sai da reabilitação desde os dezesseis anos, cumpriu pena em prisão juvenil e também depois de adulto por crimes relacionados a drogas ilegais. Isaac não usa drogas ilícitas e bebe com moderação; vinho é sua bebida preferida. Mas ele frequentava as sessões de Stibble regularmente. Ele não perde tempo nem faz nada sem um objetivo definido.

— Você suspeita de que um desses homens tenha ajudado Isaac em sua fuga? — perguntou o tenente Tusso.

— Acho que um ou ambos fizeram mais que isso. Isaac trabalha com uma cúmplice até que ela o deixe entediado, pise na bola ou cumpra seu propósito. Ele ia querer alguém do lado de fora. Para extrair e receber informações dessa pessoa.

— Ele precisava de um elo — ponderou Elva.

— E provavelmente trabalhou com mais de uma nos últimos doze anos. Vocês vão notar que a lista de visitantes de Isaac tem muito mais mulheres. Se conseguirmos comprovar a ligação dele com alguém da prisão, teremos uma pista sobre essa cúmplice. Aposto em um desses homens ou em ambos. A mulher deve ser dependente de algum tipo; provavelmente tem ficha na polícia, no mínimo por pequenos golpes. Tem entre quarenta e cinco e sessenta anos e é atraente.

A etapa seguinte era mais complicada.

— Tenho uma pequena lista de nomes de mulheres que se encaixam no perfil das cúmplices de Isaac e que têm ligações com Stibble ou Lovett. Se tivermos sorte, conseguiremos achar uma delas nas listas de visitantes da prisão.

— Você já levantou muitos dados, e em pouco tempo.

Eve simplesmente olhou para Elva.

— Não temos tempo a perder. Ele já está à espreita.

— Sabemos que Isaac prefere ambientes urbanos — começou Tusso. — Geralmente caça e sequestra suas vítimas em áreas movimentadas, gosta de multidões. Times Square, Chelsea Piers, Coney Island; esses foram os seus principais locais de caça durante a sua última onda de ataques.

Eve quis dizer que não tinha sido uma "onda" de ataques. Ondas de ataques eram rápidas, furiosas e geralmente aleatórias. Nada além de fome por violência e adrenalina. Mas segurou a língua.

— Ele já atacou novamente em Nova York — continuou Tusso — e enviou mensagens à tenente Dallas por meio das vítimas. Nosso foco estará nas suas áreas de caça conhecidas.

— Vamos coordenar esforços — avisou Nikos a ele. — Nossas análises e avaliações de probabilidades relatam uma grande possibilidade de que Isaac saia de Nova York e se esconda durante algum tempo — garantiu. — Estamos investigando os transportes públicos e fazendo reconhecimento facial nas praças de pedágio.

Eve segurou a língua novamente quando Nikos explicou a estratégia do FBI. Se eles queriam acreditar que Isaac estava em fuga, tudo bem.

— Já temos agentes posicionados nos locais com mais probabilidade de ataques — continuou Tusso. — Isaac normalmente sequestra suas vítimas à noite, mas também já agiu à luz do dia. Vigiaremos essas áreas vinte e quatro horas por dia, sete dias por semana, até sua captura.

Depois de uma batida seca na porta, o assistente de Whitney anunciou a chegada de Oliver Greenleaf, o diretor do presídio.

Eve o achou parecido com uma doninha. Ao seu lado, em um terninho vermelho, entrou Amanda Spring, a advogada-chefe do presídio; carregava uma maleta de couro brilhante no mesmo tom castanho-dourado dos cabelos.

— Bom dia, comandante. — Com um sorriso cheio de dentes, Oliver estendeu a mão quando atravessou o gabinete. — Peço desculpas por estar um pouco atrasado. Ficamos detidos por causa de um...

— Você se atrasou uns bons vinte minutos — disse Whitney, usando um tom que, para a satisfação particular de Eve, apagou o sorriso do rosto pálido e anguloso de Greenleaf. — Não estou interessado em suas razões ou desculpas. Você já manteve este departamento e os agentes do FBI à espera de informações vitais para a nossa investigação conjunta por mais de vinte e quatro horas.

—- Comandante. — A advogada Spring empurrou o cliente de lado e falou num tom igualmente severo. — No papel de consultora jurídica para...

— Ainda não me dirigi a você nem pretendo fazê-lo. Greenleaf, sua instalação foi a responsável pela fuga de um pedófilo violento, e você desperdiçou o tempo valioso de oficiais e agentes que trabalham para prendê-lo. Vou dizer algo para você e para a advogada que julgou necessário trazer a este gabinete: se alguma garota for raptada ou ferida de alguma forma, o mundo vai cair sobre você. Essa é uma promessa pessoal.

— Comandante Whitney, ameaças não costumam ser produtivas.

Whitney trespassou a advogada com um olhar incisivo.

— Se abrir a boca mais uma vez, eu a expulsarei desta sala. Você não foi convidada. Seu cliente não precisa de assessoria jurídica, pois, infelizmente, não corre o risco de ser preso... infelizmente. Agora, quero todos os dados, relatórios, listas e arquivos que este departamento exigiu depois de ser informado, tardiamente, da fuga de Isaac McQueen.

— Temos muitas informações para o senhor. Infelizmente, a nossa investigação interna ainda não foi concluída. É essencial, claro, que tal investigação seja completa e abrangente. Esperamos ter os relatórios finalizados e em suas mãos até o fim do dia.

O olhar de Whitney seria capaz de derreter ferro.

— Se você me enrolar mais trinta segundos, eu lhe digo o que vai acontecer, Greenleaf. Vou convocar uma coletiva de imprensa com os meus tenentes e esses agentes. Anunciarei não apenas que Isaac McQueen fugiu das suas instalações depois de assassinar um enfermeiro, mas também que você considerou normal atrasar por mais de dezoito horas a notificação dessa fuga ao Departamento de Polícia de Nova York. Durante esse tempo, Isaac agrediu e estuprou uma jovem e espancou o parceiro dela. Fornecerei detalhes gráficos dos ataques.

— Comandante...

— Cale-se! Ainda não acabei. Além disso, informarei que o seu presídio demorou mais vinte e quatro horas para fornecer a este departamento e ao FBI dados vitais e pertinentes, e que acusações de obstrução de justiça estão sendo consideradas. Depois, pedirei à tenente Dallas que lembre ao público o que encontrou quando prendeu Isaac McQueen há doze anos. Você terá sorte se eles não vierem atrás de você com forcados. — Ele esperou um segundo e completou: — Quero tudo o que você tem e quero *agora*, incluindo os relatórios e descobertas preliminares sobre sua investigação interna. Você tem trinta segundos — repetiu Whitney, quando Greenleaf olhou para Spring em busca de orientação. — Não me teste novamente.

Spring abriu a pasta.

— Peço permissão para falar — disse ela, num tom amargo.

— Permissão negada. Coloque os arquivos na minha mesa e saia daqui. Saiam os dois! Se todos os dados exigidos e solicitados não estiverem nesses arquivos, Greenleaf, você realmente precisará de um bom advogado, bem como seu superior imediato. Fique à vontade para repassar essa informação a ele.

Spring colocou uma caixa de discos sobre a mesa de Whitney e balançou a cabeça quando Greenleaf ameaçou falar novamente. Girou nos sofisticados sapatos de salto agulha e saiu da sala, com o cliente nos seus calcanhares.

Por um momento, houve silêncio absoluto.

Durante toda a esculhambação, Laurence permaneceu mudo e imóvel. Eve achou que seu rosto parecia o de um chefe africano. Belamente esculpido, ferozmente estoico.

Agora, porém, um sorriso se espalhava por aqueles planos e ângulos bem talhados.

— É inadequado — disse ele —, mas eu realmente quero aplaudir. Uma pergunta apenas, comandante: o senhor teria feito aquilo? Levar tudo ao conhecimento público?

— Tenente Dallas? — Whitney olhou para Eve. — Eu faria isso?

— O senhor lhes deu mais tempo do que queria ou do que era necessário. Eles não demonstraram nenhuma preocupação genuína ao pôr a população em perigo, tampouco pelo assassinato de um funcionário em suas instalações. Decidiram dirigir o espetáculo; ilustraram seu objetivo atrasando-se deliberadamente para esta reunião e continuaram atrasando a entrega dos resultados internos. Se fosse necessário, o senhor teria procurado a mídia para fritá-los. De qualquer modo, acredito que o senhor usará qualquer influência ou contato que tiver para se certificar de que Greenleaf, sua advogada e seu superior tenham os cargos cassados. Essa é a minha opinião, comandante.

— A tenente Dallas acaba de fazer uma breve demonstração de por que é um trunfo para o Departamento de Polícia de Nova York. Ela observa, deduz e reporta tudo com precisão.

Eve levou cópias dos arquivos de dados para sua sala e fez um curto sinal para Peabody segui-la quando passou pela sala de ocorrências.

— Como foram as coisas? — perguntou Peabody. — Demorou mais do que eu imaginava, então já estava ficando nervosa.

— O pessoal da prisão nos deixou esperando e continuou tentando atrasar tudo. Whitney os cortou em fatias como um daqueles chefes samurai. Foi lindo. Acho que tivemos sorte com os agentes do FBI. Não parecem idiotas, mas acredito que estejam seguindo o procedimento errado. Tusso, um dos agentes, posicionou suas equipes nas áreas de caça conhecidas de Isaac. Agora, sente-se aqui.

— Oh-oh — exclamou Peabody, ressabiada.

— Já tenho nomes, conexões e um plano de ação. Não vou contar como obtive os dados.

— Ok.

— Oficialmente consegui as informações através de buscas padronizadas, talvez forçando um pouco os limites. Já repassei o que pude aos outros investigadores. O FBI vai interrogar um dos guardas. Ele tem culpa no cartório. Nós vamos conversar com um terapeuta civil que trabalha com os dependentes. Ele também está envolvido. Sei disso porque consegui gerar uma lista de prováveis cúmplices, e ele tem ligação com várias mulheres que visitaram Isaac na prisão. Quatro delas estão na minha pequena lista. Uma mora aqui em Nova York. Vamos falar com ela.

Peabody bufou.

— A reunião pode ter levado mais tempo do que eu pensava, mas estamos muito mais adiantados do que eu imaginei, Eve.

— Não o bastante. Ele tem quase dois dias de dianteira. O guarda é descartável, viciado em jogos de azar. Embora eu não tenha podido repassar essa informação, o FBI vai descobrir em breve que ele tem uma conta não muito escondida, na qual faz depósitos regulares de dois mil dólares por mês, há anos. Isaac sabia que nós rastrearíamos tudo e chegaríamos ao guarda. Ele não nos dirá muito mais que do que já sabemos.

— Foi por isso que você o entregou ao FBI.

— Ele tem que ser interrogado e suar um pouco. Pode saber mais do que imagino. Mas é em Stipple que eu estou interessada. Ele não conhece os planos de Isaac, pelo menos não em detalhes, mas pode saber ou ter um bom palpite sobre a mulher com a qual ele está trabalhando. A mulher da minha lista fica no caminho, então vamos conversar com ela antes. Preciso que você processe e analise todos os dados entregues pelo pessoal do presídio durante o trajeto. Por ora, só pesquisas e análises dos dados oficiais. Vamos.

— Como conduziremos a coordenação com as outras equipes?

— Trabalharemos de forma independente — respondeu Eve, enquanto elas saíam e pegavam uma passarela aérea. — Compartilhe todos os resultados, faça relatórios diários. Até agora ninguém está de joguinho. Mesmo assim... faça uma pesquisa simples sobre os agentes do FBI — ordenou Eve, e deu os nomes a Peabody. — Só para termos uma ideia melhor de quem eles são.

— Quantos homens você vai colocar na equipe?

— Quero falar com esses dois suspeitos antes, depois resolvo. — Na garagem, ela ficou parada ao volante da viatura. — Matutei muito a respeito. Tive algum tempo e espaço para avaliar tudo ontem à noite e refletir. O programa de probabilidades me disse que, considerando os dados atuais, Isaac está em Nova York. Ele vai caçar aqui e fazer tudo para me envolver no rolo. Quer que eu faça parte da investigação.

— Isso faz mais sentido.

— Acho que não, porque ficar em Nova York é burrice e ele é tudo, menos burro. Ele quebrou o padrão dele, é verdade, e isso significa que com certeza o quebrará novamente. Só que eu tive doze anos para fazer de Nova York o meu território. Ele quer que eu assuma o caso, o que faz sentido. Mas por que ele faria isso no meu território? Ele poderia atacar em qualquer outro lugar.

— Mas se ele sair de Nova York — lembrou Peabody —, estará fora da sua jurisdição e perderá você.

— Ele já me deu uma boa chance de vê-lo. Não sei. Há algo de errado aqui. Tudo me parece muito simples e direto. Ele gosta de elaborar. Teve anos para montar os seus planos e isso é o melhor que consegue fazer? Talvez eu esteja pensando demais, vacilando. — Ela exercitou os ombros para relaxar os músculos. — Preciso consultar Mira. Confio nela mais do que num programa de probabilidades.

— Ela estava na cerimônia de ontem.

— Sim, eu a vi.

— Foi bom ver tantos amigos. Eu te devo uma por ter me liberado mais cedo ontem.

— Lembre-se de que você não terá outra folga até que Isaac seja levado de volta à sua jaula.

— Mesmo assim. Significou muito para meus pais que eu tenha passado algum tempo com eles. Papai nos levou para jantar. Um restaurante de verdade, viu? Nada de comida vegetariana, vegana, nada de escolhas saudáveis para integrantes do movimento Família Livre. Comemos carne de verdade. Eles lamentaram que você e Roarke não tenham podido ir. Compreenderam o motivo, é claro, mas sentiram muito.

— De qualquer modo, foi bom revê-los. Agora, me passe os dados, Peabody. Estamos quase chegando.

— Agente Especial Scott Laurence, veterano com vinte e sete anos de serviço. Recrutado ainda na faculdade. Tem uma série de elogios em seu histórico. Está entre os mais cotados para assumir a chefia da agência.

— Interessante. Ele a deixou assumir a liderança, na reunião.

— Bem, ela não é exatamente uma bundona. Ele é casado há vinte e dois anos e tem dois filhos. Ela é solteira, trabalha há oito anos na agência. Graduada em psicologia e criminologia. Primeira da turma em Quântico.

Ela olhou para Eve quando a tenente subiu com a viatura até uma vaga no segundo andar, junto à calçada, e completou:

— De qualquer forma, eles me parecem confiáveis.

— Eu também senti isso. Bracken trabalha à noite. Atende no bar de uma boate de striptease onde costumava se apresentar. — Eve apontou. — Ela mora no andar de cima da boate.

Peabody olhou para Eve.

— Prático.

— Perdeu a licença de acompanhante na boate porque o resultado de um teste regular para consumo de drogas ilícitas deu positivo. Tem cinquenta e um anos, nunca se casou, mora sozinha e não tem filhos. Teve vários empregos e algumas passagens na polícia relacionadas a drogas ilícitas. Nada grave. Seu histórico relata evasão escolar, fugas e pequenos furtos na adolescência.

— Parece o tipo preferido de Isaac.

O bairro provavelmente já vira melhores dias, mas, aos olhos de Eve, parecia ter sido sempre sujo, sombrio e perigoso. O clube de striptease, astuciosamente batizado de Boate das Peladas, parecia espremido junto da calçada, como um imenso e extravagante sapo de jardim. Algum artista de rua havia desenhado uma genitália masculina de proporções bíblicas no cartaz de mulher nua e dotes também exagerados.

Como o cartaz parecia velho, Eve presumiu que os proprietários não davam a mínima, ou achavam que aquilo poderia despertar o interesse dos frequentadores.

Pensou em usar sua chave mestra para obter acesso à porta de residentes do prédio, mas a fechadura estava quebrada. Embora parecesse nova.

Ignorou o cheiro de zoner estragado na entrada apertada, passou direto pelo elevador ainda mais apertado e pegou a escada. Peabody subiu logo atrás.

— Por que os caras sempre urinam nas paredes de lugares como este?

— Para expressar seu desdém pelo lugar.

Peabody bufou.

— Boa resposta. Expressar desdém mijando. Aposto que ela mora no último andar.

— Apartamento 4C.

— Nossa, ainda bem que eu comi toda a minha sobremesa ontem à noite e parte da sobremesa do Ian. Mereço a punição de subir quatro lances de escada. Eu não ia comer a sobremesa, mas ela estava ali, doce e cremosa. É como sexo. Quero dizer, quando a oportunidade está bem na nossa frente, fazer o quê? Eu também não pretendia fazer sexo sabendo que meus pais estavam dormindo no escritório lá de casa, mas a chance estava bem ali.

— Vou tolerar o "doce e cremoso", Peabody, mas não quero visualizar você transando com Ian, muito menos quando a expressão "meus pais" aparece na mesma frase.

— Acho que eles também transaram.

Eve lutou para não se encolher ou contorcer.

— Você quer que eu te derrube quatro lances de escada e a faça subir tudo de novo?

— Eu provavelmente ia quicar até a rua com a gordura da sobremesa doce e cremosa toda concentrada na minha bunda. Acho melhor não arriscar.

— Boa escolha.

Nenhum dispositivo de reconhecimento da palma da mão e nenhuma câmera de segurança na porta do 4C, reparou Eve. Apenas os dois parafusos da antiga câmera e um olho mágico comum.

Ela bateu na porta com o punho.

— As cúmplices de Isaac tinham o próprio canto, não moravam com ele — informou Eve a Peabody. — Geralmente trabalhavam em período integral ou meio expediente. Só temos informações detalhadas da última cúmplice graças ao relato das vítimas resgatadas. Ela o ajudava a atrair, sequestrar e prender as meninas. Também, se ele decidisse abusar de uma vítima encarcerada havia mais tempo, ela o ajudava a limpá-la. E depois gostava de assistir.

O rosto de Peabody ficou frio como gelo.

— O que a torna tão monstruosa quanto ele.

— Com certeza. — Eve bateu mais uma vez.

Uma porta se abriu do outro lado do corredor.

— Pare com a porra desse barulho! Tem gente tentando dormir.

Eve estudou o homem que a encarava fixamente. Estava completamente nu e tinha um piercing no mamilo e uma tatuagem de cobra enrolada. Eve ergueu o distintivo.

— Eu chamaria isso de atentado ao pudor, mas mal se enquadra. Procuro Deb Bracken.

— Porra, ela está em casa. É que dorme como se estivesse morta. — Ele bateu a porta com força.

Eve tornou a bater e continuou batendo até ouvir uma voz praguejar do lado de dentro. Um minuto depois, percebeu que alguém a olhava pelo embaçado olho mágico.

— Que diabos você quer comigo?

Mais uma vez, Eve exibiu seu distintivo.

— Abra a porta.

— Ai, cacete! — O olho mágico se fechou, os ferrolhos e trancas se abriram. — Que diabos está acontecendo? Estou tentando dormir, sabia?

Pela aparência, a mulher estava se esforçando bastante. O cabelo curto, uma bagunça louca e descabelada em castanho e preto, estava todo arrepiado, emoldurando um rosto fino, meio maltratado. Ela não removera a maquiagem da véspera e exibia os olhos e lábios manchados com o que restara dela.

Usava um robe preto curto, atado com um laço displicente, que mostrava boas pernas e seios empinados demais para não serem de silicone.

— Isaac McQueen.

— Quem?

— Se você me enrolar, Deb, vamos ter essa conversinha na Central de Polícia.

— Pelo amor de Deus, você bate na minha porta, me acorda e me ameaça? Que porra é essa?

— Isaac McQueen — repetiu Eve.

— Eu já ouvi, caralho! — Ela fez uma carranca para Eve, os olhos borrados de preto. — Preciso de um café. — E se virou, arrastando-se para dentro do apartamento.

Com as sobrancelhas erguidas, Eve a seguiu e viu Bracken continuar a se arrastar até o canto mais distante da sala de estar bagunçada, onde a cozinha consistia em uma pia do tamanho de um balde, uma geladeira minúscula e um AutoChef do tamanho de uma caixa de sapatos. Quando ela ligou o AutoChef, o aparelho emitiu o zumbido grosseiro de um triturador e, em seguida, um baque surdo.

Ela pegou uma caneca e bebeu o conteúdo, como se fosse remédio. Pelo cheiro, Eve percebeu que aquilo era um substituto barato de café. Esperou enquanto Bracken programava uma segunda caneca e tomava mais um gole.

— Isaac está preso.

— Não mais.

— Não brinca! — O primeiro lampejo de interesse brilhou no seu rosto. — Como foi que ele escapou?

— Cortou a garganta de um enfermeiro e roubou seu crachá.

— Ele matou alguém? — A careta de Bracken se intensificou. — Isso é papo-furado.

— Não é a primeira vez que ele faz isso.

— Não acredito nisso. — Ela bebeu mais café e balançou a cabeça para os lados. — Ele não foi preso por assassinato, então não matou ninguém. Pode ser um babaca, mas não é assassino.

— Diga isso à viúva e à filha do enfermeiro. Ele passou por aqui para ver você, Deb?

— Porra, não! Sou página virada para ele. — Ela franziu a testa para o café. — É um babaca!

— Você o visitou na prisão.

— Visitei, sim, e daí? Isso não é contra a lei. Uma tira o prendeu, armou para que ele pegasse cana. Tudo bem que ele gostava de pornografia infantil, mas todo mundo tem as suas fantasias, não tem? O lance é que eu só fui lá algumas vezes para conversar e fazer um pouco de companhia a ele.

— Onze visitas é mais do que "algumas" vezes — apontou Peabody.

— Que diferença faz? Não o vejo há uns dois anos. Ele me deu um pé na bunda. Sacou? Ele está preso e foi *ele* que me deu um pé na bunda, é mole? Babaca!

— Como você e Isaac se conheceram? — Quis saber Eve.

— O que você tem a ver com isso?

Ao sinal de Eve, Peabody pegou uma pasta na bolsa e entregou à tenente. Ela a colocou sobre uma pequena bancada lotada de tralhas e a abriu.

— Dê uma olhada aqui. Era isso que, há doze anos, ele mantinha num quarto trancado do apartamento dele.

Deb empalideceu, mas balançou a cabeça mais uma vez.

— Foi tudo uma armação.

— Eu estive nesse quarto. Fui eu que encontrei essas garotas.

— Foi você quem armou para ele?

— Não armei nada, mas o prendi. E vou fazer isso novamente. Aqui está o que ele fez ontem, para que eu soubesse que voltou à ativa. — Ela mostrou a foto de Julie Kopeski. — Ela e o namorado moram no antigo apartamento de Isaac. Ele invadiu a casa dos dois. Espancou-a e depois a estuprou. Estou me perguntando, Deb, se ele vem procurar você para reatar a amizade.

— Quero me sentar.

— Sinta-se em casa.

Ela abriu caminho por entre a desordem e desabou numa cadeira.

— Isso não é mentira?

— Quer ver uma foto do enfermeiro que teve a garganta cortada por ele?

— Não. Jesus, não! Eu gostava do cara. Puxa, eu gostava dele de verdade. Ele falava comigo como se eu fosse uma mulher especial, dizia coisas muito legais, entende? E ele é bonito, sabe? Parecia um sujeito triste, como se precisasse de alguém para conversar e cuidar dele. Fiquei muito magoada quando me disse que nunca mais queria me ver. Ele me tirou da lista de visitantes autorizados e nunca respondeu às minhas mensagens.

— Você não começou a visitá-lo por pura bondade.

— O lance é que eu participava de um programa de reabilitação. Tive alguns problemas com... substâncias. Fui ver ele porque era uma espécie de serviço comunitário, deveria ser bom para mim. E deu certo, porque estou limpa, pode fazer um teste. Estou limpa faz quase nove meses. Talvez naquela época eu ainda tivesse alguns problemas, e ganhava cem paus pelas visitas. Fiz isso pelo dinheiro, no começo, mas confesso que gostava de verdade do babaca. Sabe?

— Quem armava tudo?

— Não quero colocar ele em apuros.

— Deb, Isaac tinha um fluxo constante de mulheres que o visitavam. Mulheres como você — acrescentou Eve. — Com problemas. Isaac gostava de trabalhar com uma cúmplice. Uma mulher com problemas.

Um rubor lhe coloriu as bochechas quando sua boca se abriu.

— Porra nenhuma! Eu nunca faria uma merda dessas com uma criança. Com ninguém! Tudo bem, quando eu estava na pior talvez "limpasse" alguns bolsos, desse uns golpes, mas fazia parte da vida como dependente. Nunca machuquei ninguém. E não teria ajudado ele a maltratar uma criança. Pelo amor de Deus.

— Provavelmente foi por isso que ele te deu um pé na bunda. Quem armou tudo isso para *você*?

— Stib. Aquele filho da puta. Vou matar ele. Não estou falando sério — corrigiu ela, depressa.

— Randall Stibble?

— Sim, ele mesmo. — Ela tentou ajeitar a bagunça do cabelo de dois tons. — Ele idealizou o programa... era uma espécie de conselheiro e fazia essas coisas para os presos. Fiquei muito mal da cabeça quando Isaac me cortou da sua vida... saí do programa e mergulhei mais fundo nas substâncias por um tempo. Mas estou limpa agora. Juro por Deus.

— Eu acredito. Alguma vez Isaac conversou com você sobre os planos dele?

— Bem, às vezes ele falava sobre encontrar um jeito de sair da prisão. Dizia que, quando conseguisse, ia acertar as contas com a tira que armou contra ele. Acho que falava de você.

— Alguma vez você levou algo proibido para ele na prisão?

— Olha, veja bem, eu estou limpa. Já faz nove meses que estou completamente limpa, até consegui um emprego fixo. Pode não parecer muito para você, mas não tenho a ficha limpa assim desde os quinze anos.

— Não vou incomodá-la por causa disso — avisou Eve. — Só que... — Ela bateu na foto de Julie novamente. — Preciso saber a verdade.

— Ok, tudo bem, acho que às vezes eu repassava coisas para Stib ou para aquele guarda.

— Lovett?

— Se você já sabia, por que me perguntou?

— Que coisas?

— Bem, alguma pornografia infantil, de vez em quando. Ele tinha essa fraqueza, quem sou eu para julgar?

— Isso é tudo?

— Alguns objetos eletrônicos.

— Tipo o quê?

— Não sei. Juro por Deus que não manjo muito dessas merdas. Ele me entregava listas de coisas, e eu levava. Quase sempre me pagava por isso. *Babaca!* Ele disse que a informática era um hobby e que não deixavam ele ter as coisas que queria dentro da prisão.

Puxa, qual era o mal disso? Ele era tão legal. Ele me chamava de bonequinha. Ninguém nunca me chamou de bonequinha. E ele me enviou flores. Duas vezes.

— Um verdadeiro romântico.

— Pois é, foi o que eu pensei. — Parecendo abalada, ela olhou de cara feia para o café. — Então ele me deu um pé na bunda, e agora você vem me dizer que ele fez tudo isso com aquelas meninas. Acho que eu devia ter desconfiado, mas tinha problemas na época. Você enxerga as coisas de forma diferente quando está limpa.

— Se Isaac entrar em contato com você, ligue para mim. Se ele bater na sua porta, não o deixe entrar. Ligue para a Emergência e entre em contato comigo.

— Pode apostar que é exatamente o que eu vou fazer. — Ela pegou o cartão de Eve.

— Faça um favor a si mesma. Não entre em contato com Stibble.

— Não tenho porra nenhuma para dizer àquele filho da puta. Juro por Deus que eu realmente gostava do cara. Babaca, doente mental!

— Sua opinião? — perguntou Eve quando ela e Peabody voltaram para a viatura.

— A mesma que a sua. Ela disse a verdade. Não creio que Isaac tenha pensado nela uma única vez nos últimos dois anos. Não o imagino lhe fazendo uma visita.

— Não, mas o medo de que ele *pudesse* fazer isso fez com que ela nos contasse o que sabia e confirmasse Stibble como seu contato.

— Agora temos muito mais do que antes para dizer ao "filho da puta".

— Pode apostar.

Capítulo Cinco

Encontraram Stibble na minúscula loja que ele usava para oferecer terapia a dependentes. Eve notou que, pessoalmente, ele parecia ainda mais um furão que no documento de identidade. A barba curta e encaracolada que ostentava não ajudava nem um pouco a disfarçar o queixo pontudo, e o tom rosado do nariz adunco o fazia parecer meio bobão.

A trança fina na parte de trás da túnica branca com capuz somada aos braceletes de couro em torno dos tornozelos magros ajudava a passar a todos uma imagem que mesclava entusiasta da Família Livre e monge urbano.

Era exatamente o que ele queria, imaginou ela.

O homem e três pessoas estavam sentados em círculo no piso. Uma escultura em forma de pirâmide ocupava o centro. Harpas e gongos tilintavam e soavam.

Ele parou e sorriu de forma acolhedora para Eve e Peabody.

— Sejam bem-vindas! Acabamos de dar início ao nosso exercício de visualização. Por favor, juntem-se a nós. Compartilhem seu primeiro nome, caso se sintam confortáveis em fazê-lo.

— Meu nome é tenente — disse Eve, e exibiu o distintivo. — E você pode visualizar uma viagem até a Central de Polícia.

— Houve algum problema?

— Isaac McQueen é um grande problema. Seu papel em lhe conseguir visitas para que ele escolhesse uma nova cúmplice enquanto cobrava uma taxa do Estado é outro grande problema... para você.

Stibble cruzou as mãos na cintura.

— Parece que você tem informações incorretas. Precisamos esclarecer isso. Faltam quarenta minutos para eu terminar essa sessão, então, por favor, volte...

— Você vai se levantar do chão voluntariamente — perguntou Eve, com um tom agradável — ou quer que eu o ajude? A aula está encerrada! — anunciou ao trio sentado no chão.

— Ei, eu paguei por uma hora inteira — reclamou um dos alunos.

Ela estudou o homem que tinha protestado e reparou na barba desgrenhada e nos olhos exaustos.

— De quanto foi o seu prejuízo?

— Setenta e cinco dólares. Desconto de iniciante.

— Amigo, você está sendo enganado. Peabody, informe a esse cavalheiro o endereço do Centro de Terapia mais próximo. O serviço é gratuito — informou ao homem. — Eles não fazem você se sentar no chão nem olhar para pirâmides. E servem café e biscoitos decentes.

— Desprezo sua insinuação de que eu... — começou Stibble.

— Cale a boca! — aconselhou Eve. — Peço desculpas a todos pelo inconveniente — disse aos outros. — Seu conselheiro foi convocado para ir a outro lugar.

— Posso reagendar essa sessão. — Quando o grupo se preparou para sair, Stibble correu atrás deles. — Por favor, não permitam que esse pequeno contratempo os faça desistir da jornada rumo à saúde e ao bem-estar!

— Cale a boca, Stibble.

— Tenho outros pacientes que chegarão daqui a...

— Leia os direitos dele, Peabody.

— Espere, espere! — Ele agitou as mãos no ar, dançou na ponta dos pés e fez alguns círculos agitados enquanto Peabody recitava os seus direitos e obrigações legais.

— Entendeu os seus direitos e obrigações, sr. Stibble?

— Não podem me prender! Eu não fiz nada.

— Responda à pergunta! — ordenou Eve.

— Sim, eu entendo meus direitos, só não entendo do que se trata tudo isso. Isaac McQueen participou de várias das minhas sessões. Eu as administrei na prisão durante anos. Sei que ele fugiu, notícia terrível. Mas não tenho nada a ver com isso.

— Deb Bracken. Soa familiar?

— Eu... eu... eu não tenho certeza.

— Ela não teve nenhuma dificuldade em se lembrar de você, nem dos cem dólares por visita que você lhe ofereceu depois que concordou em se encontrar com Isaac. Tenho uma longa lista de nomes e aposto que cada uma dessas mulheres vai apontar o dedo para você.

— O contato humano e a terapia da conversação são ferramentas essenciais no aconselhamento de reabilitação. Isso não é ilegal.

— Aceitar suborno de um preso para armar encontros com mulheres é. Você não pagou cem dólares a elas a cada visita por pura compaixão e generosidade, Stibble. Como Isaac o recompensou?

— Isso é ridículo. — Por trás dos óculos de lentes cor-de-rosa, os olhos tremeram de pânico. — Acho que a srta. Bracken, na época, estava sob a influência de substâncias ilícitas, das quais era dependente. Ela não se lembra direito das coisas, só isso.

— Estou prestes a acusá-lo de cúmplice no cárcere privado de duas pessoas e na agressão e no estupro de uma delas.

— Você não pode estar falando sério. — O pânico se transformou em medo e ele recuou vários passos. — Jamais toquei em um fio de cabelo de outro ser humano na minha vida!

— Isaac tocou. Você o ajuda e encoraja há anos.

— Isso é um grande mal-entendido. Estou muito chateado por ser ameaçado dessa forma. Acho que todos nós devemos respirar pausada e profundamente antes de continuarmos.

— Algeme esse cara, Peabody.

— Ei, espere um pouco, só um instante! — Ele acenou com as mãos novamente. — Eu convenci algumas mulheres a visitar Isaac. Para fins terapêuticos e com total aprovação oficial. Naturalmente, essas mulheres precisavam ser compensadas pelo seu tempo. A reabilitação requer muitas ferramentas.

— Corte o papo-furado, Stibble. Quanto ele te pagou?

— Uma taxa tão pequena que nem vale a pena mencionar. Era só para cobrir minhas próprias despesas.

— Mil dólares de cada vez representam muitas despesas. Vasculhamos a sua conta, Stibble.

— Foram doações! — guinchou ele. — Ele fez doações para o meu centro. Isso é perfeitamente legal.

— Como você encontrou as mulheres? Não são todas locais.

— Eu, ahn... já ofereci terapia a muitas pessoas problemáticas.

— Quem ele escolheu, entre essas mulheres problemáticas, para trabalhar com ele?

Os olhos dele dispararam para a esquerda e para a direita, e Eve concluiu que ela mal precisaria forçar a barra para extrair tudo do homem.

— Eu não sei. Não sei do que você está falando.

— Sabe, sim. Está estampado na sua cara. — Ela avançou o suficiente para invadir o espaço pessoal dele; manteve a expressão dura, a voz firme e ameaçadora. — Você sabia exatamente o que Isaac fazia, e não se importava, desde que recebesse sua grana. Ele escolheu uma dessas mulheres. Quero um nome.

— Não posso lhe dizer o que não sei.

Eve se movimentou com rapidez, imprensou-o contra a parede, os braços atrás das costas, e o algemou.

— Não! O que você está fazendo? Você não pode fazer isso! Eu estou cooperando.

— Não na minha opinião. Você está preso por aceitar suborno enquanto trabalhava para o Estado de Nova York, por ajudar e acobertar um criminoso condenado, por ser cúmplice da fuga desse criminoso, por assassinato, por...

— Assassinato?!

— Nathan Rigby morreu. Isaac cortou a garganta dele ao fugir, e você vai pagar por isso.

— Eu não sabia. Como eu poderia saber?

— Me dê um nome! — Eve o acompanhou até a porta. — Eu quero o nome da cúmplice dele.

— Irmã Suzan! É a irmã Suzan. Deixem-me em paz.

— Onde ela está?

— Eu não sei. Não sei mesmo, juro por Deus.

Ela parou na porta da rua e afrouxou um pouco a mão que o segurava.

— Como soube que ele a escolheu?

— Servi de mensageiro para os dois, depois que ela me disse que Isaac queria parar com as visitas. Eu levava pendrives e discos. Não sei o que tinha neles. Ele me dizia para onde enviar os dela, sempre para diferentes caixas postais. Isso é tudo que sei.

— Ah, duvido muito, mas já é um começo.

Ela o empurrou para fora.

— Eu colaborei. Não pode me prender por nada.

— Pois então me observe.

Eve planejava passar pela parte burocrática antes, deixar Stibble ansioso antes de tornar a interrogá-lo. Ele sabia mais coisas, e ela estava quase certa de que ele acabaria entregando o ouro. Enquanto ela o interrogasse, Peabody poderia fazer uma pesquisa mais profunda sobre a irmã Suzan Devon.

Mas, quando entrou na garagem da Central, seu comunicador tocou.

— Dallas falando.

— Você deve se apresentar imediatamente ao gabinete do comandante Whitney, tenente.

— Estou a caminho.

— Você acha que surgiu algo novo? — perguntou Peabody.

— Descobrirei quando chegar lá. Você dá conta desse imbecil?

Peabody olhou de volta para Stibble, que chorava o tempo todo.

— Sim, acho que consigo.

— Preencha a ficha criminal dele e depois coloque-o em uma cela até eu voltar.

Ele chorou no elevador também. Aliviada, Eve saltou assim que a porta abriu e pegou uma passarela aérea para o gabinete do comandante.

O assistente mandou-a entrar imediatamente e fechou a porta.

— Bom dia, comandante. A detetive Peabody e eu temos Randall Stibble sob custódia. Ele nos entregou o nome da cúmplice de Isaac.

— Vamos chegar a esse assunto. Sente-se, tenente.

Embora preferisse ficar de pé — e o comandante soubesse disso —, Eve se sentou porque o tom do homem não admitia recusa.

— Sim, senhor.

— Isaac reapareceu. Fez uma refém.

— Uma refém?

— Assumimos que seja uma refém, já que ela não se encaixa mais no perfil das vítimas dele.

— Não se encaixa mais? — Eve sentiu uma pontada na barriga. — Ele pegou uma das vítimas antigas, então. Está com uma daquelas garotas? Eu nunca considerei a hipótese de... deveria ter pensado nisso. — Ela sacudiu a cabeça para tentar minimizar a sensação ou pelo menos tentar. — Como descobrimos que ela está com Isaac?

— Ele deixou uma mensagem. — O comandante fez uma pausa ao ouvir a batida na porta, e assentiu quando a dra. Mira entrou.

Dessa vez, Eve sentiu uma fisgada na nuca.

— Olá, Eve. — Mira se sentou na cadeira ao lado da dela. Sua expressão, como sempre, calma e doce, mas a preocupação que havia em seus olhos fez com que Eve se levantasse.

— Comandante.

— Quero que você se sente, Dallas. Pedi à dra. Mira que se juntasse a nós porque ambos valorizamos as percepções e opiniões dela. Eu já a informei sobre os detalhes do caso.

Quando ela obedeceu e tornou a se sentar, Whitney pegou a própria cadeira — algo que ela nunca o tinha visto fazer — e foi se sentar diante dela, mantendo os olhos de todos no mesmo nível.

— Aproximadamente à meia-noite, fuso central, Isaac McQueen sequestrou Melinda Jones, uma das gêmeas entre suas últimas vítimas, anteriormente raptada na Times Square.

— Sim, sei quem ela é — disse Eve, mantendo a calma. — Ela foi vê-lo na prisão quando tinha dezenove anos. Não segui essa linha de investigação. — Sua boca ficou seca e o coração começou a bater mais forte, mas ela continuou: — Ela mora em Dallas, ela e a irmã. A irmã é policial. As duas moram em Dallas. Cidade com meu nome.

Aos oito anos, Eve tinha sido encontrada em Dallas; espancada, brutalizada e sem poder — ou querer — se lembrar de nada.

— Qual foi a mensagem?

— Essa gravação foi tocada quando a detetive Jones ligou para o *tele-link* da irmã.

Whitney manteve os olhos em Eve e ordenou que seu computador reproduzisse a mensagem que lhe fora enviada pela polícia de Dallas.

Olá, Bree! Espero que você se lembre de mim. Melinda se lembrou de imediato em nosso reencontro surpresa. É uma mulher muito bonita agora, e você se parece com ela — mesmo com os penteados diferentes. Aqui fala o seu velho amigo Isaac. Melinda e eu estamos relembrando o passado, e temos muito assunto para colocar em dia. Espero fazer o mesmo com você. Quase não tivemos mais chance de nos reencontrar durante todos esses anos, pois fomos rudemente interrompidos. Seja boazinha, por favor, e repasse esta mensagem para Eve Dallas. Aliás, ela agora é a Tenente *Eve Dallas.*

Venha me pegar, tenente. Dallas em Dallas... não é engraçada essa frase?... No prazo de oito horas depois de esta mensagem ter sido recebida... ou só posso dizer que Melinda ficará muito triste de se ver com apenas nove dedos. Esse é só o começo.

Você tem oito horas, Eve. O segundo round começa agora. Com amor, Isaac.

— Eles rastrearam o *tele-link*?

— A ligação foi feita do veículo da vítima — informou Whitney. — A pouco mais de um quilômetro do apartamento onde mora.

— A que horas a irmã recebeu a mensagem?

— Às dez e quarenta e três desta manhã.

— Ainda não deu meio-dia. Estamos com folga no horário.

— Não temos provas de que ela está viva — lembrou Whitney.

— Ele não a mataria, senhor. Não de imediato. Isaac escolheu Melinda Jones por razões específicas. Ela o confrontou quando ele estava na prisão. Não há registros de nenhuma outra vítima ou familiares nas listas de visitantes. Além do mais, ele teve muito trabalho para armar tudo isso. Precisou de meios e recursos para chegar até ela, de um lugar para mantê-la, isso significa que ele fez uma pesquisa detalhada e utilizou sua nova cúmplice para armar tudo. Não faz sentido se dar todo esse trabalho simplesmente para matá-la.

— Embora eu esteja inclinado a concordar com isso, é muito possível que ela não passe de uma isca... viva ou morta... para atrair você. Ele a quer lá, Dallas. Fora do seu território e sem os seus recursos habituais. Concordamos que ele se deu ao trabalho e usou uma intermediária para isso, mas tem você como alvo.

Ele parou e se inclinou para ela levemente:

— Entenda-me, tenente. Eu não vou ordenar que vá.

— Onde quer que ele pretenda me confrontar, comandante, isso não vai parar até que ele consiga.

Ela *sabia* disso, refletiu Eve. Sabia que não seria em Nova York. Ele não ia travar aquela batalha no território dela.

Mas... Dallas? Ela nunca imaginou que ele poderia optar por Dallas e por uma ex-vítima.

Deveria ter imaginado.

— Há outras vinte e uma sobreviventes daquele quarto — continuou Eve. — E ele pode escolher qualquer uma. Há várias outras que atendem suas necessidades. Ele quer me envolver diretamente. Ele vai torturar Melinda Jones e/ou raptar outras vítimas até conseguir. Isso não é uma negociação. É uma queda de braço até eu ir aonde ele quer que eu vá.

Não havia escolha, pensou ela. Ele não lhe deixara escolha. O primeiro golpe foi de Isaac.

— Prefiro ter a sua permissão e o seu apoio, comandante, bem como a cooperação do Departamento de Polícia de Dallas. Mas partirei mesmo sem isso. Tenho férias pendentes e vou tirá-las.

— Falei com o tenente da detetive Jones. Ele está disposto a aceitar sua ajuda e incluir você na investigação como consultora. Contudo... — Whitney espalmou as mãos sobre as coxas e bateu duas vezes. — Dallas, todos nós conhecemos seu passado e sua história naquela cidade. Devemos supor que Isaac também está ciente de certos fatos.

Um pequeno nó gelado se formou na barriga de Eve.

— Sim, é provável que ele tenha descoberto o básico. Pode ser que saiba que eu fui encontrada lá, as condições. Isso apenas aumentaria sua determinação em me atrair de volta à cidade. A senhora o conhece. — Ela se virou para Mira. — E sabe que isso faz sentido.

— Comandante, será que eu poderia ter alguns momentos em particular com a tenente?

O comandante franziu as sobrancelhas, mas assentiu e se levantou.

— Claro.

— Estamos perdendo tempo — disse Eve, no instante em que a porta se fechou atrás dele. — Todos nós sabemos que preciso ir lá, então não servirá de nada debater o assunto à exaustão.

— Vou impedir que você saia de Nova York, a menos que converse comigo.

— A senhora não pode fazer isso.

Os olhos de Mira, meigos, de um azul-claro, endureceram como aço.

— Não tenha tanta certeza.

— A senhora permitiria que ele torturasse, desmembrasse e matasse uma mulher inocente só para eu não sofrer algum tipo de trauma emocional? — Eve se levantou da cadeira. — Eu sou a policial. Não é sua função decidir.

— Essa é *precisamente* a minha função — corrigiu Mira, numa rara demonstração de raiva. — Você nem pensou duas vezes. Não hesitou. E é melhor que faça as duas coisas agora, aqui comigo. Você prefere seguir em frente e depois descobrir que é incapaz de lidar com a situação, quando a vida de inocentes e a sua estiverem em risco? Você foi espancada e estuprada em Dallas.

— Em Chicago também. Eu me lembro um pouco de lá e de alguns outros lugares. Tenho que lhe fornecer uma lista de cidades para que a senhora possa autorizar a minha viagem?

— Você não matou o seu agressor em Chicago. Você conseguiu se defender em Dallas, no fim das contas. Uma criança de oito anos, coberta de sangue, com o braço quebrado, a mente paralisada, em estado de choque, vagando pelas ruas.

— Sei o que aconteceu. Eu estava lá.

— Mas bloqueou tudo durante anos, protegeu-se das lembranças dos seus anos de abuso da melhor forma possível. Atormentada por pesadelos.

— Eu não tenho mais pesadelos. Consegui lidar com isso. Eles pararam.

Quase por completo.

— Você já considerou, por um momento, o que voltar lá, sob essas circunstâncias, pode significar? Ir até lá, entre tantos outros lugares, para caçar um homem que abusa de crianças? Abusa física, sexual e emocionalmente, assim como seu pai fez com você? Você já pensou em como isso pode afetá-la em termos pessoais e profissionais?

— E a senhora acha que eu quero ir? — A explosão saiu numa rápida enxurrada de raiva e ardor. — Voltei uma vez àquele quarto, àquelas ruas, fui até o beco onde me encontraram. Passei por isso e prometi a mim mesma que nunca mais voltaria àquele lugar. Ele está morto aqui, bem aqui — disse ela, colocando as mãos na cabeça. — Não sei se ir até lá o trará de volta. Por Deus, não quero encarar tudo novamente... a possibilidade de tê-lo novamente vivo na minha mente. Mas o que a senhora espera que eu faça? Abandone essa jovem porque tenho medo do meu pai e de tudo aquilo?

— Não. — Mira falou baixinho dessa vez. — Espero que você vá até lá, faça o seu trabalho, encontre-o e o impeça de continuar.

— Então a senhora só queria que eu desmoronasse primeiro?

— Sim, exatamente. Eu me preocupo com você, Eve. Você é muito mais para mim do que uma paciente. Eu me preocupo com você tanto quanto com meus próprios filhos e estou ciente de que esses sentimentos podem e chegam a dificultar as coisas entre nós de vez em quando.

Ela soltou um muxoxo, uma mistura de tristeza e arrependimento.

— Uma mãe protege a filha acima de tudo. E também tem que deixá-la voar, mas não sem ter certeza de que a filha está preparada, armada e pronta. Se você não conseguisse admitir para si mesma e para mim seus medos, suas dúvidas, com certeza não estaria pronta. Agora posso deixá-la partir, mesmo que desejasse poder impedi-la.

— Eu não quero ir. — Eve expirou com força e o ar arranhou sua garganta como se fossem unhas. — Mas também não poderia viver comigo mesma se não o fizesse.

— Eu sei. Ele usará tudo que sabe sobre sua história, como se esfregasse sal sobre uma ferida. Ele faz jogos mentais, atacando onde a pessoa é vulnerável. Preciso que prometa que entrará em contato comigo caso precise de ajuda.

Eve voltou a se sentar.

— A coisa se torna mais difícil para mim, de vez em quando, porque as lembranças que tenho da minha mãe são perversas e horríveis. Ela me odiava. Essa é a principal lembrança que eu tenho dela: o ódio que me lançava quando olhava para mim. Por isso não sei como reagir quando recebo um tipo de carinho maternal e apoio que me parece... puro ou algo do tipo.

— Eu entendo. Isso é algo que poderemos aprofundar mais quando você estiver pronta. — Mira colocou a mão sobre a de Eve. — Prometa que vai me ligar se precisar da minha ajuda.

— Prometo. Farei isso.

Levantando-se, Mira foi até a porta e parou.

— Hoje, você é mais forte do que era naquela época, e você sempre foi forte. Hoje, você é mais esperta do que era, apesar de sempre ter sido inteligente. Você tem mais porque se permitiu dar e receber mais. Ele não mudou desde que você o prendeu. Você, sim. Use isso a seu favor — completou ela, e abriu a porta.

— Comandante — disse Mira, quando Whitney voltou. — Na minha avaliação, a tenente Dallas está liberada para essa missão.

— A escolha é sua, tenente.

— O senhor sabe que já fiz a minha escolha, comandante.

— Muito bem. O tenente Ricchio também a liberou, e você deverá levar outro investigador, à sua escolha. Se quiser Peabody, providenciarei para que seja feito.

— Peabody é necessária aqui, comandante. Ela estudou todos os arquivos do caso, já tem as pesquisas e informações sobre a parceira de Isaac. Assim como um suspeito de cumplicidade sob custódia que pode nos dar mais informações. Quero que ela continue trabalhando no caso daqui. Como investigadora principal.

— A decisão é sua.

— Vou informá-la disso. Pretendo levar Roarke como consultor civil, caso ele esteja disponível.

— Faça os arranjos que julgar mais adequados e entre em contato comigo quando estiver a caminho. — Ele pegou um disco do bolso. — Esses são os dados de Ricchio, da detetive Jones e dos outros detetives e policiais com quem você provavelmente trabalhará.

— Obrigada, senhor. O senhor foi muito... minucioso.

— Conheço meus auxiliares — disse ele, de forma objetiva. — Isso lhe poupará o trabalho de pesquisá-los um a um. Boa caçada, tenente.

Ela voltou para a Divisão de Homicídios. Teria algum tempo para pensar, revisar e planejar a viagem. Por enquanto, porém, precisava agir com rapidez.

Avistou Peabody no corredor, olhando as opções duvidosas da máquina de venda automática no lado de fora da sala de ocorrências.

— Peabody, venha comigo.

Ela foi direto para sua sala.

— Stibble está à minha espera. Eu ia comer alguma coisa agora para depois...

— Deixe para comer mais tarde. Isaac está em Dallas. Ele pegou uma de suas ex-vítimas ontem à noite. Melinda Jones.

— Ela ainda está viva?

— Supostamente, sim. Ele deixou uma mensagem para a irmã gêmea dela. Eu fui convidada a ir até a cidade para brincar com ele.

— Para... — Peabody parou de falar e fechou a porta. — Ele sabe o que aconteceu com você em Dallas?

— Não temos certeza. — Enquanto falava, Eve embalou uma caixa de arquivos. — Vou partir o mais rápido possível.

— Você quer dizer *nós* vamos.

— Não, você não. Preciso que fique aqui. Quero que você lide com Stibble. Esprema-o até a última gota. Continue a descobrir o que puder sobre essa tal irmã Suzan. Ela deve estar em Dallas. Foi ela que preparou as bases da operação para Isaac. Eles têm um esconderijo na cidade, um lugar privado o suficiente para manter uma refém. Ela deve morar perto do cativeiro. Peça ajuda a Baxter e Trueheart. Se precisar de mais recursos, entre em contato comigo e eu providenciarei.

— Você não vai até lá sozinha! — Peabody correu para bloquear a porta, o que fez Eve erguer as sobrancelhas.

— Suas ordens não foram claras, detetive?

— Não venha com esse papo para cima de mim, Dallas, pode parar! Isso é uma armadilha, e o que é pior... naquela cidade. A cidade onde... enfim, é lá.

— Eu sei onde é, e é claro que ele acha que é uma armadilha. Ele vai continuar com essa impressão por mais algum tempo e vai se divertir um pouco. Isso é um erro.

Peabody cruzou os braços, fincou os pés.

— Eu vou com você.

— Peabody, sei que você anda treinando para melhorar no combate corpo a corpo, mas consigo te derrubar em cinco segundos. — Eve suspirou quando o rosto de Peabody simplesmente se contraiu em uma expressão feroz. Primeiro Mira, pensou ela. Agora aquilo.

— Se eu não conseguir me garantir sozinha é porque não mereço esse distintivo nem esse trabalho — disse Eve.

— A questão não é essa. Isso é diferente.

— Cada caso é diferente, e a forma como lidamos com cada caso é diferente. O que se mantém igual é o jeito como fazemos as coisas, cumprimos as missões e assumimos os riscos que o trabalho exige. Simples assim, Peabody.

Eve pensou em desmoralizar a parceira, afastando-a à força da porta. Só que isso deixaria um gosto ruim em sua boca. Além do mais, ela precisava de Peabody no controle de tudo, confiante e de cabeça fria.

No fundo, ela simplesmente não tinha coragem de reagir com violência à preocupação de sua parceira. Da sua amiga.

— Vou falar com Roarke imediatamente e ver se ele consegue um tempo livre para trabalhar como consultor no caso. O comandante liberou um ajudante para me acompanhar ao Departamento de Polícia de Dallas. Não me questione sobre isso, Peabody. Preciso ir, e preciso ir acreditando que você é capaz de se encarregar do comando da investigação aqui.

— Do comando? *Eu?* Mas Baxter...

— Você estudou Isaac e está familiarizada com cada uma das etapas da investigação até o momento. É a porra de uma oficial condecorada deste departamento. E *assumirá* a liderança como investigadora principal do braço nova-iorquino da investigação, como foi treinada para fazer. E não vai me decepcionar.

— Não vou decepcionar você, mas, por favor, não vá sozinha. Se Roarke não puder largar o trabalho no momento, escolha um dos nossos homens. Leve como reforço alguém que seja familiar e em quem possa confiar. Você não conhece os colegas que trabalham em Dallas.

— Já recebi os dados de todos eles. Se Roarke não estiver disponível, estou pensando em colocar Feeney na missão.

— Ok. Mas se você precisar de mim...

— Sim, sei onde você estará. Agora preciso ir. Ele só me deu oito horas, e o tempo está passando rápido. Envie-me tudo que você conseguir arrancar do Stibble e o que descobrir sobre a cúmplice.

— Vou manter contato regular com você. — Com alguma relutância, Peabody se afastou da porta e seguiu Eve. — Como você quer que eu lide com Stibble? Você prefere que eu...

— Você sabe o que fazer. Faça! Agora informe tudo aos homens. — Sem outra palavra, ela saiu.

Pegou o *tele-link* e ligou para Baxter enquanto descia os andares até a garagem.

— Yo! — atendeu Baxter.

— Vou sair da cidade para seguir uma pista sobre Isaac. Peabody vai assumir o caso na ponta de cá. Quero que você e Trueheart trabalhem com ela. Agora ela é a investigadora principal do caso.

— Entendido.

— Não pegue muito no pé dela, Baxter, mas também não a trate como um bebê.

— Quanto é "muito"? Não se preocupe com isso, Dallas. Trueheart vai me manter na linha. Vá pegar aquele filho da puta, tenente.

— Esse é o plano. — Ela desligou e entrou em contato com o escritório de Roarke.

Caro, a assistente pessoal de Roarke, sorriu ao ver o rosto de Eve surgir na tela.

— Olá, tenente. Roarke está terminando uma conferência holográfica. Se for algo importante, eu o interrompo.

— Estou a caminho daí. Preciso falar com ele o mais rápido possível. É urgente.

O sorriso de Caro assumiu um tom de alerta.

— Vou abrir um espaço na agenda.

— Obrigada.

E aqui vamos nós, pensou Eve, quando embarcou e seguiu a toda velocidade no TED Urbano que Roarke projetara especificamente para ela. Enquanto dirigia, contornando o tráfego, ziguezagueando pelas ruas e ativando o modo vertical para ultrapassar os carros, ela colocou no computador de bordo o disco que Whitney lhe dera com as informações sobre os integrantes do esquadrão em Dallas e começou a se familiarizar com o tenente Ricchio e sua unidade.

Quando ela entrou no amplo saguão preto e branco da sede da empresa de Roarke, um de seus seguranças a encontrou.

— Já liberamos um elevador para a senhora. Ele subirá direto, tenente.

— Obrigada. — Ela passou rapidamente pelos mapas tridimensionais nas paredes, pelos canteiros e rios de flores, pelo vaivém incessante das pessoas que entravam e saíam das lojas e dos restaurantes.

O segurança a acompanhou até o elevador e, em seguida, recuou.

— Já está programado — avisou ele, antes de as portas se fecharem.

Ela passou o tempo da subida frenética andando de um lado para o outro no elevador enquanto organizava os pensamentos e repassava o que precisava ser feito e como fazê-lo.

As portas tornaram a se abrir, agora diretamente no gabinete principal de Roarke, que já estava à sua espera.

— O que aconteceu? — perguntou ele.

— Isaac fez uma refém. — Quando ele agarrou a mão dela com força, Eve reparou no erro de ter sido tão direta. Roarke imaginou que fosse alguém em Nova York; alguém que eles amavam.

— Quem?

— Melinda Jones. É uma das gêmeas, a última que ele sequestrou.

— Eu me lembro. — Ele não deixou transparecer no rosto o alívio que sentiu, mas certamente se lembrou de quem era. Ele *sempre* se lembrava de tudo. — Ela mora em Dallas.

— Ele a pegou ontem, no fim da noite. Posso contar em detalhes mais tarde. Mas ele me deu um prazo para ir até lá, senão começará a decepar partes de Melinda.

— Ele a quer em Dallas? — Aqueles lindos olhos azuis se estreitaram e se tornaram incisivos. — Ele exigiu isso, especificamente?

— Sim, tenho oito horas a partir do momento em que a irmã recebeu a mensagem. — Isso aconteceu às dez e quarenta e três da manhã, no horário de Dallas. São doze e quarenta agora. Então, me restam seis horas para chegar lá. Ou... lá é mais cedo, então eu perco uma hora. Ou ganho. Merda, nunca consigo entender essa porcaria de fuso.

— Temos tempo suficiente. Não é coincidência que ele tenha ido para lá.

— Existem alguns detalhes. Podemos discuti-los mais tarde. No momento, eu não quero dar mole nem qualquer motivo para que ele comece a mutilar a refém. Fui autorizada a trabalhar com os policiais de Dallas e a escolher um parceiro, assessor ou algo do tipo. Mas preciso que Peabody fique aqui para liderar o ramo nova-iorquino da investigação.

Ele assentiu e, sem dizer mais nada, atravessou o amplo espaço até sua mesa, que ficava diante de um paredão de vidro com vista privilegiada de Nova York.

— Caro, limpe a minha agenda até segunda ordem. Preciso de um jatinho preparado e à minha espera no aeroporto para um voo até Dallas, Texas. Imediatamente.

Ele desligou o comunicador.

— Sente-se um minuto — disse a Eve.

— Eu não pedi que me acompanhasse. Eu ia pedir, mas você nem me deu chance.

— Achou que poderia ir sem mim? Mesmo?

Ela fechou os olhos um minuto.

— Sem questionamentos? Sem objeções? Sem um "Não, você não pode voltar lá"?

— Eu estaria desperdiçando meu tempo e o seu. Ir até lá vai machucar você. Não mataria você por dentro.

Dessa vez, quando ela suspirou, sentiu um tremor. Foi até o marido e o abraçou.

— Exatamente. E voltar a Dallas sem você? Não quero nem pensar em como seria.

— Então não pense. — Roarke a colocou de frente para ele e a encarou. — Nós vamos enfrentar essa situação, eu e você.

— Sim, nós vamos. Eu... nós... precisamos ir lá em casa para fazer as malas.

Ele simplesmente se virou para o *tele-link* outra vez. Alguns segundos depois, Summerset surgiu na tela.

— Eve e eu vamos a Dallas resolver assuntos policiais urgentes. Preciso que faça as malas para nós dois o mais rápido possível e envie a bagagem para o meu hangar no aeroporto.

— Será feito de imediato. Roupas para uma semana serão o bastante?

— Sim, deve ser suficiente. Entrarei em contato para passar outras instruções quando estivermos a caminho. Obrigado.

Mesmo com a pressa e a preocupação, Eve ainda tinha espaço para uma boa dose de perplexidade.

— Summerset vai fazer as malas para mim? Vai revirar minha roupa íntima?

Roarke olhou para ela e sorriu.

— Você me parece mais perturbada com isso do que com a perspectiva de enfrentar Isaac.

— O primeiro evento é humilhante, e estou ansiosa pelo segundo. Mas vou me conformar. Economizar meu tempo.

— Pois use esse tempo para ficar aí sentada. Respirar fundo. Preciso de uns minutos para acertar algumas coisas com Caro.

— Roarke. — Ela se manteve em pé. — Sei que você provavelmente acha que ir até lá comigo nesse tipo de emergência faz parte das regras do casamento.

Os lábios dele se abriram em um leve sorriso de diversão.

— Você adora essas regras.

— Só quando eu as conheço e compreendo. Sei que sempre implico com você por ser dono do mundo e por comprar planetas. Isso não significa que eu não perceba o quanto de trabalho, tempo e responsabilidade são necessários para você administrar tudo o que precisa administrar. Eu entendo isso e respeito. E sei que você vai deixar muita coisa em suspenso por minha causa. Não pense que não o valorizo por isso.

— Eve. — Ele hesitou um segundo. — Certa vez, eu estava em um campo na Irlanda, sozinho, meio perdido e ansiando por você mais do que pelo próprio ar. E você foi até lá, embora eu nunca tenha lhe pedido, você foi porque sabia que eu precisava de você. Nem sempre fazemos o que é certo ou bom. Nem mesmo um pelo outro. Mas, quando a questão é importante, nós fazemos exatamente isso: o que é certo e bom um para o outro. Não existe regra para isso, Eve. É apenas uma questão de amor.

Apenas uma questão de amor, ela ficou pensando depois que ele saiu. Talvez ela estivesse prestes a lidar com o seu inferno pessoal para enfrentar um assassino, mas, naquele momento, se considerou a mulher mais sortuda do mundo.

Capítulo Seis

Eve passou a primeira parte do voo rápido revisando o restante dos dados de Whitney, depois caminhando de um lado para o outro. Planejava e elaborava uma abordagem. Até Roarke concluir o que fazia no seu tablet e deixar o aparelho de lado.

— Diga-me o que devemos esperar quando chegarmos lá.

— Não tenho certeza. — Aquilo a deixava inquieta, desassossegada. — O tenente Anton Ricchio é o superior direto da detetive Jones. Ele dirige a Unidade de Vítimas Especiais, então estão acostumados a lidar com crimes sexuais e abuso de menores. Jones escolheu especificamente essa unidade para trabalhar.

— E a irmã gêmea escolheu a área de terapia a vítimas de abuso e estupro. Suponho que elas já tenham trabalhado juntas.

— Melinda aconselhou várias vítimas registradas na Unidade de Vítimas Especiais — confirmou Eve. — Ricchio está há vinte anos na polícia. É casado há doze, segundo casamento. Tem um filho de dezoito anos do primeiro casamento e uma filha de dez anos do atual. Parece competente e confiável, dá espaço para os detetives trabalharem. Fez de Bree Jones parceira da sua detetive mais experiente, Annalyn Walker, que tem quinze anos de polícia, os últimos oito na Unidade de Vítimas Especiais. Solteira, nenhum casamento ou filho. Tem um belo histórico. Esses devem ser os principais sujeitos com quem vamos lidar.

Ela parou de falar quando seu *tele-link* tocou.

— É o FBI — disse ela, lendo a tela antes de atender. — Dallas falando!

— O que aconteceu com o nosso trato de cooperar e compartilhar todos os dados? — exigiu Nikos.

Irritada, pensou Eve. Extremamente irritada.

— Estou trabalhando contra o relógio aqui, agente Nikos. Você conseguirá todos os dados com meu comandante e a detetive Peabody, que agora lidera a investigação do caso.

— Se Isaac está em Dallas com uma refém, Laurence e eu também deveríamos estar em Dallas.

— Sua viagem e coordenação com a polícia de Dallas não são atribuições minhas.

— Já resolvemos isso, estamos cerca de uma hora atrás de vocês. Podiam ter nos oferecido uma carona.

— Escute, Nikos, tenho coisas mais importantes em mente do que agendar seu meio de transporte. Isaac fez uma refém e tem todos os motivos para fazer mal à jovem, já que ela lhe escapou no passado. Não vou dar a ele nenhum motivo para lhe fazer nenhum mal. Acreditamos que a atual cúmplice dele seja Suzan Devon, que atualmente mora em Baton Rouge. Minha parceira e a equipe dela estão tentando localizá-la.

— Estou ciente. Também temos recursos consideráveis e, ao usá-los, descobrimos que a irmã Suzan Devon simplesmente não existia até cerca de três anos atrás. As impressões e o DNA que temos no cadastro são falsos, porque pertencem a um cadáver de dez anos, nome Jenny Pike. Estamos rodando o sistema de reconhecimento facial para ver se conseguimos localizá-la em nosso sistema.

— Ela certamente está em Dallas, com Isaac.

— Talvez. Mas ele já pode tê-la descartado a esta altura.

Não, não, pensou Eve. Raciocine, raciocine.

— Isaac precisa dela. Ainda não teve tempo de procurar uma nova cúmplice. Ela está com ele. Sua identidade como irmã Suzan foi cadastrada no sistema antes de seu envolvimento com Isaac, então isso é coisa dela. Dessa vez, ele conseguiu uma cúmplice à altura. Minha parceira está interrogando Stibble, que foi quem os apresentou. Se ele souber de mais alguma coisa, ela vai arrancar dele. Aterrissaremos em um minuto. Continuaremos a conversa na central do tenente Ricchio.

Eve desligou e olhou para Roarke.

— Merda!

— Ficou chateada porque o FBI está complicando as coisas?

— Não, porque eu não me lembrei de informá-los. Nem me passou pela cabeça, e devia ter passado. Prometi jogo aberto e cooperação irrestrita.

— Mas, se o FBI está logo atrás de nós, eles conseguiram as informações com muita rapidez.

— Sim, mas isso deveria ter partido de mim. — Passando a mão pelo cabelo, ela voltou a caminhar de um lado para o outro. — Agora vou ter que me desculpar com eles. Odeio isso. E, sim, eles vão complicar as coisas. Ricchio não vai ter que engolir só uma tira de Nova York que veio enfiar o nariz nos seus assuntos, mas o FBI também. Em seu lugar, eu me sentiria um pouco chateada.

— Você tem uma hora de vantagem para convencê-lo a aceitar essa inconveniência. O FBI terá que cuidar do próprio jogo diplomático.

Ela considerou.

— Ainda tem isso.

Roarke agarrou sua mão quando ela deu mais um passo e puxou-a para o seu assento.

— Aperte o cinto, tenente. — Estendendo a mão, ele prendeu pessoalmente o cinto da mulher. — Esse é o seu trabalho. — Ele tocou o rosto de Eve, manteve os olhos fixos nos dela, pois sabia que ela odiava o pouso tanto quanto a decolagem. — O local onde você o desempenha é só um detalhe.

— Um detalhe bem importante.

— Você sabe seu objetivo e conhece seu alvo. Isso é mais importante. E conhece a si mesma. — Ele a beijou para acalmar a si mesmo tanto quanto a ela. O jatinho deslizou e pousou graciosamente.

Eles estavam em Dallas.

No minuto que ela saiu do jatinho, franziu o cenho para o veículo que já estava à espera de Roarke.

Rindo, ele abriu a porta do carona para ela entrar.

— Achei que algo discreto e sem ostentação seria o mais apropriado.

— Só porque ele não é um conversível em ouro maciço não significa que seja discreto. Parece custar caro. Custar toneladas de dinheiro.

— É um sedan simples, com tração nas quatro rodas, porque nunca se sabe os caminhos por onde vamos passar, não é? E é preto. — Ele se instalou atrás do volante e informou ao GPS o destino: a Central de Polícia de Dallas. — De qualquer forma, um veículo de ouro maciço seria pesado demais. Se bem que um carro folheado a ouro teria um certo apelo.

— Se você diz — murmurou ela.

— Acredite.

Ele saiu do hangar e entrou direto no trânsito de Dallas.

Ela se lembrava bem da cidade, por causa da sua visita anterior. O tráfego intenso, as avenidas e ruas com curvas e voltas em vez de formar uma grade regular. E os prédios, ela reparava agora, não eram como os de Nova York, onde o antigo se misturava com o novo, onde prédios de arenito vermelho se espalhavam e elegantes espigões de vidro se erguiam. Ali, havia arranha-céus e colunas, arcos e prismas, tudo espalhafatoso demais, em sua opinião.

Como um conversível feito de ouro maciço.

Ela se concentrou nos prédios, na sua aversão instintiva ao horizonte da cidade, e se recusou a pensar no que acontecera no quarto gelado de um hotel decrépito no feio distrito dos trabalhadores sexuais.

— A cidade sequer se parece com o que vimos quando estivemos aqui. Não faz nem dois anos.

Roarke apontou para um dos muitos imponentes guindastes.

— Alguma coisa sempre é demolida, enquanto outra sobe. Dallas é uma cidade em evolução perpétua.

— Talvez isso seja bom. — Ela se remexeu no banco. — É bom que não permaneça como era. Talvez assim eu não sinta nada. É como chegar a uma cidade anônima. Para mim ela parece mais um lugar fora do planeta, de certo modo. Qualquer outra cidade, em qualquer outro estado do país. Não significa nada para mim.

Se aquilo fosse verdade, refletiu Roarke, ela não sentiria aquela necessidade de convencer a si mesma.

— Reservaram uma vaga de visitante — anunciou ela, lendo uma mensagem de texto. — Terceiro andar na ala leste, vaga 22. É o mesmo andar da Unidade de Vítimas Especiais.

— Muito conveniente.

— Eles estão sendo educados. Podiam ter nos reservado uma vaga na outra ponta do prédio. Isso é um bom sinal. Preciso convencer Ricchio a me deixar assumir a liderança. Ele não conhece Isaac, não tinha razão para conhecê-lo. O tenente vai fazer o dever de casa do zero, com certeza, mas não conhece esse filho da puta.

— Bree Jones conhece.

— Sim, mas ela ainda é meio inexperiente. E a vida da irmã está em jogo. Se você acrescentar o trauma, e pode acreditar em mim quando digo que Bree está revivendo cada momento do que aconteceu desde as dez e quarenta e três da manhã de hoje, não sei se ela vai ajudar ou colocar tudo a perder.

Roarke entrou na garagem e subiu até o terceiro andar.

— Você está nervosa, ansiosa. Não me diga que não está. Conheço você. Eles não vão perceber, mas eu consigo sentir.

— Tudo bem. Sei como segurar minha onda.

— Sem dúvida. Talvez seja melhor ir devagar, escutar o que Ricchio tem a dizer, conhecer melhor a ele e Bree Jones. E dê a eles a chance de formar uma opinião sobre você.

— Você está certo. Você tem razão, eu sei disso. Eu só quero...

— Acabar logo com isso — completou Roarke, e estacionou na vaga 22.

— Sim, mas preciso parar de pensar assim. E já! Porque, se isso for o melhor que eu consigo fazer, deveria ter ficado em casa. — Ela saltou e olhou para Roarke por cima do carro. — A prioridade número um é resgatar Melinda Jones, sã e salva. A prioridade número dois é colocar Isaac McQueen e sua parceira atrás das grades. O restante não importa.

Ele deu a volta no carro.

— Vamos arrumar a casa. — Ele pegou a mão dela enquanto caminhavam na direção das portas do prédio.

— Ei! — reclamou Eve. — Consultores civis não entram em prédios da polícia de mãos dadas com tiras.

Ele apertou a mão dela antes de soltá-la.

— Essa é a *minha* tira.

A segurança os registrou, liberou a pistola secundária e o coldre de Eve. Em seguida, fizeram-nos esperar alguns minutos.

O piso de lajotas brancas quase brilhava. As paredes eram pintadas em um marrom suave, com vários tons mais ricos e quentes que o bege. Exibiam obras de arte em padrões geométricos coloridos e moldura em bronze. Os bancos sob os quadros brilhavam. As máquinas de venda automática, ali perto, pareciam impecavelmente limpas.

Eve sentiu uma coceira incômoda na base da espinha que se intensificou quando dois policiais passaram, sorriram e cumprimentaram a ela e Roarke com um alegre "boa-tarde".

— Que tipo de central de polícia é essa? — perguntou Eve. — Arte extravagante nas paredes e policiais com sorrisos no rosto em vez de olhares incisivos?

— Você é a própria Nova York em Dallas.

— Como assim?

— Anime-se, querida. Tenho certeza de que em algum momento alguém nesse prédio vai lhe lançar um olhar incisivo.

— O oficial de segurança sorriu e me disse "Boa tarde, dona", antes mesmo de eu lhe mostrar minha identificação.

— É um mundo doente, Eve. — Ele resistiu à tentação de pegar a mão da mulher para mais um aperto. — Um mundo doente e triste.

— E é mesmo. Então, por que razão esses policiais estão sorrindo? Isso está errado.

Roarke não conseguiu evitar. Abraçou-a rapidamente usando um dos braços e roçou os lábios em seu cabelo.

— "Pare com isso", pode dizer. Sei que você quer me mandar parar — declarou Roarke, com uma risada. — Mas me pareceu apropriado beijar você num mundo de policiais sorridentes. E ali vem a exceção.

Eve identificou Bree Jones no instante em que a detetive passou pela porta. Por um breve instante, o passado se sobrepôs ao presente, e Eve teve uma lembrança perfeita do rosto jovem, machucado, inchado, retorcido de raiva e medo.

Depois a imagem desapareceu e ela viu uma mulher bonita de cabelos loiros curtos, espetados, traços delicados marcados por um queixo pontudo e firme. Olhos azuis dominavam o rosto pálido e sombrio.

Ela não conseguia esconder o cansaço, pensou Eve, mas encobria bem o medo. Mal se percebia.

Ela caminhou com rapidez até Eve. Era uma mulher pequena e compacta, usava jeans desbotado, camiseta branca e botas marrom-escuro.

— Tenente Dallas.

Sua voz não tremeu. Havia um sotaque forte que soou descontraído e casual aos ouvidos de Eve. Mas não havia nada de descontraído ou casual no aperto da mão que ela estendeu.

— Detetive Jones. Esse é Roarke. Ele foi liberado como consultor civil para o caso.

— Sim. Obrigada por vir, tenente. Obrigada a ambos por terem vindo tão depressa. Pedi ao meu tenente que me permitisse recebê-los. Queria um momento a sós para lhes agradecer pessoalmente.

— Não há necessidade.

— A senhora me disse isso antes, mas há. E houve. Vou levá-los até o tenente Ricchio.

— Está trabalhando no caso, detetive?

— O tenente Ricchio parece convencido de que eu poderia ser útil.

— Você o convenceu disso?

Bree olhou para Eve e se afastou um pouco quando atravessaram as portas.

— Sim, tenente, eu o convenci. Trata-se da minha irmã. Eu não teria tentado convencê-lo, a menos que acreditasse, do fundo do coração, que posso e serei útil.

Eve não disse nada. Bree caminhava como uma policial. Tirando o sotaque, também falava como uma policial. Mas aquele lugar? Tudo ali brilhava, era limpo e cintilante. O vidro especial nas janelas generosas difundia a luz; o ar era limpo, e a temperatura, agradável, contrastando com o cobertor úmido de calor que sufocava a cidade lá fora.

— Este prédio é novo, detetive?

— Relativamente, sim, tenente. Tem cerca de cinco anos.

Cinco anos?, pensou Eve. Cada um dos policiais que ela conhecia conseguiria acabar com o brilho daquele lugar em cinco *dias*.

Eles entraram na Unidade de Vítimas Especiais, com sua ampla sala de ocorrências, sua fileira de estações de trabalho para auxiliares e guardas. Havia policiais nas mesas, alguns usando jaquetas de couro, outros em mangas de camisa, trabalhando nos *tele-links* e nos sistemas de comunicação. Eve não diria que tudo parou subitamente quando ela entrou, mas houve uma mudança no ritmo.

Em seguida, ela recebeu olhares incisivos em número suficiente para deixá-la mais à vontade.

Ricchio ocupava o tradicional escritório anexo do chefe, de vidro e sem persianas. Ele saiu imediatamente e estendeu a mão para Eve.

— Tenente Dallas, sr. Roarke, obrigado por responderem tão rapidamente. Por favor, venham até minha sala. Aceitam um café?

Ela pensou em recusar. *Vamos ao que interessa.* Mas lembrou que aquele era um mundo onde os policiais sorriam e diziam *por favor* o tempo todo.

— Aceito, sim. Preto, por favor.

— O mesmo — disse Roarke.

Ele programou o AutoChef; depois de entregar os cafés, apontou para as poltronas de visitantes — com almofadas de verdade — e se sentou na beirada da mesa.

Ricchio usava terno e gravata, tinha cabelos castanhos e ondulados fartos emoldurando um rosto bronzeado e queixo quadrado. Seus olhos se desviaram para Bree, depois voltaram para Eve.

— Imagino que já tenha lido a declaração e o relatório da detetive Jones, tenente.

— Li, sim. Mas prefiro ouvir o relato dos lábios da detetive, se você não se importa.

— Bree?

— Sim, senhor. Cheguei em casa alguns minutos depois das quatro da manhã. Meu parceiro, o detetive Walker, e eu trabalhamos muito ontem. Minha irmã e eu dividimos um apartamento. Presumi que Melinda já estivesse em casa, dormindo. Não verifiquei. Fui direto para a cama e, como tinha o dia de hoje de folga, dormi até tarde. Eu...

Ela vacilou um momento.

— É minha política interna — disse Ricchio. — Quando meus detetives trabalham em turnos longos, encerram um caso e não há nada importante pendente, eles tiram um dia de folga para se recuperar.

— Entendo.

— Só me levantei por volta das dez e meia — continuou Bree. — E supus que Melinda já tivesse saído para trabalhar. Havia uma mensagem na geladeira, um hábito nosso. Ela avisava que recebeu uma ligação e tinha ido se encontrar com uma vítima de estupro que estava atendendo. Tinha deixado a mensagem às onze e meia da noite de ontem.

— É normal ela sair para encontrar uma vítima tão tarde?

— Sim, dona. Perdão, tenente, acho que em Nova York o tratamento é *senhora*.

— Exato. *Dona* é a tia rabugenta de alguém.

Quase arrancou um sorriso de Bree.

— Sim, senhora. Nunca é tarde ou cedo demais para Melly. Se alguma paciente precisa, ela se faz presente. Eu não pensei mais no assunto. Perceberia se ela tivesse deixado a mensagem sob pressão. Não foi o caso.

— Ela não disse com quem pretendia se encontrar ou onde?

— Não, mas isso também não era incomum. A questão era que... se ela tivesse voltado, já teria apagado a mensagem, então tive um pressentimento ruim. Decidi verificar, ligando para seu *tele-link*. Quando fiz isso, recebi a mensagem de Isaac.

Ao pronunciar o nome de Isaac, Bree começou a girar um anel de prata em volta do dedo.

— Eu verifiquei o apartamento, mas não encontrei pistas. Entrei em contato com o meu tenente e o informei da situação. Ele enviou dois policiais e uma Unidade de Cena do Crime para a minha casa e emitiu um alerta sobre Melinda e seu veículo. O carro foi encontrado no estacionamento público de um motel, a cerca de um quilômetro e meio do nosso apartamento. Nenhuma das pessoas abordadas se lembrava de ter visto Melinda ou Isaac.

— A foto da mulher que acreditamos ser a atual cúmplice de Isaac foi exibida a todos?

— Sim, tão logo a recebemos do seu departamento, tenente. Não obtivemos nenhum resultado. Investigamos e estamos interrogando todas as pessoas que se hospedaram no motel ontem à noite. Até agora descartamos todas.

— Eles não se hospedaram lá — garantiu Eve. — Não passaram a noite no local. Simplesmente largaram ali o veículo de Melinda, possivelmente quando a transferiram para outro carro. Muito provavelmente uma van. Vocês poderiam voltar a entrevistar essas pessoas e perguntar se viram uma van estacionada perto de onde o carro da sua irmã foi encontrado. O mais provável? — perguntou, quando Bree pegou um caderno. — A suspeita se encontrou com Melinda Jones do lado de fora do local combinado. Provavelmente algum restaurante. Despretensioso, mas movimentado. Pode ser um café, uma lanchonete, um bar. Solicitou à vítima que fossem para outro lugar, talvez menos tumultuado. Não ia querer entrar com o alvo, não ia querer ser vista com sua irmã. A suspeita se comportou como se estivesse nervosa e chateada, exatamente como previsto, e, como sua irmã estava disposta a ajudar, deixou que a suspeita entrasse no seu carro. Esse comportamento seria consistente com o jeito da sua irmã, detetive?

— Sim. — Bree parou de fazer anotações e rodou o anel no dedo novamente. — Melinda a teria levado aonde ela quisesse ir.

— Em algum momento, a suspeita pediu que sua irmã encostasse, talvez junto a um terreno baldio. Fingiu se sentir enjoada ou ficou histérica. É mais inteligente e mais simples incapacitar sua irmã e obter o controle do veículo caso elas estejam paradas. A partir daí a suspeita assumiu o volante e Isaac se juntou a elas, ou então a suspeita dirigiu até o motel e se encontrou com Isaac. Eles fizeram a transferência e abandonaram o veículo da sua irmã. Não importa se ele for descoberto. É até melhor que seja encontrado e a polícia perca tempo procurando por eles nessa área. Não estão nem perto de lá.

— Se ao menos eu tivesse verificado quando cheguei em casa...

— Isso não faria diferença alguma — cortou Eve. Não havia tempo a perder com culpa. — Não faria diferença se você estivesse em casa quando recebeu a ligação. Ela teria feito exatamente a mesma coisa. Poderia ter lhe dado o nome da mulher com quem ia se encontrar, mas isso não teria importado, porque o nome é falso. E no máximo em... não conheço os padrões e rotas de tráfego por aqui... mas diria que em não mais do que uma hora, muito antes de você sentir qualquer tipo de preocupação, ela já estaria presa no lugar definido com antecedência.

Eve se virou para Ricchio e completou:

— Esse é o cenário mais provável.

— Na sua opinião, ele a teria levado para fora da cidade?

— Ele é um tipo urbano, está confinado há muitos anos, longe da ação, da energia, do movimento. Os vizinhos tendem a prestar mais atenção uns nos outros quando moram nos subúrbios ou na periferia. Meu melhor palpite é um apartamento ou flat de nível médio. Nada muito chamativo. A cúmplice já devia estar morando lá. Pode ter levado semanas ou meses, mas preparou tudo para ele. O local é à prova de som, possui segurança de primeira e muito espaço. A mulher então vai morar em outro lugar. Isso não deve mudar. Ele não a quer no seu espaço pessoal noite e dia. Gosta de ter privacidade com as vítimas.

— Você tem um cúmplice em custódia.

— Randall Stibble — confirmou Eve, olhando para Ricchio. — Vamos chamá-lo de "intermediário". Por uma determinada taxa, colocou Isaac em contato com comparsas em potencial, que o visitavam na prisão. Minha parceira e outro detetive estão interrogando Stibble de forma incansável. Se ele tiver mais alguma coisa para contar, minha equipe vai descobrir. Melinda conhecia a suspeita, você disse que ela era paciente da sua irmã, certo? Vocês têm os registros dela?

Ricchio assentiu para Bree.

— Nós acessamos esses dados e checamos cada paciente que ela atendeu nos últimos seis meses. Nenhuma correspondência, fosse por reconhecimento facial, DNA ou impressões digitais.

— Vocês precisam pesquisar mais para trás. O caso não deve ser recente. Um ano, talvez mais tempo. Eles colocaram alguma distância entre o suposto estupro, as consultas iniciais e esse contato para o sequestro. A carteira de identidade que ela apresentava nas visitas a Isaac na prisão é falsa, embora seja boa o bastante para enganar o scanner da cadeia. Assim como Isaac, ela deve ter mudado um pouco o visual. Mas eles não podem mudar quem e o que são.

— Gostaria que você orientasse os meus oficiais e lhes fornecesse esses perfis, tenente. Sua experiência com Isaac será inestimável para a busca por Melinda.

— Os agentes Nikos e Laurence, do FBI, deverão chegar dentro de vinte minutos.

— Então nos encontraremos todos daqui a trinta, se for conveniente para vocês.

— Combinado.

— Como ele está financiando isso tudo, tenente? — perguntou Ricchio. — A viagem, o apartamento, os meios de transporte?

— Sempre soubemos que ele tinha dinheiro guardado, só não sabíamos onde. Ele bancou as despesas que a cúmplice teve para armar tudo. Isso nos dará uma trilha, assim que encontrarmos as migalhas. O nosso consultor civil tem uma experiência peculiar em finanças.

Ela olhou para Roarke e assentiu.

— Ele certamente tem várias contas — começou Roarke. — Stibble e o guarda com quem ele trabalhava tinham contas secundárias, escondidas. Não muito bem escondidas. Isaac conseguiu transferir alguns valores relativamente pequenos de uma conta estrangeira, em nome de uma empresa fantasma, para as contas dos cúmplices. Quase sempre usava a conta de e-mail de Stibble para fazer as transferências. A conta estrangeira foi fácil de encontrar quando começamos a analisar, o que me diz que ele tem outras. Outras mais recheadas. Como ele usou uma boa quantidade de dinheiro ultimamente para cobrir essa "folha de pagamento", provavelmente precisará sangrar uma ou mais dessas outras contas para cobrir suas despesas atuais.

— Por que Melinda? E por que aqui em Dallas? Acredito que isso seja relevante — acrescentou Bree. — Eu perguntaria o mesmo se a vítima não fosse minha irmã.

— Vocês foram as últimas vítimas de Isaac, uma jogada muito especial. Gêmeas. Pelo que sabemos, ele nunca raptou mais de uma jovem de cada vez. E ele só manteve vocês por um curto período.

— Ele poderia ter tentado me levar. *Deveria* ter tentado fazer isso — insistiu Bree. — Afinal, raptar uma policial treinada deve ser muito mais empolgante do que pegar uma psicóloga.

— Concordo — disse Eve. — Mas você não o visitou na prisão.

— Quando? — exigiu Ricchio. — Você está me dizendo que Melinda teve contato com Isaac *antes* desse sequestro? Você sabia disso, detetive?

— Sabia. Meu Deus! — Um lampejo de dor inundou o rosto de Bree quando ela pressionou a mão contra a têmpora. — Não me ocorreu, tenente. Já nem me lembrava, aconteceu anos atrás.

Ela só contou depois que já tinha ido vê-lo. Fiquei absurdamente revoltada. Nós tivemos uma briga terrível por causa disso. Eu...

— Sente-se, Bree. Sente-se, pelo amor de Deus. — Ricchio esfregou as mãos no rosto. — Por que ela foi vê-lo?

— Ela me disse que, se pretendia ajudar as pessoas que sofreram abuso, teria que lidar com sua própria bagagem. Precisava vê-lo na prisão, vê-lo por si mesma, vê-lo pagando pelo que havia feito conosco e com as outras. E ela precisava mostrar a ele que tinha sobrevivido a tudo. Precisava mostrar a ele que era uma mulher livre, saudável e sem cicatrizes.

Ela fechou os olhos e respirou fundo.

— Ela não me contou nada antes porque sabia que eu tentaria dissuadi-la. Eu teria procurado os nossos pais, teria feito tudo que pudesse para impedi-la. Mas ela melhorou depois da visita. Antes, costumava ter dores de cabeça muito debilitantes. Elas acabaram. Os pesadelos também. Ela ficou bem melhor, mais calma, mais feliz. Foi por isso que eu me esqueci do ocorrido — explicou Bree, com amargor na voz. — Simplesmente deixei o ocorrido de lado e me esqueci.

— Ela contou a você sobre o que eles conversaram? — perguntou Eve.

— Ela me confessou que ele sorriu quase o tempo todo, muito satisfeito, cheio de charme. Ele disse que era maravilhoso vê-la novamente, ver como ela havia se transformado em uma mulher belíssima, esse tipo de papo-furado. — Mais uma vez o anel girou sem parar em torno do dedo de Bree. — Ele fez muitas perguntas que ela não respondeu. Se Melinda tinha namorado, se frequentava a faculdade. Perguntou sobre mim, mostrou-se intrigado por que eu também não tinha ido vê-lo. Ela esperou ele acabar, simplesmente o deixou falar. Por fim, disse a ele que também achava maravilhoso vê-lo ali. Na prisão. Era maravilhoso saber que, graças à policial Dallas, ele continuaria trancado ali pelo resto da vida, que nunca mais conseguiria magoar ninguém, muito menos atacar crianças. Que adorava saber que ele estava em uma jaula enquanto ela estava livre, vivendo sua vida. Então foi embora. Ele parou de sorrir e ela saiu. — Bree continuou: — Ela o provocou, esfregou tudo isso na cara nele. Ele jamais perdoaria algo assim. Ele vai machucá-la. Como já fez antes.

— Não por ora — garantiu Eve, falando depressa. — No momento, ela é só parte de uma engrenagem, assim como Stibble, assim como sua atual cúmplice e como Lovett, o guarda da prisão que ele subornou. Melinda é apenas parte de uma engrenagem que ele precisa manter girando. *Eu* sou o foco agora. Você disse que ela mencionou a mim, especificamente, como a razão de ele estar na prisão.

— Sim, ela... digo, nós... ficamos muito gratas.

— Enquanto eu for o foco de Isaac, ele a manterá viva.

Uma policial abriu a porta sem bater.

— Isaac está no *tele-link* da mesa de Bree, o sinal de vídeo está bloqueado. Estamos tentando rastrear a ligação. Ele quer falar com a tenente Dallas.

— Mostre-me o caminho — ordenou Eve. — Você não! — Eve estendeu a mão e agarrou o braço de Bree quando a detetive correu para a porta. — Você não dará a ele outra alegria. Não lhe dará essa satisfação. Mantenha-se fora do alcance, não diga nada. Ele não deve ver nem ouvir você.

Eve atravessou a sala de ocorrências e seguiu na direção da mesa vazia. Lembrou-se do protocolo e olhou para Ricchio. Ao seu sinal, ela se aproximou, sentou-se e se colocou bem à frente da tela do *tele-link*.

— Você está um pouco adiantado em relação ao fim do prazo, não é? — provocou Eve

— Você também. — Um sorriso pareceu se irradiar da sua voz. — Como é estar de volta onde começou?

— Não comecei aqui.

— Não? Saiba que não foi fácil acessar informações sobre você, mas eu não me importo com o trabalho. Você era um pouco jovem para o meu gosto quando teve a sua iniciação sexual. Sua menina má! Mesmo assim, aposto que era deliciosa. Conte-me como foi — incentivou ele, ainda com o sorriso na voz. — Eu adoraria conhecer os detalhes.

— Vá se masturbar em particular. Quero uma prova de que ela está viva, Isaac, senão pego o primeiro jatinho de volta para casa.

— Peça "por favor".

— Vá se foder! Quero uma prova, senão esse papo termina agora!

Ele estalou a língua duas vezes de um jeito zombeteiro.

— Você era tão educada quando nos conhecemos...

— Quer dizer quando educadamente atordoei você com a minha pistola e te deixei inconsciente? Sim, bons tempos. Última chance ou eu caio fora. Prova!

— Se você insiste...

Uma música ambiente genérica fluiu dos alto-falantes. Ele transformou aquilo numa piada, pensou Eve. Está se divertindo ao provocar tanta dor emocional.

Um momento depois, o rosto de Melinda Jones encheu a tela. Olhos vidrados, notou Eve. Estava dopada. Nenhum sinal de hematomas faciais.

— Aqui é Melinda. Melinda falando. — Pelo canto do olho, Eve viu a policial de antes impedir Bree de correr para a frente da tela. — Ele não me machucou. Não sei onde estou. Ela disse, Sara...

Ela se calou, franzindo o rosto quando a ponta da faca lhe apertou a garganta.

— Nã-nã-não! Já chega — decretou Isaac.

— Quero vê-la de corpo inteiro — exigiu Eve. — Cheguei aqui dentro do prazo. Quero ter certeza de que você manteve a palavra.

— Você conseguiu sua prova e ela continua com todos os dedos. Bloquear vídeo! A tela escureceu.

— O que você quer, Isaac?

— Seu sangue em minhas mãos e uma menina linda na minha cama.

— Há uma segunda opção?

— Ahn... não, mas escolho a primeira. É isso que terei quando terminarmos. Enquanto isso, vou me deleitar ao vê-la tentar me encontrar para, mais uma vez, salvar a garota. Você não vai conseguir, mas eu vou te achar e você terminará no mesmo lugar onde começou.

Ele deu um suspiro longo e feliz, antes de completar:

— É uma sensação quase divina, não acha?

— Pegamos Stibble e Lovett — avisou Eve.

— Pode ficar com os dois. Já terminei com eles. Até mais tarde!

— Localização? — pediu Eve, quando ele desligou.

— Nada. — Um dos homens numa mesa próxima balançou a cabeça com nojo no olhar. — Ele rebateu o sinal por todo lado para confundir o sensor. Seja de onde veio o sinal verdadeiro, nossos técnicos dizem que está fragmentado e misturado. Não podemos sequer garantir que Isaac está em Dallas.

— Ele está aqui, sim. — Ela se levantou e voltou a atenção para Bree. — Melinda está viva, ele não a machucou. Se tivesse feito isso, não a teria dopado com um tranquilizante. Ia querer que ela sentisse a dor.

Ela viu quando o FBI entrou na sala.

— Eu gostaria de ter dez minutos a sós com o FBI, tenente Ricchio, e logo estarei pronta para informar tudo aos seus homens.

— Use minha sala.

Capítulo Sete

Eve atualizou os agentes do FBI e, depois de um ligeiro cabo de guerra, venceu a discussão. Ela informaria tudo aos policiais de Dallas, para depois acrescentar à sua pasta quaisquer dados e descobertas adicionais que eles tivessem levantado.

A sala de conferência da Central de Polícia tinha várias mesas grandes e brilhantes. Não havia cadeiras executivas com encosto alto, mas, ainda assim, o ambiente lembrava o de uma sala de reuniões. Telões cobriam uma das paredes, onde também havia estações de trabalho e painéis computadorizados.

Indicaram-lhe um púlpito, que ela preferiu ignorar.

Enquanto a sala se enchia de policiais, ela chamou Roarke a um canto.

— Por favor, ligue para Peabody. Tudo que ela tiver descoberto, quero saber. Você consegue dar um jeito de localizar a ligação? Porque ele fará contato novamente.

— Com o devido tempo e equipamento adequado.

Ela deu outra olhada em torno da sala, impassível.

— Eles provavelmente têm esse equipamento aqui, já que parecem ter tudo.

— Prefiro usar o *meu* equipamento. Poderia trabalhar com a DDE daqui se for necessário, mas não os conheço. Nem você. Prefiro montar o que preciso em nossa suíte de hotel e me conectar com Feeney.

Ela não podia discutir com ele, já que concordavam.

— Faça isso. Mas temos que jogar limpo com os policiais locais. Se você fizer progressos, informaremos a eles. As pesquisas de finanças e as comunicações ficarão por sua conta.

— Vou tentar merecer meu exorbitante honorário. Melinda Jones tentou nos dizer um nome?

— Creio que sim. Sara... um nome que começa com Sara. Já informei ao FBI. — Ela olhou para onde eles estavam curvados sobre seus tablets. — Eles estão focados nos dados. Vou dar aos policiais locais tudo que eu tenho, e para isso preciso montar meu próprio quartel-general. Quero o meu quadro, o meu cronograma e o meu espaço. Preciso pensar.

Ela olhou para os telões.

— Como diabos vou fazer para usar todo esse equipamento?

— Pode deixar comigo.

— Ótimo. A última coisa que preciso é exibir fotos de cãezinhos fofos em vez de suspeitos.

Quando ela se virou para a sala, viu Ricchio caminhando até o púlpito. O burburinho e as conversas silenciaram por completo.

— Todo mundo aqui conhece a situação — começou ele. — Formamos uma investigação conjunta com o Departamento de Polícia de Nova York, representado aqui pela tenente Dallas e Roarke, como consultor civil, e também com o FBI, representado pelos agentes especiais Nikos e Laurence. Como sabem, ou deveriam saber depois da apresentação inicial do caso, a tenente Dallas prendeu Isaac McQueen há doze anos e também foi responsável pela libertação de vinte e duas jovens menores de idade que ele tinha sequestrado e mantido sob cativeiro. Melinda Jones foi uma dessas vinte e duas vítimas.

"Todos nesta divisão conhecem Melinda, já trabalhamos com ela. Espero que os oficiais desta sala dispensem toda a cortesia e cooperação à tenente Dallas, a Roarke e aos agentes Nikos e Laurence. Por favor, tenente."

Eve deu um passo à frente.

— Isaac McQueen é um predador sexual pedófilo e violento. É altamente metódico, inteligente e determinado. Gosta de correr riscos e se alimenta da sensação, mas calcula cada um deles. Jamais quis ser capturado, não sente remorso, apenas uma sensação de merecimento. Seus alvos preferidos são garotas entre doze e quinze anos. Garotas bonitas. Apesar de já ter atacado meninas em condição de rua, prefere garotas saudáveis, bem vestidas, jovens típicas da classe média.

Ela olhou em direção ao telão onde Roarke exibia a imagem de Isaac e seus principais dados.

— Ele é um vigarista experiente. Sabe como aplicar golpes. Gosta do desafio. Declarações que recebemos das jovens que manteve sob cativeiro dão conta de que, muitas vezes, ele as forçava a encenar papéis. Ele se adapta — continuou Eve. — Passa despercebido. É um homem simpático, até charmoso, bem vestido, bem arrumado, que se expressa muito bem. Conseguiria morar em um ambiente urbano sem chamar muita atenção, provavelmente num prédio de classe média. Gosta de ter vizinhos... outro tipo de encenação para ele.

"Ele vai sair de casa. Na verdade, se sentirá compelido a isso, especialmente depois de um período de doze anos de reclusão. Vai frequentar restaurantes, visitar boates e galerias, fará compras, em quantidade e qualidade. Comprar é um prazer especial para ele, pois gosta de adquirir coisas. Coleciona objetos e pessoas. Conhece muito bem a cidade e o bairro onde está neste momento."

Ela olhou para Roarke e assentiu. A imagem seguinte apareceu na tela.

— Essa era sua mãe, Alice Isaac, uma mulher viciada em popper. Ela o ensinou a aplicar golpes e abusou sexualmente do filho. Acreditamos que esse relacionamento incestuoso durou até ele matá-la, aos dezenove anos. Ela se tornou o protótipo das cúmplices que ele alicia, usa e mata quando não são mais úteis. Mulheres mais velhas, viciadas, atraentes, inteligentes o bastante para ter utilidade, mas vulneráveis o suficiente para ser usadas.

Ela parou um momento até Roarke colocar no telão a imagem seguinte.

— Acreditamos que essa mulher seja sua atual parceira. Até o momento, não foi identificada. Por meio de um intermediário, foi apresentada a Isaac enquanto ele estava na prisão. Descobrimos que continuaram se comunicando, mesmo depois que as visitas presenciais pararam. Assim que Isaac selecionou seu alvo e a localização, ela deve ter feito o trabalho externo. Em algum momento, ela entrou em contato com Melinda Jones, passando-se por vítima de estupro. Deve ter sido convincente, e também deve ter desenvolvido um relacionamento pessoal com a vítima. Acreditamos que foi essa mulher que entrou em contato com o alvo na noite passada e a atraiu e levou até Isaac. De acordo com o padrão das cúmplices anteriores, ela mora só, mas visita a casa dele com frequência.

Ela parou de novo e examinou a sala. Policiais tomavam notas e a analisavam, querendo dar o fora dali para procurar a mulher que todos eles conheciam.

— Escutem... entendo que a prioridade de vocês é encontrar Melinda, resgatá-la e levá-la para casa em segurança. Concordo com essa prioridade. Mas saibam que ele será compelido a caçar.

Esse pensamento se contorcia em sua barriga como um parasita. Haveria outra vítima, e logo.

— Durante um dia ou dois — continuou ela, insistindo no argumento —, a adrenalina de ter capturado Melinda e me confrontar parecerá o bastante para satisfazê-lo. Mas ele está lá fora, em restaurantes, fazendo compras; ele observa meninas bonitas comendo pizzas, olhando vitrines e passeando com as amigas. Ele as vê, sente seu perfume, cruza com elas na rua o tempo todo. Ele as deseja... e vai capturá-las.

"Em determinada ocasião, manteve em cativeiro mais de vinte garotas. Não terá grandes dificuldades para lidar com uma mulher e uma garota. Ela não faz ideia, então nós precisamos nos antecipar e agir. Eles trabalharão juntos. Vão usar uma van, um modelo comum, não muito novo e pouco chamativo. Ele geralmente caça à noite, mas não exclusivamente. Prefere lugares cheios. Lugares por onde garotas dessa idade gostam de circular. Ele vai usar uma seringa de pressão com um tranquilizante leve o suficiente para desorientá-la. Precisará de um apartamento com vaga de garagem. Se o lugar estiver protegido por algum sistema de segurança, tudo será desativado. Ele tem excelentes habilidades na área de informática. Por enquanto, Melinda é útil para ele, mas não se encaixa no perfil das suas vítimas."

— Ele estuprou uma mulher adulta em Nova York — comentou um dos policiais.

Eve ouviu o ressentimento amargo na voz e se virou para o detetive. Vinte e tantos anos, ela notou, em boa forma, bonito, olhos e cabelos castanhos.

E, naquele instante, trincava os dentes de modo beligerante.

— Ele fez isso para chegar até mim. Não precisa provar nada com Melinda. Ele a mantém em cativeiro, já está provado.

— Você entrou em confronto direto com ele durante o contato pelo *tele-link* — acusou o mesmo homem.

Eve inclinou a cabeça e fez uma análise mais detalhada dele. O detetive vestia uma camisa de mangas curtas, tinha um coldre de quadril, cabelos bagunçados, passava as mãos por eles constantemente, tinha o rosto tenso e olhos incisivos.

— Eu fiz isso?

— Você mandou que ele se fodesse.

— Isso é considerado confronto por aqui?

Ela ouviu risos genuínos por toda a plateia, e, em seguida, Bree falou:

— Você manteve o foco da conversa em você, tenente, só você e ele. Manteve-o envolvido e um pouco revoltado, mas focado em você. Só você e ele. Você é o alvo, então Melinda é a peça de uma engrenagem, a isca. Nesse caso, ela se torna secundária. Se ele a machucar, o acordo acaba e você volta para casa. Isso ficou bem claro, você o fez acreditar nisso.

Ok, pensou Eve, talvez Bree Jones fosse uma vantagem.

— E toda vez que ele voltar a entrar em contato comigo, e certamente o fará, agirei da mesma forma. Ele espera por isso. Ele quer isso. Ele se alimenta disso porque se convenceu de que terá uma segunda chance de me derrotar e tudo terminará de forma diferente. Ele não foi apenas derrubado por uma policial, mas por uma recruta. Acreditem, isso o deixou revoltado e destruiu seu ego. E, acreditem, ele nada tem de bonzinho. Isaac estripará vocês como uma truta, se tiver chance. É forte e sabe lutar como um profissional. Não cometam o mesmo erro que eu cometi. Peçam reforço, atordoem-no e o mantenham no chão, se for preciso. Não fiz nada disso e o filho da mãe quase me matou. Sua vez de falar, agentes.

Como Eve já esperava, Nikos assumiu a liderança e — para sua diversão — subiu ao púlpito.

— O agente especial Laurence e eu gostaríamos de agradecer ao Departamento de Polícia e Segurança de Dallas e ao tenente Ricchio a cooperação e assistência. O FBI está empenhado em prender Isaac McQueen mais uma vez e em resgatar Melinda Jones em segurança. Concordamos com quase tudo na montagem do perfil do criminoso, nos dados e nas suposições que a tenente Dallas relatou, exceto num ponto.

Ela ergueu um dedo e fez uma breve pausa.

— Concordamos que o suspeito é determinado, mas nossas análises e nossos cálculos de probabilidades indicam ser extremamente baixa a chance de o suspeito tentar abduzir outra jovem no momento. Nosso foco será prender o suspeito e promover a libertação segura da refém.

Tudo bem, pensou Eve. Atuem desse jeito. Ela reparou que Laurence continuava trabalhando enquanto a parceira se dirigia à plateia.

Nikos continuou a falar, repetindo os temas já abordados e perdendo tempo, na opinião de Eve. Roarke se aproximou e falou baixinho:

— Eles prenderam o guarda da prisão e estão trabalhando com ele e com Stibble. A DDE tem todos os componentes eletrônicos e está à procura de qualquer ligação feita por Isaac para a cúmplice ou vice-versa.

— Ótimo.

— Encontrei algo melhor. Stibble deixou Isaac usar seu *tele-link* várias vezes. Isaac apagou os registros, mas a DDE também está tentando recuperá-los.

— Isso não é só melhor, é excelente. Eu interromperia Nikos para repassar a informação, mas ela está se divertindo tanto entediando os policiais.

Roarke exibiu um leve sorriso.

— Ela é uma burocrata, mas é menos chata do que a maioria deles. Laurence encontrou alguma coisa.

Eve olhou para Laurence, viu que se levantava. O movimento fez Nikos calar a boca.

— Eu a encontrei — anunciou Laurence. — Uma mulher chamada Sarajo Whitehead foi supostamente agredida e estuprada por um desconhecido em outubro do ano passado.

— Eu trabalhei no caso. — Bree também se levantou e olhou para a parceira. — Nós duas trabalhamos.

— Sim, vi nos registros — assentiu Laurence. — A vítima foi tratada na Clínica Mercy Free pela dra. Hernandez, que relatou a ocorrência a esta Unidade de Vítimas Especiais. Melinda Jones foi a psicóloga designada para o caso.

— Vamos ver a cara dessa Sarajo — exigiu Eve, mas logo recuou. — Desculpem.

— Sem problemas. — Laurence ofereceu seu tablet para Roarke. — Você parece estar encarregado dessa parte. Consegue se conectar?

— Consigo, sim.

— Ela foi até a clínica — relatou Bree. — O local fica aberto vinte e quatro horas. Suas roupas estavam rasgadas, e ela tinha hematomas nos braços e nas pernas. O exame confirmou sexo violento ou forçado, recente, com hematomas adicionais nas coxas.

Ela olhou para a parceira em busca de confirmação.

— Isso mesmo — assentiu Annalyn Walker. — Ela alegou ter sido abordada depois de fechar o bar onde trabalhava, o Círculo D. O bar fica a cerca de quatro quarteirões da clínica. Disse que um sujeito a agarrou, a agrediu e a ameaçou com uma faca. Ele a obrigou a voltar para dentro do bar, estuprou-a, pegou sua bolsa, algumas joias que ela usava e fugiu.

— Ela nos deu uma descrição do criminoso, mas foi muito vaga — continuou Bree. — Alegou que estava escuro. Nossa investigação confirmou seu local de trabalho e alguma atividade sexual no chão, dentro do bar. Encontramos a bolsa vazia em um reciclador de lixo a dois quarteirões de distância. Melinda a acompanhou durante várias semanas. Nunca encontramos o suposto estuprador.

— Precisamos analisar o arquivo do caso — disse Eve. — Interrogar seu ex-patrão e colegas de trabalho. Ela certamente não continua trabalhando no local, mas podemos falar com os clientes regulares. Precisamos encontrar o cara com quem ela teve relação sexual, certamente de forma *consensual*.

— Mas ela apresentava lacerações — apontou o detetive Walker. — Hematomas.

— Tenho certeza que sim, mas ela não foi estuprada. Ela precisava *parecer* ter sido violentada, relatar um estupro para se ligar a Melinda.

Ela lançou a Roarke um aceno de cabeça e se inclinou para dar uma boa olhada na tela.

— Vemos pequenas mudanças na aparência da suspeita desde seus dias como irmã Suzan. Pintou o cabelo com dois tons diferentes, mudou a cor dos olhos, ficou com o rosto mais cheio e remodelou as sobrancelhas — descreveu Eve, quase para si mesma, enquanto analisava a foto da carteira de identidade exibida no telão. — Tem mais alguma coisa que me chama atenção, mas ainda não consegui identificar.

— Identidade falsa novamente — declarou Roarke, erguendo o próprio tablet. — A mulher com esse nome e essas impressões digitais morreu há três anos em um acidente de carro, em Toledo, Ohio.

— Você é rápido na busca — elogiou Laurence.

— Ela segue o mesmo padrão e o mesmo plano. Certamente já está com uma identidade diferente agora, uma aparência diferente — acrescentou Eve. — Usou outros dados para conseguir um apartamento para Isaac aqui em Dallas e providenciou o carro. Pode ter mudado o rosto mais uma vez. — Eve assentiu e estreitou os olhos ao olhar para a foto na tela. — Ela também é muito boa. Ele escolheu bem.

— Nós sabemos onde ela trabalhava — disse Ricchio. — E onde ela morava no outono passado. Vamos começar daí. Annalyn e Bree, vocês já conversaram com as pessoas no bar. Falem com eles novamente, usando essas novas informações.

— Eu gostaria de participar, tenente — disse Eve.

Ricchio assentiu para ela.

— Está autorizada.

— Laurence e eu vamos investigar a residência — anunciou Nikos.

— Vou colocar alguns policiais para rastrear a van e pesquisar nas imobiliárias — disse Ricchio. — Vamos procurar a compra e o registro de veículos feitos antes do caso por pessoas com esse perfil, e também o aluguel de apartamentos e flats com vagas de garagem. Também vamos rastrear a instalação de isolamento acústico e cruzar os dados. Vou providenciar o envio dos arquivos completos sobre Sarajo Whitehead para você e os agentes do FBI, tenente.

— Parece um bom plano. — Eve se virou para Bree: — Vamos seguir vocês até o bar.

— Agora — disse Roarke, quando se sentou atrás do volante —, diga-me o que você realmente pensa.

— Eles sabiam que Bree estava em serviço naquela noite, quando simularam o estupro. Eles a queriam envolvida para ver como ela trabalhava, como ela era. E usaram a probabilidade de ela chamar a irmã para atuar como psicóloga da "vítima" a seu favor. A mulher convenceu algum mané a ficar depois do bar fechar para transar com ela. E exigiu que ele fosse violento.

— Um dos golpes mais antigos que existem — concordou Roarke.

— Sim. E ela o obrigou a usar camisinha. Não queria que descobrissem seu DNA, não queria acusá-lo. O melhor era que fosse um homem desconhecido. Com isso teve a oportunidade de se aproximar de Melinda, brincar com a compaixão da terapeuta, ocupá-la e envolvê-la. Houve muito tempo desde outubro do ano passado para ela observar Melinda e estudar bem sua rotina, assim como a da irmã. Depois ela se afastou — acrescentou Eve. — Acho que é isso que vamos descobrir. A mulher se afastou e interrompeu a terapia. Depois reapareceu, passado um bom tempo. Teve uma recaída ou viu o agressor. Está histérica, precisa de ajuda.

Por favor, podemos conversar? Sei que é tarde, mas preciso falar com alguém. É um roteiro clássico. Ela já fez algo parecido antes.

— As coisas correram muito bem para ela ser novata.

Eve concordou.

— O sexo é apenas uma ferramenta para ela. Duvido muito que Isaac teria confiado a simulação de um estupro a uma mulher que nunca tivesse feito isso antes, para chantagear ou extorquir.

Roarke olhou para ela enquanto escolhia a melhor rota.

— Ao contrário de Nikos, não concordo com a maior parte, e sim com *toda* a sua apresentação. Não teriam comprado a van numa agência local.

— Exatamente, também acho. Preciso averiguar isso, mas ela com certeza encontrou esse carro fora da cidade e o trouxe para cá. E só depois de garantir um lugar para ficar. Não faria sentido ela descolar um veículo antes disso.

Ele encolheu os ombros enquanto ultrapassava uma picape.

— Vou achar o lugar onde ela comprou o veículo.

— Vai?

— Ela não dirigiria por vários dias, provavelmente comprou a van no Texas. Um estado imenso, é verdade, mas é só um estado. Dentro dos limites estaduais, o registro e a transferência são muito menos complicados. A menos que ela esteja cagando identidades falsas, deve ter usado uma das que já conhecemos. Já que ia descartar a carteira logo em seguida, por que não? Eu voto na identidade da irmã Suzan. Ela parece o tipo de mulher que compraria uma van usada e barata, certo?

Considerando a ideia, Eve estudou o perfil de Roarke.

— Boa dedução. Isso ainda não tinha me passado pela cabeça.

— Passaria em algum momento. Pela cabeça de Ricchio também, provavelmente. Ele me parece muito competente.

— Também acho. — Ela olhou pela janela e notou que agora eles passavam por ruas da periferia. Como a que ela fora encontrada, vagando sem rumo, quando era criança.

Ela baixou os olhos e tentou apagar as lembranças. Quando Roarke tocou sua mão por um instante, ela percebeu que o marido sabia o que ela estava pensando.

— Não estou pensando nisso.

Ah, mas ele *sabia* que ela estava.

— Não há necessidade de pensar.

— Já enfrentei meu passado quando voltamos aqui antes. Nós dois enfrentamos. — Eve ainda se lembrava de que, depois que saíram do local onde tudo acontecera... o lugar onde ela se lembrara de tudo com detalhes... Roarke tinha esfolado os nós dos dedos de tanto esmurrar um saco de pancadas. — Melinda Jones é o que importa agora — acrescentou ela.

— Você acredita que ele não a machucará, pelo menos não muito, ou disse aquilo por causa da irmã?

— Não vejo por que ele a machucaria, a menos que esteja entediado ou perca a paciência. Ele tem algum controle, mas também tem uma chavinha de liga-desliga. Foi o que percebi quando o conheci em Nova York. Vi como ele fica quando a chavinha é ligada. Vou tentar impedir que ele fique entediado e manter sua raiva focada em mim. Se eu não conseguir, é mais provável que ele rapte uma menina. Nikos está errada nesse ponto. Com uma mulher adulta, uma cúmplice mais velha, é como fazer sexo com a mãe, é um hábito bem arraigado. Mas elas não podem lhe dar o que ele realmente precisa e o que acha que merece por direito.

— E aquilo que a mãe o ajudava a conseguir.

— Exatamente. Quarenta e oito horas, esse é o meu palpite. Não mais que isso e provavelmente menos. Se até lá não o pegarmos, ele vai ceder à necessidade.

Roarke entrou em um terreno esburacado e parou ao lado da viatura da polícia de Dallas.

— A entrada principal fica lá na frente — informou Annalyn. — A vítima alegou que o sujeito a pegou aqui quando ela saiu pelos fundos. E manteve a faca em seu pescoço até que ela abrisse a porta, então a estuprou no chão mesmo.

— Tem uma câmera de segurança aqui.

Annalyn olhou para cima, acompanhando o olhar de Eve.

— Não tinha na época. O proprietário instalou uma depois do incidente. Esse lugar não é grande coisa, mas o dono é um cara decente. Ficou muito chateado com o que houve e ainda mais revoltado ao saber que o estupro tinha acontecido no seu bar.

Eles foram até a entrada principal. Eve concordou que o lugar não era grande coisa. Quando entraram, viu que aquele era um bar para gente que queria simplesmente beber, que não fazia questão de uma decoração sofisticada. Balcão comprido, bancos altos giratórios, mesas espalhadas com cadeiras de plástico duro, péssima iluminação. Não serviam comida nem havia distrações, com exceção da TV antiga, pouco maior que uma bandeja, que exibia uma imagem instável e tinha sido pendurada na parede dos fundos do bar.

Não faltavam clientes. Eve contou onze, metade deles em botas de caubói, a maioria estava desacompanhada.

O homem que manejava os torneiras de pressão para as bebidas tinha uma barriga de baleia e era calvo no topo da cabeça. Ele deu uma boa olhada nos recém-chegados, assentiu e saiu do balcão para encontrá-los.

— Olá, detetives. Não me contem que vocês encontraram o filho da puta... desculpem o linguajar... que estuprou Sarajo!

Bree assumiu a liderança da conversa. Na avaliação de Eve, com a permissão da parceira.

— A mulher que o senhor conheceu como Sarajo Whitehead está sendo procurada para interrogatório a respeito de outro caso. Ela usou documentos falsos quando trabalhou para o senhor neste estabelecimento, sr. Vik. No momento, temos fortes evidências de que ela simulou o estupro.

— Caralho!... Desculpem o linguajar. — Ele mexeu os pés com irritação. Sua barriga gigantesca se movimentou como um tsunami. — Dei a ela um salário de uma semana depois que aquilo aconteceu, para ela conseguir dar a volta por cima. Eu me senti responsável porque foi ela que fechou o bar naquela noite, e eu ainda não tinha instalado a câmera de segurança nos fundos. Mas... por que diabos ela faria uma coisa dessas?

— A questão, sr. Vik, é que achamos que ela realmente teve relações com alguém aqui naquela noite. Sei que já perguntamos isso ao senhor e a todos os que trabalharam no turno anterior. Diante dessas novas evidências, porém, o senhor consegue pensar em alguém que ela possa ter deixado entrar depois de fechar o bar?

— Não foi um cliente regular, isso eu garanto. Eu mesmo pressionei cada um deles, por minha conta. — Ele passou um pano sobre o bar. — Houve um cara que esteve aqui de passagem. Só que ele não se parecia em nada com o cara que ela descreveu. Ela nos contou que o agressor era um sujeito imenso, latino, cabelos e olhos escuros. O cliente que esteve aqui pela primeira vez era mais branco que bunda de irlandês... desculpem o linguajar... e esquelético. Tinha cabelo loiro. Falava demais para o meu gosto. Estava na cidade para o funeral do pai. Ele odiava o velho, segundo contou, e ia voltar para o Kentucky quando tudo acabasse. Fui para casa por volta da meia-noite e ele ainda estava aqui. Mas o fato é que não carregava faca alguma e Sarajo conseguiria esmagá-lo como um inseto caso ele tentasse fazer alguma coisa. Nunca suspeitei dele.

— Ele falou para você o nome dele?

— Talvez tenha falado, sim. Deixa eu pensar. — Vik fechou os olhos. — Chester. Sim, ele me disse que tinha sido batizado com o nome do pai. Não comentou mais nada, pelo menos não para mim. Mas abriu uma conta para a noite toda e eu estava no caixa quando ele foi embora. Se ele pagou no cartão, dá para encontrar ele. Isso mesmo, se ele pagou assim, eu consigo encontrar ele.

— Isso nos ajudaria de verdade, sr. Vik.

— Esperem aqui que eu vou dar uma olhada. Aceitam uma bebida?

— Não, obrigada, estamos em serviço.

— Laroo! Assuma o bar. — Vik e sua barriga enorme foram cambaleando até a sala dos fundos.

— Bunda de irlandês é muito branca? — perguntou Eve, em voz alta.

— Você deveria saber, querida — respondeu Roarke.

Isso arrancou uma risadinha de Annalyn.

— Namorei um cara chamado Colin Magee, muito tempo atrás — informou a detetive. — Ele era descendente de irlandeses. A bunda dele era bem branca.

— Você namorava todo mundo naquela época — disse Bree, mas seus olhos estavam colados na porta da sala nos fundos, como se ela pudesse fazer Vik voltar com a informação de que eles precisavam.

— Sempre gostei do menu degustação. Beliscar um prato e depois experimentar outro. E você, tenente? Como concilia a vida de policial com o casamento? — perguntou a Eve.

— A vantagem é que a gente nunca fica com fome. Diga-me uma coisa: essa memória de Vik é tão prodigiosa quanto parece?

— Prodigiosa é pouco — confirmou Annalyn. — Ele recitou o nome de todos os frequentadores quando viemos conversar com ele da primeira vez, e deu sua opinião sobre cada um deles. Sabia de cor os horários de trabalho de todos os empregados e nos deu os nomes de ex-funcionários para investigarmos, caso um deles tivesse voltado para se vingar.

Vik voltou da sala nos fundos com um papel na mão.

— Ele pagou a conta no cartão. Chester H. Gibbons.

Ele entregou a cópia da nota para Bree.

— Obrigada, sr. Vik. Isso vai ser de grande ajuda.

— Se ela aprontou o que vocês dizem, espero que a prendam. Depois que ela sumiu, eu tentei entrar em contato pelo *tele-link* e até fui à casa dela. Estava preocupado e também me sentia culpado. Ela tinha se mudado, e eu achei que tinha ficado traumatizada demais para continuar aqui. — Ele balançou a cabeça e olhou para Roarke. — Você não parece ser um tira.

— Não sou tira, obrigado por notar.

— Você é irlandês? Nunca conheci um conterrâneo seu que não gostasse de beber. Volte uma hora dessas, vamos lhe oferecer um drinque.

— Vou me lembrar disso.

— Tenho algumas perguntas para lhe fazer — anunciou Eve.

— Ah, *você* parece uma tira.

— E sou mesmo, obrigada por notar.

O sorriso de Vik cintilou de alegria.

— Mas você não é daqui.

— Sou de Nova York. O senhor tem uma memória impressionante, sr. Vik. Quando Sarajo começou a trabalhar no seu bar?

— Em meados de agosto do ano passado. Ela apareceu aqui num sábado à noite, à procura de trabalho. Os negócios iam bem, então eu lhe disse que ela poderia começar naquela noite mesmo, se quisesse. Se ela se saísse bem, eu lhe pagaria as horas trabalhadas. Dava para notar que ela já tinha trabalhado em bares. Sabia como servir as bebidas, quando conversar e quando calar a boca. Bonita. Até os bêbados gostam de ter uma mulher bonita lhes servindo bebidas.

— O senhor não fez perguntas a ela?

— Naquela noite, não, mas claro que fiz antes de contratá-la oficialmente. Ela contou que morava com um cara que a abandonou em Laredo e que queria recomeçar. Sabia trabalhar em bares. Não era de conversar muito, mas dava conta do trabalho.

— Um homem atento como o senhor deve ter notado que ela consumia drogas.

Ele deu de ombros, e sua barriga inflou como uma onda.

— Talvez eu tenha percebido que ela usava alguma coisa de vez em quando. Nunca vi nada, e isso não atrapalhava o trabalho dela. Portanto, não era da minha conta.

— Quantas vezes ela trancou o bar enquanto trabalhava aqui?

— Uma ou duas vezes por semana. Depois de um tempo, ela me pediu para trabalhar no turno da noite duas vezes por semana, ou até mais, caso eu quisesse. Duas das outras garçonetes tinham filhos. Como ela não tinha, as coisas funcionaram bem. Por que diabos vocês querem prender ela? Não pode ser só por fingir estupro ou usar algumas drogas.

— Não, mas isso também pesa. Ela não vai voltar aqui, sr. Vik, mas, se o senhor a encontrar em algum lugar, não se aproxime dela. Entre em contato com a detetive Jones ou a detetive Walker. Seria muito bom se tivéssemos testemunhas como o senhor em Nova York.

— Vocês não vão me ver por lá nem que me enfiem uma faca na garganta ou uma vara de tocar gado na bunda... desculpem meu linguajar. Lá está cheio de ladrões, assassinos e lunáticos. Sem ofensa.

— Não me ofendi.

Quando eles saíram do bar, Eve se virou para Bree:

— Eu gostaria de ir até a clínica para conversar com a médica que examinou a cúmplice. Posso interrogá-la sozinha, caso vocês queiram adiantar o serviço e começar a procurar Chester.

Bree olhou para Annalyn.

— Sim, não adianta andarmos em bando. Vamos informar vocês se encontrarmos alguma coisa.

— Combinado, vou fazer o mesmo. Já que vocês vão voltar para a Central, poderiam contar as novidades ao FBI.

— Sim, tudo bem. A clínica fica a uns quatro quarteirões naquela direção. — Annalyn apontou.

Eles se separaram.

— Então... — começou Roarke — você está à procura de uma mulher de certa idade que é uma golpista e dependente química que não parece se importar em se associar a um pedófilo, tem experiência como garçonete em bares barra-pesada e é esperta a ponto de enganar alguém como Vik. E ele não é fácil de enganar. Ela não se importa de transar com estranhos de forma tão violenta que pareça um estupro. Além de concordar em ser cúmplice no sequestro e no encarceramento de uma mulher que a ajudou.

— Sim, uma verdadeira princesa. — Só de pensar em tudo aquilo Eve ardeu de ódio e se sentiu ligeiramente enjoada. — Ela não só é capaz de fazer tudo isso como organizou tudo sozinha até a fuga de Isaac.

— Já que estamos no Texas, devo dizer que esse não é o primeiro rodeio dela.

— Não. Ela está em cima desse touro há muito tempo.

Eles entraram na clínica e Eve notou que era mais movimentada que o bar. As cadeiras se alinhavam ao longo das paredes e as que ficavam no meio do espaço, de costas uma para a outra, estavam ocupadas.

Bebês berravam, crianças choramingavam. Várias mulheres exibiam barrigas de diversos tamanhos, atestando que, em breve, trariam ao mundo mais crianças que berravam e choramingavam.

Eve caminhou até o balcão, onde uma mulher com um jaleco com estampas de flores trabalhava sem parar diante de um computador.

— Sinto muito, senhora — avisou a mulher, sem parar de digitar —, mas o tempo de espera é de duas horas. Há outra clínica aqui perto que fica...

— Preciso falar com a dra. Hernandez.

— Sinto muito, senhora. — A mulher não lamentava de verdade, parecia simplesmente assoberbada de trabalho e exausta. — A dra. Hernandez está atendendo uma paciente. Eu posso...

Eve pegou o distintivo e o balançou diante do rosto da mulher.

— Trata-se de um assunto urgente. Serei rápida, mas preciso falar com a dra. Hernandez *agora*.

— Por favor, me dê um minuto. Meu Deus, que dia!

Ela se levantou da cadeira, atravessou quase correndo um pequeno corredor, virou à esquerda e desapareceu.

— Por que todo mundo está doente ou ferido? — perguntou Eve, em voz alta. — Ladrões, assassinos e lunáticos, com certeza. É por isso que amamos Nova York. Mas parece que Dallas enfrenta uma epidemia.

A mulher correu de volta.

— Escute — ela manteve a voz baixa —, todas as salas e consultórios estão ocupados. Se essas pessoas que estão esperando há horas por uma consulta avistarem uma médica aqui na sala de espera, pode acontecer um tumulto. Vocês podem ir conversar com ela lá atrás? Nos fundos da clínica?

— Tudo bem.

— Peço que vocês saiam pela frente e deem a volta no prédio. Se entrarem por aqui...

— Tumulto. Entendi. Obrigada.

— Não se trata de uma epidemia — disse Roarke, enquanto eles contornavam o prédio a pé. — O problema é falta de pessoal. Provavelmente o lugar não recebe apoio financeiro suficiente e é a única clínica gratuita em um raio de quilômetros.

— Sim, provavelmente é isso, mas eu já vi a clínica de Louise. É gratuita e com certeza vive lotada, mas nunca desse jeito.

— Louise não sofre com falta de dinheiro, graças a você.

Ela encolheu os ombros.

— Era dinheiro seu.

— Nada disso, o dinheiro era seu.

— Só porque você me deu.

— Isso o torna seu, amor.

— Agora é de Louise, então não faz diferença. Não gosto daqui. — Ela exercitou os ombros quando chegaram aos fundos da clínica. — É uma área degradada e pobre, mas não é disso que estou falando. Sinto um forte cheiro de criminosos no ar. Mas, sabe, o lugar carece de personalidade, atmosfera. A gente sente que, se algum idiota aparecer aqui para nos assaltar, ele terá sotaque carregado, botas de caubói e talvez até chapéu. Me explique como isso intimidaria alguém?

— Eu simplesmente adoro você e sua mente nova-iorquina preconceituosa.

Uma mulher negra muito miúda disparou pela porta.

— Sim, policial?

— Sou a tenente Dallas. Trabalho com as detetives Walker e Jones. Você atendeu a uma paciente supostamente estuprada em outubro do ano passado. Ela trabalhava no bar Círculo D. Sarajo Whitehead. As detetives que eu citei investigaram o caso, e Melinda Jones foi designada como psicóloga.

— Sim, eu lembro. Vocês já pegaram o estuprador?

— Ele não existe. O estupro foi simulado.

— Escute, eu sinceramente duvido que...

— Não duvide, pode confirmar com as detetives que a procuraram antes. Sarajo Whitehead é uma mulher muito perigosa, que está trabalhando para um homem ainda mais perigoso. Você conhece Melinda Jones?

— Sim, muito bem.

— Eles a raptaram. — Quando Hernandez a encarou, Eve completou. — O estupro forjado foi encenado para estabelecer contato com Melinda, pois queriam se aproximar dela. A mulher que você conheceu como Sarajo Whitehead atraiu Melinda ontem à noite e a sequestrou. Precisamos saber tudo que você tenha a nos contar.

— Meu Deus! Vou entrar em contato com Bree. Não posso simplesmente acreditar em você.

— Fique à vontade.

Eve esperou enquanto a dra. Hernandez usava o *tele-link*, em meio a exclamações de choque e abalo.

— Vou pegar os arquivos dela — disse Hernandez, ao desligar. — Vou lhe dar tudo que tenho. Eu acreditei nela. Os ferimentos não eram tão graves, mas seu estado emocional era terrível e... eu acreditei nela.

— Não havia razão para não acreditar — disse Eve. — Ela é boa no que faz.

Capítulo Oito

Com os arquivos em mãos, Eve entrou no carro.

— De volta à Central de Polícia? — perguntou Roarke.

— Precisamos voltar. Mas o que eu queria mesmo era ir para o hotel, improvisar um escritório, organizar o que reuni e *pensar*. — Ela fez uma careta. — Eu gosto de trabalhar em equipe.

Roarke disse apenas:

— Hummm.

— Gosto, sim — insistiu Eve.

— Mas só quando precisa — ele olhou de relance para ela — e se estiver no comando da equipe.

— Tudo bem, reconheço, e também admito que tem sido difícil me submeter a Ricchio, sua central e aos agentes do FBI enquanto tento descobrir com quem trabalhar e como. Jones é esperta, mas não consegue ser objetiva nesse caso. Nenhum deles consegue. Talvez eu também não consiga.

— Você precisa se adaptar, mesmo sem ter tempo para isso.

— Não há tempo algum.

— Exatamente.

— Ele sabe disso. Conta com isso. Sim, isso mesmo. — Ela tamborilou na coxa enquanto ruminava a ideia. — Quanto mais tempo demoro para me adaptar, mais tempo ele tem para ferrar comigo.

— Há momentos em que para conseguir o que é preciso nós temos que trabalhar em dois níveis e integrá-los em um terceiro.

É o que diz o deus dos negócios, pensou ela, e está certo.

— Vou trabalhar com Ricchio e o FBI aqui, e com meu pessoal em Nova York. Acho que o truque é manter a integração. Todos dizem que não importa quem faz acontecer ou quem consegue resultados, e isso quase sempre é verdade. Mas os tiras são territoriais por definição. Temos que ser. Por Deus, eu quero café. E não, nada de enviar um estoque de café para a equipe de Ricchio. É uma questão de... — ela balançou a mão no ar — adaptação. — Assentiu para si mesma. — Eu preciso me adaptar.

Nesse espírito, ela levou os arquivos médicos diretamente para Ricchio.

— Hernandez cooperou muito — explicou Eve. — Trouxe uma declaração dela também. Basicamente, a médica relatou que os ferimentos da paciente desconhecida eram razoavelmente leves, mas consistentes com a história dela, assim como seu estado emocional. A "vítima" desempenhou bem seu papel.

— Então ela já fez isso antes — sugeriu Ricchio.

— Na minha opinião, sim. Estamos à procura de alguém que aplica golpes sexuais. Sei que você dispõe de agentes que podem investigar os dados que temos. Eu também. Gostaria que alguns dos meus homens trabalhassem em conjunto com os seus. Mais pares de olhos, mais ângulos. Não importa quem encontrar algo primeiro, todos vencem.

— A sobreposição de tarefas consumirá tempo e afastará nosso pessoal de outras possíveis pistas.

Eve queria ficar em pé, mas se sentou.

— Escute, não quero passar por cima de ninguém, mas é difícil chegar a um meio-termo. Imagine que você fosse chamado a Nova York para trabalhar com uma equipe já estabelecida.

Ele sorriu de leve.

— Fui a Nova York uma vez e ainda assim não consigo imaginar. Mal consigo imaginar sua situação, tendo que coordenar sua unidade enquanto lida não só com agentes do FBI, mas também com um chefe em Nova York.

— Equilíbrio difícil de todas as formas — concordou Eve. — Mas o objetivo é o mesmo para todos. Haverá mais chance de alcançá-lo se eu conseguir usar os meus próprios meios enquanto trabalho com você e com os seus recursos. — Ela fez uma pausa e completou: — Para ser franca, acredito piamente que nossa criminosa desconhecida é o caminho para chegar a Isaac. Ela fez todo o trabalho duro e, muito provavelmente, continua a fazê-lo. É ela quem resolve as coisas para ele e tem que se separar dele de tempo em tempo. Tem seu próprio canto, talvez outros empregos. Está aqui na cidade há mais de um ano. Alguém a conhece, já fez negócios com ela, lhe vendeu comida, roupas, produtos. Ela é dependente, e esse é outro rastro a seguir. Onde ela consegue as drogas? Ela é atraente e tem um homem a quem quer agradar. Onde ela compra seus produtos para cabelo, rosto, todos esses artigos femininos?

Com os lábios franzidos, Ricchio se recostou na cadeira e assentiu lentamente.

— Reconheço que você tem razão. Focar em Isaac me parece mais natural, mas você está certa.

— Se me permitem a sugestão... — interrompeu Roarke. — Se vocês considerarem isso uma abordagem dupla, e não uma sobreposição de tarefas, as probabilidades de sucesso aumentarão.

"Francamente, se eu estivesse na posição de vocês, faria o que achasse necessário, independentemente da política de cooperação. Será melhor se todos concordarmos."

— Funciona para mim. — O *tele-link* de Eve tocou. — Desculpem.

Quando ela se afastou, Ricchio se virou para Roarke.

— Como dizem que sua especialidade é informática, você deve procurar o tenente Stevenson. Ele dirige nossa Divisão de Detecção Eletrônica.

— Claro.

— Vou pedir que alguém o acompanhe até lá quando estiver pronto. Já trabalhamos regularmente com civis, como Melinda, na Unidade de Vítimas Especiais. Mas isso não é habitual na DDE.

— Farei de tudo para não atrapalhar.

— Meu pai se aposentou recentemente como vice-comandante da nossa Polícia — começou Ricchio, falando num tom casual. — Ele fez parte de uma força-tarefa, há alguns anos, e trabalhou no desmantelamento de uma grande organização de tráfico de armas. Parte da investigação envolveu um certo Patrick Roarke. Lembro-me disso porque meu pai passou algumas semanas na Irlanda durante a investigação. Parente seu?

— Sim, era meu pai — respondeu Roarke, com frieza. — Isso mostra como o mundo é um lugar estranhamente pequeno. Ele tinha relações com Max Ricker, como certamente você já sabe, tenente. E como também deve saber, minha esposa foi a responsável por enviar Ricker para sua residência atual, numa prisão fora do planeta. O mundo é realmente pequeno.

— Com reviravoltas interessantes — concordou Ricchio. — Patrick Roarke morreu esfaqueado em Dublin, não foi?

— Se está perguntando se eu o matei... não, não tive esse prazer.

Ele escondeu a irritação quando viu Eve voltando. Pelo olhar da mulher, percebeu que algo novo surgira.

— Nossa criminosa desconhecida usou sexo para comprar o guarda que já prendemos. Foi assim que conseguiu ter contato com Isaac. Ele a levou à prisão três vezes no ano passado, sem deixar registros, providenciou para eles uma unidade de visitas íntimas. Ele jura que o contato inicial partiu da mulher, e não de Isaac. Ela tentou marcar um quarto encontro duas semanas atrás. Isaac instruiu Lovett a mandá-la aguardar.

— Ela está apaixonada por ele — comentou Roarke.

— Perverso como ele é, isso deve ter atraído ela. Ela foi fisgada. Ele tem uma personalidade atraente. Para ela, ele é uma droga como outra qualquer. Ele não a manterá por muito mais tempo. Ele nunca confessou, nunca conseguimos provar, mas a principal teoria é que, quando ele se livra de sua parceira, também se desfaz de todas as vítimas e parte para as próximas.

Eve olhou para Ricchio e percebeu que o homem devia estar com o estômago embrulhado.

— Antes de Nova York ele ainda estava experimentando, construindo um padrão, estabelecendo uma frequência. Mais um detalhe: ele ainda não acertou as contas comigo, portanto, também não terminou com Melinda. Com quem você quer que eu trabalhe, tenente? Existe algum lugar onde eu possa montar meu QG?

— Reservei uma sala temporária para você, Dallas. Não é grande coisa, mas gostaria que você trabalhasse com Bree e Annalyn. Bree precisa manter a mente ocupada e confia em você.

Eve cogitou lembrar a ele que Bree Jones não a conhecia profissionalmente, mas desistiu.

— Para mim está ótimo. Assim, não vou precisar atualizar a equipe sobre o que descobrimos no bar.

— Se você não precisa de Roarke no momento, eu gostaria que ele se familiarizasse com a nossa DDE.

— É o melhor uso para seu talento — disse ela a Roarke.

— Voltarei a procurá-la mais tarde — avisou o tenente.

Eles se separaram.

A sala que "não era grande coisa" parecia o dobro da sala de Eve na Central de Nova York. Tinha uma mesa nova equipada com um centro de dados e comunicações, uma cadeira giratória com assento de gel, um AutoChef, uma geladeira particular, uma estação auxiliar, duas acolhedoras poltronas para visitantes. E uma janela imensa que imediatamente cobriu com o modo de privacidade.

Era espaço em demasia, pensou ela. Muito conforto. Adapte-se, lembrou a si mesma. Faça a coisa funcionar.

Ela programou aquilo que chamavam de café e se contentou com o resultado enquanto começava a montar um quadro do caso. Mal olhou para trás quando Bree e Annalyn entraram.

— Ainda estou organizando as coisas. Preciso que vocês compartilhem comigo as informações auxiliares. Façam uma análise de todos os dados que temos, especificamente a respeito da cúmplice desconhecida. E quero uma linha do tempo aqui no quadro, partindo do primeiro contato com Isaac até sua última conversa comigo.

— Vou começar com os dados — ofereceu Annalyn. — Bree, enquanto a tenente prepara tudo, por que não pega algo para comermos? Use o meu código, o lanche é por minha conta.

— Certo. O que gostaria de comer, tenente?

— Qualquer coisa.

— Você é vegetariana? — perguntou Annalyn.

— Só quando não consigo identificar a carne.

— A carne bovina do Texas é uma das melhores. Quase nenhum aditivo. Vou querer um hambúrguer, Bree.

— Eu gostaria de uma Pepsi — completou Eve. — O café daqui é terrível.

— Deixem comigo.

Quando Bree saiu, Eve tornou a olhar para Annalyn.

— Tem algo a me dizer, detetive?

— Ela é uma boa policial, não negligencia os detalhes. Com um pouco mais de experiência, não vai deixar escapar nada. Quanto ao nível pessoal, às vezes é muito passional, mas nunca tola. No momento, está segurando as pontas com dificuldade. Mas continuará firme enquanto acreditar que vamos encontrar Melinda. Se ela deixar de acreditar nisso, acabou. Não apenas por algum tempo, mas para sempre.

— Então não daremos a ela nenhum motivo para deixar de acreditar.

— Ela precisa fazer parte da ação que vai acabar com Isaac.

— Sim, já percebi, mas quem deve decidir isso é o seu tenente, não eu.

— Você ainda não percebeu que para ela você é uma heroína. Quer queira ou não — completou, analisando corretamente a surpresa no rosto de Eve. — Você salvou a vida dela e, o mais importante na visão de Bree, salvou Melly. Sabe o que ele fez com elas, com todas aquelas crianças, mas você o impediu de continuar, você as libertou.

— Tive sorte. Se você estudar os arquivos, verá que tive sorte de não ter causado a morte de todas nós.

Annalyn apoiou o tornozelo no joelho.

— Não é o que eu acho. Além do mais, se não fosse por sorte, metade dos casos que encerramos ainda estaria aberta. Não importa como você fez, a verdade é que conseguiu, foi lá e fez. Você é, em grande parte, o motivo que a leva a acreditar que conseguiremos repetir o feito. Vamos impedi-lo de continuar e vamos salvar Melly. Se você tem dúvidas, tenente... e só Deus sabe que eu também tenho... e quer que Bree continue firme e se sentindo útil na investigação, não deixe que ela perceba.

Eve não hesitou, não precisava.

— Preciso deixar algo bem claro. No momento, não tenho dúvida alguma. O que tenho são dados, fatos, padrões, teorias e instinto. Eu não "acho" que levaremos Melinda Jones para casa e colocaremos Isaac e sua cúmplice na prisão. Eu *sei* que faremos isso.

Annalyn olhou em direção à porta.

— Como você pode saber? Não me conte, espere. Se você fala sério, conte-nos tudo quando Bree voltar.

— Tudo bem. Comece as análises.

Depois de desabafar, Annalyn começou a trabalhar sem mais conversas. Eve continuou a montar o quadro, que já estava quase a seu gosto, quando Bree e a comida chegaram.

O cheiro de hambúrgueres e batatas fritas encheu a sala e, por um momento, transformou o espaço estranho em um lugar confortável e familiar. Eve pegou seu hambúrguer na embalagem descartável e deu uma bela mordida.

— Gostoso — decretou. — Vamos lá, vou lhes explicar como eu trabalho e como trabalharemos enquanto eu estiver aqui. Uso recursos visuais, como esse quadro; se eu estiver recostada na cadeira com os olhos fechados, não pensem que estou tirando um cochilo. Estou pensando. Se eu expulsar vocês da sala é porque quero pensar sem que as ideias de vocês me atrapalhem. Detetive Jones, se eu me referir à sua irmã como "a vítima", não quero ver aquele ar aflito que percebi em seu rosto durante a reunião. Sei que é algo pessoal e, de certo modo, até vantajoso. Mas, caso se torne um empecilho, você estará fora do caso.

— Sim, senhora.

— Sua parceira a entende e apoia. Não quero que ela se distraia, preocupada com a possibilidade de você surtar a qualquer momento, em algum ponto da investigação.

— Eu...

— Não me interrompa! Nós vamos encontrar Isaac e colocá-lo de volta na prisão. Acredito que o caminho mais direto para alcançarmos nosso objetivo é a cúmplice. Vamos identificá-la e localizá-la; depois que a prendermos, vamos fritá-la, como vocês fazem com esta excelente carne do Texas.

Ela deu outra mordida no hambúrguer e tomou um gole de Pepsi.

— Ele teve muito tempo para agir antes de ser pego. Escolheu um lugar para atuar e o transformou no seu playground pessoal e doentio. Dessa vez, ele não terá muito tempo por motivos específicos e bem definidos.

Depois de mais uma mordida no hambúrguer, Eve se encostou à mesa reluzente. Estava se adaptando, pensou; entrando no ritmo, finalmente.

— Primeiro — continuou —, sou muito mais esperta do que era há doze anos. Temos mais recursos e sabemos mais sobre ele do que naquela época. Segundo: como está obcecado em me atingir, ele foi além dos limites para armar esse circo, envolveu muitas pessoas, certamente deixou muitas pistas. Vamos pressionar todas essas pessoas e seguir todas essas pistas, até o pegarmos.

"O terceiro motivo — ela tomou outro gole de Pepsi — é Melinda. Ela é uma psicóloga treinada. Sabe conversar com as pessoas e entrar na sua cabeça. Teve a coragem de confrontá-lo na prisão, de conhecer a si mesma bem o bastante para fazê-lo e conseguir retomar a própria vida. Teve a coragem de seguir uma carreira que a faria lembrar todos os dias do que ela passou nas mãos de Isaac. Isso a torna mais forte e inteligente do que ele. Se vocês não acreditam nisso, em tudo que eu expus, não têm utilidade para mim. Encontrem outra coisa para fazer."

— Eu acredito, tenente. Em tudo.

— Qual é o lance desse anel? — perguntou Eve, e Bree parou de girar a joia no dedo.

— É da Melly. Eu... o coloquei no dedo hoje de manhã, depois que tudo começou. Queria ter uma parte dela junto de mim, algo que eu pudesse tocar, algo para me lembrar que eu também sou uma parte dela.

Eve fez que sim com a cabeça.

— Boa resposta. Organize a linha do tempo.

Eve estudou o quadro, fez alguns ajustes e acrescentou detalhes. Caminhou de um lado para o outro na frente dele, franzindo a testa para a linha do tempo construída por Bree enquanto juntava os fatos.

Ela precisava visitar o antigo apartamento da mulher, dar uma olhada em tudo, conversar com os vizinhos, os lojistas. Talvez estivesse atropelando os agentes do FBI, mas gostava da abordagem dupla que Roarke propusera.

Podia haver algo lá, pensou. Alguma migalha, algo que foi dito ou visto. Uma impressão. Uma opinião.

Por um curto instante, desejou mais sal enquanto comia suas batatas fritas. Muito mais sal. Ela deveria passar a levar uns pacotinhos no bolso para espalhar sobre frituras, em caso de emergência.

Um vício, reconheceu. Como o café. Simplesmente algo que ela desejava e Roarke fornecia. Isso o transformava em uma espécie de traficante, certo?

— Por que ela se apaixonou por ele? — perguntou em voz alta.

— Como assim? — perguntou Bree.

Eve balançou a cabeça para a detetive:

— Ele está na prisão. Ela geralmente é atraída pelo dinheiro e pelo trabalho. Precisa tocar a vida, precisa pagar por seus vícios. Ela é experiente, durona, voltada para si mesma. Todos os viciados são assim. No entanto, ela se apaixonou por ele.

Ela caminhou pela sala novamente, estudando as duas fotos da mulher e o retrato de Isaac.

— Claro que ele é atraente. Talvez até seja o tipo dela. Isaac também é durão. Já leva essa vida há muito tempo, conhece o jogo. Mas gosta de garotinhas. Corpos pequenos e flexíveis, que ainda estão desabrochando. Ela é velha demais para as suas necessidades e experiente demais sexualmente. Por mais que ela tenha mantido o próprio corpo em forma, nunca vai recuperar o frescor da adolescência. Ela certamente sabe disso.

— Ele é charmoso — afirmou Bree. — Quando ele abusou de mim a primeira vez, foi muito charmoso. Isso não significa que eu tenha...

— Eu entendi. Você não se deixou levar pelo charme, mas ele o jogou em você.

— Ele me elogiou. Disse que eu era bonita, elogiou a maciez da minha pele. Não se importou que eu continuasse gritando. Ele não parou de dizer coisas assim. Tinha acendido velas e colocou uma música. Como se tudo aquilo fosse romântico.

Bree balançou a cabeça.

— Você já sabe de tudo, tenente. Eu lhe contei isso antes, quando você conversou comigo no hospital.

— Não faz mal você me lembrar. Ele seduz as vítimas elogiando-as. Mas só isso não basta. De alguma forma, cada cúmplice fica convencida de que é diferente das outras, sente-se certa de que tem algo único com ele. Como se treina alguém para fazer o que você deseja, para seguir instruções complexas por um longo período de tempo? Para criar o tipo de vínculo que as obriga a fazer o que ele quer, mesmo quando ele não está presente para obrigá-las? Trata-se de um golpe como qualquer outro. Como ele não consegue controlar as cúmplices por meio do medo, tem que controlá-las por meio do prazer.

— Ele dá a elas o que elas precisam e promete mais — disse Annalyn.

— As drogas ilícitas. É ele quem as fornece. — Eve pensou em pegar o comunicador e ligar para Peabody. Só que havia duas detetives na sala, lembrou a si mesma. Ela precisava usar os elementos que lhe tinham sido fornecidos.

— Preciso dos nomes de todos os presos do pavilhão de Isaac. Procurem alguém que tenha ligação com drogas ilícitas e já tenha sido libertado. Pesquisem a partir de seis meses antes do seu primeiro contato com a mulher desconhecida. Retrocedam um ano se não acharem resultado algum.

— Vou correr atrás disso — anunciou Annalyn.

— Nem todos os contatos feitos com o *tele-link* de Stibble foram para ela, aposto o meu traseiro e o de vocês. Ele precisou se virar para mantê-la satisfeita. Ele tem mais alguém do lado de fora cuidando disso. Uma pessoa que lhe deve um grande favor ou alguém a quem ele paga. É gente demais. — Eve balançou a cabeça, sentindo a adrenalina. — Muitas pessoas. Ela também tem uma fonte em Dallas. Encontrem a fonte e vocês encontrarão a mulher. E, ao achá-la, encontrarão Isaac.

— Jayson, o irmão do detetive Price, trabalha na Divisão de Drogas Ilícitas — disse Bree. — Foi ele que interrompeu você durante a apresentação inicial. Ele e Melinda começaram a ficar faz alguns meses, então...

— Não importa, peça a ele que sonde o irmão. Vik Gordão falou em estimulantes, mas certamente ela usa mais que isso. Ela precisa de algo para equilibrar as coisas e segurar a onda. Não pode simplesmente mergulhar nas drogas, com tudo isso acontecendo. Ela precisa se desligar, relaxar.

— Ela acha que está competindo sexualmente com garotas mais jovens, não é? — perguntou Annalyn. — Eu adicionaria drogas sexuais à busca. Erotica, para começo de conversa.

— Tem razão. Faça isso, Jones. — Ela olhou para Annalyn. — Você é bonita.

— Obrigada. Eu me cuido.

— E está solteira. Está na pista. Você vai ao salão de beleza? Faz o cabelo, as unhas e tudo mais?

— É difícil cuidar da beleza com o salário de policial, mas uma vez por mês mais ou menos eu vou ao salão, sim. Saquei aonde você quer chegar. Ela precisa ficar bonita para ele. Aposto que ela investiu em estética corporal desde que ele a fisgou. Levantou um pouco os seios, usou laser para suavizar as rugas, coisas desse tipo.

— Coisa recente, depois que ela parou de fazer terapia com Melinda, mas antes da fuga de Isaac. Foi em Dallas ou perto daqui. Ela já imaginava a hora em que ia encontrá-lo, o momento em que ele ia vê-la e eles ficariam juntos. Pode ser que ela tenha ido a algum salão para fazer um serviço completo, o que deve ter acontecido nos últimos dias.

— Parece provável.

— Escutem, eu cuido da busca pelos colegas de prisão. Annalyn, você e Jones conhecem a cidade. Façam uma lista dos salões mais badalados, locais onde são oferecidos procedimentos estéticos. Mostrem as duas fotos dela. Já é hora de darmos sorte novamente.

— Você vai contar ao FBI sobre essa nova abordagem?

— Merda! Sim, podem deixar que eu cuido disso.

— Que pena — disse Annalyn, e sorriu. — Vamos para a rua, Bree. Precisamos encontrar essa vaca.

Eve se sentou e começou a busca. Annalyn estava certa, pensou. Parecia o mais provável. Era o certo a fazer. Enquanto trabalhava, se esqueceu do espaço desconhecido à sua volta e se deixou levar pela rotina.

Isaac tinha se afundado na antiga rotina, pensou, e agora sua estrutura cedia sob o peso de muita coisa acontecendo ao mesmo tempo, muitos imprevistos.

Não se surpreendeu ao encontrar tantos vigaristas recém-saídos da prisão — supostamente reabilitados — que mantinham ligações com as drogas ilícitas.

— As prisões estão cheias de bandidos — murmurou, enquanto analisava cada caso. — Gostei de você, Burt Civet, conhecido nas ruas como Thor. Gostei mesmo de você. Ela rodou um programa de probabilidades e sorriu lentamente. — Veja só, o computador também gostou do seu nome. Você é um cara popular. Entrar em contato com a detetive Delia Peabody, do Departamento de Polícia de Nova York! — ordenou ao *tele-link*.

O rosto de Peabody, um pouco abatido, surgiu na tela.

— Oi, Dallas. Ainda estamos com Stibble e Lovett. Acho que já arrancamos tudo dos dois, mas faremos uma nova tentativa amanhã.

— Tenho um nome: Burt Civet, também conhecido como Thor. Ele cumpriu algum tempo de prisão com Isaac até conseguir sua liberdade condicional há cerca de quatro anos. O endereço registrado fica na rua Washington. No momento está desempregado, o que me faz supor que ele tenha voltado a traficar. Encontrem-no, peguem-no e o interroguem. É alta a probabilidade de Isaac o ter escolhido para abastecer sua cúmplice quando ela esteve em Nova York, para mantê-la feliz.

— Entendi.

— Quero tudo o que ele sabe sobre essa mulher, Peabody. Tudo! Quero saber como Isaac fez os pagamentos. Faça o acordo que for preciso, mas convença-o de que é de seu próprio interesse nos entregar tudo. Ele já cumpriu cinco anos em regime fechado da última vez. Use isso. Ele gosta de vender drogas para menores de idade, costuma atuar perto de playgrounds, escolas e fliperamas.

— Isso o torna um bom recurso para Isaac.

— Tenho certeza de que eles se uniram. Quero saber quem é a vaca de Isaac, Peabody. Arranque tudo dele.

— Ele é o limão, vamos fazer limonada. Como estão correndo as coisas por aí?

— É estranho. Eles são educados demais, falam engraçado e tudo é muito novo e reluzente. Mas o café é pior que o da Central de Nova York, o que é uma façanha. Vou lhe enviar tudo que eu tenho, depois pegarei Roarke na DDE daqui. Quero trabalhar sozinha no hotel por algum tempo. Você pode me encontrar pelo meu *tele-link* portátil.

— Avisarei você quando o pegarmos.

Eve desligou e se recostou na cadeira. Queria estar em Nova York. Queria localizar Civet e espremer seus limões até fazer limonada.

Ela não tinha tido chance de intimidar ninguém, nem pressionar nem gritar com suspeito algum desde que saiu de Nova York. Isso não lhe parecia certo.

Ligou para Roarke.

— Tenho algumas pistas — avisou ela. — Quero pegar o que tenho e trabalhar no hotel. Preciso sair daqui assim que você conseguir se liberar.

— Vou me encontrar com você. Já estou a caminho.

Ela copiou tudo, salvou os dados e reuniu o que queria. Em vez de entrar em contato diretamente com o FBI, fez um resumo rápido, objetivo e enviou para os *tele-links* dos agentes como mensagem de texto.

Quando saiu para avisar Ricchio sobre seus planos, Roarke a alcançou.

— Eu já avisei ao tenente do Texas onde você estará. Vamos dar o fora daqui.

— Algum problema?

Ele a pegou pelo braço para apressá-la.

— Digamos que eu me acostumei demais com sua Central de Nova York. Esta daqui me faz sentir vigiado.

— Como foram as coisas na DDE daqui?

— Não tão maravilhosas quanto na nossa, mas é eficiente e tem uma estrutura parecida com a de Nova York, embora com jeitão texano. O oficial que a comanda não gosta de civis no seu espaço, outra coisa com a qual estou acostumado. Mas já cuidei disso.

— Você se exibiu — disse Eve, quando eles entraram no carro.

— Era algo que precisava ser feito. Não gosto de ser olhado com cara feia nem de ser insultado por policiais. Exceto pela que está comigo neste momento. E você, como o foi seu dia?

— Produtivo.

Ela lhe contou tudo enquanto eles rodavam pela cidade.

— Sua abordagem dupla parece estar funcionando muito bem — elogiou Roarke. — Assim como seu foco na mulher desconhecida. Ela é uma rachadura no alicerce de Isaac. Concordo com sua avaliação, ele não vai mantê-la por muito tempo. Certamente sabe que ela é um ponto fraco, se não neste momento, em breve.

— Isaac pode mantê-la viva mais um pouco se ela souber como lidar com ele. Mas acho que ela desenvolveu uma ligação emocional, então vai estragar tudo. E ele tem Melinda para lhe fazer companhia e conversar com ele.

— Você acha que ele vai atacar Melinda, afinal?

— Creio que a probabilidade seja baixa, e é por isso que estou preocupada que ele ataque alguma outra menina em breve. Mas Melinda vai conversar com ele, pelo menos acho que sim. É o trabalho dela, agora. Ela é treinada. Quero crer que vai conseguir passar por isso, usar seu treinamento e impedir que ele a machuque.

Ele parou em frente ao hotel, uma daquelas lanças com ponta lisa e brilhante no arsenal da cidade. Simplesmente disse "Roarke", mostrou um cartão codificado e deu ao porteiro o que Eve imaginou ser uma gorjeta generosa, pois o homem praticamente saltou para abrir as portas do carro.

— Não foi aqui que ficamos da última vez. Mas é obviamente um dos seus hotéis.

— É, sim, achei que nós dois gostaríamos da mudança.

Quando eles caminharam para um dos elevadores, o segurança da recepção se colocou em posição de sentido e exclamou:

— Senhor!

Roarke deu-lhe um leve aceno de cabeça e passou o cartão por um sensor. Quando entraram no pequeno e silencioso elevador dourado, ele ordenou:

— Triplex Oeste, último andar.

— Triplex? O nosso quarto tem três andares?

— Pensei em usar o terceiro andar como quartel-general. Dessa forma poderemos isolá-lo, até mesmo do pessoal da limpeza, se você quiser. Usar um androide. Há salas de visita no primeiro andar e quartos no segundo. Mandei o elevador ir direto para o terceiro, porque achei que você gostaria de ver a estrutura do lugar e guardar seus arquivos em segurança. Depois quero tomar um belo drinque.

— Eu também gostaria de um belo drinque, um belo banho e um belo suspeito que eu possa jogar no chão e socar.

Ele riu.

— Saudades de Nova York? Que tal uma bela refeição para acompanhar tudo?

— Já comi um hambúrguer.

— Porra, isso é mais do que eu consegui o dia todo.

A porta se abriu. Ela piscou de surpresa.

Um quadro do caso tinha sido montado bem no centro do escritório, exatamente como Eve gostava. Não estava exatamente como ela organizaria, nem atualizado, mas as fotos, os dados e uma linha de tempo parcial, tudo estava lá.

Bem como uma mesa, uma poltrona reclinável, três telões, duas unidades de dados e comunicações — além de um espaço que lhe pareceu uma cozinha totalmente equipada, um banheiro e, conforme ela notou depois de uma volta rápida, um segundo escritório.

— Como você fez tudo isso?

— Tenho um funcionário aqui na cidade, alguém confiável para montar seu quadro de investigação. Ele tem todas as autorizações de segurança. Poupa meu tempo.

— Muito útil. Aquele espaço é seu? — perguntou ela, apontando para o segundo escritório.

— Exatamente. Não é a mesma coisa que estar em casa, mas... Bom, temos de nos adaptar.

Ele havia facilitado tudo para ela e lhe dado todas as ferramentas para que trabalhasse da forma predileta.

Eve deu um passo na direção de Roarke, colocou as mãos naquele rosto, os lábios nos dele.

— É como estar em casa — murmurou. Então, porque sentiu vontade, o abraçou com força. — Vamos tomar aquele belo drinque.

Capítulo Nove

Ela se sentou no terraço, bebendo vinho e ignorando a vista. De qualquer modo, Roarke era mais bonito de se olhar. Ao observá-lo melhor, ela reparou nos sinais que não percebera, com a pressa de chegar ao hotel.

— Você está chateado.

Ele ergueu os ombros com um ar descuidado.

— Não com você, no momento.

— Com quem, então? Ou com o quê?

— Digamos que estou de saco cheio de tiras. Não de você, como já disse. Pelo menos no momento.

Ela analisou a própria parte do caso até a parte que ficara com ele. A DDE.

— Se a DDE daqui é tão irritante, não volte. Você não precisa ir até eles se já tem o seu sistema completo aqui. Pode coordenar tudo com Feeney se e quando quiser.

— Já que você vai trabalhar de lá, tenho todos os motivos para voltar também. Vou colar em você enquanto permanecermos nesta cidade — lembrou. — Um leve incômodo não pesa muito no quadro completo, certo?

— Depende. Qual foi o incômodo, especificamente? Não pode ser só porque você está cercado de tiras.

— Acredite, isso não é um piquenique com champanhe para alguém que tem as minhas... predileções.

Ele conseguia lê-la, muitas vezes bem demais, até. Olho por olho, pensou Eve, e estendeu o braço para pegar a mão dele.

— Roarke.

— Ah, droga, não foi nada sério. O pai de Ricchio, que também foi policial, participou da investigação que fizeram sobre o meu pai. Ele fez questão de me contar, sem esquecer da versão texana do olhar incisivo que você tanto gosta.

Eve se revoltou.

— Ele passou dos limites.

— Passou mesmo? Você não faria o mesmo no lugar dele?

— Talvez. Provavelmente. E eu também teria passado dos limites. Você está aqui para ajudar, é um consultor devidamente designado pelo Departamento de Polícia de Nova York. Patrick Roarke não tem nada a ver com o assunto. Uma das consultoras de Ricchio está sob cárcere privado, nas mãos de um predador violento. Devia ser a porra do foco dele, não tem nada a ver ele bagunçar a sua cabeça quando vidas estão em risco.

— Bem, podemos concordar em parte. Mas sempre haverá uma mancha, certo? É assim que as coisas são.

— As "coisas" são uma bosta.

— Muitas vezes, sim. Mas agora que você está chateada comigo, me sinto melhor. Quero comida.

Nem um pouco apaziguada, ela se levantou e caminhou de um lado para o outro.

— Esse maldito lugar. Odeio essa cidade. Não me importo se é injusto. Provavelmente há coisas boas aqui, há pessoas boas. Não ligo a mínima. Eles se encontraram aqui, o seu pai e o meu.

— Eve, Ricchio não tem motivo nem dados disponíveis para fazer uma conexão entre Patrick Roarke, Richard Troy e a tenente Eve Dallas.

— Mas o passado está lá. Sempre estará lá, essa mancha. — Ela se virou para ele, deixando escapar o que a corroía por dentro desde que tinham colocado os pés naquela cidade.

— Nunca vamos conseguir escapar disso, não por completo. Não importa o que façamos, quem somos ou o que construímos, eles são parte disso. Não podemos mudar essa realidade. Ela está sempre lá, e ainda com mais intensidade aqui.

— Está, sim. Verdade. — Ele se levantou e foi até onde ela estava. — Portanto, temos que encontrar Melinda Jones rapidamente, prender Isaac e voltar para casa.

Eve fechou os olhos quando ele encostou a testa na dela.

— Parece um bom plano. Simples e direto.

— Tenho toda a fé nele.

— Então é melhor eu voltar ao problema. Vamos fazer o seguinte: para compensar a mancada do meu colega policial, vou preparar seu jantar antes de redigir meus relatórios. Que tal um suculento hambúrguer de carne texana?

— Eu gostaria imensamente. — Ele pegou as mãos dela. — Mas pense só numa coisa: sem essa mancha, nós não seríamos exatamente quem somos e não estaríamos tão determinados a continuar esfregando até apagá-la. Do nosso jeito.

— Imagino que não. Mesmo assim... — Ela parou quando seu *tele-link* tocou. — Peabody — disse ela, olhando para a tela.

— Cuide disso, posso preparar meu próprio jantar.

— Ótimo. Desculpe. — Ela atendeu. — Oi, Peabody. Você o pegou?

Roarke foi até a cozinha, mas ficou de olho em Eve enquanto programava o AutoChef. Ela andava de um lado para o outro com a mão enfiada no bolso. Falava rápido, olhos de tira, semicerrados e focados.

Esfregava com um pouco mais de força para limpar aquela mancha, pensou ele.

Quando ela entrou na cozinha, uma onda de energia renovada a acompanhou.

— Eles pegaram Civet no flagra com os bolsos cheios de saquinhos de poppers, zing, zoner e muito mais. Isso aconteceu a menos de um quarteirão de um centro de atividades juvenis, o que aumenta a gravidade do delito. Se considerarmos as vezes que ele já foi detido, deve pegar de dez a quinze anos de cana, sem grande esforço da promotoria. Ele vai negociar conosco. Vai abrir o bico. Peabody só precisa saber como abordá-lo do jeito certo.

Ela começou a andar de novo em torno do quadro de investigação.

— Ela deveria deixar Baxter jogar pesado, enquanto ela segue a abordagem tranquila dela de "vamos resolver isso".

— Você confia nela para esse trabalho?

— Confio, sim. Mas confiaria mais se eu estivesse lá.

— Você só quer pressionar um suspeito.

— Ah, sim. Nossa, como quero! Peabody pegou Stibble, Lovett e agora Civet. Para mim sobrou o gordão do Vik, o dono de bar que cooperou de forma absurda e tem uma memória prodigiosa. Você acha isso justo?

Ela se sentou à mesa.

— Mesmo assim, ainda quero interrogar os vizinhos da suspeita no prédio onde ela morou. Talvez um deles me dê alguma pista para eu brincar.

— Você certamente merece. Vou fazer minha refeição no outro escritório e brincar de "Descubra a van" sem tiras bufando no meu cangote.

Enquanto ele fazia isso, Eve decidiu preparar seu relatório e analisar o progresso dos outros. Eles tinham eliminado alguns imóveis e várias transações de veículos. Ainda havia um longo caminho a percorrer.

Cidade grande, pensou ela, muitos apartamentos e condomínios. Muitas vans. O que mais faltava investigar? Do que mais ele precisava, o que queria?

Ela se recostou, colocou as botas em cima da mesa e fechou os olhos.

Isaac gostava de bons vinhos, lembrou. Tinha uma ótima seleção, basicamente Cabernet, naquele maldito buraco de Nova York.

Ela se transportou mentalmente de volta para lá, usando as imagens e a memória, e não as fotos da cena do crime.

Cálices de vinho alinhados por tipo, no armário. Ela não sabia diferenciar um bom cristal, naquela época, mas agora sabia. Eram boas taças. Pratos também, e havia quatro conjuntos de talheres de boa qualidade. Louça branca, simples, clássica, com uma estampa em relevo nas bordas.

Havia frutas e legumes frescos nas suas sacolas do mercado. Nada de produtos processados. Um pouco de queijo, uma... como era o nome daquele pão?... Baguete. Ovos na geladeira. Não ovos artificiais.

Boa comida, bom vinho, bons pratos e belas taças para desfrutar. Ele devia ter sentido falta de tudo aquilo na prisão.

Teria desejado o que procuraria agora.

Ela percorreu o apartamento mentalmente, com olhos fechados, botas em cima da mesa.

Não havia muitos móveis, nada fora do lugar. Tudo limpo, arrumado, organizado.

Produtos de limpeza orgânicos, lembrou. Tudo sem perfume.

Sua cama tinha colunas e barras na cabeceira. Ele precisava delas para prender as cordas, os acessórios, as algemas de sua preferência.

Lençóis de boa qualidade — dois conjuntos extras —, todos brancos, de algodão orgânico.

Ele sempre usava as camas, sempre violava suas presas em cima de lençóis de boa qualidade e limpos.

Bons lençóis precisavam ser lavados.

Banheiro. Algodão orgânico nas toalhas também, igualmente brancas. Tudo sempre branco. Sabonetes, xampus, produtos de higiene. Tudo natural, sem aditivos, sem produtos químicos.

Ele precisaria de lojas que atendessem suas preferências. Deve ter passado todos esses requisitos à cúmplice. Lojas locais, on-line? Talvez uma mistura de ambos.

Câmeras de segurança, isolamento sonoro, grilhões e algemas. A polícia local e os agentes do FBI já sabiam de tudo aquilo e pesquisavam esses elementos.

Mas também precisavam investigar os outros detalhes.

Ela colocou as botas no chão, levantou-se e voltou a circular o quadro enquanto ditava a lista adicional para o computador.

— Pesquisar as varejistas que oferecem esses produtos on-line ou em lojas físicas em Dallas. Procurar compras de roupas de cama, utensílios de cozinha e produtos de limpeza que aconteceram nas últimas seis semanas. Produtos de higiene e vinho nas últimas quatro. Alimentos nos últimos dois a três dias. Verificar também os serviços de lavanderia, especialmente lençóis brancos de algodão orgânico.

Ela circulava o quadro novamente quando Roarke entrou.

— Copiar e enviar um memorando para todos os envolvidos no caso. Marcar como prioridade.

Entendido, processando... Tarefa concluída.

— Eu não fui minuciosa o suficiente — disse a Roarke. — Tenho me concentrado tanto na mulher que não pensei nas pequenas coisas, nos detalhes cotidianos. Pratos, toalhas. Porra! Tudo isso faz parte do padrão, parte do perfil de Isaac.

— Mas agora está no arquivo, que todos os membros da equipe vão receber.

— Eu sei, mas os membros da equipe não estiveram *dentro* daquele apartamento, não viram os pratos, as garrafas de vinho caro. A embalagem do detergente Green Nature debaixo da pia.

Fascinado, ele ergueu as sobrancelhas.

— Sério que você se lembra da marca do detergente?

— Sim, eu me lembro, e, enquanto esses itens estiverem esquecidos em algum lugar na relação de objetos encontrados e registrados naquele apartamento, quem poderia atentar a cada detalhe se ninguém lhes der acesso a todos? Poderíamos ter colocado homens para rastrear tudo hoje se eu tivesse pensado nisso antes.

— E quanto tempo levou para você chegar a essa conclusão depois que teve uma oportunidade verdadeira de se sentar, esfriar a cabeça e *pensar*?

— Foi bem rápido, na verdade. Provavelmente estava com isso na cabeça o dia todo. — Insatisfeita e inquieta, ela se balançou para a frente e para trás, apoiada nos calcanhares. — Ainda estou num ritmo lento. Outro problema é que ela provavelmente comprou tudo, ou a maior parte disso, on-line. Levaremos mais tempo para rastrear as vendas.

— Você acredita que ela está apaixonada por ele.

Eve olhou fixamente para as fotos das carteiras de identidade e deixou sua intuição falar mais uma vez.

— Acredito que ela pensa que está.

— Aposto que ela comprou algumas dessas coisas em lojas locais. Especialmente a roupa de cama. Ela está montando uma casa, não está? Certamente gostaria de tocar as coisas, ver de perto, revirar.

— Sério?

— Nem todo mundo abomina aquela emoção quase religiosa de comprar coisas. — Como Eve fizera antes, ele analisou as fotos das identidades da mulher. — Ela é durona, você diz, é forte, experiente. Mas ele encontrou um ponto fraco. E essa parte dela talvez goste de dedicar um tempo escolhendo as coisas pessoalmente, em especial o que imagina que vai cobrir o corpo dele... e o dela.

— Isso foi bom. Quase nível Mira de tão bom. Pois é, seria uma boa se ela fizesse algo assim e algum funcionário a reconhecesse. Enquanto isso...

— Enquanto isso, eu tenho uma pista sobre a van, ou o que acho que poderia ser nossa van.

— Já?

— Comecei a busca mais cedo, na DDE. Mas acho que trabalho muito melhor sem ser observado. Uma van 2052, azul — continuou, enquanto ia programar café para os dois. — Foi registrada em nome da Liga Piedosa Cristã, que, na verdade, nem existe. Imaginei que, se a "irmã Suzan" fosse realizar a compra, ela poderia usar alguma organização religiosa para o registro, então parti dessa suposição.

— Um bom começo.

— Bem, você ficaria surpresa se soubesse o número de organizações religiosas que compraram vans nos últimos anos. Rastreei o proprietário anterior dessa van, um tal de Jerimiah Constance, um cristão devoto, a propósito, que mora em uma cidadezinha chamada Mayville, ainda no Texas, mas na fronteira com a Louisiana. Como a irmã Suzan tinha um endereço de Baton Rouge na carteira de identidade que usou, liguei os pontos. A compra foi feita em dinheiro — acrescentou. — A assinatura da irmã Suzan Devon está nos papéis de transferência.

— Por Deus, isso é bom! Preciso de tudo que você levantou.

— Já enviei para o seu computador.

Ela girou nos calcanhares e voltou para a mesa.

— Vamos desenterrar tudo. Provavelmente a van foi pintada, mas essa é outra busca. E ela trocou as placas, o que é bom. Vou sondar com o FBI para que investiguem, mandem alguém interrogar esse Jerimiah, um cristão temente a Deus.

— Eu continuo pesquisando a grana. Isaac cobriu bem seus rastros nessa área.

— Ele é bom — disse ela ao enviar os novos dados. — Mas você é melhor.

— Sim, é claro, mas obrigado por lembrar.

— Estamos em um bom ritmo aqui. Vamos em frente. Vamos bater na porta do apartamento de alguns texanos.

Roarke brindou com o café.

— Yee-ha!

O edifício mostrava sinais de desgaste, era um prédio baixo que recebia pouca luz. O estacionamento ao lado aparentemente também servia de playground, pois um bando de crianças corria entre e ao redor dos carros, gritando naquele tom agudo que as crianças usam quando brincam.

A segurança mal era adequada, mas, como várias janelas estavam abertas para a brisa inexistente — quase um convite aos ladrões —, ela supôs que ninguém se importasse.

Quando saltou do carro, uma das crianças quase a atropelou.

— Peguei você! Sua vez de me pegar!

— Não, nada disso.

Ele sorriu, mostrando um sorriso banguela onde, supostamente, seus dois dentes da frente nasceriam em algum momento.

— Estamos brincando de pique. Quem é você?

— Sou a polícia.

— Nós também brincamos de Polícia e Ladrão. Gosto de ser o ladrão. Você pode me prender.

— Volte a me procurar daqui a dez anos.

Ela olhou para a entrada do prédio e para o garoto. Que diabos, era preciso começar em algum lugar. Ela pegou a foto de Sarajo Whitehead.

— Você a conhece?

— Conheço, mas ela não mora mais aqui.

— Mas já morou.

— Já, sim. Preciso ir pegar alguém.

— Espere um minuto. Ela morava sozinha?

— Acho que sim. Dormia muito. Costumava gritar pela janela para pararmos com o barulho, porque tinha gente tentando dormir. Minha mãe respondia que era azar dela se incomodar, porque durante o dia as crianças berram mesmo, quando brincam na rua.

— Quem é sua mãe?

— Becky Robbins, Jake é o meu pai. Eu sou o Chip. Vivemos no quarto andar e eu tenho uma tartaruga chamada Butch. Você quer conhecer ela?

— Sua mãe está em casa?

— Claro que está em casa. Onde mais? Mãããe!

Ele gritou tão alto e estridente que os ouvidos de Eve zumbiram.

— Jesus, menino.

— Você não pode dizer só "Jesus". Aqui a gente diz "Jesus Cristo!".

— Você realmente acha que o "Cristo" faz diferença?

— Minha mãe acha. *Mããe!*

— Nossa!

— Também não pode dizer "Nossa". — Chip, o banguela, balançou a cabeça novamente. — Tem que ser "Nossa Senhora!".

— Chip Robbins, quantas vezes eu já disse para você não me chamar aos berros, a menos que alguém fure você com um forcado?

A mulher que enfiou a cabeça pela janela tinha os cabelos escuros encaracolados do filho e uma carranca fechada.

— Mas mãe... a polícia quer falar com você. Veja só! — Ele pegou a mão de Eve e a balançou no ar.

Eve puxou a mão de volta e resistiu à tentação de limpar qualquer substância pegajosa que ele tivesse transferido para ela. Levantou o distintivo.

— Podemos subir, sra. Robbins?

— Do que se trata? Meu filho é um pestinha, mas ele é um menino de ouro.

— É sobre uma ex-vizinha. Se pudermos subir...

— Pode deixar que eu desço.

— Minha mãe não gosta de deixar pessoas que ela não conhece entrarem em casa quando meu pai está fora. Ele trabalha até tarde.

— Ok.

— Ele dirige um bonde aéreo e mamãe trabalha na minha escola. Estou na segunda série.

— Bom para você. — Eve olhou para Roarke em busca de ajuda, mas ele simplesmente sorriu para ela.

— Você veio prender um ladrão?

— Você conhece algum?

— Meu amigo Everet roubou uma barra de chocolate da loja, mas a mãe dele descobriu e obrigou ele a pagar com a mesada dele, depois proibiu ele de comer chocolate *e doce* por um mês inteiro. Você pode prender ele, é aquele ali.

Ele apontou alegremente para o amigo.

— Parece que ele já pagou sua dívida com a sociedade.

Nossa... quer dizer, Nossa Senhora, onde estava a mãe daquela criança?

— Conversa com ele, menino — sugeriu Eve, sacrificando Roarke por puro desespero.

— Tá. Você também é policial?

— Nem pensar!

— Você fala diferente — comentou Chip. — Você veio da Francês? A senhora que trabalha no mercado nasceu na Francês, e ela também não fala como nós. Eu sei uma palavra.

— Qual palavra?

— Bunjore. Significa "olá".

— Eu também sei uma palavra.

O sorriso de Chip aumentou.

— Qual palavra?

— *Dia dhuit.* Significa "olá" onde eu nasci.

— Deea-gwit. — Chip tentou repetir, mas não conseguiu acertar a pronúncia.

— Muito bem!

— Chip, pare de incomodar a polícia e vá brincar.

Becky Robbins tinha levado algum tempo para domar os cabelos e prendê-los na nuca. Caminhava depressa, com os chinelos batendo enquanto estendia a mão para colocar o braço em volta dos ombros do filho. Depois de um abraço rápido, fez um leve movimento para dispensá-lo.

— Tá bom, tchau! — Ele correu e foi imediatamente absorvido pela correria e pelos gritos.

— O que está acontecendo? — exigiu Becky. — Alguns vizinhos contaram que o FBI esteve aqui antes, quando estávamos fora. Agora a polícia.

— Você conhece uma mulher chamada Sarajo Whitehead?

— Sim, os vizinhos contaram que o FBI perguntou sobre ela. Sarajo morava aqui, no segundo andar, mas se mudou faz um tempo. Oito, dez meses, talvez. Por quê? Ela fez algo errado, não fez? — continuou Becky, antes que Eve pudesse falar. — O pessoal do FBI não disse nada, mas Earleen, minha vizinha, já desconfiava. E agora vocês também estão aqui. Nunca gostei dela. Estou falando da Sarajo, não da Earleen.

Chip tinha herdado da mãe a natureza tagarela e direta, decidiu Eve.

— Por que diz isso?

— Ela mal se dava ao trabalho de dar um "olá" amigável. Sei que trabalhava à noite, quase sempre, mas não gosto de gente que vive gritando com meu filho ou com os filhos dos outros.

Becky colocou as mãos nos quadris enquanto observava a criançada correndo e gritando, e lançou sobre eles a versão materna do olhar incisivo.

— Eles têm o direito de brincar aqui quando o tempo está bom, ainda mais em plena luz do dia, pelo amor de Deus. Eu mesma disse isso a ela, depois que ela já tinha gritado e xingado as crianças além da conta. Mandei ela comprar um protetor auricular ou algo assim.

Becky olhou para Eve.

— O que foi que ela aprontou?

— Saberemos mais sobre isso quando a localizarmos. Ela recebia visitas?

— A única pessoa que eu vi entrar ou sair de lá, além dela, foi outra mulher. Jovem, bonita.

— Essa aqui? — Eve mostrou a foto de Melinda.

— Sim, essa mesma. Essa outra moça não está com problemas com a polícia, está? Ela me pareceu muito simpática.

— Não, não está. Você se lembra de ter visto mais alguém?

— Bem... um homem apareceu aqui uma vez. Um homem muito gordo. Disse que ela trabalhava para ele e explicou que estava à sua procura. Mas ela já tinha ido embora. Simplesmente sumiu. E deixou os móveis. Soubemos que o apartamento era alugado. Ela pagava o aluguel sempre em dia. Foi o que a proprietária me contou. De qualquer modo, não achei ruim quando ela foi embora.

Eve esperou um momento.

— Tem mais alguma coisa? — perguntou Eve, encarando a mulher.

Becky olhou em volta e mudou de posição.

— É só uma suspeita, não tenho certeza.

— Qualquer coisa que você saiba, suponha, tenha visto ou ouvido, tudo é útil para nós.

— Não gosto de acusar ninguém de nada, nem a ela. Mas o FBI esteve aqui, pelo amor de Deus. E agora a polícia. Bom... Acho que ela consumia alguma coisa estranha. Pelo menos, algumas vezes.

— Drogas ilícitas.

— Sim, acho que sim. Tive um primo que caiu nessa armadilha, então sei os sinais. Os olhos, os movimentos nervosos. Sei que senti cheiro de zoner nela, mais de uma vez. Quando brigamos por causa das crianças, eu lhe disse que ela devia tomar um pouco mais do que usava, para desmaiar e não ouvir mais a algazarra das crianças. Eu não devia ter dito isso, mas estava irritada.

"Ela me olhou de um jeito terrível. Confesso que me assustei um pouco. Ela bateu a porta na minha cara e eu voltei para casa. Na manhã seguinte, fui pegar meu carro para ir trabalhar. O carro do meu marido sempre fica estacionado ao lado do meu. Todos os pneus do carro dele estavam furados. Eu sei que foi ela que fez isso. E sei que eu estou acusando ela outra vez, mas eu simplesmente sei. Só que não tem como eu provar, né? Além do mais, fui eu que tinha discutido com ela, e não Jake. Ele não costuma ficar tão irritado quanto eu. Se ela tivesse furado os meus pneus, talvez eu tivesse chamado a polícia na mesma hora. Jake precisa do carro para ir trabalhar. Perdeu um dia inteiro de trabalho para consertar os pneus."

— Você abriu um boletim de ocorrência?

— Claro. Tive que abrir por causa do seguro, apesar de ele não cobrir o prejuízo. Jake não quis que eu acusasse ela de nada, então fiquei calada. De qualquer modo, ela teria negado tudo e talvez fizesse algo pior contra nós. Eu evitei ela o mais que pude a partir desse dia. Então, por isso tudo é que eu não achei ruim quando ela sumiu.

Eve conversou com mais alguns vizinhos, mas já tinha conseguido tudo de que precisava com Becky Robbins.

— A bola ainda está rolando — disse a Roarke, quando voltaram para o hotel. — Ela sabia bancar a mulher batalhadora e tranquila no trabalho. Mas em casa era outra história.

— A casa da pessoa é o lugar onde ela quer relaxar — concordou ele. — Em casa você é autêntico.

— Exato. Você pode se drogar à vontade em casa, tem direito a um pouco de sossego quando quer, tem direito de querer que a vaca da sua vizinha te deixe em paz. E, quando ela parte para cima, você tem direito à vingança. E sabe como se vingar da melhor forma. Fode o carro do provedor da família, o que ele usa para chegar ao seu ganha-pão. Que se foda, que a família toda se foda onde mais dói, que é o bolso.

— Ela tem gênio — completou Roarke —, e é cruel. Não gosta de crianças, eu diria, e não viu necessidade de criar nenhum tipo de laço com as outras pessoas do prédio.

— Ela não precisava dos vizinhos. Mas foi esperta o suficiente para não deixar de pagar o aluguel. Não seria bom alguém procurar por Sarajo depois que ela deixasse de encarnar Sarajo.

— Você confirmou que ela não tinha carro quando morava aqui. Então ela ia a pé para os lugares ou usava transporte público. Ninguém a visitou, exceto Melinda. Ninguém veio procurá-la, a não ser o ex-patrão.

Roarke amarrava as pontas soltas, pensou Eve. Ela nunca precisava desenvolver suas ideias para ele.

— Portanto, quem quer que seja seu traficante, ela não fazia negócios no apartamento. Não recebeu homem algum em casa, e certamente um dos vizinhos teria visto ou ouvido algo desse tipo. Sendo assim, está se mantendo fiel a Isaac. Pelo menos em casa. Alguns traficantes trocam drogas por sexo, mas isso é negócio — refletiu Eve. — Não seria traição, porque sexo é um negócio.

— Bom, então eu amo fazer negócios com você.

Ela se recostou no banco.

— Mesmo assim... Eu não precisei pressionar ninguém, nem arrancar depoimentos à força. Todo mundo por aqui gosta de cooperar. Eles começam a falar e falam, falam pelos cotovelos, principalmente aquele menino. É como estar em um país estrangeiro.

— Como ir a Francês?

Aquilo lhe arrancou uma gargalhada.

— Talvez haja algo diferente na água desse estado. Talvez não devêssemos beber água aqui, senão vamos começar a conversar com todo mundo e contar a pessoas estranhas muito mais do que elas poderiam estar interessadas em saber.

— O café é feito com água.

— Sim, mas é água fervida, certo? Isso mata os micróbios que desencadeiam toda essa cooperação e tagarelice. Só pode ser. Está escurecendo. Sei que estamos progredindo, mas está anoitecendo. Ele já está com ela há mais de vinte horas.

Ela respirou fundo e repetiu, num murmúrio:

— Está anoitecendo. Ele gosta de caçar à noite.

Capítulo Dez

Escuridão. Ele gostava de mantê-las no escuro para que não diferenciassem dia e noite. Assim elas também não podiam ver umas às outras — não tinham sequer aquele pequeno e horrível conforto.

Salvo nos momentos em que ele as deixava sob luzes ofuscantes durante horas e horas e horas. Então elas conseguiam enxergar muito bem. Todos aqueles olhos tão vazios e desesperançosos quanto seu próprio estômago. Podiam ver os grilhões e as correntes, como algo saído de um filme antigo — mas real, muito real, o peso e a mordida dos grilhões nos pulsos, nos tornozelos.

Mas era pior quando ele os abria. Era pior quando ele tirava a vítima daquele quarto e a levava para o dele.

Ela lutaria quando ele voltasse. Bree disse que elas precisavam lutar, custasse o que custasse. Bree estava certa, ela sabia que Bree estava certa, mas era muito difícil. Ele a machucara muito.

Mas ela tentaria. Tentaria lutar, tentaria machucá-*lo* se ele viesse pegá-la novamente.

No escuro, estendeu a mão, buscando a mão da sua irmã, o contato da pele.

E então lembrou.

Estava escuro, mas ela estava sozinha. E não era mais criança dessa vez. Mas ele voltara para pegá-la, como em todos os pesadelos que a atormentavam.

Ele tinha voltado.

Melinda se mexeu e sentiu o peso, a fisgada nos tornozelos e nos pulsos. Mentalmente, ela gritou como um animal ferido, mas não permitiu que o som saísse.

Fique calma, permaneça calma. Gritar não vai ajudar. Ela precisava pensar, planejar, encontrar uma saída.

Bree a procuraria, assim como toda a força policial da cidade de Dallas.

Mas ela nem sabia se estava em Dallas. Podia estar em qualquer outro lugar.

A histeria queria espumar em sua garganta e vomitar num grito.

Pense!

Sarajo.

No *tele-link*, desesperada, com pressa, pedindo ajuda. O que ela dissera mesmo? Era importante lembrar de todos os detalhes, atravessar a neblina da droga que tinham injetado em seu organismo e lembrar.

Sarajo contou que tinha visto o homem que a estuprara. Precisava de ajuda, estava muito assustada. Não queria ir à polícia, não aguentaria passar por tudo aquilo de novo.

Melinda precisava ajudá-la, é claro, embora tivesse tido um longo dia de trabalho e planejasse ir para a cama cedo. Deixou um recado para Bree e trancou o apartamento. Sempre tomava cuidado para trancar tudo e deixava as portas do carro trancadas. Era cuidadosa. Sempre cuidadosa.

E mesmo assim...

Tivera tanta certeza, Melinda lembrava agora, tivera tanta certeza de que conseguiria fazer com que Sarajo Whitehead superasse o medo e procurasse a polícia com mais detalhes. Estivera tão confiante de que poderia ajudar a vítima, que conseguiria lidar com a situação.

Claro, ela disse a Sarajo. *Claro que sim*, concordou, quando Sarajo correu para seu carro assim que Melinda entrou no estacionamento do restaurante vinte e quatro horas. *É claro* que podemos ir para outro lugar, um lugar não tão cheio e barulhento.

Simpatia, empatia, contato visual, um toque de mão. Transmitir tranquilidade. Ela deixou Sarajo entrar no carro, se sentar por um momento, conversando baixinho, na esperança de acalmá-la. Mal sabia que não havia nada a acalmar, refletiu.

Sarajo não parecia estar bem. Não, nem um pouco. Foi por isso que Melinda não hesitou em parar no acostamento quando ela disse que se sentia enjoada.

Estendeu a mão novamente para ajudar. Não viu a seringa de pressão, mas sentiu algo na lateral do pescoço. Uma fisgada.

Então, por um momento, quando o cinza se intensificou e ficou quase preto, viu Sarajo sorrir.

Sua piranha burra, disse ela. *Sua piranha sabichona e burra.*

E ele também estava ali, bem ali.

A luz foi sumindo, sumindo, desaparecendo aos poucos. Não conseguia gritar, não conseguia resistir. Ela ouviu apenas a voz dele, numa alegria exagerada e indecente, quando a arrastaram para o banco de trás.

Oi, Melinda! Como nos velhos tempos.

E então nada, mais nada, só a escuridão.

Quando ele apareceu, trouxe as luzes ofuscantes com ele; isso fez com que seus olhos ardessem. Estava tonta, grogue e muito enjoada. Mas era Bree no *tele-link*. Aquele era o rosto dela, a voz da irmã? Ela se esforçou muito para manter a calma e pensar com clareza em meio aos efeitos residuais da droga.

Sarajo, pensou novamente. Era cúmplice de Isaac. Ele sempre trabalhava com uma mulher. Ah, ela já tinha lido e estudado tudo sobre Isaac McQueen. Tinha se obrigado a ler, assistir, conhecer.

Mesmo assim, caíra direto em suas garras. Novamente.

Ele não a estuprou. Não o atraía mais agora. Já não era uma garotinha.

Graças a Deus não havia meninas ali. Pelo menos, ela rezou para que não houvesse.

Ele a queria por algum outro motivo. Vingança? Mas ela tinha sido apenas uma entre tantas. Não era possível que ele planejasse ou esperasse raptar novamente todas as sobreviventes.

Não, não, muito tempo de preparação, muito risco... e para quê?

Ela tentou encontrar algum conforto no chão do quarto, procurou limpar a mente do efeito da droga. Tinha de haver uma razão para ele pegá-la; ela, especificamente. Pelo amor de Deus, sua irmã era uma policial agora, elas dividiam um apartamento. Com certeza uma das outras teria sido uma presa mais fácil.

No entanto, ele fizera dela seu alvo, especificamente, mais uma vez. Sarajo tinha denunciado o estupro que sofrera vários meses atrás. Já fazia quase um ano; sim, quase um ano atrás. Então ele já tinha colocado o plano em ação muito antes do sequestro.

Por quê?

Algo que ela fizera? Algo que era?

Ela e Bree tinham sido as últimas vítimas? Será que a resposta era simples assim? Ele resolveu continuar de onde tinha parado? Não fazia sentido, pensou. Por que perder tempo com ela? Depois de escapar da prisão, por que perder tempo?

Portanto, ela servia a um propósito; ele sempre tinha um objetivo. Ou então ela significava algo. Será que era uma isca para atrair Bree, para ele conseguir pegar as duas?

Ó Deus, Bree. Bree, Bree!

Dessa vez, o pânico venceu, roubando-lhe o fôlego, latejando em seu sangue. Os grilhões lhe cortaram a pele quando ela lutou para se libertar, no escuro e com raiva.

Não a irmã. De novo, não.

Ela ouviu as fechaduras estalarem e deslizarem, e travou uma guerra amarga e dolorosa para se mostrar controlada. Lembrando o que acontecia naqueles momentos, fechou os olhos por um instante, antes de as luzes se acenderem. Mesmo assim, uma névoa quente e vermelha pareceu lhe queimar as pálpebras.

Era a mulher, percebeu, ao ouvir o clique dos saltos altos e sentir o perfume no ar.

Ela tinha trocado de roupa para ele, pensou Melinda; tinha se enfeitado para agradá-lo.

E eu é que sou a piranha burra, pensou, procurando um pouco de coragem. Ela não era inteligente para entender que era tão descartável para Isaac quanto uma lata vazia de Coca-Cola.

Ela abriu os olhos lentamente e fitou a mulher que fingira precisar da sua ajuda.

Sim, ela se enfeitara para ele com batom e cabelos loiros bem penteados caindo sobre os ombros.

Era mais velha que Isaac, mas tentava parecer mais jovem com um vestido vermelho curto muito justo e salto alto.

Melinda disfarçou o desdém.

Sarajo — *pense nela como Sarajo* — trazia um sanduíche em um prato tão descartável quanto ela e um copo de água. Talvez houvesse alguma droga na água, pensou Melinda, mas exibiu um ar de gratidão.

— Ele não quer que você morra de fome.

— Obrigada, eu estou mesmo com fome. É muito tarde?

— Tarde demais para você.

— Por favor, Sarajo, não sei o que você quer de mim. Nem o que ele quer. Se me contar, talvez eu consiga para vocês, ou por vocês.

— Nós já temos o que queremos de você. Mulheres do seu tipo, coração de manteiga, são todas iguais. Fracas e burras.

— Eu só tentei ajudar você.

— Eu só tentei ajudar você — repetiu Sarajo, cantarolando com deboche. — Otárias como você são todas iguais, sempre choramingando. Você pensa que é muito inteligente e veja só. Não passa de um animal numa jaula.

— O que eu fiz para você me odiar?

— Você existe, para começo de conversa. E colocou Isaac na prisão por doze anos.

— Você sabe o que ele fez comigo, com todas nós.

— Porque vocês pediram, não foi? — Os lábios muito vermelhos se torceram em um esgar de escárnio. — Putinhas!

— Eu tinha doze anos.

— Ah, é? — Sarajo mexeu o quadril e inclinou a cabeça. — Quando eu tinha doze anos, já trepava com um monte de homens. Eles só precisavam me pagar antes. Aí é onde mora sua burrice. Ver você aqui quase compensa o tempo que perdi nas suas consultas.

— Se me ajudar, eu dou dinheiro a você.

— Temos dinheiro agora. — A mulher passou a mão pela lateral do corpo e a deslizou pelo vestido. — E teremos mais quando terminarmos.

— Se vocês querem um resgate, eu...

— Você acha que o motivo de tudo isso é você? — Ela jogou a cabeça para trás e riu. — Você não é nada. Não passa de uma ferramenta para nos ajudar a conseguir algo que vale muito mais. Ela vai pagar pelo que fez com Isaac. E, quando terminarmos, teremos mais dinheiro do que qualquer um poderia sonhar. Eu e Isaac vamos viver como os ricos.

— Ele vai te matar — avisou Melinda, com a voz inexpressiva. — Você vai ajudá-lo a alcançar o que ele deseja e, quando ele conseguir, vai te matar e seguir em frente. Você é a otária, Sarajo. Simplesmente não enxerga a sua jaula.

Sarajo chutou o prato até o outro lado da sala e entornou a água no chão.

— Ora, ora! — Isaac entrou, todo sorrisos. — Nada de brigas na cela seis. — Ele riu, divertindo-se com o que viu. Colocou um braço em torno da cintura da mulher e a puxou para perto. — Vocês estavam falando de mim, meninas?

Deu um beijo na têmpora de Sarajo, ao mesmo tempo que lançou para Melinda uma piscadela arrogante e conspiratória.

— Essa garota está vomitando um monte de merda, é o que ela faz de melhor. — Sarajo se virou e esfregou o corpo no dele. — Vamos, amor, deixe essa piranha lamber o chão. Você pode lamber a mim.

— Ideia deliciosa, mas temos algo para resolver, lembra? E você tem que trocar de roupa para isso. Não que você não esteja *sensacionaaal*.

— Por que não ficamos juntos, só você e eu, hoje à noite?

— Depois será ainda melhor — prometeu ele com um sussurro. — Prometo. Vamos, bonequinha, vista as roupas da sua tia Sandra. Vai ser divertido!

Ele lhe deu um tapa brincalhão na bunda. Lançando um último olhar cruel para Melinda, ela saiu.

— Isaac, você teve muito trabalho para me trazer até aqui.

— Mais do que você imagina, meu docinho, mas valeu cada minuto só para rever seu rostinho lindo mais uma vez. — Seus olhos, num azul cintilante, faiscaram de prazer. — Temos que arrumar um tempinho para colocar o papo em dia. Quero saber tudo que você anda fazendo.

— Garanto que você já sabe. Acho que se manteve atualizado desde a última vez que nos encontramos.

Ele sorriu para ela. Usava um jeans justo e camisa casual, o cabelo loiro e o rosto bronzeado, como se trabalhasse ao sol todos os dias.

— Foi muito gentil da sua parte vir me visitar — agradeceu ele.

— É por isso que estou aqui? Por ser gentil? Sou a única que foi?

— Pois é, um triste exemplo da falta de modos na sociedade atual. — Ele deu um suspiro. — Também, tantas meninas más!

Melinda se forçou a manter contato visual, o tom de voz calmo.

— Nós dois sabemos que não é porque elas são más, e sim porque são inocentes. Pode ser sincera comigo, Isaac. — Ela ergueu os pulsos algemados. — Você obviamente está no controle dessa situação. No controle de mim, de Sarajo... ou seja lá qual for o nome verdadeiro dela.

— Acho que nem ela lembra, a maior parte do tempo. Você está fazendo um bom trabalho, Melinda, usando seu tom de terapeuta e as palavras certas. Estou muito orgulhoso de você.

— Diga por que estou aqui. Para que está me usando? Você não quer compartilhar esse segredo comigo?

— Tentador, mas não seria tão divertido, e você sabe o quanto eu adoro jogos e diversão. — Ele se aproximou, segurou-lhe o queixo, o que lhe provocou um arrepio. — Tente adivinhar. É como um quebra-cabeça, basta juntar as peças. Agora vou sair para curtir uma pequena aventura. Seja boazinha enquanto eu estiver fora.

— Você não vai ficar e conversar comigo? Ou então... podemos fazer o que você quiser. Qualquer coisa. Mas não saia hoje à noite.

— Ah, isso é tão fofo. Sem querer ofender, docinho, mas você sabe que não é mais o meu tipo. Embora eu fosse curtir ficar com você. — Ele piscou novamente. — O problema é que já tenho planos para hoje à noite.

— Eles estão à sua procura. — Ela não conseguiu impedir que sua voz se elevasse, tremesse. — Se você sair para tentar raptar outra garota, talvez eles te peguem. Tudo terminará antes mesmo de começar. Não precisa fazer isso. Serei o que você quiser.

— Não ocupe sua linda cabecinha comigo. — Ele mandou um beijo para Melinda. — Voltarei em breve. Você não acha que vai ser bom ter companhia? — Ele olhou para o sanduíche arruinado.

— Desculpe pelo jantar, mas acho que agora aprendeu a não irritar a dona da casa. Ela tem um gênio forte.

— Por favor, por favor, por favor. Espere! — Não era bom, nada bom, que ela não conseguisse detê-lo. — Por favor, pelo menos me diga onde estou. Só me diga a cidade. Ainda estamos em Dallas ou...

— Dallas é o centro de tudo. Volto logo.

Ele deixou as luzes acesas. Melinda abaixou a cabeça sobre os joelhos magros e soltou um gemido de lamento pela criança cuja vida ficaria marcada para sempre se Isaac conseguisse o que queria.

Ela se balançou para a frente e para trás, chorou e finalmente soltou os gritos que queimavam sua garganta até que, exausta, ficou encolhida no chão do quarto horrível.

Permitiu-se olhar em torno para analisar onde estava. Um retângulo de paredes nuas, piso, teto, uma só janela com grades e tela. Mesmo que pudesse alcançá-la, precisaria de algum tipo de ferramenta para quebrar a tela. Nada de mesa ou cadeira, apenas um cobertor jogado no chão.

E quatro pares de grilhões chumbados nas paredes.

Ele não tinha intenção de deixá-la sozinha.

Deus, Deus, dê forças para que ela possa ajudar quem quer que ele traga para cá. Para que possa ajudar as crianças a sobreviver, para que encontre uma maneira de salvá-las.

Ajude-a a salvar seus corações e cabeças. Era para isso que ela tinha estudado e treinado. Quanto a Bree... ela precisava acreditar que Bree faria o restante.

Se eles ainda estivessem em Dallas, como ele tinha dito, havia uma chance, uma boa chance. Bree nunca desistiria, nunca. Era inteligente, sagaz, incansável. Uma policial completa, disse Melinda a si mesma. Tinha começado a se tornar uma tira de verdade no dia em que elas foram salvas.

No momento em que a policial Eve Dallas abriu a porta daquele quarto horrível em Nova York, Bree traçou uma rota para a sua vida e a seguiu sem desvios.

Proteger e servir, pensou Melinda, fechando os olhos e pensando nas vítimas, nas crianças que sofreram abusos, que tinham sido marcadas e despedaçadas. Bree tomara a carreira da policial que as salvara como exemplo de vida. Estabelecera um objetivo grandioso, Bree era exatamente assim. Aquilo tinha sido...

Ela se levantou e se sentou no chão, com os olhos arregalados.

Dallas era o centro de tudo. Eve Dallas?

Será que tudo aquilo tinha a ver com vingança, afinal?

Eve caminhou de um lado para o outro diante do quadro, avaliando os detalhes sob diversos ângulos, criando, desfazendo e reformulando padrões. Olhava para o *smartwatch* o tempo todo.

Não fazia muito tempo desde que eles tinham prendido Civet em Nova York. Pressionar e conseguir extrair informações consistentes de um traficante com o histórico e experiência dele exigia habilidade, esforço e suor.

Mas por que diabos eles ainda não tinham conseguido arrancar nada do homem?

Foi até a porta de ligação com a sala onde Roarke usava três computadores, murmurando ordens para todos eles na busca pelas contas bancárias de Isaac.

— Talvez você possa montar uma sala virtual para eu participar do interrogatório em Nova York.

Ele fez uma pausa e flexionou os ombros quando se recostou para estudá-la.

— Se é o que quer, podemos providenciar isso.

— Se eu estiver presente a pressão será maior, e talvez eu consiga atacá-lo por outro ângulo. — Ele não disse nada por um momento, simplesmente a observou. — Vou prejudicar completamente o ritmo deles — reconheceu ela. — Vou minar o progresso da investigação e destruir a confiança de Peabody para sempre. — Sei que você está pensando isso, porque também estou. Só que ficar esperando aqui é...

— Difícil. Esperar é duro e frustrante, mesmo quando você sabe que é exatamente o que precisa fazer. Talvez especialmente por isso.

Ele sabia, ela pensou. O marido de uma tira conhecia todas as agruras da espera.

— Isso também te deixa irritado?

— Mais do que eu gostaria, às vezes.

— Não há mais nada para eu fazer aqui, agora à noite. Nada mais para desencovar. Tudo que posso fazer é continuar revendo o que temos e esperar que alguém me traga notícias.

— Então faça uma pausa, deixe a cabeça descansar um pouco. Eu lhe darei mais notícias sobre o meu progresso assim que puder.

Ela voltou para a sua sala e tomou mais café.

Circulou o quadro, disse a si mesma que eles tinham coberto todas as áreas possíveis.

E tornou a verificar a hora.

Enquanto Eve circulava o quadro e analisava tudo, Darlie Morgansten experimentava a jaqueta mais irada de todos os tempos. Era rosa, sua cor favorita, e tinha pontinhos brilhantes espalhados pela gola. Uma peça digna de uma estrela do pop.

Também custava mais de três meses de mesada. Como ela já tinha gastado quase toda a daquele mês numa bolsa maravilhosa, e a do mês passado em coisas que ela mal conseguia lembrar, mas que eram absolutamente essenciais, tinha sobrado pouquíssimo dinheiro.

Mesmo assim ela se virou como uma modelo e se admirou no espelho, ignorando o olhar atento da vendedora que observava as duas como uma águia desde que a dupla tinha entrado na loja: Darlie e Simka, sua melhor amiga desde sempre.

— Darl, você *precisa* comprar essa jaqueta. Ficou maravilhosa em você.

— Talvez papai me dê um adiantamento da mesada. Mamãe obviamente não vai fazer isso. — Ela revirou os olhos verdes cheios de vida. — Tudo que vou receber dela é...

— O Grande Esporro — terminou Simka, revirando os olhos em solidariedade. — Você pode ligar para o seu pai e mostrar a ele como essa roupa ficou maravilhosa em você.

— É muito fácil dizer não pelo *tele-link*. Nossa, aquela vendedora não tira os olhos da gente. Até parece que somos ladras. Venha cá, tire uma foto minha. — Ela entregou o *tele-link* para Simka. — Depois posso ir para casa tentar amolecer papai, mostrar a foto quando ele estiver de muito bom humor.

— Mas alguém pode comprar antes de você convencer seu pai.

— Ainda tenho alguma grana. Posso deixar a jaqueta reservada.

Ela se inclinou e sorriu lindamente para a foto. Uma garota bonita, cabelo castanho comprido com pontas roxas, o que já lhe rendera O Grande Esporro naquela mesma manhã.

O lance do cabelo foi terrível, e ela teve de se esforçar para conseguir descolar aquele passeio pelo shopping. Só conseguiu porque a mãe também estava por ali, fazendo compras. Mas ela precisava encontrar A Carcereira — o apelido que dera para a mãe naquela semana — às nove e quarenta e cinco em ponto, debaixo da torre do relógio.

Ela queria fazer compras com Simka, ir ao cinema e depois comer pizza, mas *não*. Em casa às dez, na cama às dez e meia. Mesmo que no dia seguinte não tivesse aula por causa da reunião de pais e professores.

Até parecia que Darlie tinha três, e não treze anos.

Mães eram um porre!

— Vou reservar a jaqueta, mas ainda temos meia hora de liberdade antes de encontrar A Carcereira.

— Beleza! Enquanto isso, vou experimentar esse top e a calça também. Vou sair do provador para você me dizer como eu fiquei — propôs Simka.

— Vou ser sincera, é claro, mas já sei que essa roupa vai ficar o máximo em você, amiga.

Darlie correu para o balcão e lançou um olhar arrogante para a balconista vigilante enquanto pagava a reserva. Estava voltando para o provador quando uma saia maravilhosa chamou sua atenção

— Desculpe — disse uma voz.

Assustada, Darlie deu um pulo para trás.

— Eu não estava fazendo nada errado!

— Desculpa. — Sarajo, que agora se chamava Sandra Millford, exibiu um sorriso simpático. — Eu não quis assustar você. Só queria saber se poderia me ajudar. Minha sobrinha tem o seu tamanho, mesmo tom de pele e idade. Quinze anos?

Lisonjeada, Darlie mentiu alegremente.

— Sim.

— Você acha que ela vai gostar desse vestido? Preciso de algo especial para o aniversário dela, na semana que vem. — Sarajo levantou um vestido de festa cor-de-rosa.

— Uau! Eu estava de olho nesse vestido agorinha mesmo. É o máximo dos máximos, mas é muito caro.

— Ela é a minha sobrinha favorita. Posso colocar ele contra o seu corpo para ver como ficaria nela?

— Claro. Nossa, esse vestido é maravilhoso demais!

— Você acha mesmo? — Sarajo deslizou a seringa de pressão sob o tecido com um movimento que a ocultava de vista, conforme tinha treinado. Em seguida, pressionou a ponta na lateral do pescoço de Darlie.

— Ei! O que...

— Deve ser algum alfinete da roupa.

Ela viu os olhos da menina ficarem vidrados.

— Não, acho que não combina muito com ela. Amparando Darlie com um braço, ela pendurou o vestido de volta. — Hora de irmos embora! — Ela falou bem alto, sorrindo, enquanto levava a menina para fora. — Amanhã é dia de escola!

— Amanhã não vai ter aula. — As palavras pareciam se arrastar.

— Nisso você tem razão.

Ela caminhou com Darlie em direção à entrada sul. Isaac as encontrou no caminho e envolveu Darlie com o braço pelo outro lado. — Como foram as compras, senhoritas?

— Foi divertido — disse Sarajo, com naturalidade. — Mas a nossa menina não está se sentindo muito bem. Cansada demais, eu acho.

— Ah, tudo bem, logo estaremos em casa.

Abraçados como uma família, eles saíram para o estacionamento, Isaac foi obstruindo os sinais do sistema de segurança enquanto caminhavam. Quando Simka saiu do provador para mostrar sua roupa, eles já estavam colocando Darlie dentro da van.

Eve entrou na loja com Roarke. Ficava no térreo de um shopping de três andares. Havia dezenas de maneiras de entrar ali, como ela já percebera, e dezenas de saídas.

Bree se afastou de um grupo de policiais e correu na direção dela.

— Darlie Morgansten, treze anos, cabelos castanhos e olhos verdes, um metro e sessenta, cinquenta quilos. Estava aqui com a amiga. — Ela apontou para outra garota, sentada no chão, chorando. — Essa amiga experimentava uma roupa no provador. Quando saiu, viu que Darlie não estava mais na loja. Elas iam se encontrar com a mãe de Darlie, Iris Morgansten, às nove e quarenta e cinco. A mãe — ela apontou para uma mulher que falava muito depressa com a parceira de Bree — fazia compras em outro lugar do shopping.

Bree respirou fundo.

— Uma das vendedoras viu Darlie falando com uma mulher, mas imaginou que fosse a mãe. Elas conversavam sobre um vestido. Depois saíram da loja juntas. Não houve luta nem sinal de coação. Já temos colegas examinando as imagens de segurança.

— Isso tem quase uma hora — calculou Eve. — Eles já foram embora. Não vamos encontrá-los nas redondezas. Faça com que verifiquem as imagens dos últimos dias. A cúmplice certamente pesquisou o lugar para Isaac, deve ter tirado fotos. Ele teria de saber qual seria a melhor saída e como é o esquema de segurança interno e externo. Por que diabos o alerta levou tanto tempo para ser emitido?

— A outra garota procurou por Darlie em toda parte quando saiu do provador e perguntou a uma das funcionárias. Disseram a ela que Darlie tinha ido embora com a mãe. Então Simka, a amiga que ficou para trás, foi até o local do encontro para esperar por elas. Levou quase trinta minutos para a mãe chegar e perceber que havia algo errado.

— Tudo bem. Quero conversar com as funcionárias da loja, com a menina e com a mãe.

— O pai também está aqui agora.

— Não preciso falar com ele, já que ele não estava aqui quando tudo aconteceu. Quero...

Ela se interrompeu quando Nikos se aproximou.

— Você tinha razão, Dallas. Estava certa sobre o que ia acontecer. Não confiei nos seus instintos e segui o programa de probabilidades. Agora essa menina foi...

— Se não fosse ela, seria outra — disse Eve, com frieza na voz. — Você insistiu na sua ideia, sim, isso foi um erro. Mas, de qualquer forma, não existem policiais suficientes para vigiar todas as meninas de Dallas.

— Talvez não, mas saber disso não vai me ajudar a dormir hoje à noite. Você estava certa sobre a van também. O vendedor se lembrou da compradora, a irmã Suzan. Não conseguimos extrair mais nada dele, porque simplesmente não havia mais nada para obter. A venda foi feita em dinheiro, ela assinou a transferência e foi embora. Sozinha. Nós gravamos o interrogatório todo, vou lhe enviar uma cópia.

— Tudo bem. — Ela viu Laurence se sentar ao lado da garota que chorava para lhe entregar alguns lenços de papel. E o viu abraçá-la quando ela virou o rosto e o enterrou em seu peito, soluçando.

— Laurence deve conversar com a amiga — decidiu Eve. — Ela já parece inclinada a confiar nele, é um bom começo. Talvez você possa usar o distintivo do FBI para fazer pressão com a segurança do shopping. Quero ver todas as gravações desde a semana passada. Detetive Jones, vou começar pela balconista.

— Sim, senhora.

— Vamos conseguir resgatá-la — disse Nikos. Quando seus olhos reencontraram os de Eve, estavam cheios de arrependimento, certeza e raiva. — Mas não acontecerá a tempo.

— Não. — De nada adiantava fingir o contrário, decidiu Eve. — Já é tarde demais. Agora vamos nos concentrar em recuperá-la com vida.

Em algum momento, apesar das luzes e do medo, Melinda adormeceu. O som das fechaduras a fez acordar de um salto, as mãos cerradas em punhos. Mas essas mesmas mãos ficaram dormentes quando Sarajo arrastou a garota para dentro do quarto.

— Não, não, não, não.

Sarajo jogou a garota nua e trêmula no chão.

— Cale a porra dessa boca! — Ela deu uma bofetada em Melinda que a lançou para trás e um chute violento quando ela tentou se reerguer.

— Fique deitada de bruços, senão vou furar a garota! É assim que as coisas funcionam com você, né? — Com ar sombrio, Sarajo acorrentou uma Darlie flácida à parede e a largou com a cabeça tombada para a frente. — Sim, já vi que é só desse jeito que eu faço você se comportar. Se tentar fazer algo comigo, sua puta, ela vai pagar caro. Lembre-se disso.

— Você participou de tudo? Do que ele fez com ela?

— Meu papel vai começar agora. — Sarajo jogou o cabelo para trás. — Quanto a ela? — Com um meio sorriso, deu de ombros. — Foram só preliminares.

— Eu vou te matar se tiver a chance — disse Melinda em voz baixa, vinda de um lugar em seu coração que ela nunca soube que existia. — Lembre-se disso. Vou te matar pelo que você fez com ela. Você é pior do que ele.

— Você não me assusta. Por que você e a prostituta mirim não compartilham experiências?

Ela fechou a porta e a trancou. Quando as luzes se apagaram, a menina gemeu e chorou, chamando pela mãe. Melinda se arrastou até onde Darlie estava e fez o possível para confortá-la e acalmá-la. Cantou um pouco e acariciou a menina.

Ela a protegeria. De algum modo, ela a protegeria. Mesmo que já fosse tarde demais para salvá-la.

Antes de as luzes se apagarem, ela tinha visto a tatuagem no pequeno seio da menina. O número vinte e oito dentro de um coração perfeito.

Capítulo Onze

Laurence entrou na sala da segurança do shopping e olhou para as várias gravações que Eve tinha diante de si.

— Deixei a garota ir para casa. Simka Revin — completou. — Mostrei a ela as fotos que temos da suspeita. Ela não tem certeza. Jones relata o mesmo com os pais da vítima, mas duas funcionárias do turno da noite a reconheceram. Contaram que ela veio aqui algumas vezes por semana durante o último mês.

— Sim, eu a vi nas gravações algumas vezes, mesmo visual. Isso significa que ela queria que os funcionários do shopping a reconhecessem e se lembrassem dela, pensassem que era uma cliente habitual.

— Temos agentes mostrando fotos, conversando com funcionários e consumidores que estavam aqui antes de isolarmos o lugar. O shopping estava lotado, muitas meninas com a idade de Darlie As escolas públicas estão fechadas amanhã.

— Sim, eu já soube. — Ela se virou para ele: — Pode ter certeza de que ele também sabia quando escolheu este shopping. Haverá outros lugares, e ela vai ter pesquisado todos, como fez com este. Ele está se divertindo muito, Laurence.

Ele assentiu, as mãos nos bolsos e os olhos no monitor de segurança.

— Trabalho nisso há algum tempo.

— Sim, li sua ficha.

Ele sorriu de leve.

— Idem. Do meu ponto de vista, se Darlie tivesse entrado no provador, Simka não estaria aninhada em sua cama hoje à noite.

Eve apontou para as telas.

— Essa loja e algumas outras atraem o tipo de vítima de que ele gosta. Às vezes elas chegam com um adulto, mas é mais comum aparecerem em pequenos grupos. É disso que ele gosta: separar uma delas do bando, como um leão faz com um antílope. Sequestrar à vista de todos. Isso aumenta a emoção e faz com que ele se sinta mais importante. Muitas garotas passaram por aquela loja hoje à noite, e a suspeita poderia ter escolhido qualquer uma para ele.

— Azar de Darlie Morgansten.

— Sim. Azar.

Depois das duas da manhã, com os protocolos iniciais completos, os alertas emitidos e a busca iniciada, Eve e Roarke retornaram ao hotel. As marcas de fadiga sob os olhos de Eve pareciam hematomas em contraste com a sua palidez. Um sinal claro, Roarke sabia, de que ela já havia ultrapassado o ponto da exaustão.

Ela precisava dormir. Porém, como ele já esperava, mostrou-se irritada quando ele fez o elevador parar no andar dos quartos.

— Ainda não terminei.

— Ah, mas terminou!

Ela despiu a jaqueta e a jogou sobre um banco no saguão.

— Escute, eu preciso que você me faça um favor.

— Ótimo. Também preciso que me faça um favor. Vamos negociar.

De pé com o coldre de peito e em mangas de camisa, os olhos cor de uísque brilhavam com uma combinação de fúria, tristeza e estresse que ele entendia muito bem. Sentia a mesma coisa.

— Droga, Roarke.

— Esse não é o jeito certo de conseguir algo de mim, principalmente às duas e meia da manhã. Diga o que quer, e eu vou tentar conseguir para você.

— A cúmplice estudou o shopping como se fosse "apenas uma consumidora inofensiva". Chegou até mesmo a comprar coisas para meninas que se encaixam nessa faixa etária, coisas que a vítima normalmente escolheria. Ela conhecia bem o lugar, então aposto que ela também o usou para fazer compras para si mesma.

— Bom palpite. — Ele tirou o paletó e se sentou no banco para tirar os sapatos. Já que ia trabalhar um pouco mais, queria se sentir confortável. — Estou vendo aonde você quer chegar.

— Ela provavelmente se vestiria como ela é, ou como ela quer ser para Isaac, certo? Vamos investigar lojas para mulheres adultas. Lojas de artigos femininos, de lingeries sensuais. Quando a pessoa quer transar, compra calcinhas sensuais.

Ele olhou para ela. Eve vagava pelo saguão, caminhando sem parar, porque sabia — como ele também sabia — que, se parasse, ia desabar.

— Você não faz isso.

— Não preciso comprar roupas íntimas sensuais porque você já compra o bastante para abastecer um galinheiro de acompanhantes licenciadas de luxo.

— É uma fraqueza minha. Um galinheiro? Amor, você está muito cansada.

A frustração transpareceu sobre a tensão em seu rosto.

— Olha, se pelo menos conseguirmos rodar um programa de reconhecimento facial e corporal, algo que nos dê alguma chance, nós...

— Não, você disse que queria que *eu* fizesse isso, então *eu* farei. — Ele se levantou, descalço e em mangas de camisa, assim como ela, e pegou uma tira de couro fina no bolso da calça. — Em troca, você vai dormir naquela cama que nenhum de nós dois nem sequer experimentou ainda. Aquela é a suíte principal. — Ele apontou.

— Quero resolver isso logo.

— Vou iniciar o programa, e nós dois vamos tirar algumas horas para dormir enquanto ele roda. Também estou quase desabando de cansaço e, se você insistir em ficar acordada, juro que vou te botar na cama à força.

— Isso é uma ameaça?

— Você sabe que não é uma ameaça. — Com um movimento calmo e elegante, ele prendeu o cabelo na nuca com a tira de couro. — É um simples fato, e não vou perder tempo discutindo com você. Agora vá se deitar um pouco, senão a coisa vai ficar feia.

Ele viu a raiva colorir temporariamente o rosto da mulher e ergueu as sobrancelhas quando a mão dela se fechou num punho. Eve ainda não estava tão exausta a ponto de não conseguir lhe dar um soco, considerando as circunstâncias, e Roarke sabia por experiência própria que ela tinha um fortíssimo cruzado de direita.

Quase torceu para que ela cumprisse a ameaça, pois aquilo daria a ele uma desculpa para arrastá-la à força para a cama, enfiar-lhe um calmante goela abaixo e aliviar um pouco da própria raiva enquanto fazia isso.

Aparentemente ela pensou duas vezes, deu-lhe as costas e caminhou em direção ao quarto.

— De nada, porra! — disse ele, às suas costas.

Eve respondeu erguendo o dedo do meio no ar, antes de bater com força a porta do quarto.

— Para você também, amor.

Ela queria lhe dar um soco, um único e forte soco. O problema, refletiu, enquanto arrancava o coldre, era que ela não estava no seu melhor momento — o que significava que ele provavelmente ia cumprir a ameaça.

— Ah, quer dizer — murmurou para o quarto vazio. — Ameaça, não... era um *simples* fato.

Meu Deus, ela odiava quando ele cagava ordens, como se ela fosse uma criança birrenta na hora de dormir.

Tudo de que ela precisava era café. Só um pouco de café para ajudar a desfazer o nevoeiro. Tudo bem que ela estava cansada, admitiu, enquanto despia as roupas e as deixava caídas no chão. Tiras sempre trabalhavam cansados. *Aquilo*, sim, era um simples fato.

Um dos empregados daquele hotel chique de Roarke — sem dúvida caríssimo — tinha guardado tudo que Summerset colocara nas malas em Nova York. Ela não tinha nem mesmo controle sobre as próprias roupas.

Abriu as gavetas. Maldito fosse, não dormiria nua, pois isso poderia dar ideias àquele babaca prepotente.

Eve cheirou as camisolas de dormir macias e bonitas, mas vasculhou entre elas até encontrar uma camiseta simples, nada sexy, e a vestiu com raiva.

Mas não pretendia ir para a cama. Pelo menos, não para dormir. Ela ia só deitar durante uns dez minutos, o que bastaria para ela cumprir sua parte do acordo.

Ele que tomasse naquele lugar.

Pegou os chocolates dourados dos travesseiros e os jogou sobre a mesinha de cabeceira. Comeria aquilo com café depois de cochilar uns dez minutos. Seria bastante cafeína para mantê-la acelerada por mais algumas horas.

Deitou-se de bruços nos lençóis abertos e reparou, por um instante, que sentia falta do gato.

Pensou em Darlie Morgansten. A dor do estômago embrulhado foi a última coisa que sentiu antes de afundar num sono profundo. Nem sequer ouviu Roarke entrar, vinte minutos depois.

O frio do quarto a manteve acordada. Ela queria dormir, queria ir embora, mas o frio e as espetadas de fome em sua barriga não deixavam.

Ela não devia procurar comida. Só comia quando ele a mandava comer, e só o que ele lhe oferecia, senão ia comer o pão que o diabo amassou.

Sabia que "comer o pão que o diabo amassou" significava levar uma surra — ou pior. Também conhecia o "diabo" porque morava com ele.

Tinha oito anos.

Ela estremeceu de frio e fechou os olhos com força, porque ele deixava as luzes acesas sempre que saía. E ela não conseguia desligá-las. Luminosidade, luminosidade e frio, com a luz vermelha turva que piscava no letreiro entrando pela janela.

SEXO AO VIVO. SEXO AO VIVO. SEXO AO VIVO.

Ele tinha se esquecido de alimentá-la antes de sair. Tinha negócios a fazer, lugares para ir, pessoas para ver.

Ela nunca tinha lugares para ir e nunca via ninguém além dele.

Talvez ele se esquecesse de voltar. Às vezes ele esquecia, e ela ficava muito tempo sozinha. Era bom ficar sozinha, muito melhor ficar sozinha. Ela podia olhar pela janela e ver as pessoas, os carros, os edifícios.

Mas tinha de ficar dentro do quarto. As meninas que tentavam sair ou conversar com alguém de fora eram levadas pela polícia e atiradas em um poço escuro — ou às vezes em uma jaula com cobras e aranhas que roíam a pele da criança até chegar aos ossos.

Ela não queria ser jogada no poço. Não queria "comer o pão que o diabo amassou". Mas sentia uma fome terrível.

Sabia que havia queijo por ali. Se ao menos conseguisse comer um pedacinho de queijo, como um rato, ele não ia descobrir. Com os olhos vasculhando a sala, ela avançou em meio aos flashes de luz vermelha e pegou a pequena faca.

Pretendia cortar um pedacinho só, mas o queijo estava tão gostoso!

Se ele não voltasse, ela poderia comer o queijo todo. E, quando ele voltasse, provavelmente estaria bêbado. Talvez estivesse bêbado o suficiente para não reparar nela nem a machucar. E não ligaria se soubesse que ela havia comido o queijo.

A porta se abriu com um estrondo que a sobressaltou e a fez deixar a faca cair.

Ela reparou, com um terror que lhe penetrava os ossos como aranhas, que ele não estava bêbado o suficiente.

Tentou mentir, fingir, e por um momento — por um fugidio instante — achou que ele a deixaria em paz.

Mas ele a acertou com muita força. Quando ela caiu, o sangue que encheu a barriga faminta a deixou enjoada.

Por favor, não. Por favor. Vou ser uma boa menina.

Mas ele bateu, bateu e continuou batendo, não importava o quanto ela chorava ou implorava. De repente, ele estava em cima dela, com seu peso brutal. Em cima dela, cheirando a uísque e doces — o cheiro terrível de "pai".

Ela sabia, sabia muito bem que era pior quando se debatia, mas não conseguiu parar de gritar e lutar de forma selvagem enquanto ele a penetrava.

A dor a rasgou, a destroçou, e mesmo assim ela implorou.

Ao seu redor, na sala fria e iluminada pela luz vermelha do letreiro, havia outras meninas. Dezenas de olhos observavam tudo enquanto ele ofegava e grunhia, aqueles terríveis sons que sempre se misturavam aos gritos dela quando ele a estuprava.

Ela agarrou o rosto do pai com as unhas e sentiu a pele se rasgar, ao mesmo tempo que ele também a arranhava. Ao gemido do pai, surpreso, se sobrepôs um estalo forte e repentino, e a agonia veio como uma inundação.

Não havia pensamento algum, apenas dor, e os olhos que os observavam, o rosto distorcido dele acima dela. De repente, seus dedinhos encontraram a pequena faca ao lado, no chão.

Nenhum pensamento, apenas dor. Ela o atacou.

O som de seu grito — de sua dor, de seu choque — se sobrepôs ao dela, e soou na mente da menina desesperada como triunfo. Ela puxou a faca e sentiu a umidade quente na mão enquanto se rastejava para sair de baixo dele.

Então se lançou sobre ele como um animal, cortando mais e mais, enquanto o sangue espirrava em seu rosto, nos braços e no corpo.

Vermelho, como a luz. Quente contra o frio de sua pele.

E as outras garotas entoavam, furiosas, a uma só voz:

Mate ele!

Mate ele!

O rosto do pai, os olhos arregalados. O outro rosto, manchado de sangue.

Mate eles!

As meninas, todas elas, se reuniram ao redor de ambos, enquanto ela enfiava ainda mais a faca no homem. Nos homens. Mãos a acariciaram, braços tentaram levantá-la.

Ela lutou, gritando.

— Pare! Eve, pare!

Roarke sabia que estava machucando Eve, mas gentileza, depois firmeza não tinham funcionado para arrancá-la do pesadelo. O medo de que daquela vez a mulher não conseguisse voltar lhe apertou a garganta.

— Eve. *Meu amor.* Acorde, porra. — Ele lhe prendeu os braços contra a cama, segurando-a com mais força mesmo quando o corpo dela arqueou com um grito selvagem e alto.

— Não. Não, volte para mim agora. Eve. Eve!

Ele continuou repetindo seu nome incansavelmente, torcendo que a alcançasse no inferno onde ela certamente estava.

— Eu te amo. Eve. Estou bem aqui. Você está segura. Tenente Eve Dallas! — Ele apertou os lábios contra o cabelo da esposa e, em seguida, contra a sua têmpora. Meu amor. *A ghra*. Eve.

Quando ela começou a tremer, a sensação de alívio o deixou fraco.

— Shh... tudo bem... shh. Estou aqui, amor. Você está segura agora. Você voltou para mim.

— Frio. Está frio.

— Eu vou te aquecer. — Ele esfregou os braços dela e sentiu o gelo da pele contra as palmas das mãos. — Vou buscar um cobertor. Só...

— Enjoada. — Ela apertou a mão úmida contra o peito dele. — Estou enjoada.

Ele a pegou no colo e a levou rapidamente até o banheiro. Sentiu-se impotente enquanto ela vomitava de forma violenta. Mas, quando ele começou a lhe limpar o rosto com um pano frio, ela o tirou de sua mão.

— Me dê um minuto. — Ela não o encarou, mas se sentou no chão com os joelhos dobrados e o rosto pressionado contra eles. — Por favor, me dê só um minuto.

Ele se levantou e pegou o robe do hotel no gancho da parede.

— Vista isto. — Ele colocou o robe sobre os ombros dela, queria envolvê-la. Abraçá-la. Mas ela não olhou para ele. — Você está tremendo de frio. Eu vou... Vou pegar um conhaque.

Sair do banheiro e deixá-la sozinha foi algo que o destroçou por dentro.

Sua mão tremeu quando ele derramou conhaque em dois cálices bojudos. Quis jogar os cálices contra a parede. Quis quebrar, destruir tudo ao seu redor. Bater, rasgar.

Olhou pela janela e imaginou a cidade em chamas, consumida, em cinzas.

E mesmo assim não foi suficiente.

Mais tarde, prometeu a si mesmo. Mais tarde ele encontraria um jeito de colocar para fora pelo menos parte daquela raiva terrível que o consumia por dentro. Mas, naquele momento, ficou apenas olhando pela janela até ouvi-la sair.

Pálida como o robe branco, pensou; os olhos muito grandes, muito cansados.

— Estou bem.

Ele foi até ela com um dos conhaques.

— Meu Deus. — Primeiro o choque e depois as lágrimas encheram os olhos de Eve. Ela levantou a mão e roçou os dedos sobre os arranhões terríveis que viu no peito do marido, nos ombros. — Eu fiz isso!

— Não foi nada.

Ela balançou a cabeça, os olhos marejados, e tocou uma marca feia de mordida.

— Sinto muito. Sinto tanto.

— Não foi nada — repetiu ele, pegando a mão dela e levando-a aos lábios. Você achou que eu... Você achou que eu estava machucando você. E eu realmente estava. Beba um pouco de conhaque. — Quando ela continuou em pé, olhando para o cálice, ele tocou em sua bochecha. Mesmo assim, ela não o encarou. — Não coloquei calmante algum na bebida. Juro.

Ela assentiu, virou-se e tomou um gole.

— Por que você não olha para mim? Eu sei que machuquei você. Estou enojado. Com nojo de mim por ter feito você se lembrar dele, mesmo que apenas por um momento. Me perdoe.

— Não, não, você não fez nada disso. — Ela se virou e o encarou enfim. Ela não tinha deixado que as lágrimas escorressem, então ainda se empoçavam ali, como piscinas de tristeza. — Não foi você — repetiu, pressionando a mão sobre o próprio coração.

Ela colocou o conhaque de lado.

— Eu não consigo beber. Sinto muito.

— Você quer água? Café? Qualquer coisa? Diga-me o que fazer por você. Não sei o que devo fazer.

Ela se sentou na ponta da cama. Ele sempre sabia, refletiu ela. De alguma forma, ele sempre sabia o que fazer. Agora, porém, parecia estar tão perdido quanto ela.

— Eu achava que tudo aquilo tinha acabado — explicou ela. — Não revivia aquela cena fazia muito tempo. Pensei que tudo tinha passado, que tudo estava resolvido, que eu tinha me libertado.

Com cuidado para não a tocar, ele se sentou ao lado dela.

— Você está aqui, lidando com tudo o que está acontecendo. Não é de admirar que a situação tenha desencadeado um pesadelo.

— Foi mais que isso. Dessa vez foi pior.

— Eu sei. — Ele ameaçou estender o braço para pegar a mão dela, mas desistiu. — Sei que foi pior. Você pode me contar?

— No começo, foi tudo igual. A sala, o frio, a luz. A fome extrema. A mesma coisa, eu peguei a faca e comi o queijo. E ele entrou bêbado, mas não o suficiente. E tudo começa. Ele me bate, com muita força. Muita força, e fica em cima de mim. Me machuca.

Ele se levantou, precisou se levantar. Voltou para a janela e olhou para fora, sem enxergar nada.

— Você estava gritando.

— Eu não conseguia parar, e ele não saía de cima de mim. Mas... elas estavam lá, à nossa volta. Todas as meninas. As meninas que eram como eu, todos aqueles olhos vendo enquanto ele me estuprava. Olhos tão tristes, tão vazios. Todos aqueles olhos.

— E o meu braço. — Por instinto, ela o envolveu com carinho junto do corpo. — O estalo e a dor quando ele o quebrou. Fiquei louca de dor e medo. Tudo igual, sempre igual. E a faca na minha mão. E a lâmina dentro dele. O sangue escorreu sobre a minha mão. Tão quente. Muito quente, um consolo. Não, não, aquilo não foi um consolo. Foi excitante.

Quando ele se virou, ela apertou as mãos uma contra a outra, no colo.

— Não como antes, não como eu me lembrava. Nada daquela defesa irracional, não foi só uma questão de sobrevivência. Eu queria o sangue. E elas também. As garotas, todas elas me incitando a matá-lo. Matá-lo! E o rosto dele... então o de Isaac... depois o dele, e o dele, e o dele. Mate-os! Eu queria... eu senti... um prazer horrível e feio. Acho que não coloquei essas marcas no seu peito porque você me machucou. Penso que... Meu Deus, acho que eu te ataquei porque você tentou me impedir.

Ela pressionou a mão contra o rosto, depois envolveu o corpo com os braços e caiu num soluço convulsivo e doloroso.

Eve fez menção de se afastar quando ele se aproximou, mas agora ele sabia o que fazer.

Ele a abraçou, acariciou seus cabelos e suas costas e, quando ela ficou mais calma, pegou-a no colo e começou a embalá-la.

— Por que você sofre por isso? Amor, por que você se obriga a pagar por isso? Foi um sonho, um pesadelo provocado pelo pesadelo que você viveu. Quando era apenas uma criança.

— Eu não era uma criança, não no final. Todas aquelas meninas, Roarke, feridas e ensanguentadas, pedindo a morte dele. Eu não era mais criança quando o matei por elas. Já era eu mesma.

— Mas você era criança quando ele a violou. E agora você se esforça para libertar aquelas garotas, uma das quais você já salvou, no passado.

— Não posso ser o que preciso ser se mato alguém, não desse jeito. Não por defesa, mas por querer encerrar o assunto. Não posso gostar disso. Porque então eu serei igual a eles.

— Você nunca poderia ser igual a eles. — Ele engoliu em seco uma nova onda de raiva e lutou para manter a voz calma e as mãos gentis. — Eles tentaram destruir você, aquelas figuras obscenas que se diziam mãe e pai. E você se transformou em tudo o que eles não eram.

— Aquilo me assustou. Aquilo... me envergonhou. O que eu senti.

— Você foi para a cama exausta e com raiva. Isso, em parte, foi culpa minha.

— Talvez eu tenha um pouco de culpa.

Ele conseguiu sorrir enquanto limpava as lágrimas do rosto dela.

— Talvez, um pouco. Não se castigue por causa de um pesadelo, amor.

Quando ela descansou a cabeça no ombro de Roarke, ele fechou os olhos.

— Você quer falar com Mira?

— Não. Sim. Talvez. — Sua voz falhou novamente quando ela abraçou o marido. — Eu quero você. Quero você.

— Estou sempre aqui. Não chore mais. Pare de chorar.

— O rosto dela está na minha cabeça. Darlie. Eu sabia que ele pegaria outra menina, mas agora o rosto dela está na minha cabeça. Sei o que ela está sentindo neste instante... o choque, a vergonha, o medo. Ela também vai ter pesadelos. Vão se repetir sem parar, mesmo depois que o pegarmos. Temos que prendê-lo.

— Vamos fazer isso.

Ela soltou um longo suspiro.

— Sim, vamos. Deixe eu limpar esses arranhões.

— Está tudo bem.

— Não, deixe eu limpar. — Ela recuou um passo, emoldurou o rosto dele com as mãos e o olhou fixamente. — Deixe eu fazer isso.

— Como nos conhece bem, Summerset deve ter colocado um kit de primeiros socorros na mala. Provavelmente está no banheiro.

— Vou procurar. — Ela se levantou, mas ficou parada. — Você me resgatou. Sei que foi só um sonho, mas você me impediu. Parece estranho, mas acho que, ao me impedir, você me salvou. Então, obrigada.

Ele conseguia vê-la, a sua Eve. Podia ver no que ela se transformara.

— Nós nos salvamos o tempo todo, não é?

— Acho que sim.

Ela pegou o kit de primeiros socorros — preparado pelo sempre eficiente Summerset — e se sentou para cuidar dos arranhões dele.

— Nossa, eu ataquei você para valer. Isso é péssimo, mas arranhar e morder como uma adolescente é... vergonhoso.

— Você acertou alguns socos também, se isso a faz se sentir melhor.

— Sou uma pessoa péssima, porque me sinto melhor, sim.

— Cheguei a ver estrelas com um deles.

— E depois apanhou um pouco mais. — Ela olhou para ele. — Você já se perguntou que diabo de casal somos, por acharmos normal eu ter lhe arrancado sangue?

— Somos exatamente quem deveríamos ser.

— Não sei o que eu faria se você não fosse como é comigo. Simplesmente não sei.

— Eu não seria o que sou sem você.

Ela colocou o kit de lado e pousou um beijo sobre a ferida no ombro dele.

— Está doendo?

— Ora, que tipo de homem admite sentir dor com arranhões?

Ela riu e o enlaçou com os braços. Tudo bem, pensou, ao mesmo tempo que ele. De algum modo, estamos bem.

— Está quase na hora de levantar.

— Não dormimos muito.

— Não, não muito. — Ela recuou e encontrou os olhos dele. — Mesmo assim...

— Mesmo assim — disse ele, antes que seus lábios se encontrassem.

Aquela carência era como o ato de respirar. Simplesmente existia. Era silenciosa como um sussurro e suave como a luz que penetrava pelas janelas. Parecia um conforto agora, pensou ele. Um conforto para os dois. Consolo e compreensão que ninguém mais poderia lhes dar. Ela domou a raiva feroz e dilacerante que se debatia dentro dele e a transformou em ternura. Pelo menos naquele momento.

O momento deles.

Ele a acariciou, admirado e honrado por ela recebê-lo depois de todo o horror que tinha vivenciado. Grato por saber que, mesmo que não conseguisse impedir o horror, ele conseguiria lhe trazer paz e prazer.

A cada beijo longo e intenso, aquele horror desaparecia um pouco mais.

Com delicadeza, eles se tocaram; mãos suaves para acalmar e atiçar. Os lábios de Roarke percorreram o rosto dela, pálido, pensou ele, tão pálido, leves carícias ao longo das bochechas; tocaram a covinha encantadora no seu queixo e percorreram a linha forte do maxilar. Mais abaixo, a pele delicada da sua garganta, onde um pulsar forte batia por ele.

Ela o ouviu sussurrar naquela mistura de inglês e irlandês que tanto lhe alegrava o coração. As palavras e o som daquela voz a levaram além da paixão, além do desejo, e a ampararam com os braços abertos do amor.

Aquilo era mais doloroso, muito mais, do que os arranhões profundos. Tinha reparado no rosto dele, no olhar arrasado quando ela voltou ao mundo real. Ele sofria muito, ela sabia, quando ela visitava aquele lugar. Essas feridas também precisavam ser tratadas. Ajudá-lo a curá-las, e a aceitar o que ela poderia lhe dar, cicatrizava as próprias feridas.

Pelo menos por ora.

Ela suspirou sob ele, e a pele se aqueceu sob as mãos que a acariciavam. De repente ela tremeu, não de frio, mas pelo aumento lento e constante do calor. Sua respiração travou, agarrando-se à parte boa da sensação. Ele a conduziu delicadamente para além da dor, como faria com uma joia frágil e preciosa.

Eve o puxou mais para perto, seu corpo sobre o dele, unindo-se a ele. Ali havia beleza além do que era monstruoso, alegria além do sofrimento.

Entregue ao momento, a ele, a eles, seus lábios encontraram os de Roarke, e ela verteu ali o que a inundava.

— Fique comigo — sussurrou ela. — Faça amor comigo. Eu te amo, eu te amo. — Ela pegou o rosto dele entre as mãos, deixando-se ocupar daquela visão, e permitiu-se afundar no azul selvagem dos olhos dele. — Eu te amo.

Ele a acompanhou, acima, além do precipício. E a segurou durante o longo e doce mergulho ao êxtase.

— Durma um pouco — sugeriu ele, quando ela se enroscou ao seu lado.

— Não vou conseguir. Estou bem. — Ela inclinou a cabeça para trás enquanto falava. — Estou melhor. Preciso trabalhar agora. Trabalho... Acho que isso é uma espécie de primeiros socorros para mim.

— Tudo bem. Mas você vai comer alguma coisa. Por mim.

— Eu poderia comer por mim também. Uma ducha, café, comida, trabalho. Rotina. É isso que nos levará a um bom desfecho. — Ela se ajeitou e se sentou na cama. — Talvez café, antes do resto.

— Vou providenciar. Tome o café na cama. Ainda é cedo — acrescentou. — Vou tomar um banho. Há algumas coisas que preciso verificar, depois vou conferir a pesquisa que deixei rodando para você.

— Ok. Roarke — disse ela, quando ele se levantou da cama —, não entre em contato com Mira. Estou bem e prefiro que ela trabalhe com Peabody e a equipe de Nova York. Recuperar Melinda e a garota, prender Isaac e sua cúmplice, é disso que todos precisamos.

Ele programou o café e o levou para ela.

— Você vai conversar com ela quando voltarmos para casa?

— Quando tudo isso acabar, sim.

— Tudo bem, então. Beba seu café. Não vou demorar, e então tomaremos o café da manhã e começaremos a trabalhar.

Depois de tomar um banho e se vestir, Roarke deu-lhe algum tempo sozinha; foi para o seu escritório falar com Caro e com Summerset. Não soube de nada urgente de nenhum dos dois, o que foi uma bênção. Havia alguns detalhes para tratar mais tarde e outros para resolver quando eles voltassem a Nova York. Por enquanto, porém, ele podia deixar os pormenores do seu mundo nas mãos capazes da sua assistente e de Summerset.

Ele se preparava para ordenar os resultados da pesquisa quando o *tele-link* do quarto tocou.

— Roarke falando.

— Bom dia, senhor. Aqui fala Peterson, da recepção. A detetive Jones está aqui para ver a tenente Dallas. Já digitalizei e confirmei os seus dados. Estou enviando a imagem.

Roarke viu quando Bree, parada no guichê da segurança, apareceu na tela.

— Pode mandá-la subir.

— Imediatamente, senhor.

Ele desligou e desceu para o andar principal da suíte. Pelo visto, todo mundo tinha resolvido começar a trabalhar cedo naquela manhã.

Capítulo Doze

E, pensou Roarke ao abrir a porta, alguém mais não tinha dormido muito bem. Bree fizera o possível para esconder o fato, notou ele. Disfarçara as olheiras e colocara um pouco de cor nas bochechas. Mas a maquiagem não escondia o ar de cansaço e preocupação.

— Bom dia, detetive.

— É cedo. Sinto muito. Não me dei conta até chegar aqui.

— Tudo bem, não há problema. A tenente vai descer a qualquer momento. Nós vamos tomar o café da manhã.

— Ah. Eu deveria ter...

— *Nós três* vamos tomar o café — esclareceu ele baixinho, enquanto a segurava pelo braço e a puxava para dentro. — Você ainda não comeu.

— Não, eu.... Como sabe?

— Sou casado com alguém muito parecido com você.

— Esse é o maior elogio que você poderia me fazer. Eu não devia ter vindo sem avisar.

— Não havia necessidade. Garanto que um café da manhã de trabalho é o que Eve tem em mente. Não é, tenente? — perguntou, quando Eve desceu a escada.

— Esse é o plano. Olá, detetive.

— Eu tinha esperança de que você tivesse algum tempo para podermos conversar, antes de começar o trabalho de hoje.

— Vou subir — avisou Roarke — e preparar tudo no seu escritório.

— Isso seria bom — admitiu Eve.

Ele acariciou o braço de Eve quando passou por ela.

— Peço desculpas, tenente, pela inconveniência e intromissão.

— Pode deixar que eu aviso quando você estiver sendo inconveniente ou intrometida. Conseguiu dormir um pouco?

— Na verdade, não. Estou na casa dos meus pais. Eu não conseguiria dormir na minha casa sabendo que Melinda está... E nossos pais precisam de mim.

— Como eles estão?

— Estão assustados. — Bree rodou o anel em seu dedo. — Continuo garantindo a eles que vamos resgatá-la, e eles tentam acreditar em mim. Eu disse a eles que ia à academia antes do trabalho, para me exercitar um pouco. Foi a primeira vez que menti para eles desde a noite em que Melinda e eu escapamos do hotel, em Nova York. Para ver a Times Square à noite. Foi ideia minha. Melinda me acompanhou porque eu insisti com ela, disse que, se ela não fosse, eu iria sozinha. Agora sei pelo que nossos pais passaram. Antes eu julguei que soubesse, mas não fazia ideia. Não era possível.

Ela se deteve.

— Mas nada disso importa.

— Tudo importa. — Ela não tinha ido procurar a parceira, pensou Eve. Sinal de que queria ou precisava de algo que a parceira não poderia lhe fornecer. — Que tal comermos alguma coisa? Do contrário, Roarke vai vir pegar no nosso pé.

— Eu aceitaria um café.

— Sim, é o que eu sempre digo. — Eve foi na frente.

— Parece bom... ser casada.

Eve lembrou de como tinha sido arrancada para fora do pesadelo, e de Roarke ali, junto dela, amparando-a.

— Não é exatamente ruim.

Ela entrou no seu espaço de trabalho e notou que a porta que ligava os dois escritórios estava fechada. Sabia, desde o momento em que Roarke lhe roçara o braço e eles trocaram um olhar, que ele pretendia lhe dar algum tempo a sós com Bree.

Olhou atrás do quadro e viu a mesa perto da janela posta com duas bandejas cobertas, canecas, suco e — o melhor de tudo — um enorme bule de café.

— Ele vive alimentando tiras — disse, quase para si mesma. — Parece que não consegue evitar.

— Ele trabalha muito com você?

— Mais ou menos. É consultor da polícia. Tem bons instintos e uma habilidade extraordinária na área de informática.

— É bom estar com alguém que entende como é ser policial. Eu tive isso por algum tempo, mas não deu certo. Ele não gostava dos meus horários, dos encontros desmarcados. Achava que eu dedicava muito tempo ao trabalho e pouco tempo a ele. Provavelmente tinha razão.

— Um homem precisa ser louco ou burro para morar com uma policial.

— Qual dos dois é Roarke?

— Ainda estou tentando descobrir. — Ela levantou as tampas das bandejas e suspirou. — Eu sabia que ele ia programar um café da manhã irlandês completo.

— Jesus Cristo! — Bree viu ovos, bacon, linguiça, batatas. — O que aconteceu com o café velho ruim e a rosquinha borrachuda?

— O meu café da manhã antes de Roarke era exatamente assim.

— Ele não vem comer com a gente? Só há duas bandejas, mas a comida é suficiente para três pessoas. Ou quatro.

— Ele precisa colocar o trabalho em dia. — Ela apontou para a porta. — No nosso outro escritório. — Eve estudou Bree ao se sentar e se serviu de café. — Não vale a pena deixar isso tudo esfriar.

— Olho para isso, toda essa comida, e penso... o que Melinda está comendo? Será que Isaac está lhe dando comida? Ele nem sempre nos dava comida. Será que está com frio e com fome? Será que ela...

— Você precisa de combustível, detetive. — Nossa, ela parecia Roarke falando. — Deve se alimentar bem para aguentar tudo, para ajudar você a pensar, a agir e a fazer o que precisa ser feito para resgatar sua irmã e a outra jovem.

Obediente, Bree pegou o garfo.

— Por que você procurou a mim, e não sua parceira ou seu tenente? — Eve já sabia a resposta, mas quis dar uma abertura para Bree.

— Annalyn, ela é a melhor parceira que existe. Só que... Não consigo parar de pensar no que aconteceu antes, na primeira vez. Ela entende. Trabalhou na Unidade de Vítimas Especiais durante muito tempo e depois me treinou. Entende, mas não sabe de verdade como é. Ninguém sabe, só quem esteve lá e fez parte de tudo.

Bree levantou o olhar para Eve.

— Você estava lá. Sabe o que ele fez conosco, porque viu. O que aconteceu naquele dia é importante para o que está acontecendo agora. Acho que você o conhece melhor do que eu. Apesar de... — Ela parou e colocou a mão sobre o coração.

— Eu a mantive. — Devagar, desabotoou alguns botões da blusa para mostrar a tatuagem. — Melly removeu a dela. Todo mundo me disse para eu fazer o mesmo, apagar a marca. Só que...

— Você quer vê-la. Quando pega o seu distintivo e a sua arma, antes de cada turno, você quer vê-la. Quer se lembrar de por que precisa prendê-los.

Bree fechou os olhos por um momento, assentiu.

— Foi por isso que eu vim aqui. Você entende.

— Ele vai fazer uma nova tatuagem em Melinda. — Eve viu Bree estremecer um pouco, mas era melhor saber, estar preparada — Orgulho para ele, castigo para ela. Não vai deixá-la morrer de inanição, mas vai mantê-la com fome e em condições precárias. Ele a manterá viva até acabar comigo. E, como não vou permitir que ele acabe comigo, ele a manterá viva.

Eve comia enquanto falava, como se incentivasse Bree a seguir seu exemplo.

— Ele não vai estuprá-la. Essa remota possibilidade diminuiu agora que ele tem a menina. E ele já a estuprou. Ele se sente mais poderoso agora, mais no controle, mais focado depois de se aliviar.

Um lampejo de dor cintilou no seu rosto, mas Bree assentiu.

— Ele acha que machucar a menina tornará Melly mais fraca, mais maleável, a levará à dor e ao desespero. Ele nos usava umas contra as outras exatamente assim.

— Você me contou que se sentia aliviada e enjoada cada vez que ele levava outra menina para fora do quarto. Era uma criança muito raivosa quando a encontrei.

— Eu precisava extravasar a raiva para não enlouquecer. Mas Melly sempre pedia para que ele não levasse quem quer que fosse. Implorava para que ele não machucasse sua escolhida da noite ou do dia. E, quando ele terminava, trazia a menina de volta e a trancava, Melly simplesmente desabava. É isso que ele acha que vai acontecer agora.

— Mas ela não é mais uma garotinha.

— Não, não é. — Bree firmou os lábios. — Ela vai reunir forças e usar tudo que sabe para ajudar Darlie a superar a dor. Vai conversar com ele, se tiver a chance, tentar barganhar e negociar, para atrasá-lo. Se ela puder encontrar ou improvisar qualquer tipo de arma, vai usá-la. Seria capaz de matá-lo para proteger a garota.

Ela retorceu as mãos sobre o colo.

— É isso que me assusta, mais que tudo.

— Ele entrará em contato conosco hoje.

— Você parece tão certa.

— Tenho certeza, sim. Ele tem que se gabar sobre a garota. Se ele quer pôr as mãos em mim, precisa dar início à próxima manobra. E, quando ele o fizer, passaremos à nossa próxima manobra.

— Que é?

— Jogar Isaac e a cúmplice um contra o outro, como fazemos com os suspeitos na Sala de Interrogatório. Só gostaria de ter um pouco mais de material antes. E pode ser isso que está chegando — disse ela, quando Roarke saiu de seu escritório.

Ele levantou um disco.

— Você tinha razão.

— Na mosca! Vamos vê-la.

Ele entregou-lhe o arquivo.

— A partir das imagens registradas, consegui identificá-la. Seu nome é Sylvia Prentiss, e ela morreu há seis anos. Morava no Oregon, trabalhava como agente de viagens antes de...

— Eve? — chamou Bree, quando a tenente empalideceu novamente e colocou a mão na barriga. — O que foi?

— O que... nada. — Por um momento, tanto a dor quanto o pânico a apunhalaram. — Não dormi o suficiente. — Ela esfregou os olhos e analisou a foto novamente.

— Melhor se sentar, tenente — aconselhou Bree.

— Penso melhor de pé. Foi apenas um lapso momentâneo. Essa é ela, nossa verdadeira suspeita. Ou a pessoa em quem ela se transformou para ele. É sua aparência quando está com ele, quando está na própria casa, quando segue sua rotina diária.

— Mais atraente que as cúmplices antigas. — Sem conseguir se conter, Roarke esfregou as costas de Eve enquanto analisava a foto. — A idade registrada é quarenta e seis anos.

— Aposto que ela mentiu para ele sobre a idade. Provavelmente também fez procedimentos estéticos, mas esse é o rosto que ela vê no espelho agora.

— Como você sabe? Como conseguiu encontrá-la?

— Pelas imagens das câmeras de segurança do shopping — respondeu Roarke ao ver que Eve não disse nada, simplesmente continuava a olhar longamente para a imagem na tela. — A tenente acreditava, corretamente, que, durante seus passeios no shopping, a suspeita aproveitava para comprar roupas e produtos que reforçassem sua identidade maternal.

Ele esperou mais um pouco e dessa vez passou a mão, suavemente, pelo cabelo de Eve.

— Quer ver o que ela fez no shopping?

— Não consigo encontrar — murmurou Eve.

— O que, querida?

— Eu... não sei exatamente. Alguma coisa. Não importa. — Ela tentou afastar, enterrar e sacudir a sensação que a paralisou. — Sim, vamos ver as imagens. Quero ver o que ela fez e os lugares que frequentou.

— Tem um endereço na carteira de identidade dela. — Um tremor leve surgiu na voz de Bree.

— Sim, eu vi. Pode ser o endereço verdadeiro ou não. Mesmo assim, vamos dar uma olhada. Mas primeiro vamos reunir tudo que conseguirmos.

— Preciso dar o alarme. Temos de ir até lá.

— Detetive, não vamos nos precipitar. Ela é esperta, aplica golpes há vários anos. Se formos atrás dela sem uma estratégia, podemos perdê-la.

Ela viu que horas eram. Muito cedo, ainda.

— Estou esperando retorno da minha parceira em Nova York, que trabalha com outra fonte. Vamos dar uma olhada nas imagens das câmeras de segurança.

— Depois que eu consegui identificá-la nas gravações — explicou Roarke —, separei as cenas em que ela aparece várias vezes... as lojas, as datas e os horários das visitas.

— Ela comprou muita maquiagem, sempre marcas caras — reparou Eve. — Está loira agora, com cabelo longo e ondulado. Vestido azul brilhante, curto e justo. Boa manicure. Caraca, será que o pessoal da segurança vê essas gravações? Ela acabou de afanar um batom e um produto menor, não deu para ver o que era. E bem debaixo do nariz empinado da atendente!

— Foi uma sombra — garantiu Bree. — Marca de primeira, bem cara. Mas está pagando em dinheiro pelo creme de pele, que custa muito mais caro.

— Talvez seja um hábito. Roubar, para algumas pessoas, é uma espécie de hobby. — Ela olhou para Roarke e reparou no sorriso alegre que ele lhe lançou.

— Ela tem mãos muito boas — comentou ele — É rápida.

— Mas está sob o efeito de alguma droga. Ah, sim, parece feliz, tem um brilho diferente nos olhos. Está se sentindo ótima.

Eve a viu caminhar, leve e solta. Estava se divertindo.

Em uma butique de lingerie, ela comprou e experimentou vários conjuntos de sutiã e calcinha, alguns artigos sensuais e um robe que não escondia nada.

— Ela está torrando grana nas melhores lojas — comentou Bree —, mas, se quer saber, não comprou nada elegante. Seu gosto tende para o brega.

— Sapatos — murmurou Eve. — Tinha de ser! As mulheres sempre gostam de sapatos, especialmente aqueles que fazem os pés chorarem como um bebê.

— Na verdade, eu gosto desse par, do verde.

— Ela está adorando — disse Eve — ter funcionários bajulando-a o tempo todo. Sapatos, bolsas, vestidos, roupas íntimas, creme para o rosto e para o cabelo. Ah, sim, ela foi se arrumar para ele. Suas compras em série começaram duas semanas antes da fuga de Isaac e vão até dois dias atrás. Vou querer fotos de algumas dessas roupas.

— Tenho algo que acho que você vai gostar ainda mais — garantiu Roarke. — Encontrei a van.

— Puta merda!

— Ao que parece, ela não viu necessidade, ou talvez não soubesse como, hackear as câmeras de segurança quando estacionou no lugar como Prentiss. Apostei nisso e fiz algumas pesquisas. Ela também decidiu se dar um descanso e deixou o carro com um manobrista.

Ele digitou alguma coisa no teclado.

— Ah, obrigada, Jesus.

— Meu nome é Roarke. — Ele bateu com o dedo na cabeça de Eve. — Não devia esquecer o nome do seu marido.

— Aí está. Marca, modelo, ano. Uma van marrom-escuro comum agora. Você conseguiu a porra da placa do carro?

— Um trabalho malfeito não nos leva a lugar algum.

— Pegamos a megera! — sentenciou Eve, e sentiu um misto desagradável de satisfação e ansiedade. — Jones, investigue essa placa e entre em contato com seu pessoal. Reunião daqui a trinta minutos. Ahn... merda... avise ao FBI também.

Ela se virou com um largo sorriso para Roarke.

— Você merece mais que um cookie.

— Vou me lembrar disso quando for cobrar meus honorários. A cor do seu rosto voltou, tenente.

— Sim, estou me sentindo mais como eu mesma. Quero investigar o endereço na identidade para ver o que encontramos.

— Deixe que eu faço isso. Já devia ter feito, mas antes queria conseguir um rosto para você, e depois achei a van.

— A van foi o máximo! Se você achar o endereço, posso acionar Peabody. No ritmo que as coisas estão por lá, dava para eu ter caminhado até Nova York, arrancado tudo de Civet e voltado a Dallas.

Ela pegou o *tele-link*.

— A placa está registrada no nome de Davidson Millford, mas com o mesmo endereço da identidade de Prentiss. Vou investigar Millford depois de organizar a reunião.

— Ótimo. Depois que eu entrar em contato com... — O *tele-link* tocou na mão dela. — Até que enfim, Peabody — reclamou Eve. — Já passou da hora de eu receber alguma novidade.

— Desculpe, Dallas, Civet foi um osso duro de roer, se bem que eu acho que todo osso deve ser duro. Ele estudou um pouco no último ano em que esteve preso e se considera um advogado de cadeia. Um pé no saco!

— Você foi a tira má?

— Não. — Na tela, Peabody fechou a cara. — Eu queria, mas Baxter lembrou que ele encarna melhor os gênios do mal. Trabalhamos com ele até quase meia-noite. Civet continuou pedindo pausas e propondo acordos malucos. A certa altura, exigiu absolvição das acusações por posse de drogas, sorvete grátis para o resto da vida e ingressos para os Yankees.

— Como diabos você permitiu que ele comandasse o espetáculo?

— Dallas, juro que ele não tinha como ser mais pressionado ontem à noite. Disse que poderíamos jogá-lo de volta na cadeia, numa boa. Dessa vez, sairia como juiz. Acho que ele realmente acredita nisso. Sabia citar um monte de regulamentos, leis estranhas e baboseiras. — Enquanto falava, Peabody revirou os olhos escuros e cansados. — Ele estava achando graça. Acho que estava testando o conhecimento legal adquirido na cadeia.

— Vocês conseguiram arrancar algo dele?

— Terminamos à meia-noite e retomamos hoje bem cedo, cheios de energia. Ele topou o acordo. Já tinha decidido aceitar o tempo todo, o canalha. Ele conhece Isaac, mas jura que nunca lidou diretamente com ele. Nós não acreditamos.

— Sério?

Peabody exibiu um sorriso fraco.

— Fingimos acreditar para conseguir o restante. Ele admitiu que mantinha transações regulares com uma tal de Sandi Millford, que...

— Você disse Millford?

— Sim. M-I-L-L...

— Sei como se soletra.

— Tudo bem, então. Segundo Civet... isso *se* e *quando* ele recebia dinheiro dela e eles comemoravam... ela dizia ser a mulher de Isaac e que os dois tinham grandes planos. Ele ia sair da prisão em breve, e os dois iam foder quem tinha fodido a vida dele e depois nadar em rios de dinheiro. Ele imaginou que ela estava viajando na maionese. Eu acreditei. Ele é ardiloso, mas depois que conseguiu o acordo... por escrito, tudo garantido... cantou por uma hora inteira. Pesquisamos o nome Millford, encontramos uma Sandra, mostramos sua foto no meio de outras. Ele a escolheu logo de cara.

— Isso é bom. Excelente. Pesquise Millford — disse Eve a Bree —, Davidson e Sandi e/ou Sandra.

— Quem está aí? Roarke? Estou com saudade de vocês. Posso dar um oi para ele antes de...

— Não é Roarke.

— Não existe nenhum Davidson Millford em Dallas nem em Nova York — disse Bree. — Mas achei uma Sandra em um endereço de Nova York.

— Tudo bem, aposto que você está trabalhando com outra pessoa. — Peabody amarrou a cara. — Ela é bonita?

— Ai, cacete! Quero que você investigue os nomes de Sandra Millford e Davidson Millford. Consiga-me os dados, Peabody.

— Certo. Vou lhe enviar uma cópia do interrogatório de Civet e meu relatório, assim que o redigir. Nós íamos verificar esse endereço de Nova York depois que eu ligasse para você.

— Façam isso, então. Vou enviar uma atualização do que temos aqui, o mais rápido possível.

— Você pode me dizer o que...

— Agora não. Tenho uma reunião... e depois tenho uma vaca para prender.

— Quero prender a vaca com você, Dallas.

— Haverá outras. Até mais!

Ela desligou e viu Roarke observando-a da porta.

— Devíamos levar um presente para Peabody. Quem sabe um par de botas de caubói.

— O quê? Quem? Peabody? Ah, pelo amor de Deus. O que você conseguiu?

— É um sobrado geminado, alugado em nome de Davidson Millford. O contrato foi assinado *in absentia* dez meses atrás. Fica a mais ou menos dez minutos de carro do shopping onde a garota foi raptada, pelos meus cálculos.

— É a casa dela. — Eve sentiu uma energia acelerada lhe correr pelas veias. — Ela está lá. Isaac não deve estar muito longe. Vamos montar uma operação e cair dentro.

— Tenente...

— Vou ligar para o seu tenente no caminho — disse Eve a Bree. — Precisamos vigiar o lugar. Ele pode trabalhar com o FBI para decidir quem vai organizar a tocaia, mas é isso: apenas vigiar! Não queremos agir por enquanto.

— Ela pode nos levar até Melinda e Darlie.

— Pode apostar que sim, e, se trabalharmos direito, ela o fará.

Quem estava no comando? Era uma questão sensível, refletiu Eve. O tenente da polícia de Dallas era bom, competente, mas educado demais. E o FBI... Bem, eles acreditavam que assumiriam o controle. Era algo arraigado nos dois. Só que Nikos se guiava muito pelo manual e pelos números, na opinião de Eve.

Então ela assumiria a liderança. Se o restante não gostasse, eles teriam que afastá-la à força. E ela não cederia com facilidade. Não naquele caso.

Eve disse exatamente aquilo a Roarke enquanto ele dirigia, e ela montava a estratégia da operação no tablet.

— Ricchio conhece bem a região e seus homens — lembrou Roarke. — É a área onde a liderança dele seria mais bem aproveitada.

— Concordo, e é o que pretendo propor. Não sei como ele trabalha em uma operação nem como define as informações mais importantes e reúne tudo. Mas não tenho tempo para descobrir. Quanto ao FBI... Nikos sabe que seu palpite sobre Isaac não raptar uma menina era furado e vai ter que lidar com as consequências. Pode ser que o fato a faça cooperar mais. Laurence tem o melhor olho, faro e instinto. Desenvolve uma visão panorâmica de tudo muito depressa. Mas não quero que a metodologia do FBI e sua estratégia de "raciocínio de grupo" me atrapalhe. Se fizermos tudo certo, encerramos o caso ainda hoje — garantiu Eve. — Tudo que quero é interrogar Isaac e a mulher, em qualquer sala que me derem.

— Estou mais perto de encontrar as contas de Isaac — garantiu Roarke. — Se é que isso poderá ser de alguma ajuda, no momento. Encontrei o padrão, pois sei que sempre há um padrão. O dele é muito bom, com várias iscas falsas e becos sem saída. Mas já estou mais perto.

— Tudo isso ajuda. Se for possível, continue a busca enquanto montamos a operação. Precisamos cortar seu fluxo de caixa assim que o prendermos. Dessa vez, ele não vai bancar sua fuga da prisão.

Ela ligou para Bree.

— Os policiais já estão de tocaia?

— O tenente colocou quatro homens vigiando o sobrado, com ordens para observar apenas. A van está estacionada no local, Dallas. Ela está lá!

— É só para vigiar, deixe isso bem claro, detetive. Se ela for para a rua, vamos precisar de alguém muito experiente que consiga segui-la sem ser notado. Alguém que não se aproxime demais e não fique nervoso.

— O tenente ordenou exatamente o mesmo. Estou a dois minutos da Central. Vamos nos instalar na sala de reuniões.

— Estamos bem atrás de você. — Ela desligou, tamborilou por um momento e, então, ligou para Peabody.

— Estamos a caminho do endereço de Nova York — avisou Peabody. — Baxter e Trueheart mandaram um "oi".

— Sim, sim. Vou entrar em reunião daqui a poucos minutos. Em algum momento, vou precisar incluir você.

Peabody deu um soco no ar.

— Beleza, vou para o Texas!

— Você vai aparecer num telão, Peabody, pelo amor de Deus! Quero que organize suas anotações. Você vai divulgar dados, nomes, fatos, declarações. Cada detalhe do que tiver levantado; quero precisão policial e muita objetividade. Nada de piadinhas internas. Seja direta, clara. Uma tira durona.

— Eu consigo ser durona.

— Ótimo. Você vai se dirigir a mim como "tenente" ou "senhora".

— Entendi. Quer que eles pensem que você é uma policial fodona.

— Eu *sou* uma policial fodona. — Eve franziu o cenho para a tela do *tele-link*. — Você está com cabelo no rosto. Prenda-o na nuca e tire esse batom.

— Mas eu caprichei no visual hoje. Sim, senhora, tenente! — emendou, depressa. — A que horas você vai me chamar para participar da videoconferência?

— Ainda não sei, mas esteja pronta.

Ela interrompeu a transmissão antes que Peabody tivesse chance de ficar de conversa.

— Muito bom — comentou Roarke, ao entrar na garagem da Central de Polícia de Dallas. — Quer mostrar a eles o estereótipo policial de Nova York.

— Quem você quer dirigindo uma operação como essa? Quer a fodona, aquela com todos os dados, suspeitos, contingências sob controle... aquela que controla tudo isso sem deixar margem para furos.

— E esse fodona seria você.

— Você é muito esperto.

Ele a observou caminhar pelo prédio e pelos corredores — olhos incisivos, focados. Quando ela entrou na sala de reuniões, projetou para todos a imagem de uma mulher já no comando, uma policial que empunhava a própria autoridade com a mesma naturalidade com que empunhava sua arma.

Eve foi direto até Ricchio... esperta. A mulher se sairia melhor no mundo dos negócios do que ela mesma poderia supor. "Assuma o comando antes de o questionamento surgir. E, quando estiver fora do seu território, dirija-se primeiro à equipe da casa."

— Tenente, a minha parceira participará da nossa reunião remotamente quando eu chegar ao ponto em que os dados que levantou serão relevantes. Preciso falar com seu comandante da SWAT e a equipe do DDE designada para esta operação. A detetive Jones me informou que você já colocou homens de olho na suspeita, vigiando sua localização atual.

— Correto. Até a última atualização, nenhum movimento foi relatado.

— Talvez ela esteja dormindo. Vocês têm algum sensor de calor para confirmar que ela está lá dentro?

— Quase pronto.

— Avise-me assim que estiver. Ela pode ter saído de casa a pé. Você me consegue um visual da área em um raio de dez quarteirões? Lojas, restaurantes, empresas?

— Claro. Os homens na tocaia têm fotos e descrições de todas as suas identidades conhecidas. Suponho que você queira dirigir a reunião, certo?

— Será mais simples e rápido. Não sabemos quando ela vai sair. Para a segurança das jovens raptadas e prisão rápida dos dois suspeitos, a operação deverá ser implementada o mais depressa possível. Agilidade e eficiência, tenente. Preciso que selecione os seus melhores homens para a ação e informe a mim e ao FBI sobre a área ao redor da casa. Posteriormente, quero ver os arredores da localização de Isaac. Quando ela nos levar até ele, devemos saber de antemão com o que estamos lidando, tanto com relação a civis envolvidos quanto a rotas de fuga, e os melhores pontos para a atuação da SWAT, se necessário. Não conheço sua cidade, tenente, mas conheço Isaac. E, nos últimos dois dias, passei a conhecer a cúmplice.

— Se você tem uma estratégia de operação já elaborada, eu gostaria de ouvi-la. Eu já fiz a minha.

— Certamente. Podemos começar? Não quero que os homens que você designou sejam forçados a seguir a suspeita antes de estarmos com tudo pronto. — Ela fez uma pausa. — Se o tempo não fosse tão crucial, eu analisaria tudo primeiro, acertaria os detalhes com você e depois recuaria do comando. Não quero os louros desse caso, tenente. Quero apenas participar dos interrogatórios quando estivermos com os filhos da mãe presos, não me importo com o restante.

— Entendido. Tudo certo então, tenente — disse ele. -- A sala é toda sua.

— Obrigada.

Ela se virou e examinou os rostos dos homens e mulheres que estavam em pé, sentados e se movimentando.

— Todos vocês, sentem-se. Nada de papo! Eis a situação.

Pelo canto do olho, viu quando Nikos fez menção de se levantar e Laurence colocou a mão no braço dela e balançou a cabeça.

Primeiro problema resolvido.

— Você! — Ela apontou para uma versão texana de McNab, com roupas de cores berrantes e uns dez bolsos nas calças largas e vermelhas. — DDE, certo?

— Pode apostar. Sou o detetive Arilio.

— Cuide da parte visual da apresentação, Arilio, e fique ligado. Mantenha a imagem do local da tocaia no telão um.

Ele correu para obedecer à ordem.

— Encontramos o esconderijo da suspeita — começou Eve, recitando o endereço enquanto Arilio exibia o vídeo ao vivo. — Temos uma equipe a postos neste exato momento. Já identificamos e encontramos o veículo comprado pela cúmplice de Isaac. Colocar no telão dois as imagens das últimas identidades falsas usadas pela cúmplice! Sandra Millford é a persona usada para enganar as vítimas atuais de Isaac; foi esse visual que ela usou no sequestro de Darlie Morgansten. Acreditamos que Sylvia Prentiss seja sua aparência quando não está disfarçada. É sua aparência preferida quando está cuidando da vida pessoal. Ela está morando nesse local sob uma dessas identidades, ou talvez as duas. Temos outra identidade falsa para acrescentar.

Ela ligou para Peabody.

— Coloque os dados na tela, Arilio.

"Detetive Peabody, já pode enviar a foto da suspeita identificada por Civet durante o interrogatório."

— Sim, senhora. Enviando.

— Informe-nos os dados principais dessa identidade.

— Sim, tenente. — Peabody começou a divulgar os dados com o rosto sério como pedra, o cabelo puxado para trás, rapidamente. — Além disso, senhora, estamos no local onde a suspeita residia quando estava em Nova York. Passamos à etapa de interrogar os outros moradores do prédio e temos o nome e o endereço do seu local de trabalho enquanto morava aqui.

— Bom trabalho, detetive.

— Obrigada, senhora.

— Entre em contato comigo caso surjam mais informações. Dispensada.

Ela cortou a transmissão.

— Quero que todos nesta sala estejam familiarizados com cada um desses nomes, rostos e detalhes como se fossem os seus próprios. Se por acaso a suspeita se movimentar usando uma dessas identidades, deverá ser seguida, mas não abordada. Não importa se ela se desloca a pé ou usando o veículo, vamos segui-la até que ela nos leve a Isaac.

— Por que não colocamos um grampo no veículo?

Ela olhou para o detetive Price.

— Não temos como saber se o veículo possui sensores ou alarmes que alertariam a mulher ou Isaac caso tentássemos violar o veículo. O carro confiscado em Nova York tinha detectores. Quero um grupo de quatro veículos para segui-la — continuou ela. — Cinco contando comigo. Seu tenente formará as equipes e selecionará a melhor localização para aguardarmos até que ela se coloque em movimento. Quero reforço aéreo. A DDE vai coordenar os sinais de tráfego e nos alimentar com imagens ao longo de toda a operação. Daremos a ela caminho livre da sua casa até Isaac. Se ela desconfiar que está sendo seguida, nós a perderemos. Caso isso aconteça, também perderemos Isaac, Melinda Jones e Darlie Morgansten. Ninguém, absolutamente ninguém, deve chegar perto do veículo ou da casa, esteja ela no interior ou não. Pode haver alarmes na residência. Vamos esperar do lado de fora.

— Os sensores de calor identificaram uma só pessoa dentro da casa — declarou Ricchio. — Ela está circulando pelo apartamento.

— Excelente. Ela está em casa e acordada. A vigilância do local deve ser trocada a cada hora. Se ela ficar mais algum tempo em casa, não quero que ela perceba veículos desconhecidos na área por muito tempo. Quero uma equipe de quatro policiais à paisana, caso ela saia a pé.

Ela esperou um pouco.

— Agora, vamos a Isaac.

Era difícil aprimorar uma operação quando a localização do suspeito ainda era desconhecida, mas Eve estabeleceu uma estratégia básica para busca e apreensão.

— Quando ela nos levar até ele, vamos aprimorar a busca e ajustá-la para o local específico. Daremos um passo de cada vez. Somos cuidadosos e inteligentes. Vamos conseguir.

Ela respondeu a algumas perguntas, mas foi curta nas respostas. O tempo era importante, pensou. A vaca não era exatamente uma dona de casa para passar metade do dia trancada.

Nikos esperou até Eve terminar, antes de se aproximar.

— Podemos coordenar a vigilância aérea e a tocaia. Laurence e eu ficaremos em terra, no grupo que vai segui-la.

— Isso será ótimo.

— Tenho algumas preocupações quanto à busca e apreensão.

— Vamos tratar disso quando descobrirmos o local. Assim que ela estiver com Isaac, teremos tempo para resolver tudo. Mas não quero perdê-la agora, então vamos até lá.

Ela se virou e caminhou até Roarke.

— Preciso de você na DDE e nas finanças. Sei que preferia ficar comigo.

— É a minha primeira e última prioridade, tenente.

— Entendi, mas preciso dessas contas. Vou estar cercada por dezenas de tiras, agentes do FBI, a SWAT. Terei bastante reforço. Além disso, prometo ligar para você no minuto em que ela se deslocar. E novamente quando ela chegar a Isaac. Darei a localização e você poderá nos alcançar, antes mesmo de nós o pegarmos.

— Isso me parece bom.

— Estou bem — garantiu Eve, porque ele a avaliava com um cuidado meio exagerado.

Ele tocou as pontas dos dedos dela, num contato leve.

— Dá para notar que sim.

— Preciso ir agora. Vou pegar nosso carro. Ninguém persegue o vilão em um carro luxuoso como esse, então ela jamais vai imaginar que há uma policial ali dentro. Vou providenciar para que um policial o leve ao esconderijo de Isaac quando descobrirmos sua localização.

— Não, nada disso — corrigiu Roarke, falando sério. — Eu mesmo arranjo outro carro para me levar até lá.

— Faça do seu jeito.

— É assim que eu gosto. — Dessa vez ele pegou a mão dela, mas muito brevemente. — Vá prendê-la, tenente.

— Pode contar com isso.

Capítulo Treze

Bairro agradável, reparou Eve. Típico de classe média, com várias famílias jovens, se as tralhas das crianças nos quintais servissem de indicação. Pequenos playgrounds com muitos brinquedos de balançar, escalar, cair e quebrar o braço. Muitas bicicletas, todas sem tranca, o que significava que ninguém ali se preocupava muito com roubos.

Um bairro seguro, segundo os dados de Ricchio e suas próprias observações, onde as pessoas não sabiam que havia uma predadora bebendo coquetéis todas as noites, bem na casa ao lado.

A maioria dos veículos estacionados nas garagens e junto ao meio-fio eram carros antigos, mas também havia vários modelos novos, bem cuidados, então o que Eve usava não se destacava. De qualquer forma, ela havia parado a um quarteirão de distância do alvo, fora de vista.

Analisou o sobrado na tela do painel e ouviu atentamente as conversas na van da DDE e nos outros veículos que participavam da vigilância.

Um simpático jardim na frente, compartilhado com a outra metade da casa. Os sobrados geminados tinham a parte externa limpa e bem cuidada. Alegres flores vermelhas e roxas floresciam em vasos verde-esmeralda na varanda da casa contígua. A maioria das residências ostentava jardins ou vasos de flores. Aparentemente, a suspeita não tinha interesse em flores, pois sua entrada não exibia plantas.

Uma pequena bicicleta de um tom azul vívido repousava em seu suporte no jardim da frente de uma das casas próximas à da suspeita. Bicicleta de menino, imaginou, pelo estilo e pelas rodinhas presas ao pneu traseiro.

Não era uma criança na qual Isaac pudesse ter interesse, então a cúmplice provavelmente não se importava com ela.

Será que a suspeita se dava bem com os vizinhos? Com certeza. Não sabia quanto tempo teria que ficar ali e não ia querer problemas. Uma pessoa reservada, diriam os vizinhos, quando fossem interrogados mais tarde.

Uma mulher simpática, tranquila e bonita. Mulheres, pensou Eve. A suspeita devia entrar e sair com a aparência das duas mulheres que personificava, não é? Elas poderiam ser colegas de faculdade que moravam juntas, irmãs ou algo assim. Dividiam a casa. Nunca eram vistas juntas, mas quem perceberia isso? Uma delas podia trabalhar de dia, e a outra, à noite. Folgas em dias diferentes.

Não é difícil montar um esquema assim, se a pessoa for esperta e cuidadosa.

Segurança de primeira linha, nas portas e janelas. Tudo bem, eram duas mulheres morando sozinhas, quem questionaria aquilo? As telas de privacidade estavam acionadas.

Vamos lá, saia de casa. Dê uma volta pela rua, faça um passeio de carro. Você não sente falta dele? Você é obcecada por ele. Viciada! Você pensa nele o tempo todo.

Quem é você? Acho que já vi o seu rosto, ou os seus rostos. Passou algum tempo em Nova York antes de se juntar a Isaac?

Talvez Eve já tivesse desmascarado uma das suas identidades falsas. Mas, fosse o caso, ela a teria investigado. Ela teria tido um pressentimento na época, como tinha agora.

Certamente fazia muito tempo, considerou Eve, remoendo a sensação. Talvez a tivesse flagrado com seu nome verdadeiro. Talvez já a tivesse interrogado.

Talvez já tivesse cruzado o caminho daquela mulher no tempo em que era jogada de uma casa para outra, entre lares adotivos, instituições e escolas estatais. Era o mais provável, decidiu. E explicaria o pavor que ela sentia. Todos aqueles anos ficara presa no sistema de adoção, que, basicamente, tentava ajudar as crianças. Para Eve, porém, a maior parte daqueles anos havia sido apenas outro tipo de tortura.

Ela nunca vivera de verdade, nem se sentira uma pessoa real até sair do sistema de adoção e se mudar para Nova York, quando entrou na Academia de Polícia.

Eve se remexeu e se ajeitou no banco quando a porta da residência ao lado da casa vigiada se abriu. Uma criança saiu correndo. Sim, um menino, ela notou. Novo demais para frequentar a escola. O que não faria diferença, porque naquele dia não havia aula, lembrou. Observou quando ele correu para a bicicleta com o rosto brilhando de alegria, como se ela fosse seu único amor verdadeiro.

Ela se recostou no banco novamente, observando o garoto pedalar como um demônio, indo de um lado para o outro da calçada. Ela o viu acenar e gritar, deu uma boa olhada no sujeito que surgiu no jardim compartilhado. Um homem mais velho, de boné, caminhando até o quintal diante da sua casa com o equipamento de jardinagem. O homem pousou tudo no chão, colocou as mãos nos quadris e sorriu para o garoto.

Vizinhos amigáveis. Sim, um dia como qualquer outro no bairro. Uma criança brincando, alguém trabalhando no jardim. E ali vinha uma mulher passeando com o cachorro. Um bicho estranho, uma bola de pelos que puxava a correia, pulava muito, corria em círculos e latia demais.

Por que alguém ia querer um bicho que latia o tempo todo?

Agora o sr. Jardineiro Dedicado e a sra. Cão Barulhento tinham parado para conversar. Como vão as coisas? Está quente, não é? Blá-blá-blá.

Graças a Deus ela não morava num lugar onde precisava puxar conversa com as pessoas sobre o tempo, cachorrinhos peludos e o estado do jardim.

Se morasse ali, acabaria com vontade de atirar nos vizinhos com uma arma de choque em menos de uma semana.

Agora o sr. Jardineiro Dedicado precisa mostrar as flores à sra. Cão Barulhento. Sim, é uma flor, crescendo ali mesmo, em um arbusto.

O cachorro pula, fareja, puxa e mastiga a correia idiota, enquanto o garoto continua andando de bicicleta como se sua própria vida dependesse disso.

Não, se tivesse que morar ali, Eve se atordoaria com a própria pistola em menos de uma semana.

Ela ficou em estado de alerta total quando a porta da casa ao lado se abriu.

Aí está você, pensou. Aí está você. Toda vestida para ele. Saiu disfarçada de Sylvia nesta bela manhã, cabelos loiros brilhantes, vestido rosa mostrando muita pele, decote generoso. Óculos escuros combinando, salto alto rosa e branco, bolsa de grife, toda cor-de-rosa.

Toda embonecada para ele.

— Nós a pegamos — avisou Eve no comunicador. — Deem espaço para a suspeita se movimentar, ela está indo em direção à van.

Tudo aconteceu rápido demais. Do ângulo em que estava, Eve não conseguiu ver tudo. Mas viu o suficiente.

O cachorro se soltou da correia e a dona, a sra. Cão Barulhento, se desequilibrou e caiu de bunda no chão. O sr. Jardineiro Dedicado correu para ajudá-la.

E o cachorro correu na direção do garoto. Mesmo de longe, em seu posto, Eve ouvia os latidos selvagens e agudos.

A suspeita se virou quando abriu a porta da van.

O menino, assustado, soltou um grito e desviou a bicicleta, saindo da calçada e indo direto para a rua. Bem no caminho de um carro que avançava numa velocidade alta demais para um bairro tranquilo e familiar.

— Merda, ah, que merda!

Quando o garoto saiu da calçada com a bicicleta, um dos membros da equipe de vigilância — Price — saltou do veículo e disparou como um atleta olímpico na sua direção, enquanto o motorista pisava no freio com força. O policial agarrou o garoto, sem perder o ritmo, e se jogou na calçada.

O carro lançou a bicicleta no ar no instante em que o policial e o menino aterrissaram no chão.

A jaqueta de Price abriu, com a queda. Eve viu com clareza seu distintivo e a arma.

Assim como a suspeita.

— Ela nos descobriu! — gritou Eve. — Peguem-na, não a deixem escapar!

No instante em que a mulher entrou na van, Eve já pisava no acelerador.

— Bloqueiem o veículo. Abortar a operação e prender a suspeita imediatamente!

Ela desviou do carro parado e da bicicleta destruída, e saiu cantando pneus no asfalto quente. Os gritos e o choro do menino a seguiram. E a van já estava meio quarteirão à frente.

Eve acompanhou a conversa pelo comunicador... a direção, os nomes das ruas e ficou de olho na van.

A mulher ia entrar em contato com Isaac, pensou Eve, assim que se afastasse um pouco. Aquilo não podia acontecer.

Peguem-na agora, neste instante.

Ela colocou o carro em modo vertical, aumentou a velocidade e engoliu tudo que tinha dito sobre Roarke e seus veículos extravagantes, enquanto o carro disparava pelo ar. Sirenes rasgaram o céu da manhã quando Eve puxou o volante com mais força, fazendo uma curva acima da van, e emparelhou sobre o veículo.

Um pouco mais, só um pouco mais, pensou, ganhando cada vez mais velocidade.

Quase encostou no teto da van, desceu rápido, com força e deu um cavalo de pau para bloquear a rua.

Viu o rosto da mulher por um rápido instante e reparou que seus lábios exibiram uma careta de choque e raiva. Ela virou a direção, mas não havia tempo.

A van atingiu parte de trás do carro, enviando Eve em um rodopio de 360 graus enquanto os airbags explodiam. Ela ouviu o estrondo quando empurrou o encosto do banco para trás e se libertou.

A van se equilibrava, metade na rua e metade na calçada, onde tinha subido pelo meio-fio depois de bater em um carro estacionado.

Com a arma em punho, Eve caminhou em direção ao veículo.

— Mãos ao alto! Quero ver as suas mãos!

Ela se aproximou conforme outros policiais, mais armas, se juntavam a ela.

— Coloque as porras das mãos no volante, agora!

— Estou ferida!

— Você ficará muito mais ferida se eu não vir as suas duas mãos sobre o volante.

Ela viu as mãos e também viu sangue.

Ferimento na cabeça, notou ao abrir a porta, e o sangue escorria pelo rosto da mulher. Sem piedade, Eve a arrancou da van e a virou de frente, jogando-a contra a lataria.

— O que você está fazendo? Estou ferida. Você destruiu a minha van. Preciso de uma ambulância.

— Chamem uma ambulância! — ordenou Eve.

— Meu peito! — A mulher respirou fundo e expirou. — Meu Deus, as minhas costelas. A minha cabeça!

— Sim, sim. Você está presa. — Eve algemou as mãos da mulher atrás das costas, mas foi forçada a segurá-la quando ela cambaleou.

— Do que você está falando? Eu não fiz nada — protestou, acrescentando súplica ao choro. — Foi você que me jogou para fora da rua!

— Com que nome devemos começar? Irmã Suzan? Sarajo Whitehead? Talvez Sylvia Prentiss, já que é o nome que está usando hoje?

Ela virou a mulher de frente mais uma vez. Os óculos escuros tinham se quebrado no acidente, reparou Eve, de relance.

— Qualquer que seja o nome que esteja usando, nós te pegamos. E vamos pegar Isaac.

Eve tirou os óculos de sol quebrados e os atirou para outro policial.

A mulher olhou para ela com um ódio feroz, quase palpável.

— Vá se foder! Você não tem nada contra mim. Você não é nada!

Os joelhos de Eve ficaram fracos e quase cederam quando sua visão ficou turva e desfocada. Uma sensação de calor a invadiu, uma onda quente que foi dos dedos dos pés até o topo da cabeça e lhe cobriu a pele com uma fina camada de suor.

E ela soube.

— Tenente, tenente Dallas. — Annalyn amparou Eve pelo braço. — É melhor se sentar. Bateu a cabeça com força.

— Eu conheço você — grasnou Eve, depois de tentar falar duas vezes, sua voz baixa e áspera com o choque. — Eu conheço você.

— Você não me conhece porra nenhuma! — Nesse instante os olhos da mulher reviraram para cima das órbitas. Ela teria desmaiado e batido com a cabeça na calçada se Eve não a tivesse puxado novamente.

— Eu conheço você. Eu conheço você!

— Dallas, Dallas. Recue um pouco e respire. Pegue essa vaca, Jay. — Quando ele amparou a prisioneira, Annalyn afastou Eve. — Você está em choque, Dallas. Ela apagou e você está em estado de choque.

— O quê? O quê? — Ela empurrou a mão de Annalyn, tropeçou no meio-fio e se sentou. Precisava colocar a cabeça entre os joelhos.

Não podia ficar enjoada. E não ficaria.

Tinha de estar enganada.

Tudo continuava girando, o calor que a circundava se tornou um sopro gélido, amargo. Ela não conseguia respirar.

Estava em estado de choque. Sim, a detetive Walker tinha razão. Um pouco abalada devido ao acidente.

— A ambulância está a caminho, tenente. — Bree se agachou na frente dela. — A suspeita está inconsciente. Parece muito machucada. Não havia airbags na van, então ela sofreu fortes lesões. Você também, mesmo protegida pelo acessório.

— Estou bem. Só fiquei um pouco abalada.

— Os médicos vão examiná-la, mas você deve ir ao hospital.

— Sim, eu vou. Com ela. Vou com ela na ambulância. — Recomponha-se, ordenou Eve a si mesma. Lembre-se de quem você é. Ela levantou a cabeça e tornou a baixá-la quando o ar pareceu cintilar e oscilar ao seu redor. — Meu Deus, que caos!

— Ela não entrou em contato com ele. Não teve tempo. Nós pegamos o *tele-link*. Price o verificou, e o *tele-link* do painel também, ela não o usou na última meia hora. Ele ainda não sabe que nós a pegamos.

— Menos mal.

— Vamos arrancar dela a localização de Isaac. Vamos, sim.

Havia lágrimas nos cantos dos olhos de Bree, reparou Eve. Ela não era a única ali que lutava para se recompor.

— Sim, é claro que vamos. E temos os computadores dela. Cerifique-se de que a DDE comece a examiná-los o mais rápido possível.

— Podemos assumir tudo a partir daqui — propôs Laurence, aproximando-se dela. — Vamos vasculhar a van, os eletrônicos, a casa. Você precisa fazer exames. Sua perícia na direção foi admirável, Dallas. Foi de arrebentar!

— Sim.

— Seu lábio está sangrando.

Ela passou a mão pela boca e olhou para a mancha nas costas da mão.

— Bati com força no airbag. Estou bem.

Sangue, pensou ela, analisando a mancha vermelha na sua mão. Sangue na sua mão e sangue na van.

O sangue nunca mentia.

Ela se levantou e acenou para Bree.

— Estou bem. Só preciso sair daqui.

Ela caminhou até o carro como se fosse avaliar os danos. Roarke a conhecia, e ela o conhecia. Como ela esperava, ele tinha um kit de primeiros socorros dentro do porta-malas.

Não pense demais, ordenou a si mesma, apenas faça. Faça de uma vez!

Pegou dois cotonetes, usou um no corte do lábio e fechou a amostra. Com as mãos firmes, marcou-a e a guardou no bolso.

Depois passou pela polícia e rodeou os paramédicos que tinham acabado de chegar para examinar a suspeita.

Olhou para o sangue que manchava o volante. Ferimento na cabeça, ela pensou. Sempre havia muito sangue em um ferimento na cabeça.

Pegou o segundo cotonete, recolheu o sangue com cuidado e o marcou.

Depois de respirar fundo algumas vezes para se acalmar, voltou até onde os paramédicos trabalhavam.

— Qual é o estrago?

— Ela tem um corte profundo na cabeça e provavelmente uma concussão — disse o paramédico. — Também há contusões no peito e nos braços, duas costelas quebradas. Prováveis lesões internas. Vamos ter que interná-la.

— Vou na ambulância com ela. Que hospital?

— Dallas City Hospital. Se você vem junto, precisamos ir agora. Já vamos colocá-la na ambulância.

— Estou indo.

Afastando-se um pouco, Eve pegou o *tele-link.*

— Até que a operação foi rápida — disse Roarke, mas logo parou e seu sorriso desapareceu. — Você está machucada.

— Levei algumas porradas dos airbags. E destruí o carro.

— Típico — disse ele, mas o sorriso não alcançou os olhos. — O que aconteceu?

— Mais tarde eu conto. Nós a pegamos. Ela ficou ferida, mas conseguimos pegá-la.

Os tremores ameaçavam recomeçar e uma onda de calor começou a vencer a luta contra o frio.

— Ela está sendo transportada para o Dallas City Hospital. Preciso de você lá. Preciso muito que você... Quero que você vá até lá. Eu não consegui o endereço.

— Eu procuro. Eve, me conte o que há de errado.

— Não posso, não agora. Não estou ferida, não se trata disso. Roarke, preciso que você venha.

— Estarei lá.

— Agora ou nunca — chamou o paramédico.

— Tenho que ir.

— Seja o que for, vamos resolver tudo juntos. Estou a caminho.

Eve guardou o *tele-link* no bolso e subiu na parte de trás da ambulância.

Sentou-se ao lado da maca e estudou o rosto da mulher inconsciente.

Abra seus olhos, droga. Abra seus olhos e olhe para mim novamente.

Porque, admitiu a si mesma, ela não estava errada. Não tinha sido um choque, pelo menos não causado pelo acidente. Ela conhecia a parceira atual de Isaac.

E aquilo parecia outro pesadelo.

Mas a mulher não acordou durante o curto trajeto até o pronto-socorro. Eve acompanhou os médicos quase como uma máquina e viu quando as pálpebras da prisioneira tremeram, ouviu-a gemer quando a levaram correndo para dentro, até uma sala de tratamento.

— Espere aqui fora, por favor.

Eve lançou um olhar direto para o médico encarregado, um jovem negro de roupa cirúrgica e ar atormentado.

— Ela está sob minha custódia. Eu fico.

— Então não nos atrapalhe.

Ela recuou um passo, mas observou todos os movimentos enquanto os médicos, enfermeiras e paramédicos conversavam em sua estranha linguagem e, em seguida, transferiam a mulher para a mesa.

Ela gemeu de novo.

— Sabe o nome dela? — perguntou o médico que falara com Eve.

— Qual? Ela tem muitos. — Ela quase deu a ele o que brilhava como neon em sua mente, mas pensou duas vezes. — Tente Sylvia. É o nome atual.

— Sylvia! Nós estamos com você, agora. Olhe bem para mim. Sabe me dizer que dia é hoje?

— Dói pra cacete! Faça a dor parar, me dê alguma coisa.

— Espere um pouco mais, vamos cuidar de você.

— Me dê algo pra essa maldita dor, seu babaca.

— Quanta classe! — reagiu Eve, baixinho. — Ela é dependente química.

— Mantenha essa merda de tira longe de mim. Ela tentou me matar.

— A paciente está lúcida. — O médico olhou para Eve. — Ela está sob efeito de alguma droga no momento?

Eve manteve os olhos no rosto machucado e ensanguentado.

— Não sei dizer, mas a probabilidade é aita.

— O que você consumiu, Sylvia? Em que quantidade?

— Vá se foder! Estou morrendo. Ela tentou me matar. Me dê alguma coisa. — Ela atacou, tentando arranhar o rosto do médico.

— Amarrem-na! — ordenou ele.

Sem demonstrar compaixão alguma, Eve assistiu à luta, ouviu os gritos e os xingamentos. Uma das enfermeiras foi até ela.

— A senhora pode me acompanhar até lá fora? Bem na porta. A paciente está segura, e pode acreditar que o dr. Zimmerman consegue lidar com ela. Temos que estabilizá-la para poder cuidar dos ferimentos.

Com um aceno de cabeça, Eve saiu pela porta, mas ficou junto do vidro e continuou acompanhando tudo.

— A senhora sabe o que ela pode ter tomado?

— Não no momento. Vão trazer o conteúdo da bolsa e as drogas encontradas na casa e no carro. Vocês precisarão realizar um exame toxicológico para determinar a substância. Ela é perigosa — acrescentou Eve. — Deve permanecer sob vigilância constante. Não pode receber nenhuma ligação e precisa ser algemada à cama.

— O que diabos ela fez?

Eve olhou para trás e viu Annalyn e Bree chegando apressados.

— Essas policiais vão lhe dizer tudo que você precisa saber.

— Qual é o estado dela? — perguntou Bree. — Ela disse alguma coisa?

— Nada de útil. Pergunte à enfermeira sobre seu estado. — Eve voltou a olhar pelo vidro.

Ela ia sobreviver, pensou Eve. Tinha que sobreviver, porque havia perguntas a serem respondidas.

Ela estava conectada a máquinas e sensores agora, notou Eve, fornecendo imagens do que havia dentro do seu corpo. A paciente tinha parado de gritar e agora chorava.

— Debilitada, mas não em estado crítico.

Eve acenou com a cabeça para a notícia que Annalyn trouxera, depois de conversar com a enfermeira.

— A DDE está fazendo uma varredura na casa da suspeita em busca de alarmes e drogas. Quando eles liberarem o lugar, vamos entrar para vasculhar todos os cômodos.

— E quanto aos aparelhos de comunicação?

— O último contato dela foi por meio de uma mensagem de texto. — Ela pegou seu caderno de anotações.

Vc me destruiu ontem à noite. Vou ao salão, dps fazer umas compras. Me encontra lá por volta das três da tarde. Bjo.

— Isso nos dará algum tempo. Alguma chance de rastrear o sinal?

— Se ele entrar em contato com ela, poderemos capturar o sinal para rastreá-lo. Eles ainda estão trabalhando no código que ela costumava enviar. Ainda não sei se conseguiram.

— E o GPS da van?

— Estava desativado — relatou Annalyn. — Todos os *tele-links* da suspeita são descartáveis e receberam filtros. Mas a DDE vai recuperar os dados de cada um deles.

— Ela sabe onde Melly está — murmurou Bree. — Ela sabe!

— E nós vamos arrancar tudo dela — garantiu Annalyn. — Ele não sentirá falta da cúmplice até as três da tarde. Temos tempo para trabalhar com ela.

— Envie mais uma mensagem de texto para ele — disse Eve. — Depois de duas da tarde, envie outra. Ela demorou mais tempo no salão, marcou uma massagem, algo do tipo. Foi fazer mais compras. Comprou um presente para ele. Alguma coisa. Vou me atrasar. Talvez só volte às seis da tarde. Isso vai nos garantir mais algumas horas.

— Boa ideia.

— Estou cheia delas — murmurou Eve.

— Recebi notícias no caminho para cá. Descobrimos qual é o salão. Se for preciso, podemos cobrir essa ponta solta, caso ele tente entrar em contato com ela.

— Cubra, então — ordenou Eve. — Não podemos nos arriscar. — Ela se afastou de Annalyn ao avistar Roarke. — Fique com ela. Se a levarem daqui, continue com ela. Preciso resolver uma coisa.

Ela interceptou Roarke.

— Vamos lá fora. Preciso respirar um pouco de ar fresco.

Ele tocou os ferimentos na bochecha da mulher, o corte no lábio.

— Arranhões dos airbags. O carro dela não tinha dispositivos de segurança, e ela levou umas belas pancadas. Vai sobreviver, mas vai sofrer por algum tempo.

— E Isaac?

— Ela nos descobriu e tentou escapar. Então não o encontramos. Ainda não. — Ela saiu e continuou andando. Queria se afastar das pessoas que entravam e saíam. — Ela não teve chance de avisá-lo, e temos uma janela de oportunidade para trabalhar com ela.

— Não é esse o problema.

— Preciso que você faça algo por mim, algo rápido e sigiloso.

— Tudo bem.

Ela pegou os cotonetes no bolso. Preciso de exames de DNA. Quero que essas duas amostras sejam comparadas. Preciso saber se... Uma delas tem o meu sangue. A outra, o dela.

Pela sua expressão, ela notou o instante em que Roarke entendeu tudo. Primeiro viu choque, depois tristeza.

— Meu Deus. Minha nossa, Eve.

— Eu a reconheci de cara em algum nível subconsciente. — Sua voz quase vacilou, mas ela receou que, caso cedesse, não conseguisse se recompor. — Bem no fundo, onde eu não podia ou não queria acessar, eu a reconheci. Foi o que me deixou enjoada. E, quando a arrastei para fora daquela van e ela olhou para mim, eu soube. Era o mesmo olhar. O mesmo do dia de que eu me lembrava, quando tinha dois ou três anos, sei lá, e fui brincar com a maquiagem dela. Ela ficou com muita raiva, fora de si, tornou-se violenta. E olhou para mim com muito ódio. Um ódio assassino.

Ela respirou, trêmula.

— Minha mãe.

— Você acabou de sofrer um acidente — argumentou ele.

— Roarke. — Ela se obrigou a olhar fixamente para ele e fez com que ele olhasse para ela. — Eu sei. Ela se chamava Stella na época, mas o nome não importa. Ela escolhe nomes que começam com S. Talvez tenha lençóis com monograma ou alguma merda dessas.

Ela não tremeu, pelo menos até o instante em que ele a tocou. Só então ela estremeceu, o corpo, a voz.

— Eu já sei. Só preciso de confirmação.

— Cuidarei disso. — Ele a confortou. — Deixe que eu cuido de tudo, não se preocupe com nada. Ela reconheceu você?

— Não. Como poderia me reconhecer? Eu não representava nada para ela. — *Você não é nada*. Ela repetira isso ainda há pouco, pensou Eve. — Eu era só um ticket-refeição em potencial e um saco de pancadas. Apenas outro grande golpe.

Ele a afastou um pouco e segurou-lhe o rosto entre as mãos.

— Você precisa se afastar disso. Dela.

— Nunca vai acontecer. — Estendendo a mão, ela colocou os dedos em volta dos pulsos de Roarke e sentiu o sangue dele correr contra as palmas das mãos. — Não vou permitir que quem ela é e tudo o que fez me impeçam de encontrar Isaac. É ainda mais importante agora. Pensarei no caso depois que tudo estiver confirmado. Pensarei no que fazer e em como fazer. Isso não vai me destruir.

— Eu quero vê-la.

— Não, você não quer. — Ela se afastou para ficar em pé sozinha e provar que conseguia. — Teremos tempo para lidar com ela e assimilar tudo. Ela vai ficar presa pelo resto da vida. Mas, no momento, precisamos dela. É o único elo concreto que nos liga a Isaac.

— Talvez não seja o único elo. Encontrei duas contas dele.

— Você... por que não me *contou* logo? — Ela ergueu a mão. — Desculpe. É claro.

— Ele acessou uma das contas no dia em que entrou em contato com você em Nova York. Transferiu duzentos mil dólares para um banco nas Índias Ocidentais, e dali para outro na África do Sul, e então aqui para Dallas.

Ela ergueu a mão novamente, tentando acompanhar tudo.

— Você está me dizendo que tem o nome do banco de Isaac aqui em Dallas?

— Exatamente. Ele está usando um passaporte e um endereço da África do Sul para essa conta e sacou setenta e cinco mil dólares ontem. Pessoalmente. É o Prairie Bank & Trust, filial da rua Davis.

— Deixe-me pensar, deixe-me pensar. — Esfregando a cabeça, ela se afastou e começou a andar de um lado para o outro. — É tudo muito confuso. Por que ele sacou tanta grana pessoalmente? Ele não quer que a cúmplice saiba. Já está querendo se livrar dela, então resolveu pegar uma grana para cair fora. Como foi que ele chegou ao banco? Ele usou a van? Não vejo como ele possa ter feito isso sem ela saber. Transporte público, talvez. Ou talvez ele tenha outro veículo. O carro que vai usar para pegar a estrada. Precisamos chegar ao banco e verificar as câmeras de segurança.

— Foi o que pensei.

— Quanto àquela outra questão. — Ela olhou para as portas do pronto-socorro. — Pode esperar, por agora. Isso é mais importante.

— Eu disse que cuidaria de tudo. Não se preocupe com essa parte.

— Tenho de atualizar Ricchio e o FBI sobre os novos fatos. Precisamos seguir em frente.

Eles voltaram. Ela parou quando viu o detetive Price do lado de fora da porta, parecendo perdido.

— Detetive.

— Olá, tenente. O tenente Ricchio quer falar com você. Ele está aqui. Ele está... lá dentro.

— Roarke, vá falar com Ricchio e conte a ele tudo que você conseguiu descobrir. Eu já vou.

Ela esperou mais um momento, parada ali com Price, sem dizer nada.

— Sei que a culpa é minha. Ela ia nos levar direto até Melinda, e eu estraguei tudo. Tínhamos tudo na mão, e eu estraguei tudo por não seguir o protocolo.

— Você acha que algum de nós queria ver aquele garoto esmagado no asfalto, Price? Você acha que Melinda ia querer isso?

— Não sei. Deus, poderíamos tê-la de volta agora. Nós a teríamos aqui!

— Se você não tivesse agido, aquele garoto provavelmente estaria morto. Agora está em casa, seguro e inteiro. Você salvou uma vida hoje, detetive. Você fez o seu trabalho.

— A que custo?

— Nada vem de graça. Nós já pegamos a cúmplice. Conseguimos outras pistas e ainda temos algum tempo. Livre-se dessa culpa e continue fazendo seu trabalho.

Ela entrou e foi direto para a sala de tratamento. Dessa vez, a enfermeira a deteve.

— Nós a mantivemos estável, mas ela precisa se submeter a uma pequena cirurgia. Sofreu uma concussão, tem duas costelas quebradas, talvez síndrome do chicote...

— Ela está consciente e estável? — interrompeu Eve.

— Está, sim.

— Quero falar com ela.

— Mas ela ainda precisa de alguma atenção. Assim que...

— Não. Agora! Se ela não está em estado crítico, pode esperar pela atenção. Temos mais duas vidas em risco, e nenhuma delas é a vida da sua paciente. Ela ainda está aí dentro?

— Sim. Está sendo monitorada e precisa ser preparada.

— A preparação também pode esperar.

Eve passou pela enfermeira e empurrou as portas. Estudou a mulher sobre a mesa de cirurgia por mais um momento.

— Preste atenção — disse Eve, com rispidez, quando os olhos da mulher se abriram e se tornaram selvagens. Dando um passo à frente, ela leu os direitos para a própria mãe.

Capítulo Catorze

— Você entendeu tudo? — perguntou Eve.

— Quero um *tele-link*. E quero agora!

— Você não está em posição de fazer exigências. Agora eu quero saber o seu nome. O seu nome verdadeiro.

— Sylvia Prentiss.

— Quanto mais tempo você ficar de sacanagem comigo, mais tempo vai demorar para que um médico venha aqui lhe aplicar um analgésico. Nome!

— Sylvia Prentiss, e vou processá-la até a alma. Você é obrigada a me trazer um *tele-link*. Conheço meus direitos. Preciso ligar para o meu advogado.

— Muito bem, então. Informe o contato dele e eu providenciarei que seu advogado ligue de volta para você. O que não vai acontecer de jeito nenhum é você entrar em contato com alguém fora desta sala. Você não vai conseguir avisar Isaac.

— Não sei do que você está falando e não dou a mínima. Você quase me matou. Não vou falar com você. Quero um médico e exijo um *tele-link*.

A tenente chegou mais perto. Ela fizera algo nos olhos, reparou Eve. Optara por um tom forte e pouco natural de verde. No passado, seus olhos eram iguais aos dela. Em sua última lembrança real da mãe, as duas compartilhavam a mesma cor de olhos.

Pensar no que mais elas tinham em comum a deixou enojada.

— Você sabe quem eu sou, mas não me conhece. Você não me conhece — repetiu Eve, para se acalmar. — Mas eu conheço você. Seu nome não importa. Você é a mesma com qualquer nome.

Havia tantas perguntas, refletiu Eve, mas elas não tinham nada a ver com o momento atual. Com Melinda ou Darlie. Ou com Isaac.

— Você deixou uma criança nas mãos de um monstro. — De novo, pensou Eve, mas dessa vez era diferente porque... — Uma criança cujos pais a amam e cuidam dela. Uma criança que nunca mais será criança por causa do que você fez. Você deixou essa criança e a mulher que tentou ajudá-la nas mãos de um monstro. A meu ver, isso torna você pior do que ele.

Com o rosto pálido e machucado, coberto por uma fina camada de suor, a mulher arreganhou os lábios num sorriso de escárnio.

— Você deve ter me confundido com outra pessoa.

— Eu te conheço — repetiu Eve, inclinando-se para que a mulher pudesse ver a verdade em seu rosto. — Você acabou. Sabemos que Stibble enviou você para Isaac na prisão. Sabemos que está em contato com Isaac há mais de um ano. Sabemos que comprou a van com sua identidade falsa, em nome da irmã Suzan Devon.

Eve se inclinou para trás, mas manteve o contato visual.

— Sabemos que, sob o nome de Sarajo Whitehead, você trabalhou no bar Círculo D, simulou um estupro para atrair Melinda Jones e levá-la até Isaac. — Ela viu que as palavras calaram fundo e fizeram aquele rosto pálido assumir um tom de cinza doentio. — Sabemos que você alugou um sobrado em nome de Sandra Millford... uma pequena variação da sua Sandi Millford de Nova York. A propósito, Civet mandou lembranças. Sabemos que foi você quem alugou e equipou todo o apartamento de Isaac.

Stella... Sylvia... umedeceu os lábios.

— Se você soubesse tanto, não estaria perdendo tempo aqui me incomodando.

— Faremos mais do que incomodar você. Eu a vejo como alguém pior do que Isaac, mas a lei os considera iguais. Você vai ser acusada pelos sequestros, por cumplicidade e conspiração nos estupros e cárcere privado. Vai afundar de vez por tê-lo ajudado a matar, por ter consentido que ele fizesse o que fez. Uma miscelânea de acusações que vão manter você atrás das grades pelo resto da sua vida.

— Você não tem nada de concreto — reagiu ela, mas a sombra do medo toldou os terríveis olhos verdes.

— Temos tudo. Pegamos Stibble e Lovett. Pegamos Civet. Temos suas identidades falsas e várias testemunhas. Pegamos você nas imagens da segurança do shopping com Darlie Morgansten... Sandra. Ele usou você e colocou seu cu na reta. E não dá a mínima para o que vai acontecer com você.

A fúria se sobrepôs ao medo.

— Você não sabe nada sobre isso.

— Eu sei *tudo* sobre isso e sobre ele. Conheço todas as outras mulheres que ele usou antes de você e sei o que ele fez quando terminou com elas. E já sei o que ele planejou fazer com você. Neste instante, ele está sentado no apartamento que você encontrou para ele, mobiliou para ele, contando as horas até o momento de cortar a sua garganta. — Eve sentiu uma nova onda de náusea, mas a engoliu. — Você tem uma chance de ajudar a si mesma, de fazer um acordo, e talvez cumpra sua pena aqui mesmo, no planeta. Pode até ser que consiga diminuir as acusações e veja a luz do dia novamente.

— Não sei do que está falando. É você quem vai sair perdendo. Acredite, vai pagar por isso.

— Vou pagar pelo quê? — A raiva borbulhou dentro de Eve, então apertou a grade da cama com tanta força que os nós dos dedos ficaram brancos ao se debruçar sobre a mulher. — Eu não devo nada a você. Não devo porra nenhuma, a não ser dor e sofrimento. Pode acreditar em *mim* quando digo que ninguém quer ver você afundar com mais força e mais depressa do que eu. Estou lhe dando uma chance, mas a porta está se fechando. De um jeito ou de outro, nós vamos pegá-lo em questão de horas, estamos muito perto. Conte logo, diga onde ele está, onde está mantendo Melinda e Darlie, e posso ajudá-la a conseguir um acordo.

— Você é uma mentirosa, como todos os tiras. Vocês não têm porra nenhuma!

— Encontramos as contas dele. Uma montanha de dinheiro que nenhum dos dois vai conseguir gastar. Isso mesmo — confirmou Eve, ao ver o brilho nos olhos da mãe. — Vai ser tudo bloqueado. Vocês acabarão sem um centavo. E sem um centavo na prisão, nada para bancar os custos. Você sabia que ele sacou uma bela grana da conta para servir como dinheiro de fuga depois que abandonar você?

— Mentirosa!

— Ele vai matar você quando tudo terminar, como fez com todas as outras. Você é quem está sendo usada agora, depois de tantos anos usando os outros. Com ele, você está morta. Comigo, tem a chance de viver. Onde estão Melinda e Darlie?

— Fodam-se elas. Foda-se você!

— Ele matou a própria mãe e todas as substitutas que vieram depois. E vai fazer o mesmo com você. Vai cortar sua garganta e jogar seu corpo no rio mais próximo.

— Ele me ama!

Eve ficou chocada ao perceber aquela paixão, aquele desespero. Por um momento, sentiu algo parecido com pena.

— Quem está fazendo todo o trabalho e assumindo todos os riscos? Não é ele. Quem está presa a uma cama de hospital, louca por uma dose de droga? Não é ele. Ele nem deixa você morar com ele e, quando ele toca você, é só mais um jeito de usá-la. Ele gosta de garotinhas. Você sabe disso, não sabe? Sabe tudo sobre homens que gostam de garotinhas.

— Sai de perto de mim.

— O que fez você se tornar uma pessoa assim? — O desespero atingiu Eve. Meu Deus, como ela queria ouvir a resposta. — Tudo começou no seu passado? Foi sua mãe, seu pai? A resposta está no sangue envenenado?

— Você é louca. — Apesar da dor, Sylvia empurrou a grade da cama e fez força para se livrar das algemas. — Ele vai fazer você pagar, você e aquele canalha irlandês com quem se casou. Vão pagar, vão pagar, vão pagar!

Ela ofegou, ergueu o corpo e resistiu, com o rosto contorcido. Crise de abstinência, concluiu Eve. Abstinência, medo, dor, fúria.

— Como? Como é que ele vai me fazer pagar?

— Você nunca vai pegar ele. Mas *ele* vai pegar você. Roarke vai pagar uma grana alta para recuperar a mulher, mas não vai ter ela de volta inteira. E vou ver de camarote quando Isaac fizer você gritar, quando fizer você implorar.

— É assim que você se excita? Assistindo? Você gosta de ver homens estuprando crianças? Quando eles machucam os inocentes?

— Ninguém é inocente! Alguns apenas têm mais sorte do que outros. Descole minhas drogas, senão eu mesma mato você!

— Melinda Jones e Darlie Morgansten. Conte onde elas estão. É sua única chance.

— Elas estão onde você vai estar. Só que não vai ter tanta sorte dessa vez. Você vai implorar para ele matar você. O idiota com quem você se casou vai abrir a torneira da grana toda vez que Isaac cortar você. E nós vamos nadar em dinheiro.

— Se ele é tão bom assim, não precisa de Melinda e Darlie para me pegar. Diga onde elas estão, a menos que você não acredite que ele seja homem o bastante para me enfrentar novamente.

— Tomara que elas já estejam *mortas*. A vadia metida a santa e a pirralha chorona. Espero que ele me deixe matar *você* quando tudo terminar.

Ela me odiava no passado e me odeia agora, pensou Eve, cansada daquilo, indescritivelmente cansada de tudo. Será que alguma vez existiu algo além de ódio? Ao menos por um momento?

— Você é quem estaria morta, se dependesse dele. É isso que ele faz, é o que sempre fez. O que leva você a achar que é diferente das outras? Ou será que o problema é com você? Seus outros homens foram iguais a ele? — Aquela jogada era arriscada, calculou Eve. A última trincheira. — O que leva você a procurar homens como ele? — insistiu Eve. — Qual é a atração que sente por eles? Ele não é o seu primeiro homem assim. Você pode trocar de nome e de aparência, mas é tudo a mesma coisa. Richard Troy era igual... Stella!

Os olhos da mãe se estreitaram, mas, logo em seguida, ela desviou o olhar.

— Vá se foder!

— Você se lembra dele. Faz muito tempo, mas você se lembra. Aquilo não terminou bem, não foi? Nunca termina. Quem acabou com quem, daquela vez?

— Você acha que eu sou burra? Eu pego a minha parte e caio fora quando estou pronta. Se você arrancou algo diferente de Rich, ele também é mentiroso. Peguei o que era meu e caí fora.

— Mas deixou algo para trás, não foi?

Seus lábios se contorceram em um sorriso feio.

— Nada que eu quisesse. Rich não passa de um merda com delírios de grandeza. Isaac sabe como fazer as coisas, sabe como me tratar bem. Nada que você faça vai me fazer entregar ele de bandeja.

— Sim, já percebi. — O amor, pensou ela, mesmo o amor pervertido, podia ser irrefutável. — Nós o pegaremos sem sua ajuda. Devolveremos Melinda e Darlie às suas respectivas famílias, mesmo sem você. Mas faremos o favor de manter você bem viva para poder passar o resto da vida numa gaiola de concreto.

— Ele vai me tirar daqui.

— Ele nem vai lembrar que você existe! — Mas eu vou, admitiu Eve para si mesma. Ainda vou pensar em você por muito tempo. — Você tem mais alguns minutos, até que os médicos voltem, para mudar de ideia.

Ela caminhou até a porta, parou e se virou.

— Você teve um bebê, uma vez. — O exame médico teria mostrado aquilo, os dados estariam no seu prontuário. — O que aconteceu com ele?

— Por que diabos eu deveria saber?

Fria por dentro, mais fria e calma do que acreditava ser possível, Eve assentiu.

— Foi o que imaginei. Você é exatamente o que parece ser, Stella — disse ela, usando o nome que lembrava dos vagos vislumbres da infância. — Você é exatamente o que parece.

Ela saiu.

— Alguma coisa? — Bree agarrou o braço de Eve. — Você conseguiu arrancar alguma coisa dela?

— Ela não vai ceder.

— Vamos fazer mais uma tentativa — propôs Nikos, olhando pela pequena janela de vidro na porta.

— Fiquem à vontade. Acho que não precisamos dela. Roarke descobriu as contas secretas de Isaac e já as está rastreando. Temos uma chance melhor de localizá-lo pelas contas do que por meio dela.

— Não recebemos essa informação — reclamou Nikos.

— Eu soube pouco antes de entrar para interrogá-la e estou repassando a informação neste momento. Deixem-no se concentrar pela porra de uma hora! — Ok, não tão calma quanto imaginara. — Escutem... Roarke é melhor nisso do que qualquer um dos seus investigadores. Deem a ele algum espaço para trabalhar. Isaac vai ter que entrar em contato, tem que me chamar para o jogo.

Precisamos estar preparados. Mas podem ir em frente, deem umas porradas naquela mulher. — Ela encolheu os ombros e seguiu em direção à porta. — Mas antes disso eu lhe daria alguns minutos para se acalmar, pensar nas opções dela. Os médicos ainda precisam fazer alguns procedimentos.

— Vamos deixar que eles cuidem dela primeiro — decidiu Laurence. — Falaremos com ela depois que eles terminarem. Pode ser que ela esteja disposta a negociar um acordo então.

— Boa sorte. Onde está o seu tenente? — perguntou Eve a Bree.

— Ele voltou para a Central. Temos que emitir uma declaração para a mídia. Muita coisa aconteceu na rua, e ele vai ter de conter possíveis vazamentos. Se Isaac estiver acompanhando o jornal, não queremos que ele fique sabendo que pegamos a parceira dele.

— Ele deve estar acompanhando. Quero um homem junto à prisioneira aonde quer que eles a levem, o que quer que façam com ela. Preciso coordenar alguns planos com a DDE. Quando Isaac entrar em contato, quero que a ligação seja direcionada para meu *tele-link*. Mas preciso estar em movimento.

— Vou ficar com ela — ofereceu Bree.

— Você não! Ela sabe quem você é e vai usar isso para atingi-la. Acredite em mim — reforçou Eve quando o rosto de Bree ficou tenso. — Se eu não tivesse certeza de que você é a última pessoa para quem ela contaria alguma coisa, você a estaria interrogando neste exato momento. É importante evitar os vazamentos na Central, mas a prioridade é aqui.

— Ricchio mandou Annalyn declarar que ela é suspeita de uma série de assaltos, ferida em perseguição depois de um roubo a residência malsucedido.

— Isso deve bastar, por enquanto.

— Vou com você trabalhar junto à DDE. O tenente determinou que Annalyn e eu devemos ficar à sua disposição.

— Quantos homens Ricchio vai deixar aqui, além de você e sua parceira?

— Três homens, em turnos de três horas.

— Isso deve bastar. Melhor você e sua parceira voltarem para a Central. Comecem a investigar a área nas proximidades da casa. Estamos à procura de um apartamento com pelos menos dois quartos. Nível médio e, lembrem-se, um prédio com garagem. Em um bom bairro. Nada no andar térreo. O apartamento deve ter sido alugado no ano passado. Cruzem os dados com as empresas que instalam isolamento acústico. Ele deve estar em um raio de trinta minutos de carro. Mais de cinco ou dez minutos, menos de trinta. Ele não a quer perto demais, mas a quer perto o suficiente.

— Sobrado, casa geminada, condomínio?

— Apartamento — repetiu Eve. Ela já tinha uma boa noção de como um condomínio de casas geminadas funcionava. — Um lugar como o que ela morava é muito exposto. Há muitas pessoas para ver suas idas e vindas. E ele precisa de um estacionamento para o outro veículo. Roarke disse que ele fez um saque vultoso da sua conta no Prairie Bank & Trust, filial da rua Davis. Usem o fato para ajudar na triangulação. Vou até o banco agora para verificar as gravações do sistema de segurança.

— Sim, Roarke já transmitiu essa informação. Ricchio mandou a DDE pegar as gravações.

— Ótimo. Mande-as para a minha suíte no hotel. Vou para lá com Roarke. Preciso resolver algumas coisas antes, mas depois sigo para a Central.

— Se ela nos desse a localização de Isaac...

Como Bree, Eve olhou para a porta da sala de tratamento.

— Ela não vai fazer isso. Sua irmã e a garota valem menos que nada para ela. As únicas coisas que importam são ela e o amante. Ele é mais uma droga na vida dela. Ela é dependente química. Se eu estiver errada, o FBI vai saber arrancar a informação dela. Por enquanto, faça a sua pesquisa.

Ela se afastou da esperança e do desespero que Bree lutou para esconder no rosto. Ligou para Roarke pelo *tele-link* e manteve o rosto impassível.

— Você já providenciou um carro novo?

— Já, sim.

— Preciso voltar ao hotel para pensar antes de ir para a Central de Ricchio.

— Vou pegar você no mesmo lugar onde conversamos antes.

No minuto em que entrou no carro, Eve recostou a cabeça no banco e fechou os olhos.

— Só um minuto, ok?

— Leve o tempo que precisar.

Era doloroso, ela percebeu. Agora que ela deixava a poeira baixar, era muito doloroso. Tudo doía: a cabeça, o estômago, o peito. Eram feridas cruas e frescas que latejavam a cada batida de seu coração.

— Não sei se fiz a coisa certa, conversando com ela. Não sei se fiz aquilo por mim ou pelas vítimas.

— Você nunca esquece as vítimas, Eve.

— Ela não contou nada. Nem vai contar. Ela me conhece, não pela minha ligação com ela, mas com Isaac. Sabe que ele me odeia e precisa me ensinar uma lição. Então é isso que ela quer, mais que qualquer tipo de acordo que ofereçamos. É o padrão dela, eu acho. Torna-se dependente de um certo tipo de homem e depois o coloca no controle. Até ela cair fora, por qualquer motivo. Teve uma filha que não desejava porque Richard Troy queria o investimento. Agora está fazendo o que Isaac quer. Provavelmente houve outros homens entre eles. Não importa — acrescentou —, é só um padrão. Mas ela é um beco sem saída. Se houver alguma chance de eu estar enganada e ela puder ser convencida a falar, não serei eu a conseguir. Sou o alvo do golpe, é assim que ela me vê. O objetivo e, pior que isso, uma tira. Sou a inimiga e o objetivo.

Ou *nós* somos, no caso. É tudo por dinheiro. Ela até hoje procura um jeito de ganhar dinheiro comigo. É irônico, eu acho.

— Um resgate?

— Sim. Foi o que ele disse a ela. Eles vão me pegar... e ele poderá me punir, brincar comigo e extorquir grandes pilhas de dinheiro de você. Pode até haver alguma verdade nisso, embora ele não pretenda dividir nem um centavo dessa grana. É uma missão para ela. Está fazendo por amor. Melinda e Darlie são apenas um detalhe.

— A retirada do dinheiro mostra que ele tem um cronograma.

— Sim, exatamente. — Ela passou as mãos no rosto e as enfiou de novo no cabelo. — Ele espera me pegar em uma questão de dias. Mais cedo ainda, se conseguir. Ele vai precisar dela para isso. Como chamariz, uma isca. É então que nós vamos estragar todo o plano de Isaac.

Ela respirou fundo e se virou para estudar Roarke.

— Eu ficaria bem puta se ele conseguisse me pegar e você pagasse o resgate.

— Ah, ficaria?

— Jogar dinheiro fora? Ele me mataria de qualquer jeito.

— Como somos objetivos! — disse ele, baixinho.

— As coisas são como são.

— E esse é o seu jeito de me dizer que, se ele conseguir o objetivo dele, eu devo me sentar em cima das minhas grandes pilhas de dinheiro e simplesmente considerar selado o destino da minha esposa? Ah, tudo bem, foi divertido enquanto durou.

Ela conhecia aquele tom de voz, tão simpático, tão agradável. E perigoso como uma cobra. No momento, ela simplesmente não dava a mínima.

— Não exatamente. Quero dizer, mais ou menos. Mas não há motivo para você se irritar, porque isso não vai acontecer.

— Mas vou deixar anotado para o futuro. Seu ponto de vista foi devidamente anotado. Agora, deixe-me explicar a você como as coisas funcionam. Se Isaac, ou qualquer um, tivesse a sorte de raptar você, eu pagaria o que tivesse que pagar para tê-la de volta. Mas, depois de pagar, eu o caçaria. E o encontraria. Quando fizesse isso, ele desejaria a morte. — Ele olhou para ela. — O que você faria no meu lugar?

Ela desviou o olhar novamente, deu de ombros.

— O dinheiro é seu. Não me custa nada torrá-lo. Mas é idiotice falar sobre isso. Ele não me pegou. Mas já pegou Melinda e Darlie. Dentro de algumas horas, vai perceber que algo está errado. E vai sumir do mapa. Pode ser que ele as deixe vivas quando fugir, e pode ser que não.

— E você continuará com um alvo desenhado nas costas.

— No momento, o objetivo é manter essas duas pessoas vivas. No minuto em que ele tiver que mudar de estratégia, todas as nossas apostas vão perder valor.

No hotel, ela saltou do carro e entrou.

— Eu quis voltar aqui basicamente porque é onde você trabalha melhor. Não há policiais de que reclamar, inclusive eu, pois vou ficar fora do seu caminho. E você vai ficar fora do meu. Ele vai entrar em contato comigo em breve. Preciso me preparar. Preciso anotar um monte de coisas e analisar os dados que temos... mas com tranquilidade. Quando terminar, posso pedir que Ricchio envie alguém para me pegar, e você poderá continuar seu trabalho daqui.

Em vez de responder, Roarke subiu com ela em silêncio. Um silêncio borbulhante, ele pensou. Em ebulição.

Saltaram no andar dos escritórios, mas antes que ela conseguisse entrar no dela, Roarke a segurou com força pelo braço.

— Como você está estragando a nossa chance de uma boa briga, não vou contrariá-la. Mas quero que tome um analgésico para essa dor de cabeça.

— Não tenho tempo para brigar.

— Então você não deve provocar alguém que está pronto para isso. — Ele pegou uma caixinha no bolso e a abriu.

Ela fez uma careta ao ver os pequenos comprimidos azuis.

— É mais simples para você aceitar — disse ele, com um tom descontraído — do que para mim enfiar uma pílula por sua goela abaixo.

— Por que você *faz* essas coisas? Força a barra, caga ordens e faz ameaças?

— Porque você está com dor, mas é teimosa demais para admitir, parece uma criança. Porque estou na posição frequentemente enlouquecedora de amar você além de qualquer razão, dando a você a oportunidade de me enlouquecer e magoar. Agora tome a porra do comprimido!

Ela pegou um deles e engoliu.

— Não tenho tempo para dramas emocionais.

— Então não prepare o cenário para um me dizendo para eu ficar sentado, sem fazer nada, porque você vai morrer de qualquer jeito. Eu vivo com a realidade do que você é, do que você faz todo maldito dia, e não preciso que joguem isso na minha cara.

— Eu estava só...

— Não! — A palavra saiu como uma chicotada, e a ponta do açoite parecia gelo. — Não me diga que você estava apenas sendo racional. Você está presa em uma situação brutal, trabalhando para salvar vidas enquanto um pedaço da sua própria dor lhe dilacera o coração. Estou tentando fazer uma pausa nessa loucura, embora você negue a nós dois o conforto de compartilharmos um fardo insuportável.

Perceber que sua vontade era chorar e simplesmente se enroscar num canto e gritar a deixou atônita. Um ato de compaixão ou uma palavra gentil de Roarke certamente ia destroçá-la.

Então ela atacou.

— Não tenho tempo para ser confortada, nem para examinar meus sentimentos ou explorar minha maldita psique. Enquanto estamos aqui discutindo o motivo de *você* estar chateado, duas pessoas, uma delas uma garota de treze anos, estão sendo torturadas ou coisa pior. Portanto, conforto e egos feridos vão ter que esperar.

— Ego ferido, não é? Tudo bem, então. Você faz o que tem de fazer e eu vou fazer o mesmo. Mas, quando terminarmos, vamos encenar esse drama. Teremos a porra de uma ópera.

Ele se virou, entrou em seu escritório. E fechou a porta.

Ela deu um passo em direção à porta, mas recuou. Ela não seguiria a rotina de discutir a relação e tentar consertar tudo. Seus problemas pessoais não tinham nada a ver com o caso. O fato de a mãe ser a cúmplice de Isaac não significava nada para ninguém, só para ela.

Se eles não encontrassem Isaac em questão de horas, perderiam qualquer vantagem conquistada. Talvez ele decidisse se livrar de suas duas prisioneiras antes de sumir.

Ela não podia ser responsável por isso. Não podia permitir que tumultos emocionais por causa de um assunto *encerrado* viessem atrapalhá-la quando havia vidas em risco.

Eve foi até o quadro do caso e se obrigou a olhar as fotos da mulher de quem se lembrava como Stella. O que quer que Stella tivesse feito trinta anos antes não tinha nada a ver com Melinda Jones, Darlie Morgansten, suas famílias e seus amigos.

No momento, ela era Sylvia, e Sylvia não passava de uma ferramenta que talvez pudessem usar para salvar duas pessoas e levar Isaac ao tribunal. E ela passaria todos os anos de vida que ainda lhe restassem atrás das grades.

Por mais que aquilo a atingisse e assombrasse, não tinha nada a ver com o que acontecia agora.

Eve foi até sua mesa e se posicionou para poder ver aquelas fotos enquanto trabalhava.

Assistiu mais uma vez ao interrogatório, fez anotações e procurou por palavras-chave, quaisquer falhas que pudessem ter passado despercebidas. Melinda e Darlie ainda estavam vivas e ficara claro que Stella... não, Sylvia, o nome dela era Sylvia agora... que Sylvia as odiava, queria vê-las mortas e enterradas. Ela queria Isaac só para ela. Também tinha ficado claro que Sylvia não sabia que Isaac tinha sacado uma grande quantia em dinheiro.

Eve acessou as gravações das câmeras de segurança do banco e começou a estudá-las.

Conseguiu identificá-lo quase de imediato. Ele tinha ficado ainda mais loiro para corresponder à sua identidade sul-africana. Movimentos precisos, terno sob medida.

Onde você conseguiu esse terno, Isaac? Sylvia o comprou para você? Ou você foi às compras quando esteve em Nova York? Bela pasta, bons sapatos também. Alguém fez todas essas compras.

Ela o viu completar a transação e lançar um sorriso encantador para a caixa. Eve o seguiu pela câmera exterior do banco quando ele saiu da agência. Para um shopping a céu aberto lotado, pensou ela, e se perguntou por que diabos as pessoas precisavam de tantas lojas e restaurantes. Mas ele foi direto para o estacionamento.

Uma 4x4 e uma caminhonete obstruíam a visão do veículo de Isaac. Ela ordenou ao computador que ampliasse uma seção da gravação e congelasse a imagem. Conseguiu o suficiente para identificar um sedan azul-escuro, último modelo. Quando ele saiu da vaga, ela ampliou novamente a imagem, tornou a congelá-la e julgou ter o suficiente para identificar a marca do carro. Apenas uma parte da placa era visível, reparou, mas o que conseguira já era o bastante para dar início a uma pesquisa.

— Onde você conseguiu esse carro, Isaac? Pouco tempo para negociatas, mas tempo de sobra para planejar tudo com antecedência.

Ela se virou para o *tele-link*.

— Oi, Dallas! — Peabody sorriu para ela. — Como foram as coi...

— Pressione Stibble. Ele é o intermediário. Isaac está dirigindo um sedan Orion novo, azul-escuro. Se Stibble intermediou a compra, arranque dele os detalhes. Tenho parte da placa: Texas, Baker, Delta, Zulu. Vou tentar identificá-la por aqui, mas quero que você faça o mesmo daí. Se ele não comprou o carro, certamente o roubou. Quero saber onde e quando ele fez qualquer um dos dois.

— Ok, deixe comigo! Há mais alguma novidade?

Ela hesitou por um segundo.

— Temos a parceira de Isaac sob custódia.

— Caraca! Isso é ótimo.

— Ela não abriu o jogo, não contou nada. Até agora. Estamos correndo contra o relógio, Peabody. Se ela não aparecer na casa dele às seis da tarde, Isaac vai sacar que algo está errado.

— Recebi uma atualização da DDE alguns minutos atrás. Eles começaram a recuperar as transmissões que foram apagadas do *tele-link* de Stibble e estão retirando informações de seus computadores. Você deve receber um relatório com os dados muito em breve. Sei que Roarke achou as contas porque ele mantém Feeney informado. A casa está caindo, Dallas.

— Não vejo a hora. Ele tem um carro, dinheiro vivo e, pode ter certeza, um plano de fuga. Se ele souber que a parceira foi presa, vai usá-los. Esprema Stibble, Peabody, deixe-o seco.

— Ele vai ficar mais seco do que pó.

O cerco estava se fechando, pensou Eve quando se levantou para analisar o quadro novamente. Mas chegariam a tempo?

Melinda acariciou os cabelos de Darlie. Tinha enrolado a garota nos dois cobertores, mas Darlie continuava a tremer após o pesadelo.

A garganta de Melinda estava ressecada de sede. Ela se arriscara a beber da garrafa de água que a mulher tinha jogado no quarto, mas depois de alguns goles se sentiu tonta.

Ficar atenta, alerta era vital.

Darlie precisava dela.

A mulher tinha trazido Darlie na noite anterior — pelo menos ela achava que era de noite. Ele preferia deixar as tarefas do dia a dia para as mulheres que usava. Levar água, cobertores, prender as algemas nos pulsos e tornozelos trêmulos eram consideradas tarefas do dia a dia.

Melinda fizera tudo que podia pela garota; ela a abraçara, embalara e a envolvera em cobertores, enquanto Darlie chorava e chamava pela mãe.

— Ele vai voltar? Vai?

Melinda perdera a conta das vezes que Darlie lhe perguntara, mas sempre respondia da mesma maneira.

— Farei tudo o que puder para impedir que ele a machuque novamente. Minha irmã está nos procurando. Lembra que eu contei a você sobre minha irmã, Bree? — Ela manteve a voz suave como o toque da sua mão. — Ela é uma detetive da polícia. E tem a outra policial. Aquela de quem eu falei, lembra? A que me salvou? Eve Dallas. Elas vão nos encontrar, Darlie. Só temos que aguentar até lá.

— Ele disse que eu era uma menina má. Disse que eu gostei do que ele fez, mas eu não gostei. Não gostei, nada.

— Ele mente, querida. Ele mente porque quer que você sinta vergonha. Mas você não fez nada de errado. Nada disso foi culpa sua.

— Eu tentei impedir ele. — Darlie enterrou o rosto no colo de Melinda. — Tentei lutar, mas ele me machucou muito. Eu gritei e gritei sem parar, mas ninguém me ouviu.

— Eu sei. — Melinda teve que fechar os olhos com força para bloquear a lembrança dos próprios confrontos selvagens, dos próprios gritos. — Eu estou aqui. A ajuda já está vindo.

— Ele gravou um número em mim, e agora minha mãe vai ficar zangada. Minha mãe e meu pai me disseram que não posso fazer uma tatuagem antes de completar dezoito anos. Ela vai ficar muito brava.

— Não, não vai. — Melinda abraçou Darlie com mais força quando ela começou a chorar novamente. — Garanto que ela não vai ficar brava com você, porque a culpa não foi sua.

— Eu disse coisas ruins sobre a minha mãe. Estava chateada com ela e disse coisas más. Isso é horrível. Eu sou uma menina má.

— Não! — Com a voz mais firme agora, para superar a onda de dor e culpa que a menina sentia, Melinda insistiu: — É normal ficar chateada com a mãe. É como toda garota se sente às vezes. Você não é má. Escute com atenção o que eu vou dizer. Não deixe ele entrar na sua cabeça. Aconteça o que acontecer, lembre-se de quem você é, e saiba que a culpa não é sua.

— Não tenho permissão para fazer sexo. — Darlie chorou.

— Você não fez sexo. Ele estuprou você. Isso não é sexo. É um ato de violência, uma agressão, um abuso. Não é sexo.

— Ele vai voltar?

— Não sei. — Mas ela sabia. Claro que sabia. — Lembre-se de que eles estão procurando por nós. Todo mundo está nos procurando. Darlie, vou fazer tudo que puder, mas caso eu não consiga impedi-lo...

— Por favor. — Os grilhões sacudiram quando Darlie ergueu a cabeça, em pânico. — Por favor, não deixa ele me machucar de novo.

— Vou fazer tudo o que puder, mas... — Melinda se virou e segurou o rosto pálido e molhado de Darlie em suas mãos. — Se você tiver que ir, lembre-se de que a culpa não é sua. Se puder, vá para outro lugar dentro da sua cabeça. Não deixe ele entrar na sua cabeça.

— Eu quero ir para casa.

— Então vá para casa mentalmente. Vá... — Ela ouviu as fechaduras cederem e sentiu Darlie se encolher e estremecer.

— Não, não, não.

— Shh, shh. Não chore — sussurrou Melinda. — Ele gosta mais quando você chora.

O monstro abriu a porta.

— Ah, aí estão as minhas meninas más.

Seu sorriso irradiava indulgência e afeição, mas Melinda viu um brilho ardente em seus olhos.

— Hora da sua próxima lição, Darlie.

— Ela precisa de um pouco mais de tempo. Por favor, sim? Ela vai aprender melhor se tiver um pouco mais de tempo para absorver a primeira lição.

— Ah, mas eu acho que ela absorveu tudo muito bem. Não foi, Darlie?

— Leve a mim — ofereceu Melinda. — Eu preciso aprender uma lição.

Ele nem mesmo olhou para Melinda.

— É tarde demais para você. Seu auge já ficou para trás. Em compensação, essa aqui...

— Serei tudo o que você quiser — garantiu Melinda, se aproximando dele. — Qualquer coisa. Deixo você fazer o que quiser. Você pode me machucar. Eu fui má. Eu mereço.

— Não é você que eu quero. — Ele a agrediu com uma bofetada de revés que lhe lançou a cabeça contra a parede. — Continue assim — avisou a Melinda —, e quem vai pagar vai ser ela.

— Que tal uma conversa? A mulher com quem você está? Ela não parece ter muito a dizer. É óbvio que ela não tem o seu intelecto. Não vamos a lugar algum, mesmo — acrescentou Melinda, segurando a mão de Darlie com força sob os cobertores. — Você não gostaria de conversar um pouco? No dia em que eu fui vê-lo na prisão, você queria conversar e eu não deixei. Sinto muito. Eu gostaria de compensar isso agora.

Ele inclinou a cabeça.

— Ora, mas isso não é interessante?

— Não posso lhe dar o mesmo que ela, mas posso lhe oferecer outra coisa. Algo de que você deve ter sentido falta, algo que não pode obter da menina nem da sua parceira.

— E sobre o que conversaríamos, exatamente?

— Qualquer coisa que queira. — Seu coração batia como um tambor na garganta, mas a batida era de esperança. — Um homem como você gosta do estímulo de uma boa conversa, debate, troca de ideias. Sei que você viajou bastante. Você poderia me contar sobre os lugares onde já esteve. Ou podemos falar sobre arte, música, literatura.

— Interessante — repetiu ele, e Melinda percebeu que a ideia o intrigara, talvez até agradara.

— Você tem um público cativo.

Ele latiu uma risada.

— Você não é atrevida?

Quando ele saiu, Melinda soltou um suspiro.

— Aguente firme — murmurou para Darlie. — E fique muito quieta.

Ele voltou com uma cadeira, largou-a no chão e se sentou pesadamente sobre ela.

— E então? — disse ele, com um sorriso — Você tem lido bons livros ultimamente?

Capítulo Quinze

Ela pensava em si mesma como Sylvia. Era o nome que usava quando ela e Isaac estavam sozinhos, era o nome que ela gostaria de usar quando o jogo terminasse e eles estivessem levando vida de ricos. Sylvia tinha muita classe, era elegante, e Isaac gostava de classe.

A vaca daquela tira a chamara de Stella, mas Stella tinha existido havia muito tempo. Aquilo foi outro lance, que a deixou em maus lençóis. Richard Troy. Aquele era um nome do passado. Como foi que aquela vaca tinha descoberto sobre Stella e Rich?

Rich e sua língua solta, devia ter sido assim. Para ela, era a única forma de a vadia ter descoberto. Rich devia estar cumprindo pena em algum lugar, o babaca, e aceitara algum tipo de acordo para entregá-la.

Mas como foi que ele tinha descoberto o que entregar?

Não importava. Contanto que Rich ainda estivesse se masturbando dentro de uma cela em algum lugar.

Ela também dera o melhor de si para aquele filho da puta. Mais que o melhor. Pelo amor de Deus, ela havia carregado aquela pirralha chorona na barriga durante nove meses. Tudo por Rich.

Vamos treiná-la, disse ele. Treiná-la e vendê-la. Muitos homens gostam de carne jovem, e alguns pagam muito dinheiro por isso.

Mas não foi ele que carregou aquele peso na barriga. Não foi ele que ficou na secura durante muitos meses, porque as drogas ficaram fora do cardápio durante toda a gravidez.

Ele não queria que a garota nascesse com a cabeça ferrada, porque mercadorias danificadas não valiam tanto no mercado. Então quem foi que pagou o preço?

Talvez ela tivesse sido útil por algum tempo, embora chorasse metade do tempo, dia e noite. Pelo menos os otários se sensibilizavam mais quando você incluía um bebê nos golpes.

Eles viveram muito bem com golpes de bebê nos primeiros dois anos. Mas, depois, o que sobrou? Uma pirralha chorona, só isso.

Além de um lábio estourado quando ela descobriu que Rich estava escondendo os lucros e foi tirar satisfação. Porra, mas ela até que fez bem sua parte, certo? Aceitou tudo e fez o jogo do canalha e da pirralha até embolsar cinquenta mil e cair fora.

Na verdade, fugiu, porque Rich lhe daria uma surra se a pegasse. Em vez disso, ele ficou preso à criança e ela levou a grana. Aliás, sobreviveu muito bem, até o dinheiro acabar.

E ela amava aquele filho da puta.

Ele não era como Isaac. Tudo era diferente com Isaac. Ele a tratava bem — como Rich fazia no início, e alguns outros pelo caminho. Mas Isaac a *valorizava*. Até lhe mandava flores. Imagine só, ter esse cuidado mesmo quando estava na prisão.

Ele dizia que ela era linda, sexy e inteligente. E fazia *planos* com ela.

Talvez eles não curtissem um rala-e-rola tantas vezes quantas ela gostaria, mas é que ele andava com a cabeça muito cheia. E o que lhe importava se ele comia a garota que ela encontrara para ele? Era bem feito para a menina, para deixar de ser burra.

E ele tinha ficado de muito bom humor. Depois que terminou com a pirralha, eles tinham bebido aquele seu vinho chique, ela deu alguns tapas e eles ficaram conversando por horas.

Grandes planos, muito dinheiro. E eles se vingariam da tira que tinha fodido com a vida dele em primeiro lugar. A vaca nunca teria conseguido pegá-lo se não tivesse tido sorte.

A sorte dela estava prestes a acabar.

Ficou revoltada ao ver a forma como aquela tira tinha falado sobre Isaac. A piranha chegou a tentar jogá-la contra ele. Eles tinham um futuro e pretendiam construí-lo usando o sangue daquela tira como cola.

Isaac faria aquela vaca pagar dobrado agora.

Ela abriu os olhos de leve. O policial vigiava a porta como um cão de guarda. Parecia um grande e corpulento pedaço de merda ali em pé.

O que eles tinham feito para consertar suas costelas lhe desanuviara a cabeça. Assim como a pequena injeção de "ânimo" que eles finalmente lhe deram. E o melhor: quando a doparam para tratá-la, tiveram que soltar suas algemas.

Ela não tinha perdido o jeito, pensou, passando o polegar sobre o bisturi a laser que tinha afanado na hora que fingiu ter uma convulsão. Continuava com a mesma mão leve do tempo em que dava o golpe da boa samaritana, quando criança. E o bisturi valia muito mais do que a carteira de algum benfeitor.

Estava na hora de agir, disse a si mesma. Ela não tinha acreditado nas merdas que a vaca daquela Dallas tinha vomitado, sobre estar perto de prender Isaac. Mesmo assim, precisava avisá-lo, tinha que chegar até ele. Porque ele cuidaria dela.

Talvez ele lhe comprasse flores novamente. E depois eles cuidariam de Eve Dallas.

Ela gemeu e se debateu sobre a cama.

— Socorro! — Ela fez a voz parecer fraca, embarcou de corpo e alma na personagem.

— Acalme-se! — sugeriu o policial.

— Algo está errado. Por favor, você pode chamar a enfermeira para mim? Por favor, acho que vou vomitar.

Ele demorou um pouco, mas se aproximou da cama e apertou o botão da chamada de emergência. Alguns segundos depois, o rosto da enfermeira apareceu em uma tela.

— Algum problema?

— Ela precisa de uma enfermeira. Diz que se sente enjoada.

— Estarei aí em um minuto.

— Obrigada. — Sylvia fechou os olhos, deixou aberta só uma fenda estreita entre os cílios. — Está muito quente aqui. Estou com muito calor. Acho que estou morrendo.

— Se estiver morrendo, vai sentir muito mais calor no lugar para onde vai.

Ele se virou quando a enfermeira entrou.

— Ela falou que está se sentindo enjoada, reclamou que está com calor e disse que está morrendo.

— Náusea não é incomum após o procedimento ao qual foi submetida e os remédios que tomou. — Colocando as costas da mão na testa de Sylvia, a enfermeira levantou a parte de cima da cama.

Com um gemido, Sylvia tentou se virar e puxou a algema presa na mão direita.

— Dor. Estou com muita dor! — Quando ela começou a vomitar, a enfermeira pegou uma comadre.

— Não posso. Não consigo. Estou com câibras. Preciso... não consigo.

— Tente ao menos respirar. Eu preciso tirar a algema da mão direita, para virá-la. Senão ela vai vomitar em cima de nós — avisou ao guarda.

Reclamando um pouco, o policial abriu a algema. Com um golpe violento, Sylvia passou o bisturi a laser na garganta do homem. No instante em que ele recuou, jorrando sangue pelo ferimento, ela pressionou o laser contra a bochecha da enfermeira.

— Se der um pio ou emitir um som, eu arranco seu rosto.

— Deixe-me ajudá-lo.

— É melhor você ajudar a si mesma e abrir a outra algema. Esse laser vai cortar você ao meio, mesmo a dois metros de distância. Você sabe disso, já que é enfermeira. Tire a algema. Agora!

Para fazer com que ela agisse rápido, Sylvia lhe fez um corte superficial no rosto. Depois de libertada, flexionou os dedos.

— Respingou algum sangue em você — comentou ela. — Mas isso é comum em hospitais. Tire a roupa!

Ela pensou em matar a enfermeira, mas aquilo acabaria trazendo mais sangue à cena. Excesso de sangue na roupa poderia chamar muita atenção. Em vez disso, usou as algemas e prendeu a boca da enfermeira com fita cirúrgica.

— Você tem pés grandes — comentou ao calçar os sapatos da enfermeira. Ela puxou o cabelo para trás, prendeu o crachá no bolso, pegou uma bandeja e colocou alguns suprimentos em cima.

— Entregue uma mensagem minha para Dallas. Diga a ela que Isaac e eu vamos pegá-la.

Ela saiu e caminhou rapidamente pelo corredor com a bandeja. Lembrou-se, tardiamente, que devia ter ficado com o *tele-link* da enfermeira. Mas, quando saiu pela porta do hospital, já estava sorrindo.

Carros tinham *tele-links*. Já fazia um bom tempo desde que ela não roubava um carro.

Como nos velhos tempos.

Melinda o manteve entretido e considerava um presente cada minuto em que ele se mantinha focado nela, em vez de pensar em Darlie. As noites que ela passara estudando-o atentamente, como uma doença que a tinha infectado, tinham valido a pena. Ela conhecia seu perfil, sua patologia, todos os seus antecedentes criminais já descobertos e publicados.

Ela sabia que ele gostava muito de ler e se considerava um homem erudito, com um bom gosto excepcional. Ela discutiu literatura clássica e, em seguida, música... clássica, contemporânea, tendências e artistas.

Sua cabeça latejava como um martelo, mas Darlie parou de tremer e logo caiu no sono, relaxada.

Quando Melinda discordava dele, sabia que pisava numa corda bamba, mas navegava com cuidado o limite instável entre opinião e desavença, cedendo, lisonjeando-o e até se forçando a rir de vez em quando, como se ele a tivesse convencido do argumento.

— Mas de vez em quando gosto de uma boa comédia que seja divertida e leve — insistiu ela, lembrando que seria capaz de vender a alma por um bom gole de água. — Com tudo o que tenho direito, como tombos engraçados. Especialmente depois de um dia de trabalho longo e difícil.

— Filmes sem mensagem são apenas entretenimento barato. — Ele deu de ombros. — Se a história não faz você refletir, não é arte.

— Sei que você tem razão, mas às vezes entretenimento barato é exatamente do que eu preciso.

— Ainda mais depois de um dia longo e difícil, atendendo a todas aquelas meninas más.

O coração disparou, mas ela concordou lentamente com a cabeça.

— É bom se desligar do mundo e rir. Mas, como eu disse, você tem razão a respeito de...

— Você passa o dia todo dizendo às meninas que nada daquilo é culpa delas, como fez com a nossa pequena Darlie aqui?

Ela olhou abertamente para a câmera instalada em cima da porta.

— Nós dois sabemos que eu percebi que você estava vendo e ouvindo tudo. Mas queria mantê-la calma, ajudá-la a se adaptar.

— Então você mentiu, mentiu e depois mentiu mais um pouco. Porque nós dois sabemos que elas querem o que eu dou a elas. Você sabe.

— É difícil compreender isso com tão pouca idade. É difícil aceitar o...

— As mulheres já nascem sabendo. — Algo sombrio passou pelo rosto dele e fez o coração dela quase pular para fora do peito. — Elas nascem mentirosas e prostitutas. Já nascem fracas e vadias.

Ele apoiou as palmas das mãos nos joelhos e se inclinou para a frente, com o tom suave de quem dá uma aula.

— As jovens precisam ser treinadas, educadas, controladas. Precisam aprender que estão aqui unicamente para dar prazer aos homens. Elas não passam de brinquedos, na verdade, que os homens usam quando lhes agrada. Algo que marcam, como se fosse gado.

Ele sorriu enquanto balançava o dedo.

— Você apagou a minha marca, Melinda.

— Sim. Mas você a colocou de volta.

— É verdade. Você tem toda razão.

Ele se recostou e balançou a mão no ar.

— As mais velhas têm sua utilidade. Você poderia me ser útil, depois de mais algumas décadas de amadurecimento. Elas gostam de servir, ou fingem gostar. Querem ser lisonjeadas e paparicadas, querem coisas bonitas e brilhantes. E querem promessas.

Ele suspirou e balançou a cabeça, mas seus olhos brilharam com uma alegria assustadora, antes de continuar:

— Elas ficam ridiculamente agradecidas pela atenção. Tornam-se calculistas em suas tentativas de manipular um homem. Precisam ser usadas enquanto são elogiadas e paparicadas, é claro. Uma mulher fará tudo o que lhe for pedido se você a atrair com bugigangas e brilhos, se você declamar um pouco de poesia... e uma boa trepada de vez em quando.

Ele se remexeu na cadeira novamente e envolveu os joelhos com as mãos, exibindo seu sorriso presunçoso até Melinda sentir vontade de arrancar sangue daquele rosto com os próprios punhos.

— Por fim — completou —, elas precisam ser descartadas porque se tornam *indescritivelmente* enfadonhas. Algo que você não é... ainda. No futuro será, mas, por enquanto, está me distraindo muito. Está dando o seu melhor para desenvolver uma conexão comigo, Melinda, e me proporcionou bons momentos com essa conversa. Embora não haja necessidade, porque nós já desenvolvemos uma conexão há muito tempo. Apagar a tatuagem não rompeu essa conexão. Nada faria isso. Você nunca se esquecerá do que eu fiz a você. Nunca se esquecerá do que eu ensinei a você.

— Não, não vou esquecer.

— Muito bem, então. — Ele bateu com as mãos nas coxas antes de se levantar. — Hora de passar para a geração mais jovem. Mas antes eu preciso agradecer a você, amorzinho. Você realmente foi um belo *estímulo*. Sei que vou curtir muito quando ensinar a Darlie sua próxima lição.

Melinda se preparou. Seria inútil e tudo acabaria mal, mas ela não ia permitir que ele abusasse de Darlie mais uma vez sem lutar. Tinha dentes e unhas. Pelo menos lhe provocaria dor.

O *tele-link* de Isaac tocou. Ele fez uma pausa antes de tirá-lo do bolso.

— A menina má mais velha está ligando — anunciou ele, então franziu a testa ao ver um nome desconhecido na tela.

— Você conhece um tal de Sampson Kinnier? Nem eu — respondeu, antes que Melinda tivesse a chance de fazê-lo. — Deve ser engano. Imagino que seja, mas vamos deixar cair na caixa postal, ver o que Sampson tem a nos dizer.

Quando a voz de Sylvia soou, os olhos de Isaac ficaram estreitos como os de uma cobra.

— Isaac, amorzinho, sou eu. Atenda ao *tele-link*! Temos problemas. Aquela puta da Dallas me rastreou até a minha casa. Eu saquei a tocaia, mas ela bateu com o carro na van e me machucou muito, querido. Mas não tanto quanto nós vamos machucar ela depois. Vamos lá, atenda logo esse maldito *tele-link*! Eles me atenderam e cuidaram dos ferimentos no hospital. Mas eu escapei, matei um tira na fuga. Estou a caminho. E preciso de uma dose, amor, preciso muito de uma dose. Eles não me deram drogas decentes no hospital e ainda me algemaram na cama como se eu fosse uma demente. Mas já resolvi tudo. Mamãe precisa de um doce, querido. Cuide de mim com um doce, pode ser? Chego aí já, já. Pode deixar que nós vamos fazer ela pagar por isso. Vamos fazer ela sangrar.

Isaac estudou o *tele-link* e se manteve em silêncio. Observando-o com atenção, Melinda pensou ter visto uma sombra de confusão em seus olhos e sentiu renascer um fio de esperança.

Mas logo ele suspirou, o sorriso retornou e os olhos ficaram inexpressivos.

— Parece que temos uma mudança de planos.

Ele guardou o *tele-link*. Em seguida, abriu a bainha presa no cinto e sacou uma faca afiada.

Eve pegou os relatórios da DDE no instante em que eles chegaram. O vídeo fora destruído, informou Feeney, e o áudio ficara todo fragmentado. Mas eles tinham conseguido recuperar alguns trechos audíveis das transmissões e outros ainda chegariam.

Eve fechou os olhos e reproduziu os fragmentos.

A voz de Isaac, suave como creme, quase sedutora. E a de Stella... não, Sylvia, lembrou a si mesma... parecia excitada e com tom de flerte.

Não sei o que eu (...) sem você, minha boneca. Mal posso esperar (...) tomara que (...) não leve muito tempo.
(...) Vim para ver você. Está tudo pronto para (...) eu posso voltar com você quando (...)
Seja paciente (...) você precisa verificar a segurança do nosso lugar. Não quero (...) problemas quando começarmos.

Já (...) ontem mesmo. O isolamento acústico já está pronto (...) e eu já não consigo mais ouvir aquele maldito bebê chorando metade da noite, até (...)
(...) câmeras de segurança testadas (...) contar com você, amor?
Pode sim, mas a (...) ficou com a instalação parada na semana passada. A Tech testou os três (...)
Boa menina. Você está de olho no prêmio?
Eu a vigio todos os dias. Estou com saudades, querido.
Sinto sua falta também.
Você pode enviar algum dinheiro? O aluguel da nossa casa vai (...) em alguns dias.
(...) acabou o dinheiro para as despesas já? (...) comprar algo bonito para você?
Preciso parecer bonita para você, querido.
Eu cuidarei disso. Não queremos que o crédito de Maxwell fique sujo na praça. Meu tempo acabou. Só mais algumas semanas e (...) com você.
Está me matando esperar, e (...) tão perto.
Logo, logo, boneca.

Eve anotou a data e a hora da transmissão e, na cópia de texto, marcou as palavras-chave e algumas frases.

— Copiar e enviar o arquivo para as detetives Jones e Walker e para os agentes Nikos e Laurence. Marcar a mensagem como urgente. Emitir ordens para restringir a pesquisa às partes destacadas no texto.

Entendido. Processando... Arquivo copiado e enviado.

— Comece a procurar apartamentos em um raio de trinta quilômetros do endereço listado. Procure aluguéis com pagamento que vence no dia quinze de cada mês. Busca centrada nos aluguéis feitos sob o nome "Maxwell"... nome ou sobrenome. O apartamento tem dois ou três quartos. O prédio deve ter garagem.

Entendido. Processando...

Ela enviou por e-mail para Roarke os nomes e as datas. Era mais fácil do que falar pessoalmente com ele no momento, decidiu.

No minuto em que tinha acabado de enviar tudo, seu *tele-link* tocou.

— Dallas falando.

— Ela escapou.

— O quê?

— Ela matou Malvie, o policial Malvie — disse Bree, falando rápido. — Forçou a enfermeira de plantão a lhe dar o uniforme de trabalho. Pegou o crachá da mulher e saiu do quarto. Eles já isolaram o hospital e emitiram um alerta, mas...

— Ela foi direto até Isaac. — A fúria e frustração de Eve teriam que esperar. — Ela não fugiu a pé. Ela roubou um carro ou chamou um táxi.

— Ninguém chama táxis aqui.

— Não? Mas como vocês... tudo bem, não importa. Verifique com a segurança algum veículo que tenha desaparecido do estacionamento do hospital, ponto de saída mais próximo. Quanto tempo ela tem de vantagem?

— Uma hora, talvez um pouco mais.

Muito tempo, pensou Eve. Tempo demais.

— Estou a caminho.

Ela desligou a transmissão e bateu na porta do escritório de Roarke.

— A porta não está trancada, pelo amor de Deus!

Eve abriu.

— Ela escapou. Matou o policial de plantão, pegou o uniforme da enfermeira e fugiu a pé. Preciso ir para lá. Agora!

— Dois minutos. — Ele se inclinou sobre o computador. — Dois minutos só, cacete! Estou quase lá. Ela vai direto para onde Isaac está. Deixe-me encontrar o canalha.

— Acrescente o nome Maxwell à pesquisa. Não me pergunte nada — retrucou ela —, simplesmente faça isso. Acrescente Maxwell e procure uma transferência de fundos programada para o dia doze de cada mês.

— Feeney me enviou os mesmos dados, já está tudo aqui dentro. Agora, fique calada.

Ela rangeu os dentes e apertou as mãos. Mas conhecia bem aquele olhar — os olhos frios e claros, a cara fechada. Quando Roarke dizia que estava perto é porque estava mesmo.

Ele cuspia ordens, mexia no teclado e na tela simultaneamente. Pelo ângulo em que Eve estava, dava para ver os dados... incompreensíveis para ela... que passavam pelo telão em grande velocidade.

Com um rosnado, ela atendeu ao *tele-link*.

— Que foi?!

— Um tal de Sampson Kinnier acabou de denunciar que teve sua picape 4x4 roubada do estacionamento de visitantes do hospital, no primeiro andar. É uma Marathon vermelha, ano 2059 — continuou Bree —, com placa do Texas: Charlie-Tango-Zulu-um-cinco-um. Um alerta já foi emitido.

— Roarke acha que está quase descobrindo a localização do esconderijo. Ainda vou demorar mais alguns minutos. Se ele descobrir, informamos o endereço no caminho.

— Roarke *não acha* — murmurou ele, diante do computador. — Roarke *sabe*, cacete!

Ela prosseguiu na base do instinto.

— Ele vai descobrir o lugar. Avise ao seu tenente que vamos precisar da SWAT, do pelotão tático e de uma negociadora de crises. Coloque todas as frequências abertas, detetive. E em estado de alerta.

— Sim, senhora. Dallas, se ele fugir, Melinda...?

— A melhor coisa que podemos fazer por ela é o nosso trabalho. Agora vá.

Ela empurrou o *tele-link* para longe.

— Roarke...

Ele ergueu a mão, dizendo claramente para ela permanecer calada.

Faça o seu trabalho, faça o seu trabalho, disse a si mesma, balançando o corpo sobre os calcanhares, para a frente e para trás. Quando fazer o trabalho significava esperar, aquilo lhe rasgava as entranhas.

— Te peguei, canalha desgraçado. Copiar o endereço do suspeito para o navegador do meu veículo — ordenou Roarke. — Computador, levar o carro para a frente do hotel, agora mesmo!

Enquanto o sistema processava as ordens, ele pegou a arma no coldre — uma arma que ele não deveria usar em outro estado — e a prendeu enquanto caminhava.

— Onde é? — perguntou ela ao entrar no elevador com ele. — Qual é o local?

Ele lhe recitou um endereço enquanto vestia o paletó por sobre a arma.

— Fica a poucos minutos daqui, de acordo com o computador.

— Ela já está lá. — Eve retransmitiu o endereço para Ricchio.

A adrenalina e o leve anestésico que tinham lhe aplicado no hospital perderam o efeito antes mesmo de ela entrar na garagem do prédio. Pela forma como a dor irradiava a partir das costelas, ela receava ter quebrado o osso consolidado. Seu coração batia tão forte que ela mal conseguia respirar enquanto seguia depressa até o elevador, mancando.

Eles disseram algo sobre ela ter sofrido uma fissura no tornozelo. Fissura porra nenhuma, pensou ela. Dava para sentir o tornozelo inchado como uma bola de pus nos sapatos medonhos da enfermeira.

Mas bastava ela chegar a Isaac, precisava apenas de alguns "doces". Meu Deus, isso mesmo. Precisava que ele cuidasse dela como tinha prometido, e como ninguém jamais fizera.

Ele lhe daria tudo de que ela precisava... as drogas, as drogas... e também lhe compraria flores.

Lágrimas de dor, de raiva e de abstinência lhe transbordaram dos olhos quando entrou no prédio, aos tropeços. O suor lhe escorria pelo rosto.

Só alguns dias, pensou. Ela precisava apenas de alguns dias para se recuperar. E, então, eles iriam atrás de Dallas. Deus, ela mal podia esperar para pôr as mãos naquela vaca. Ela não pareceria tão fodona e forte quando eles acabassem com ela.

E ela queria ser a primeira. Queria se vingar da tira piranha pela dor e pelo medo que sentira.

Sua respiração saía em chiados fracos quando ela mancou para dentro do elevador.

— Segure o elevador! — pediu alguém.

— Vá se foder! — rosnou ela para a mulher e seu filho de nariz ranhoso, enquanto as portas se fecharam em seus rostos.

Ela só precisava subir um andar, mas cada segundo era uma nova onda de agonia. Com os dentes cerrados, ela se arrastou pelo corredor.

— Isaac! — Com voz rouca, ela deu um soco na fechadura digital. Não conseguia se lembrar do código, tudo se embaralhava em sua cabeça.

Ela precisava de uma dose. Deus, pelo amor de Deus, como ela precisava de uma dose!

Precisava de Isaac.

Quando ele abriu a porta, ela choramingou o nome dele e caiu em seus braços.

— Estou ferida. Ela me machucou.

— Ah, minha bonequinha.

Ele esfregou as costas dela.

Aquela mulher fedia, ele pensou. Fedia a suor e hospital. Fedia a burrice e velhice. Até o cabelo fedia, uma massa bagunçada e emaranhada.

Seu rosto estava abatido, pálido — como o de uma velha.

— Você não me respondeu no *tele-link*. Não atendeu.

— Eu estava... ocupado. Não ouvi o primeiro toque e não quis retornar a ligação, por precaução. Como conseguiu chegar aqui, amorzinho?

— Roubei um carro no estacionamento do hospital. Bem debaixo do nariz da polícia. Eles estavam esperando por mim, Isaac. Estavam esperando por mim quando eu saí de casa. Mas eu fugi. Cuide de mim, Isaac. Eles não me deram nenhuma droga decente.

— Vou cuidar disso agora mesmo. — Ele a ajudou a se sentar no sofá, sobre o qual já havia preparado uma seringa de pressão. — Vai ser rápido e eficiente — garantiu ele. — Minha pobre bonequinha.

As mãos tremiam quando ela agarrou a seringa, e ele observou quando ela a encostou na dobra do cotovelo, exatamente como ele vira a própria mãe fazer inúmeras vezes.

Exatamente como a sua mãe, ela soltou um gemido gutural — quase sexual — quando a droga penetrou sua corrente sanguínea.

— Tudo vai ficar melhor agora. — Com os olhos vidrados de prazer, ela sorriu para ele. — Vai ficar melhor.

— É claro que vai. O que você contou a ela?

— Contou a quem?

— A Dallas.

— Não contei porra nenhuma. Ela tentou me jogar contra você. Aquela puta mentirosa! Eu cuspi na cara da piranha, avisei que você vai se vingar dela para valer. Você vai se vingar dela, Isaac.

— Claro que vou.

— Eu quero cortar ela. — Navegando no efeito da droga, Sylvia se recostou no sofá e seu rosto foi ficando macilento. — Quero retalhar ela antes de você. Ela olhou para mim de um jeito!... Sabe como foi que ela olhou para mim? Como se eu deixasse ela com nojo. Ela tentou me convencer de que não precisava mais de mim, porque eles já estavam perto de encontrar você. Puta mentirosa.

— Ah, ela disse isso?

Ele se levantou e vagou pela sala.

Todo o trabalho que ele tivera, pensou. Todo o tempo, o dinheiro, a preparação. E pior... Todas as horas que ele tinha passado com aquela viciada *burra*, encarquilhada.

Quis esmurrar aquela cara até desfigurá-la. Viu-se fazendo exatamente aquilo. Pegou-se virando o corpo na direção da mulher, punhos cerrados e respiração acelerada.

Ela ficou sentada ali, os olhos vidrados, sorrindo, sem perceber nada.

Ele se controlou, o corpo estremecendo.

— Como eles encontraram você, amorzinho?

— Não sei. Eles simplesmente estavam lá. Quero mais "doces".

— Já, já.

A van, concluiu ele. Eles tinham conseguido rastrear a van. Ele realmente imaginou que teriam pelo menos mais uma semana de vantagem ali. Ele *deveria* ter conseguido mais uma semana.

Tudo bem, vamos ao plano B.

— Uma mala! — murmurou ela.

— Hã?

— Nós vamos viajar? Já estamos fazendo as malas? Vamos para algum lugar legal?

Ele seguiu o olhar dela. Não tinha sido sua intenção deixar a mala à vista, mas estava com muita pressa. Tinha tantas coisas em que pensar, tantos detalhes para acertar.

— Hummm... — murmurou ele, passeando atrás do sofá.

— Consiga um novo lugar bem legal para nós e, quando pegarmos a piranha daquela Dallas, você vai me deixar acabar com ela antes, não vai? Quero fazer ela sangrar logo. Vamos ganhar um bom dinheiro com ela. Não é, Rich? Vamos ganhar uma bolada com ela.

Ele ergueu as sobrancelhas ao ouvir o nome pelo qual ela o chamou. As mulheres eram assim mesmo, conforme ele sabia. Não conseguiam nem lembrar direito o nome dos seus homens.

— Vou ter que desapontar você.

Ele puxou a cabeça dela para trás e cortou sua garganta com uma precisão assustadora, quase cirúrgica.

Ótimo, pensou ele. Excelente. Agora ele se sentia *muito* melhor.

Quando ela gorgolejou e tentou apertar a garganta, ele balançou a cabeça e deixou-a deslizar lentamente para o chão.

— Você é inútil para mim. Totalmente inútil.

Ele tirou a camisa, atirou-a num canto e foi para a cozinha lavar as mãos e os braços.

Pretendia viajar com pouca bagagem e já tinha levado a maior parte do que precisava para o carro. Trocou de camisa e passou a mão pelos cabelos. Em seguida, colocou os óculos escuros.

Pegando a mala, lançou um beijo para dentro da porta, em direção a Melinda e Darlie.

— Foi divertido enquanto durou — disse ele, e saiu sem olhar para a mulher que deixara sangrando no chão.

Capítulo Dezesseis

Enquanto Roarke dirigia, Eve trabalhava no *tele-link*, coordenando tudo, criando estratégias e atualizando a equipe que Ricchio tinha montado.

— Há quatro policiais no local, posicionados a um quarteirão do alvo — murmurou ela, enquanto Roarke passava raspando por uma brecha entre um caminhão e um Mini. — Ele ainda não percebeu que já descobrimos sua localização. Sabe que ela não voltaria para lá se o tivéssemos descoberto, os policiais de tocaia viram o carro roubado dentro da garagem do apartamento. Então ela está lá dentro.

— Precisamos mantê-los afastados — continuou Eve no *tele-link*. — Agora ele está com a isca, a primeira peça da sua nova coleção. Se ele vir policiais, a isca se tornará refém. E ele só precisa de uma.

— Dez minutos para a SWAT chegar — disse Ricchio. — Estamos logo à frente deles.

— Temos menos de dois minutos. Precisamos descobrir um jeito de entrar. Ele certamente tem um sistema de segurança. E já está de guarda, se perguntando o que sabemos. Ou já sumiu.

— Vamos verificar com a DDE assim que chegarmos.

— Os sensores de calor não vão mostrar as reféns na sala onde estão cativas. Se é que elas estão lá. Chegamos ao local! Em breve retomarei contato.

Ela saltou antes mesmo de Roarke frear, junto ao meio-fio.

— Status da situação! — exigiu ela, exibindo o distintivo aos policiais no local.

— Não há atividade alguma no apartamento do suspeito, pelo menos que seja visível aqui de fora. O carro roubado está na garagem.

— Ele tem outro carro. Um sedã Orion azul-escuro.

— Recebemos esses dados, tenente, mas não temos confirmação visual. A garagem é subterrânea. Teríamos que nos aproximar do prédio e entrar para verificar, e a ordem foi para aguardarmos aqui.

Ela assentiu.

— Preciso entrar lá.

— Eu certamente posso nos colocar lá dentro — ofereceu Roarke, mas ela balançou a cabeça.

— Se ele estiver monitorando a rua, vai reconhecer você em dois tempos.

— E a você não?

— Sim, isso é um problema. — Ela continuou teclando e pensando. — Espere. Ei, você, garoto!

Perto da esquina, um adolescente executava um *half-pipe* perfeito em seu skate aéreo.

— Sim, senhora?

Meu Deus, até os skatistas eram educados ali.

— Assunto policial. Está vendo isso? — Ela mostrou o distintivo.

— Eu não fiz nada. — Ele afastou o cabelo dos olhos. — Estava só...

— Preciso pegar emprestados seu boné e os óculos escuros. E também... — que Deus a ajudasse — ... vou precisar do seu skate.

— Pô, acabei de comprar ele.

— Está vendo aquele sujeito ali, junto dos policiais? Aquele com cara de rico?

— Sim, senhora.

— Ele vai dar cem dólares a você pelo empréstimo. Desde que fique parado aqui fora.

— Tudo bem, senhora, só que o skate custou...

— Duzentos dólares pelo empréstimo. Se eu não voltar em dez minutos, ele aumenta para trezentos. Agora me dê esse maldito boné e a porra dos óculos. Vou precisar da sua camiseta também.

O rosto dele ficou vermelho.

— Minha camiseta?

— Isso mesmo. E não repita mais o "sim, senhora", por favor.

— Não, senhora.

— O que você está fazendo? — perguntou Roarke, ao se juntar a eles.

— Vou andar de skate. — Ela tirou a jaqueta e jogou para ele. Em seguida, vestiu a enorme camiseta preta, estampada com uma banda de cabeludos. — Preciso entrar lá.

— Se você pensa que parece um adolescente... — começou ele, mas logo reconsiderou quando ela colocou o boné torto e os óculos escuros coloridos. — Até que não ficou tão diferente, para ser sincero. Mas você não tem nada que entrar lá.

— Entrar lá é o meu trabalho. Ele está no segundo andar — acrescentou, dando uma boa olhada no prédio. — Não vou além do térreo. Posso descer até a garagem para confirmar se o carro dele está lá ou não. Precisamos ter certeza e talvez tenhamos que evacuar os civis.

— Vou entrar pelos fundos.

— Roarke...

— Quer que eu acredite que você vai entrar pela frente sem ser reconhecida. Faça-me o favor de me estender a mesma cortesia. — Ele baixou de leve, com o dedo, a aba do boné da mulher. — Mantenha a cabeça baixa e caminhe de um jeito desleixado.

— Com licença, senhor, mas essa dona me disse que você vai me pagar duzentos dólares pelo empréstimo.

— Duzentos... — Resignado, Roarke pegou a carteira. — Você sabe quem é o dono daquele caminhão ali?

— Claro, é o caminhão do Ben Clipper.

— Se Ben vier procurá-lo, diga a ele que eu o peguei emprestado. Vou pagar duzentos dólares para ele também.

Eve olhou para trás e fez sinal para os policiais. Perguntou a si mesma como poderia andar com um jeito desleixado em cima de uma droga de skate. Joelhos soltos, ordenou a si mesma, e, pelo amor de Deus, não esbarre em nada.

Manteve a cabeça baixa, colando o olhar no meio-fio para não se estabacar... e para esconder o rosto de qualquer câmera.

Não se arriscou a fazer nenhuma manobra, mas pulou da prancha assim que chegou à entrada do prédio, então apoiou o skate no ombro, num ângulo que escondesse seu rosto.

Apalpou o bolso para pegar a chave-mestra enquanto balançava a cabeça e os ombros, como havia observado os adolescentes fazerem o tempo todo, aparentemente sem razão.

Assim que entrou, colocou a mão por baixo da camiseta para pegar a arma e olhou para a escada.

Não havia nada nem ninguém.

— Um único elevador — murmurou no comunicador, e jogou os óculos escuros na poltrona ao lado do elevador. — Tanto ele quanto a escada próximos da entrada. O elevador está chegando. Fiquem alertas.

Ela manteve a arma abaixada e se colocou no canto, de costas para a parede.

Uma mulher e duas crianças saíram do elevador, fazendo barulho suficiente para ressuscitar os mortos.

Eve deu um passo à frente.

— Por favor, parem onde estão.

— Nossa! Você me assustou. — A risada surpresa da mulher morreu assim que ela viu a arma de Eve. Com um estalar de dedos, colocou os filhos atrás de si.

— Sou da polícia — explicou Eve, depressa. Ergueu a mão livre e procurou o distintivo sob a camiseta. — Você conhece os moradores do apartamento 208?

— Não tenho certeza, eu...

— Um cara grande, em boa forma, trinta e tantos anos. Muito charmoso. Ele se mudou para cá faz poucos dias. Deve sair com uma mulher de vez em quando, mas ela já anda por aqui há mais tempo. Loira, cinquenta e poucos, atraente, um pouco extravagante.

— Ah, deve ser o Tony, Tony Maxwell. É um homem muito simpático. Ele está bem? Eu o vi agora há pouco, ele estava de saída.

— Quando foi isso? — Droga, pensou Eve, enquanto despia a camiseta emprestada e a jogava na poltrona. — Quando, exatamente?

— Ah, talvez meia hora atrás. Eu tive que ir buscar as crianças e o vi na garagem, colocando uma mala no carro. Ele me disse que ia viajar a negócios por alguns dias. Do que se trata?

— Ele estava sozinho?

— Sim.

— Você o viu sair? Sair de verdade da garagem, com o carro?

— Não, eu entrei antes, mas ele já estava se ajeitando atrás do volante. — Ela aninhou os filhos de olhos arregalados ao seu lado. — Posso saber o que está acontecendo?

— Quero que você pegue seus filhos, saia do prédio a pé, vire à esquerda e continue andando até chegar aos policiais fardados que estão na esquina.

— Mas...

— Vá logo! — Ela ouviu o elevador que voltava. — Agora mesmo!

Eve recuou um passo e levantou a arma enquanto a mulher agarrava as duas crianças pelas mãos e fugia. Tornou a abaixar a pistola quando Roarke saiu do elevador.

— O carro dele não está na garagem.

— Ele se mandou. Uma vizinha o viu sair sozinho, levando uma mala. Porra! Ele disse à vizinha que ia ficar fora por alguns dias.

Ela tirou o boné e passou a mão pelo cabelo.

— Temos que subir.

Ela atendeu o *tele-link* quando ele tocou.

— Dallas, qual é o seu status?

Ela informou tudo a Ricchio.

— A DDE não encontrou fonte alguma de calor no local designado. Já temos o prédio cercado, e a SWAT está se posicionando neste momento.

— Vamos verificar se o suspeito ainda está no local.

— O reforço está chegando.

— Você consegue segurá-los, tenente? Dois minutos. Se Isaac ainda estiver aqui, será mais seguro para as prisioneiras se ele não nos vir chegando.

— Dois minutos, a partir de agora.

Ela guardou o *tele-link* no bolso.

— Ele fugiu, mas não podemos arriscar. Você consegue burlar o alarme por tempo suficiente para entrarmos depressa e em silêncio? — perguntou a Roarke.

— Você sabe que eu consigo.

— Escada!

Eles subiram rápido. Ela varreu o lugar com a arma em punho quando chegou ao corredor do segundo andar.

— Espere aqui — murmurou Roarke, digitando códigos em seu bloqueador de sinais. — Ele tem várias camadas de frequências. Pronto!

Ele passou à frente dela e pegou uma caixinha no bolso.

— Há várias camadas de frequências em toda parte — murmurou, enquanto se agachava e começava a trabalhar diante da porta. — Parecem fechaduras normais, mas não são. Trabalho muito bem-feito.

— Deixe para elogiá-lo quando ele estiver preso. No momento, quero apenas que você nos coloque lá dentro.

— Foi o que fiz. — Ele encontrou seu olhar. — Pronta?

Ela assentiu, levantou um dedo e depois dois. Eles invadiram no três, ela abaixada, e ele de pé.

Ela sentiu o cheiro do sangue e morte no instante em que entrou. Girando para a esquerda, viu o corpo, viu sua mãe e a poça de sangue.

— Meu Deus...

— Eve.

— Temos que vasculhar tudo. — Sua voz saiu aguda através da abertura estreita que o acre do choque deixara em sua garganta. — Temos que limpar a área, vá por ali.

Quando ela se virou para o outro lado, viu as chaves na mesa alta ao lado da porta e o bloco de notas com elas.

Ele fugiu, pensou ela, sumiu, então foi pegar as chaves.

Ouviu os policiais do grupo de apoio entrando pela porta do andar de baixo. Se Bree estava junto do grupo e ele tivesse matado mais alguém, ela precisaria estar preparada.

Eve destrancou a porta. Respirou fundo, se preparou.

E a abriu.

Elas estavam no chão, a menina enrolada num cobertor, o corpo de Melinda protegendo-a.

Melinda olhou para ela. Pestanejou.

— Policial Dallas! — As palavras de Melinda saíram abafadas por um soluço. — Veja, Darlie, é a policial Dallas. Eu não lhe disse que eles viriam nos salvar?

— Agora sou tenente. — Sua própria voz lhe pareceu pequena e distante. Eve olhou para a menina... para Darlie. Mais um par de olhos torturados que ficaria gravado em sua mente. — Vocês estão seguras agora.

Vivas. Ela lembrou a si mesma do que havia dito a Tray Schuster numa manhã que parecia ter acontecido anos antes. Estar vivo era melhor.

— Vocês estão seguras agora. Elas estão seguras — avisou Eve, assim que Bree irrompeu pela porta.

— Melly!

— Estou bem. — Mas ela deixou cair a cabeça no ombro da irmã e chorou quando Bree a abraçou. — Estamos bem. Eu sabia que você nos encontraria.

Eve deu um passo atrás e se afastou quando o detetive Price abriu caminho para chegar a Melinda.

— Vamos até lá fora. — Roarke pegou o braço dela. — Não há nada para você fazer aqui.

— Há, sim. — Um suor gelado e fino lhe escorria pelas costas. — Há, sim — repetiu ela, virando-se para Ricchio. — A cena do crime está por sua conta, tenente.

— A ambulância está a caminho — informou ele. — Temos que tirá-las daqui, Melinda e a garota. Elas precisam de assistência médica antes de colhermos seus depoimentos. Quero que esta cena de crime seja protegida e que cada centímetro seja examinado. Já emitimos um alerta de busca para o veículo que ele está dirigindo.

Ele não vai dirigir por muito tempo, pensou Eve, mas assentiu.

— Temos agentes em todas as estações de transporte público da cidade — acrescentou Nikos. — Se ele abandonar o veículo e tentar sair de Dallas por outros meios, nós o pegaremos.

— Ele saiu às pressas. — Laurence olhou para o corpo. — Pode ter deixado algo para trás, além da cúmplice morta. Se cometeu algum erro, foi no momento da saída. Vou analisar a cena com alguns de seus homens. Tenente Ricchio, continue quando seu grupo de peritos chegar.

— Ótimo. Vou avisar os pais de Darlie e mandar alguns policiais para começar o interrogatório porta a porta.

Eles observaram o detetive Price pegar Darlie no colo. Ele murmurou algo para ela, e a menina fechou os olhos; ele apertou o rosto dela contra o próprio ombro enquanto a carregava.

Ele não queria que ela visse o corpo no chão, pensou Eve, nem o sangue espalhado. Queria poupá-la disso, de algum modo. Ela já tinha horrores suficientes na cabeça.

Melinda saiu, apoiando-se na irmã. Olhou para a morta, depois para Eve.

— Obrigada. Mais uma vez! Ele me mandou dizer para você ficar por perto. Suas palavras exatas foram: "Diga a Dallas para ela ficar por aqui. O mais divertido ainda está por vir." Ele...

— Mais tarde, Melinda. — Bree a agarrou com mais força.

— Preciso ficar com Darlie. Ela precisa que eu fique com ela.

— Eu estarei por perto — disse Eve. — Conversaremos depois.

— Venha, Melly, venha comigo. Precisamos contar à mamãe e ao papai que você está bem — chamou Bree, enquanto levava a irmã para fora.

— Por pior que tenha sido — disse Ricchio —, foi um bom dia.

Mas ainda não acabou, pensou Eve. Não está nem perto do fim.

— Eu sou da Divisão de Homicídios. Vou levar o corpo se você não tiver objeções.

— Eu agradeço — disse Ricchio. — Vamos informar ao Instituto Médico Legal. Você quer alguém para auxiliá-la, um assistente?

— Roarke já fez isso antes.

— Então vou deixar a situação com vocês. — Ao olhar para o corpo e para o sangue, o tenente não exibiu pena. — Tudo me parece bem óbvio.

— Sim. Sim, acho que sim. — Ela se aproximou do corpo novamente. — Vou precisar de um kit de trabalho — disse a Roarke. Em seguida, olhou para ele e o fitou longamente, mas ele não disse coisa alguma. Ela estendeu a mão e desligou o gravador. — Por favor. Eu tenho que fazer isso. Será mais fácil se você me ajudar a fazê-lo.

— Então eu ajudo. Mas... Eve, teremos muito a conversar quando tudo isso acabar.

— Sim, eu sei.

— Vou pegar o kit.

A sala estava apinhada de policiais, mas ela se sentiu sozinha, muito sozinha quando se agachou junto ao corpo, o bico das botas na beira de um rio de sangue.

O que deveria sentir?, se perguntou ela. Não sabia, só sabia o que deveria fazer.

Rotina.

Ela ligou o gravador.

— A vítima é branca, sexo feminino, aproximadamente cinquenta e cinco anos. Sofreu arranhões e contusões faciais durante um acidente de carro ocorrido na manhã de hoje. Os ferimentos foram tratados no Dallas City Hospital. As demais lesões foram registradas na ocasião. O exame visual preliminar mostra um único corte profundo na garganta, que rasgou sua jugular. O padrão dos respingos de sangue são condizentes com o golpe sofrido.

Ela se agachou sobre os calcanhares e deixou vagar os olhos pelo chão, as paredes e o sofá.

Foco na cena do crime, ordenou a si mesma.

— Ela estava sentada no sofá, de frente para a sala. Há uma seringa de pressão sobre a almofada. A vítima precisava de uma dose. O assassino lhe forneceu a droga. Um exame toxicológico será solicitado para determinar a substância e a quantidade injetada. Ele conseguiu acalmá-la e conversou com ela por algum tempo, até descobrir o que ela tinha nos revelado e o que sabíamos. Ele já tinha arrumado a mala, estava preparado para partir. Claramente deixou tudo pronto para a fuga porque a vítima ligou para ele de um carro roubado. Verificar o *tele-link* no painel no veículo roubado do estacionamento do hospital para acessar a conversa entre a vítima e Isaac.

Ela ligou para ele, pensou Eve. Ela o avisou com antecedência e lhe deu o tempo necessário para fazer as malas, planejar e tramar tudo. Ela orquestrou o próprio assassinato.

Enquanto esperava por Roarke e o kit, Eve imaginou a sequência de eventos. A fuga frenética no carro roubado do hospital, depois de ela assassinar o policial. Depois de ela ter matado da mesma maneira que morreria, logo em seguida, nas mãos do homem para o qual tinha corrido.

Aquilo era uma ironia?, especulou consigo mesma. Algum tipo de justiça poética e brutal?

Ela devia estar com dores, pensou Eve. Cabeça, costelas, peito.

Eve deixou que seus olhos percorressem o corpo. O tornozelo esquerdo estava muito inchado. O que certamente lhe tinha provocado alguma dor. Ela mancou, tentou correr, suava frio em meio à crise de abstinência, o coração estava disparado e a cabeça latejava. Também estava enjoada e ferida, tinha o sangue de um policial nas mãos e pensava unicamente em voltar para o homem que a mataria.

Com certeza também pensava em outra policial. Estava com ódio, pensava em vingança, queria infligir dor e derramar sangue.

Seria mais uma ironia descobrir que os últimos pensamentos da mãe tivessem girado em torno dela? Pensamentos odiosos, violentos e assassinos?

Ela endireitou o corpo quando Roarke voltou com o kit.

— Bem fácil de entender como tudo aconteceu — começou ela, mantendo os olhos colados no rosto dele. Precisava mantê-los em Roarke até que ela se sentisse novamente centrada.

— Vamos descobrir que ela o contatou do carro roubado — continuou. — Isso lhe deu tempo para arrumar o que ele queria ou precisava levar com ele. Não há aparelhos eletrônicos em grande número por aqui, não para Isaac. Ele já levou na mala tudo de que precisava. Roupas, itens pessoais, dinheiro vivo, identidades falsas.

Teve bastante tempo para isso. Provavelmente já tinha uma mala escondida com o essencial.

— Ele queria ter a flexibilidade de poder sair e se mover de forma rápida e a qualquer momento — concordou Roarke.

— Aposto que manteve o terno de grife que usou para ir ao banco. Ainda não sabe que você encontrou suas contas. Ele ainda não sabe disso. Você consegue rastrear as transações que ele faz?

— Sim, consigo.

— Faça isso, ok? Agora eu tenho que seguir o acordo que fiz com a equipe. Nikos! — gritou ela. — Preciso de um minuto.

— Você precisa de ajuda com a vítima?

— Não. Roarke encontrou as principais contas de Isaac. Nós já achamos todo o dinheiro dele.

— Bom trabalho. — Nikos lançou para Roarke um olhar pensativo. — Nossos técnicos ainda estão empacados nos becos sem saída que ele preparou. Preciso desses dados. Podemos congelar todas as contas, vamos bloqueá-las para dificultar as coisas para ele.

— Sim, podemos fazer isso — confirmou Eve —, ou podemos rastrear todas as suas atividades financeiras para encontrar sua nova localização.

— Mas, se ele usar dinheiro vivo e conseguir chegar a algum país com o qual não temos tratado de extradição, vamos perdê-lo de vez.

— É uma possibilidade. Mas ele ainda não terminou, Nikos. Não conseguiu o que queria, está longe de terminar tudo que planejou. Pode acreditar, não importa o quanto ele pareça ter escapado, no fundo está apenas revoltado. Está furioso. Quer mais uma chance de atacar.

— Atacar você, talvez. Mas pode ser que ele seja esperto o bastante para estancar os prejuízos. Escute, vou transmitir tudo isso aos meus superiores, as duas possibilidades. Tomaremos uma decisão final, mas preciso dos dados.

— Vou lhes enviar todos os arquivos — ofereceu Roarke. — Na verdade, são três contas. Ele não é o tipo de cara que guarda todos os ovos numa única cesta.

— Obrigada. — Nikos pegou o *tele-link*, virou-se e saiu.

— Posso atrasar a transferência dos dados, talvez por uma hora, com uma leve falha na transmissão — garantiu Roarke.

— Faça isso — concordou Eve. — Sim, muito bom. Vou insistir que o FBI desista de bloquear as contas de Isaac, porque esse seria um passo em falso. Por enquanto, nós vamos preparar tudo, você deve falar com Feeney. — Ela pegou o kit de trabalho. — Preciso terminar isso.

Ele colocou a mão sobre a dela, na alça do kit.

— Deixe que eu faço isso. Você poderá ajudar com a pesquisa. Você pode prever o que Isaac pode fazer melhor do qualquer tira aqui.

— Você sabe que não posso. Ela é a minha vítima agora, quer eu queira, quer não.

Ela abriu o kit e tornou a se agachar. Pegou a mão da mãe e confirmou as impressões digitais.

— A vítima foi identificada como Sylvia Prentiss, mas essa é uma identidade comprovadamente falsa. A vítima será registrada como desconhecida até que a identidade verdadeira possa ser verificada.

Ela colocou os micro-óculos e não disse nada quando Roarke se curvou ao seu lado para tirar medidas. Apenas examinou a ferida fatal.

— É necessária a confirmação do legista. No entanto, o exame em cena da investigadora principal indica um único corte feito na garganta, da esquerda para a direita, com uma lâmina reta e afiada. Tanto o ângulo quanto o padrão dos respingos de sangue indicam que o ataque foi feito pelas costas. O assassino puxou a cabeça da vítima para trás e cortou sua garganta. Ela escorregou lentamente até o chão. Deve ter respingado algum sangue no assassino e lhe sujado a camisa, que ele descartou no canto da sala. Solicitar aos peritos que analisem os ralos. Ele deve ter se lavado antes de sair.

Ela se colocou de cócoras novamente enquanto Roarke registrava a hora da morte.

— Passaram-se menos de trinta minutos, pouco mais de vinte, antes de os policiais entrarem no prédio — calculou Eve. — Como Laurence disse, ele precisou se apressar. A morte ocorreu aproximadamente vinte e cinco minutos depois que ela fugiu do hospital. Então ela já estava morta antes mesmo de descobrirmos que tinha escapado. Só que... você pode verificar o tempo de viagem do hospital até aqui?

— Claro.

Ela pegou um saco plástico para evidências e colocou a seringa dentro da embalagem, lacrando-a em seguida.

— Considerando o tráfego no horário, ela deve ter levado cerca de quinze minutos — informou Roarke.

— Talvez menos — decidiu Eve. — Ela estava dirigindo rápido, se arriscando. Mas devemos levar em consideração o tempo necessário para roubar o carro, o tempo gasto por ela para entrar no apartamento depois de estacionar lá fora, com aquele tornozelo inchado. Saberemos mais quando examinarmos o *tele-link* do veículo roubado e conseguirmos a hora exata e o local de onde foi feita a ligação para ele. Juntando tudo, e apesar da pressa para fugir, Isaac gastou pelo menos quatro ou cinco minutos com ela. Ele não a matou assim que ela entrou. Ele deixou que ela se sentasse, lhe ofereceu uma dose de alguma droga. E conversou com ela.

Ela colocou os micro-óculos novamente e estudou o que pôde do rosto, das mãos e dos pulsos.

— Eu gostaria de virá-la de lado, mas é melhor esperarmos pelo legista. Pelo que me parece, porém, ele não a espancou. Não a agrediu por ela ter estragado tudo. Ele queria matá-la, e o que fez foi suficiente. Ele tem um senso curioso de proporção, e está no controle disso. Poderia ter carregado a seringa com droga suficiente para matá-la, mas, aí, veja só... para ele, isso já *não* seria bastante.

— Um fim muito impessoal, simples demais para ela.

— Sim, exatamente. Quando mata... e ele sempre mata de forma seletiva... ele quer sentir a emoção. Gosta do peso da lâmina, do jeito que ela parece cortar a carne, da forma como o sangue jorra. Ele não mutila as vítimas. Isso faz muita sujeira e não condiz com a classe que ele acredita ter.

Ela olhou em direção ao quarto onde ele tinha mantido Melinda e Darlie cativas.

— No caso das meninas, ele gosta de torturá-las. Isso faz parte do jogo de controle e poder, é parte do "treinamento". Ele gasta muito tempo com elas, porque lhe parecem importantes. Mas com a parceira? É como jogar o lixo fora. Você simplesmente se livra dele.

— Você já tem o suficiente por agora — disse Roarke, calmamente. — Já sabe como, quando, quem, até por quê. É o suficiente por ora, Eve.

— Precisamos que o legista confirme tudo e faça o exame toxicológico. Porque, se Isaac lhe ofereceu mais que uma leve curtição, se ele lhe ofereceu droga suficiente para deixá-la apagada antes de matá-la, quer dizer algo diferente.

— Tenente Dallas?

— Sim.

Um dos investigadores da cena do crime ofereceu-lhe uma nota eletrônica.

— Isaac deixou isso para lhe ser entregue. A senhora vai querer ouvir.

— Obrigada.

Ela reproduziu a nota.

Olá novamente, Eve. Espero poder chamá-la só de Eve agora, depois de tudo pelo que passamos juntos. Planejei ter uma conversa longa e agradável com você hoje, mas planos mudam, e isso vai ter de servir.

Bem-vinda à minha casa, quer dizer, ex-casa. Eu gostaria de estar aí para lhe oferecer uma taça de vinho pessoalmente. Sei que você gosta de beber um cálice de vez em quando. As fotos de você na Itália, degustando as safras locais, ficaram muito bonitas. O casamento lhe cai bem.

Como pode ver, deixei a casa meio suja. Mas sei que você gosta de arrumar essas pequenas bagunças e eu estava com um pouco de pressa. Esperava receber você aqui para distraí-la, tê-la como hóspede durante alguns dias. Estava tão ansioso por algum tempo para Isaac e Eve. Mas faremos isso muito em breve, só nós dois.

Você provavelmente está se perguntando por que deixei vivas a inabalável Melinda e a adorável Darlie. Se quer saber, eu mesmo estou me perguntando a mesma coisa. Talvez eu goste de saber o quanto se lembrarão de mim. Ninguém gosta de ser esquecido, de ser ignorado. Não pense nem por um minuto que eu farei isso com você. Porque você está sempre em meus pensamentos, dia e noite. E nos veremos em breve.

— É um canalha arrogante, mas dá para perceber algo em sua voz. Uma fúria forte e mal contida. Ele está pensando "aquela vadia teve sorte mais uma vez". — Ela levou a nota eletrônica junto enquanto voltava para examinar o cativeiro.

— Apenas quatro conjuntos de grilhões — observou Eve. — Ele não precisaria mais de Melinda quando conseguisse me pegar. Poderia se livrar dela e abrir espaço para outra. Ele ia ficar com a garota, procurar outra. Ele sempre quer outra. Precisa dessa adrenalina. Ele ia passar um bom tempo comigo, uns dois ou três dias. Talvez estivesse planejando pedir um resgate para você. Ele é golpista demais para não ter pensado em obter algum lucro.

— Se ele a pegasse, mantivesse você aqui, passasse todo esse tempo e deixasse as comunicações abertas para pedir um resgate, arriscaria seu objetivo principal pelo dinheiro.

— Isso aumenta a emoção. E ele tem tudo tão bem planejado... pelo menos é o que imagina. Ele é arrogante — acrescentou. — Confiante para caralho de que é o mais inteligente da turma.

— E o que isso faz de você? — perguntou Roarke. — Aquela que conseguiu derrotá-lo?

Eve deu de ombros.

— Para ele, ser derrotado antes foi só uma traição do destino, simplesmente o golpe de sorte de uma recruta. Ele não está tão enganado assim. Conseguiu iludir as autoridades durante anos. Anos! Está absolutamente certo de que conseguirá repetir o feito. Pretendia me pegar — continuou ela — e matar Melinda. Queria que eu o visse fazer isso, queria que eu visse quando ele matasse alguém a quem salvei. Gostaria que eu o visse matando sua cúmplice e, quando estivesse cansado de mim, também mataria a menina... ou as meninas. Eu seria a última a morrer. Ele gostaria que eu o visse matar a menina seguinte, gostaria que eu me sentisse impotente para impedi-lo. Depois de terminar comigo, ele sumiria do mapa. Montaria sua câmara de horrores em algum outro lugar, longe daqui. Talvez na Europa, dessa vez. Em algum lugar urbano e cosmopolita o suficiente para os gostos dele, onde ele pudesse dar início a uma nova coleção.

— Agora ele vai ter de se reorganizar, repensar, replanejar.

E ela também teria de fazer o mesmo, reconheceu Eve.

— Isaac está numa operação de contingência. Vai se ajustar e rever tudo. Ele fala sério quando diz que nosso encontro acontecerá em breve. Ah, aquela ali deve ser a médica-legista. Preciso trabalhar com ela e quero conferir algumas coisas com Laurence.

O *tele-link* dela tocou.

— Dallas falando!

— Tenente — começou Bree —, desculpe interromper.

— Do que você precisa, detetive?

— Melinda... eles a estão reidratando e tratando seus ferimentos. Querem mantê-la internada durante a noite para observação. Darlie... Você sabe o que eles precisam fazer com ela.

— Sim, eu sei.

— Mas elas querem falar com você, as duas. Elas já nos deram uma declaração e responderam a algumas perguntas. Falar com você parece importante para elas. Ricchio, os médicos e os pais de Darlie já autorizaram o encontro. Se você arranjar um tempinho, tenente. Estamos no Dallas City Hospital.

— Claro, vou assim que terminar aqui.

— Vou avisá-las.

Quando ela guardou o *tele-link*, Roarke estendeu a mão e desligou o gravador.

— Você precisa de uma pausa.

— Nada disso. Quanto mais ocupada eu estiver, melhor vou me sentir. Vou cuidar do restante quando for preciso. Mas agora não, ainda não, porque, quando eu começar a encarar tudo, não sei como vai ser. Nós ainda nem temos a confirmação do exame de DNA, então...

Ela parou quando o marido simplesmente pegou sua mão. E viu a resposta nos olhos dele.

— Você já sabe?

— Os resultados chegaram quando eu saí para pegar seu kit de trabalho.

Algo enjoativo e azedo se alojou na garganta de Eve.

— Eu estava certa.

— Sim. O exame foi conclusivo.

— Melhor saber — disse ela, e olhou fixamente para a parede.

— Mesmo?

— Eu sabia. Eu a reconheci no instante em que nos entreolhamos. Eu achava que já tinha aceitado tudo. Agora... Ah, que inferno, simplesmente não sei. — Ela passou a mão no rosto e apertou os dedos sobre os olhos, que latejavam. — Preciso trabalhar. Preciso trabalhar agora, e vou lidar com isso mais tarde.

Ela caminhou até a médica-legista e o corpo. Roarke ficou parado ali por algum tempo, observando os grilhões e as algemas presas à parede do horrível quartinho.

Capítulo Dezessete

Eve não esperou que o corpo fosse ensacado e etiquetado. Para que esperaria? Em vez disso, foi para o quarto, onde Laurence executava o que lhe pareceu ser uma revista muito meticulosa.

— Achou algo novo?

— Toalhas e lençóis caros, um edredom fofo e confortável. Podemos rastrear essas compras. Algumas coisas ele levou junto. É obsessivamente organizado, mantém tudo no lugar certo. Por isso é possível notar que faltam lençóis e toalhas. Bem como algumas roupas e sapatos.

Ele apontou para o armário.

— Ele tem uma dúzia de gravatas ali, e, pela forma como estão distribuídas nos cabides, deve ter levado outras dez ou doze na mala. Quem precisa de duas dúzias de gravatas?

Eve atravessou o quarto para analisar por si mesma.

— Ele gosta de roupas, gosta de colecionar coisas. Só que... algumas dessas gravatas são exatamente iguais. Ou então eu é que realmente não tenho olho para moda.

— Se você não tem, eu também não tenho. Mesma estampa, mesma grife.

— Isso não é do feitio de Isaac. Tem roupa demais aqui, mesmo ele tendo levado uma parte. Isso não tem a ver com colecionar, parece mais...

— Acumulação — completou Laurence. — Essa também foi a minha opinião. Pode ser que ele precise acumular coisas para compensar os doze anos que passou vestindo roupas de prisioneiro.

— Pode ser. Mas essa é outra quebra no padrão comportamental dele. Isso é interessante.

— Sim, é verdade, não é? Então... vamos levar as roupas para análise. Os únicos artigos de higiene pessoal abandonados são os da parceira. Certamente havia um centro de dados e comunicações naquela mesa, então ele o levou. Também encontramos um monitor no banheiro que mostrava o quarto do cárcere. Provavelmente ele via as garotas que tinha raptado enquanto se masturbava. Desculpe — disse ele, na mesma hora. — Aquela menina mexeu muito comigo.

— É compreensível.

— Ele deixou um suprimento de seringas no banheiro, mas também faltam algumas.

— Ele não usa drogas, então não precisaria de tantas seringas. E não vai procurar outra parceira, pelo menos de imediato.

— A parceira tinha algumas em suas gavetas, e parece que ele vasculhou tudo rapidamente para se certificar de que não deixava nada que pudesse ligá-la a ele. Só que não procurou na parte de trás e debaixo das gavetas. — Ele apontou para as embalagens lacradas e marcadas como evidências. — Ela tinha um estoque secreto... a porra de uma farmácia.

Ela fizera a mesma coisa havia muito tempo, pensou Eve, enquanto lampejos velozes e enevoados de lembranças antigas pipocavam em sua cabeça.

— Ela precisava saber que elas estavam ali, caso ele estivesse sem ou tentasse lhe tirar as substâncias.

— Ela gostava de uma variedade de drogas. O que descobrimos até agora tem mais a ver com ela do que com ele. E dá para saber onde algo estava e não está mais, ou onde provavelmente teria estado. Em termos de provas forenses, já reunimos o suficiente para afastar o canalha da sociedade pelo dobro do tempo que ele já cumpriu, mas não achamos pista alguma sobre seu destino.

— Talvez ele tenha dito algo nesse sentido para uma das vítimas — especulou Eve. — Talvez não tenha achado que elas conseguiriam sair vivas daqui, e ele gosta de exibir seus dotes intelectuais. Vou conversar com elas, talvez descubra alguma coisa.

Ela caminhou até onde Roarke estava. Ele já tinha achado um canto para trabalhar no seu tablet.

— O FBI deve estar recebendo os dados neste instante — anunciou ele. — Feeney e eu já temos uma boa dianteira, mas espero conseguir dados mais completos quando voltarmos ao meu escritório no hotel, com o equipamento de lá.

— Já terminamos aqui, por enquanto. Você pode voltar para o hotel e investigar mais.

Ele encontrou seus olhos, sustentou seu olhar.

— Estou com você, tenente. Já deixei claro. Você ainda precisa passar no hospital para conversar com Melinda e Darlie.

— Eu sei, mas quero fazer algo antes. — Ela balançou a cabeça para evitar as perguntas do marido. — Estou a caminho de lá.

Do lado de fora do prédio, ela examinou a rua. Os espectadores curiosos já tinham se dispersado... provavelmente por tédio, pelo menos era o que Eve supunha. O trabalho policial era demorado e monótono, a maioria dos civis perdia o interesse rapidamente.

Mas não o seu consultor civil.

— Você pagou o garoto do skate?

— Sim, paguei, e também a alguém chamado Ben pelo empréstimo do seu veículo.

— Anote na lista de despesas. Depois vou reembolsá-lo.

— Pelo menos eu posso saber... — perguntou ele num tom casual quando eles entraram no carro —... para onde estamos indo?

— Preciso voltar à casa dela. Os peritos já fizeram uma boa busca por lá, pegaram os aparelhos eletrônicos e qualquer outra evidência útil que encontraram. Mas as pessoas deixam passar certos detalhes, especialmente quando não sabem exatamente o que estão procurando.

— E você sabe?

— Não, mas acho que vou saber quando encontrar. Preciso ir lá por questões de trabalho. Mas também por questões pessoais.

— Então por que sugeriu que eu voltasse para o hotel?

— Não sei. Não sei mesmo. — Ela sentiu aquela bolha incômoda subindo até a garganta. — Eu realmente não sei. Não me faça pensar no assunto por enquanto.

Ele emoldurou o rosto dela com as mãos.

— Vou levar você aonde quiser. E estarei ao seu lado onde quer que seja. Entendeu?

— Sim. — Ela lutou para recobrar a compostura, e só conseguiu quando ele se afastou com o carro. — Sinto muito pelo que aconteceu antes. Eu nem me lembro do motivo de estar pedindo desculpas. Só quero que tudo fique numa boa.

— Não somos o tipo de casal que precisa esclarecer as coisas. Você queria pegar no meu pé para poder ficar com raiva de mim e desopilar. Então eu ficaria com raiva e deixaria você em paz.

— Acho que provavelmente foi isso.

Ela alongou as pernas, flexionou os músculos dos ombros e girou a cabeça para os lados. Parecia que seu corpo e tudo nele estavam retesados a ponto de doer.

— Correu tudo bem com ela durante o interrogatório. Encarei a situação numa boa. Tenho pensado muito nisso, e talvez pudesse ter feito melhor. Mas a gente sempre revê tudo quando as coisas não correm do jeito desejado, e acha que poderia ter feito melhor.

O problema é que depois, com medo de perder o controle, eu acabei descontando em você.

— Certo, e eu revidei, não foi?

— Eu sabia que você ia reagir. Não falei sério quando disse aquilo, sobre a porcaria do dinheiro e a minha morte, enfim. Fui estúpida, sabia que aquilo ia magoar você. Mas na hora nem pensei nisso. Foi puro impulso.

Ele virou a cabeça e olhou para o rosto tenso e cansado de Eve.

— Você teve um dia terrível.

— Sim, um dia memorável. Conheci minha mãe, então a prendi e a levei para o hospital. Depois a interroguei. Encontrei o corpo dela e fiz o registro da morte dela. Um dia terrível e memorável.

— Entrei em contato com Mira.

Ela se voltou para ele.

— O quê?

— Não estou nem aí se vai ficar chateada. Você precisa da Mira. Ela já está a caminho.

— Você não...

— Eu preciso dela, porra.

Os olhos de Eve se arregalaram e ela recuou, surpresa, diante da explosão violenta de Roarke. Tinha sido burrice, percebeu, não esperar nem prever aquilo. Foi uma falha não ter entendido que ela não era a única ali que se sentia pressionada como uma mola.

— Ok.

— Sei o que quero lhe dizer — continuou ele, mais calmo agora. — Faça isso por você, embora eu não saiba se é a atitude certa. Também sei que isso não tem nada a ver comigo, mas qualquer coisa que machuque você me afeta. E isso... bem, isso ficará para depois. Você precisa lidar com esse momento e terminar o que quer fazer. Eu entendo isso. Mira poderá ajudar você. Ela poderá ajudar a nós dois.

Eve não falou por um minuto, tinha que acalmar a tempestade que rugia dentro dela — algo parecido com o que acontecia dentro dele, imaginou.

— Você tem razão. É bom que ela esteja a caminho. É só que... quando eu começar a falar sobre o assunto, ele se tornará real. Não haverá mais a desculpa de que é apenas um caso como outro qualquer, que precisa ser encerrado. Nada mais, nada menos.

Ela ficou sentada no banco, olhando para o sobrado quando o carro parou.

— É um lugar simpático. Pensei nisso quando estávamos vigiando a casa e esperando por ela... em como esse bairro é agradável. Não é o tipo de lugar que Isaac escolheria. Um bairro residencial e tranquilo, apesar de ter algum movimento. Também não é o tipo de lugar dela, com crianças andando de bicicletas e vizinhos que cuidam de flores. Mas ele a queria fora do seu elemento, talvez um pouco fora do eixo. Assim, ela ficaria agradecida todas as vezes que ele a deixasse ir até ele.

Ele a deixaria pensar naquilo tudo como um caso durante o maior tempo possível, pensou Roarke. Porque um acerto de contas estava para acontecer.

— Por que ela fez isso? Por que ela se dedicou a ele? — perguntou Roarke.

— A coisa não teria durado muito, mesmo sem a faca na garganta. Ela começaria a ficar incomodada, cairia fora e seguiria em frente. Mas ele a fazia se sentir importante. Ele a tratava bem — lembrou Eve. — Comprava coisas para ela, suponho, e lhe fornecia drogas ilícitas. Acho que vamos descobrir que ele tinha um fornecedor de drogas aqui em Dallas. Talvez tenha pagado por tudo, certamente pagou por uma parte.

— Enfim.

Ela saltou do carro. Viu a porta da casa vizinha se abrir e exibiu o distintivo.

Uma mulher que Eve supôs ter vinte e tantos anos saiu.

— Vieram outros policiais aqui. Eles acabaram de sair. Contaram que Sylvia foi presa.

— Isso mesmo.

— Eu simplesmente não entendo. Bill, que mora mais acima na rua, me contou que havia policiais por toda parte e que o pequeno Kirk quase foi atropelado. Eu estava no trabalho e, quando cheguei em casa, estava tudo uma loucura.

— Você mora aqui há muito tempo?

— Quatro anos. Somos só a minha irmã e eu. E quanto a Sandra?

— Quem?

— A irmã de Sylvia. Sandra Millford. Ela também tem problemas com a polícia?

— Pode-se dizer que sim. Vocês eram amigas?

— Nós tentávamos ser, Candace e eu. Quando elas se mudaram para cá, achamos que, como elas também eram irmãs, poderíamos nos dar muito bem, socializar numa boa, sair juntas. — Ela encolheu os ombros com um olho na direção da casa vizinha. — Mas elas estavam sempre muito ocupadas. Paramos de convidá-las. De qualquer modo, elas quase nunca estavam em casa, para falar a verdade.

— Recebiam visitas?

— Acho que nunca vi ninguém aparecer para visitá-las. Mas sei que Sylvia estava envolvida com alguém.

— Ah, é?

— Uma mulher não se veste daquele jeito, a menos que seja para um homem. E eu a ouvi falando no *tele-link* ontem mesmo, me ocorreu agora. Ela estava sentada aqui fora, e eu também, tomando um café. Pelo jeito que ela ria e pelo tom da sua voz, era alguém especial. O que ela fez?

— Foi cúmplice na fuga de um criminoso perigoso. Também foi cúmplice dele no sequestro de duas jovens, uma delas menor de idade. Ele é um pedófilo violento.

Com os olhos arregalados e a boca aberta, a mulher esfregou a garganta com a mão.

— Uau, puxa vida!

Eve pegou o tablet e mostrou a foto de Isaac.

— Não creio que ele apareça por aqui, mas, se o fizer, fique dentro de casa e entre em contato com a polícia.

— Eu o vi nas reportagens da TV! Meu Deus, Sylvia estava envolvida com ele?

— Estava. Ele a matou algumas horas atrás.

— Minha Nossa Senhora! — Ela recuou um passo e colocou as mãos sobre o coração. E Sandra? A irmã dela?

— Não havia irmã alguma. Era uma única mulher com duas identidades diferentes. Avise aos seus vizinhos que, se eles virem esse homem por aqui, deverão entrar em contato com a polícia imediatamente.

— Tudo bem, eu aviso, pode deixar. — Ela se virou e correu para dentro de casa. — Candy! Candy!

— Você a deixou muito assustada — opinou Roarke.

— Era minha intenção — disse Eve, quando a porta da casa bateu e ela ouviu o som das trancas. — Porque ele pode voltar aqui. Talvez pense que sua cúmplice pode ter comentado algo que aponte para seu novo esconderijo. E essa mulher é o tipo de pessoa que ia abrir a porta e conversar com ele, como fez comigo. Eu exibi um distintivo de Nova York a três metros de distância, e ela simplesmente aceitou e saiu de casa. Não quero descobrir que ela acabou com a garganta cortada.

Ela foi até a porta da casa e usou a chave-mestra.

Os peritos já tinham passado ali, notou, pela fina camada de pó para revelar impressões digitais que eles tinham deixado por toda parte.

— Não há necessidade de selar as mãos novamente — avisou a Roarke.

— Isso é uma bênção.

— Móveis decentes, mas cores um pouco escandalosas — avaliou ela, enquanto caminhava pela sala de estar. — Pouca mobília, quase nenhuma tralha e nada de enfeites. Não parece um lar, não para ela.

Eve estudou o tecido do sofá e as flores roxas e cor-de-rosa selvagens na estampa do tecido.

— As cores também fazem os seus olhos arderem ou é só comigo?

Ela precisava manter o clima leve, então Roarke a acompanhou.

— Eu estava prestes a colocar os óculos escuros — declarou ele.

— Talvez ela visse TV aqui embaixo, quando se sentia entediada, mas sempre com a tela de privacidade acionada. Não queria vizinhos intrometidos. Certamente se sentia solitária enquanto esperava ele sair da cadeia, mas não trazia nenhum homem para cá. Provavelmente ia até eles, cuidava das suas carências em outro lugar. Usando uma identidade falsa, imagino.

Foi até um lavabo apertado. Uma só toalha, notou.

— Nada de convidados. Só um lugar para ela fazer xixi, se estivesse no andar de baixo. Se havia algum vestígio importante ou aparelhos de algum tipo, os peritos já devem tê-los levado para análise. Não há mais nada aqui.

Ela seguiu em frente, onde havia uma pequena sala de jantar vazia e a cozinha.

— Ela comia na bancada da cozinha. — Abriu a geladeira. — Ou bebia — completou, ao ver apenas quatro garrafas de cerveja e uma garrafa de vinho aberta.

Abriu os armários.

— Copos, dois pratos, uma pilha de descartáveis. — Apontou com o queixo em direção à montanha de louça suja e embalagens na pia e em cima da bancada. — Não ligava muito para as tarefas domésticas.

— E não tinha nenhum androide doméstico — observou Roarke — para arrumar a bagunça que ela deixava para trás.

— Bons eletrodomésticos, bela bancada e muitos armários, mas ela não se importa. Nada disso é dela. Não é o que busca. Quer muito mais do que esse teatrinho, com um quintal cercado e duas vizinhas de porta que fazem perguntas demais. Ela quer a vida de rico que Isaac vai lhe conseguir. Não há mais nada aqui — garantiu, novamente, e voltou para subir a escada.

Visitou o quarto assim que chegou ao andar superior. Muito perfumado ali, pensou, logo de cara. Algo exótico, muito forte, em demasia. E a lembrança a atingiu como um soco.

— Eve! — Roarke agarrou seus braços quando ela cambaleou.

— Forte demais. Sente o cheiro? É muito doce, excessivamente doce, como flores quando são deixadas dentro de casa durante muito tempo. Meu Deus, isso me deixa enjoada.

Mas ela o afastou quando ele tentou tirá-la do quarto.

— Não. Eu lembro. Eu lembro agora. O quarto... o quarto deles. Sempre cheirava assim. Exagerado. Perfume, muito forte. E sexo. Sexo rançoso e perfume. E todos aqueles frascos e potes. Batom, sprays e pós. Não posso tocar nisso, senão vou apanhar. Ela vai me bater de qualquer maneira, porque sou feia, burra e estou sempre atrapalhando.

— Não. Querida, pare!

— Estou bem, estou bem. Só preciso respirar um pouco. Pelo amor de Deus, abra a janela. Por favor, Jesus, deixe entrar um pouco de ar.

Ele ergueu a tela de privacidade e a janela. Ela se inclinou no peitoril, puxando o ar como se estivesse se afogando.

— Estou bem agora. É que o cheiro bateu muito forte. Ela queria se livrar de mim. Ainda consigo ouvi-los conversando, brigando. Estou com muito medo. Quero me esconder, porque assim, talvez, eles se esqueçam de mim. Pode ser que ela não se lembre de mim. Ela quer se livrar de mim, pelo amor de Deus! Sou uma inútil, sempre com fome, sempre mexendo nas coisas dela. Eles deveriam me vender para alguém, tirar algum lucro da putinha.

"Mas ele discorda. Garante que vão conseguir mais dinheiro mais tarde, me alugando. Não é possível descolar uma grana alta com uma criança de seis anos. Era melhor alugá-la, começando aos dez anos, talvez mais cedo; dava para juntar um dinheiro fácil durante cinco, seis anos, depois era só vender o que restasse."

Arrasado, com o coração simplesmente despedaçado, ele pousou a bochecha nas costas da mulher, para que eles puxassem o ar quente e fresco juntos.

— Deixe-me levá-la para longe daqui.

Ela pegou a mão dele.

— Não posso escapar se não conseguir superar isso.

— Eu sei. — Ele pressionou os lábios na nuca de Eve. — Eu sei.

— Eu não entendia sobre o que eles estavam falando, não exatamente. Não na época. Mas tinha muito medo. E eles brigaram feio uma vez. Pude ouvi-los batendo um no outro, depois fazendo sexo. Acho que ela foi embora nesse dia... ou poucos dias depois. Ele já tinha começado a me tocar e a fazer coisas comigo, mas, depois daquela noite, ele ficou muito zangado porque ela tinha ido embora, levando dinheiro e algumas outras coisas, não sei o quê. Ele ficou bravo, muito bêbado, e me estuprou pela primeira vez. Eu me lembro.

Ela deu um último suspiro profundo, saiu da janela e se virou para o quarto novamente.

— Era isso que você estava procurando aqui? — perguntou ele.

— Não. — Ela passou as palmas das mãos pelas bochechas, irritada porque algumas lágrimas haviam caído. — Não, eu não tinha esperança de me lembrar de nada, não neste lugar. É o cheiro. Melhorou um pouco com a janela aberta.

— Eve, mal havia um traço de perfume no ar quando entramos aqui.

— Não sei o que foi então, mas o perfume era o mesmo. — Ela esfregou o rosto até secar as lágrimas. Tinha ido ali para trabalhar, lembrou a si mesma, e não para chafurdar nas lembranças.

— Quero vasculhar este quarto do teto ao chão. Para ver se ela tinha algum esconderijo. Acho que costumava ter um, onde quer que estivéssemos. Esconderijos extras, onde escondia coisas dele. Se ela achasse que havia uma chance de Isaac vir aqui, era de esperar que usasse o quarto. Se ela estivesse escondendo alguma coisa sem ele saber, não ia querer que ele a encontrasse. Drogas ilícitas, dinheiro vivo, mas talvez outras coisas. Talvez.

— Tais como?

— Ela pensava que o amava. O que você sempre traz dentro do seu bolso?

Ele sorriu e pegou o botão cinza que caíra do terno medonho que Eve vestia no dia em que eles se conheceram.

— Viu só? — Ela não sabia explicar por que aquele botão tolo a comovia tanto. — As pessoas apaixonadas guardam coisas umas das outras. Objetos sentimentais.

— O que você tem de mim?

Ela puxou a corrente e o diamante em forma de lágrima que escondia sob a blusa.

— Eu não usaria isso por ninguém além de você. É constrangedor. E também tenho...

— Ah, existe mais um objeto.

— Merda, estou cansada. Isso me deixa piegas. Eu tenho uma das suas camisas.

A testa de Roarke se enrugou, em absoluta perplexidade.

— Uma das minhas camisas?

— Eu a guardo no fundo da minha gaveta, debaixo de um monte de coisas. Você a emprestou para mim na manhã seguinte à primeira noite que passamos juntos. Ainda tem um pouco do seu cheiro.

Por um momento, a preocupação naquele rosto simplesmente se dissolveu.

— Creio que essa é a coisa mais doce que você me disse em todo o nosso tempo juntos.

— Bem, eu devia isso a você. Além do mais, você tem camisas em número suficiente para vestir o elenco inteiro de um musical da Broadway. Então... você me ajuda a vasculhar o quarto?

— Claro!

Eve vasculhou a cômoda primeiro. A madeira falsa, barata e frágil, confirmou que aquele lugar era totalmente provisório, menos pessoal que um quarto de motel. Aquela não era exatamente uma peça de mobiliário, refletiu Eve, estava mais para uma imensa mala com gavetas.

Ela abriu a primeira gaveta e viu que a mãe tinha gastado mais em roupas íntimas do que no móvel usado para guardá-las.

Tentou tocar nas coisas, mas na mesma hora puxou as mãos para trás. Por Deus, ela não queria encostar em nada daquilo, não queria colocar as mãos naquelas cores fortes e berrantes.

Pare de pensar em quem, disse a si mesma. Quem era a pessoa não importa. Pense só no quê, no trabalho.

Ela se obrigou àquilo, examinou o conteúdo, puxou as gavetas para fora e investigou as laterais, o fundo e a parte de trás.

Se ela se permitisse, poderia ter conjurado a imagem de uma mulher que fazia compras — ou roubava — em mercados, butiques e lojas de luxo. E, mesmo assim, ainda escolhia o mais vulgar.

Encontrou uma gaveta com roupas mais recatadas para a identidade alternativa de mulher. Achou a blusa simples que havia usado como Sandra na noite do sequestro de Darlie.

Em seguida, verificou as mesinhas de cabeceira e, como esperava, encontrou os brinquedos e acessórios sexuais de uma mulher que não economizava nos itens para o próprio prazer.

Eles já tinham verificado tudo aquilo, pensou, os peritos e os assistentes. Imaginou os comentários descuidados, as piadas vulgares, mas logo fechou as gavetas.

— Tem algo aqui — chamou Roarke.

Ela foi até o closet que ele vasculhava e estudou a bagunça de roupas, sapatos e bolsas. Ele tinha aberto um espaço entre os itens e removia uma tábua do chão, levantando-o com uma das pequenas ferramentas que carregava.

Ele colocou a tábua de lado e pegou uma caixa revestida de pedras falsas ornamentadas e pequenos espelhos circulares. Olhou para Eve e leu o rosto dela muito bem. Ela não queria entrar no closet, não queria se cercar das roupas e dos aromas que impregnavam as peças.

— Por que não levamos isso lá para baixo?

— Sim, vamos fazer isso.

Ela optou pela cozinha e pela bancada.

— Provavelmente essa caixa é cara, mas ainda parece barata e brega. Não é nova.

— Não, já foi muito usada, deve conter coisas que ela provavelmente levava de um lugar para o outro.

— Não me lembro dela — disse Eve, respondendo à pergunta silenciosa. — Ela não costumava guardar nada por muito tempo. O que há dentro é o mais importante.

Ela abriu.

— Várias drogas ilícitas, dinheiro, algumas identidades e cartões de crédito falsos. — Ela pegou uma rosa seca, cuidadosamente selada em uma sacolinha. — Isso é algo sentimental. Veja, ela desenhou um coração na sacolinha, com um S e um I no meio. Foi Isaac quem lhe deu isso. E, veja só... ela tirou uma foto de quando ele estava adormecido.

Ela ergueu a foto e a olhou com atenção: ele deitado de barriga para cima, sob um lençol emaranhado.

— Aposto que ele não sabe que ela tirou essa foto. Essa é a cama da casa de Isaac. Ele está loiro aqui, bronzeado, como aparece na identidade sul-africana. Isso significa que pegou algum sol ou usou um bronzeador artificial. Mas me parece muito cansado e meio exausto, não acha? O que é isso ao lado, na mesinha de cabeceira? Champanhe? Foi uma celebração. Talvez a primeira noite fora da prisão. Sim, pode ser.

— Esse espumante é um Vie Nouveau. Um dos que eu fabrico, e muito exclusivo. Eu me pergunto de que safra.

— Então ele, ou ela, comprou uma garrafa cara de espumante.

— Mais que isso. Você não consegue obter uma garrafa dessas em qualquer lugar. É dessa forma que mantemos o produto exclusivo, um objeto de cobiça. Humm... — Ele pegou o estojo novamente, abriu-o e pegou uma pequena lente de aumento.

— Que prático.

— Às vezes você precisa olhar as coisas mais de perto. Acho que eu consigo descobrir se... Isso mesmo, é de uma edição limitada, safra 2056. Nada fácil de encontrar. Bebemos uma garrafa dessas no nosso aniversário de casamento.

— Sério? Era um belo espumante.

— Belo? Eve, querida, era extraordinário. Ele tinha alguns vinhos muito bons em seu apartamento, mas nada nesse nível.

— Talvez tenha levado as coisas mais exclusivas com ele.

— Pode ser, sim. Mas ele precisaria de uma loja de qualidade para comprar isso.

— Em Dallas — disse Eve. — Quantas lojas desse tipo existem em Dallas?

— Vou descobrir.

— Pode ser que ele volte a elas para comprar mais coisas. Podemos vigiar os pontos de venda quando os descobrirmos. Uau! — Ela pegou uma pilha de bilhetes e cartões-postais. — Achei um filão aqui. Tem um cartão-postal com uma foto de Dallas, mas foi enviado de Nova York. Caixa Postal... alguns números... será que é um código?

Ele olhou para o cartão.

— Isso são medidas para confecção de roupa. Parecem comprimentos de manga, cintura etc. Ela encomendou um terno.

— Números e um nome: Baker & Hugh.

— Loja masculina — informou Roarke. — É conhecida por suas roupas de corte excepcional. Roarke pegou seu tablet e fez uma pesquisa rápida. — Só existe uma filial em Dallas.

— Ele queria roupas, roupas de boa qualidade. Mas não teve tempo para experimentar os ternos nem nada do tipo. Então mandou que ela cuidasse disso. E já tinha os ternos à sua espera quando chegou aqui. Não. — Ela fechou os olhos por um momento e trouxe Nova York de volta à mente. — Ele estava vestindo um terno... um terno cinza elegante com gravata vermelha chamativa quando o vi em meio à multidão, na cerimônia das medalhas. Ele a fez encomendar os ternos e enviar pelo menos um deles para Nova York. Queria exibir uma boa aparência quando eu o vislumbrasse no meio do povo.

— Ele se deu todo esse trabalho só para impressionar você?

— Esse é o problema dele agora, seu ponto fraco. Está complicando as coisas só para me atingir. Quer se envolver, quer me provocar e me humilhar, em vez de simplesmente mirar no nocaute.

Ela abriu o primeiro bilhete.

— Ele a mataria se já não tivesse feito isso. Ela imprimiu alguns dos e-mails que ele enviou. — "Também sinto sua falta, minha bonequinha" — leu Eve. — "Contagem regressiva, faltam trinta dias. Está na hora de organizar meu voo de volta para os seus braços. Reserva de jato particular em nome de Franklin J. Milo. Vou precisar desses documentos, querida, você vai ter que pressionar Cecil! Não quero chegar ao local combinado e encontrar uma caixa vazia."

— "A espera está quase no fim. Milo precisa de suas coisas esperando no hotel para que ele possa tomar banho e trocar de roupa antes de voar até você. Voltaremos lá um dia, ficaremos hospedados na cobertura e faremos brindes com champanhe."

— "Fique de olho na nossa Melinda e cuide bem da minha bonequinha. Voltarei a escrever na semana que vem com os próximos passos. Estamos quase lá!"

— "XOXO duplo."

Ela fez uma careta.

— XOXO?

— Abraços e beijos. Duas vezes.

— Eca! Ele escreveu isso. Ele realmente escreveu essa merda. E não confiava nela para se lembrar das coisas. Fez um PS curto, lembrando que ela devia apagar os e-mails, mas acabou deixando para lá porque não achava que ela era capaz de se lembrar dos detalhes sem os e-mails. Talvez ela tenha pisado na bola uma ou duas vezes.

Ela abriu outra.

— Pequenas declarações de amor com instruções espalhadas no meio da melação. Aqui ele está explicando a ela como montar o que chama de "quarto de hóspedes". Que canalha, doente! Diz para ela ver Greek, em Waco, para comprar os "braceletes". São os grilhões. E contratar Bruster B, em Fort Worth, para instalar o isolamento acústico.

— Isso serve de alguma coisa para você agora? Já encontramos o lugar onde ele estava.

Ela ergueu os olhos para Roarke quando as peças começaram a se encaixar em sua cabeça.

— Ele está em outro esconderijo. Tem outro lugar em Dallas e vai tomar as mesmas precauções. Será que usaria as mesmas pessoas para instalar tudo? Talvez não. Mas, se nós os procurarmos, talvez descubramos outras coisas.

Ela pegou seu *tele-link* e ligou para Peabody.

— Franklin J. Milo. Essa é a identidade que Isaac costumava usar para reservar passagens em jatos particulares. E quartos de hotel. Ele ficou em um hotel com cobertura. Encontre tudo isso.

— Ok, mas...

— É só unir as pontas, Peabody. Isso pode não levar a lugar algum, mas vamos unir as pontas. E encontre Baker & Hugh, loja de roupas masculinas em Nova York. Veja se Isaac comprou alguma roupa lá. E que transporte usou para chegar ao jatinho. Eu continuo a partir daí.

— Ok, entendi. Escute. Tray Schuster voltou aqui. Eles não notaram no dia do ataque, o que é compreensível, mas deram falta de uma mochila, um *tele-link* velho que ainda não tinha ido para o reciclador, um par de tênis azul-marinho e uma camisa que Julie havia comprado para o aniversário do irmão. Um monte de objetos pequenos. Vou enviar um inventário para você.

— São coisas que seriam úteis para fazer check-in num hotel. Quando você encontrar o hotel, veja se ele deixou algo para trás no quarto. Tenho que continuar meu trabalho daqui.

— Você parece abatida — comentou Peabody.

— Ainda não, nada disso. — Ela desligou. — Vamos levar tudo isso para Ricchio, para que ele e o FBI comecem a rastrear os nomes. Mas é melhor passarmos no hospital primeiro. É provável que possamos deixar essa caixa com alguém lá.

Peabody estava certa, reparou Roarke, quando tornou a lacrar a porta de entrada. Eve estava abatida. Pálida e tensa.

— Você precisa de algumas horas de repouso. E sabe que eu tenho razão.

— Vou descansar quando puder. Agora ainda não consigo parar. — Ela entrou no carro. — Posso tomar um energético, se precisar.

— Um energético não é do que você precisa. Mas não vou fazer pressão, por enquanto. Especialmente se você aceitar que, depois de conversar com Melinda e Darlie, deve voltar ao hotel se não aparecer nenhuma novidade. De qualquer modo, você prefere trabalhar de lá.

Como ela já planejava fazer exatamente isso, não foi difícil concordar.

— Só se você não insistir em me dar calmantes.

— Essa é uma condição difícil de aceitar. Tudo bem, concordo.

— Você concordou muito depressa. Foi fácil demais.

— Vou deixar Mira dar um calmante para você.

Ela deixou sair uma risada fraca.

— Eu consigo lidar com Mira.

— Pois eu a acho astuta.

Ele também era, pensou Roarke, enquanto levava Eve diretamente para a máquina de venda automática do hospital.

— Escolha alguma coisa.

— Olhe, não estou mesmo...

— Você pode achar que não está com fome, mas precisa de comida. Vou escolher algo. Um enroladinho de legumes com queijo. Um pouco de proteína — explicou, quando o produto deslizou para fora da bandeja.

— Prefiro uma barra de...

— Chocolate, sim. Você vai ganhar. Depois que comer isso. — Ele pediu o chocolate, desejando poder oferecer-lhe uma barra de algum caríssimo chocolate belga.

Ela enfiou metade do enroladinho na boca.

— Por que eu sou obrigada a comer, e você não?

— Estou considerando minhas escolhas, todas igualmente sem graça. Ah, tudo bem. Ele pediu um segundo enroladinho. — Vamos sofrer juntos.

— Não é tão ruim assim.

Ele deu uma mordida.

— Com certeza, é. — Como ele não queria se arriscar com o café, pediu uma lata de Pepsi para cada um.

— Esnobe gastronômico.

— Isso não pode ser qualificado como comida. Me dê um pedaço desse chocolate.

— Não, pegue uma barra para você. — Mas ela pegou algumas fichas de crédito no bolso e as enfiou na máquina. — Pronto! — Ela pediu o chocolate, entregou a ele e lhe exibiu um sorriso genuíno. — Você parece um pirata muito bem vestido, carregando um baú de tesouro velho e horroroso. Obrigada pelo almoço.

Capítulo Dezoito

Annalyn estava entrando no elevador quando Eve e Roarke saíram. Ela recuou.

— Eu ia para a Central. Passei algum tempo com Melinda e Darlie, com os pais de Darlie, com Bree, os pais dela, os médicos. — Ela esfregou os olhos. — A gente vê vários casos do tipo na nossa linha de trabalho, mas nunca se acostuma.

— Bons policiais nunca se acostumam — garantiu Eve, e Annalyn deixou cair as mãos.

— Bem, então hoje estou sendo uma excelente policial.

— Elas ainda querem falar comigo?

— Querem, sim. Melinda convenceu Darlie de que deveria fazer isso. Ela pintou você como uma caçadora de monstros. É uma imagem boa — acrescentou, depressa, quando Eve fez uma careta. — Está ajudando a menina. Ela aprendeu que há gente que extermina monstros, agora que descobriu que eles são reais. Melly está para lá e para cá. Eles a querem na cama, descansando, mas ela entra e sai do quarto da menina. Isso a ajuda também. Ajuda as duas.

Ela ergueu as sobrancelhas ao ver a caixa que Roarke segurava.

— Se isso é um presente para elas, parece extravagante demais.

— É uma evidência. Nós a encontramos na casa da vítima de Isaac.

— O quê? Onde estava? Não vi nada parecido na lista de evidências. Estou sempre em contato com os peritos.

— Estava escondida no closet do quarto. Eu tive o palpite de que acharíamos algo oculto — explicou Eve. — E tivemos sorte.

— Bem que estamos precisando de sorte. Perdemos o filho da puta hoje, perdemos a cúmplice. — Ela olhou para o corredor. — Fico lembrando a mim mesma que resgatamos Melly e a menina sãs e salvas. Mas a cúmplice está morta, e Isaac, livre, leve e solto.

— Ela guardava bilhetes e mensagens de Isaac na caixa.

— Está falando sério?

— Supersério. Há alguns nomes e dados. Se você for para a Central, já pode começar as pesquisas. Tem uma foto dele também. Ela tirou enquanto ele dormia. E tem uma garrafa de espumante no fundo da foto. Minha fonte aqui me disse que é de uma safra especial.

— Existem só duas lojas que têm autorização para vender essa marca e essa safra em Dallas — disse Roarke. — A Vin Belle e a Personal Sommelier.

— E ele pode sentir vontade de comprar mais. — Annalyn pegou a caixa. — Vou levar a evidência comigo. Se encontrarmos alguma pista, vocês serão os primeiros a saber.

— Minha equipe de Nova York está investigando algumas pistas por lá. Você pode trocar informações com a detetive Peabody.

— Farei isso. — Ela chamou o elevador e olhou para trás quando entrou. — Você é uma boa policial e não se acostuma com o mal — disse ela a Eve. — Prepare-se, porque a menina vai partir seu coração.

— Vou conversar com Melinda antes — disse Eve a Roarke, enquanto caminhavam em direção ao balcão da enfermagem. — Ela vai aceitar que você participe do interrogatório se quiser. Com a menina, porém, é melhor que você fique do lado de fora.

— Se não vai precisar de mim agora, vou procurar um canto qualquer e ver se Feeney e eu conseguimos algum progresso.

— Melhor ainda. — Ela exibiu seu distintivo no balcão. — Sou a tenente Dallas.

— Sim, você está liberada. Melinda... digo, a srta. Jones... gostaria que você conversasse com ela primeiro. Está no quarto 612. Instalamos Darlie no quarto em frente.

— Obrigada.

Eve seguiu pelo corredor. Odiava hospitais, odiava a lembrança de estar em um deles, naquela mesma cidade, com o braço quebrado e tão traumatizada quanto a menina do quarto em frente ao de Melinda. Lembrou-se dos policiais lhe fazendo perguntas que ela não sabia responder e da tristeza que os médicos não conseguiram esconder enquanto a tratavam.

Hesitou do lado de fora da porta de Melinda. Deveria bater?, perguntou a si mesma. Em vez disso, olhou pela pequena janela de vidro e viu as duas irmãs na estreita cama do hospital. Estranhamente, era a policial quem estava dormindo, um dos braços em volta da cintura da irmã.

Eve abriu a porta.

— Olá, tenente Dallas. — saudou Melinda baixinho, e sorriu. — Minha irmã está muito cansada. Acho que ela não dorme desde que... Bom, os nossos pais foram buscar roupas limpas e algumas coisas para nós duas. Eles querem ver você mais uma vez, para lhe agradecer.

— Há muitas pessoas para agradecer, além de mim. Estou surpresa que o detetive Price não esteja por perto.

Uma luzinha fez cintilar os olhos de Melinda.

— Eu comentei que queria pizza. Minha pizzaria preferida fica no nosso bairro, ele foi comprar uma para mim... e não aceitou não como resposta.

— Ajuda ter algo para fazer.

— Eu sei. Da mesma forma que sei que Bree e Jayson voltarão ao trabalho quando tiverem certeza de que estou bem. Eu me sinto bem, mas eles não têm muita certeza.

— Posso voltar mais tarde. Não faz sentido acordar sua irmã.

— Estou acordada. — Os olhos de Bree se abriram lentamente. — Desculpem, eu apaguei por um minuto. — Ela se sentou e pegou a mão da irmã.

Era como olhar para a mesma pessoa com ligeiras diferenças. As duas eram quase iguais, reparou Eve. Não eram gêmeas idênticas, mas se pareciam demais.

— É como a reprise de um filme — começou Bree. — Não é o mesmo filme, nem de perto, principalmente para nós duas. Mas você já veio nos ver num quarto de hospital antes.

— E vocês duas estavam na mesma cama. Eu me lembro. Era você que estava dormindo da outra vez — disse Eve a Melinda.

— Levei semanas para conseguir voltar a dormir sem ter Bree me abraçando. Você parece cansada.

— Acho que todos nós estamos.

— Quer se sentar? Podemos pedir um café ou algo para você comer.

— Já comi algo. — Mas ela se sentou ao lado da cama, como Melinda indicou. — Você quer me contar tudo que aconteceu? De novo?

— Darlie precisa fazer isso. Eu usei você e Bree o tempo todo para transmitir esperança a ela, para lhe dar algo em que se agarrar. Ele não me estuprou. Ele só me deu um tapa uma vez, com raiva, por impulso. Eles me mantiveram drogada no começo, mas eu parei de beber a água. Ele matou a parceira. Eu vi...

— Sim.

— Sarajo... Bem, foi com esse nome que eu a conheci. Fico me perguntando por que não percebi logo de cara que ela era uma mentirosa e queria me enganar.

— Ela era profissional.

— Eu quis ajudá-la e pensei ter conseguido. Quando ela entrou em contato comigo de novo, tão instável, tão desesperada, não pensei duas vezes. Caí na armadilha.

— Você precisa que eu lhe diga que não foi culpa sua?

— Não. Já tive tempo de sobra para refletir sobre tudo. Você precisa confiar nas pessoas, ou viverá pela metade. Tem que tentar ajudar, senão até mesmo essa metade será vazia. Eu acreditei nela. Fiquei preocupada e suspeitei que ela tivesse usado alguma droga, mas achei que tivesse feito isso porque estava assustada. Eu a deixei entrar no meu carro e saí da lanchonete onde combinamos de nos encontrar porque ela me pediu. Também parei o carro porque ela me pediu.

"Nem vi a hora em que tudo aconteceu. Só senti uma fisgada. — Melinda levantou a mão e encostou na lateral do pescoço. — Mesmo assim, demorei a entender, só caí em mim quando o vi parado ali na minha frente."

Ela fechou os olhos por um instante e colocou a mão sobre a de Eve.

— Pensei em você. Pensei em Bree, e logo depois em você, quando acordei naquele quarto. No escuro, como antes. Mas não foi exatamente como antes. Eu estava sozinha e já era adulta.

Ela abriu os olhos.

— Dessa vez eu fui a isca. Ele deixou isso claro, avisou logo de cara que não estava interessado em mim como antes. Eu não era mais... uma menina. Ele obrigava Sarajo a me levar comida a maior parte do tempo. Uma vez ela simplesmente ficou ali, comendo na minha frente. Ela me odiava. Acho que me odiava, acima de tudo, porque eu tentei ajudá-la.

— Era uma vaca doentia — afirmou Bree, e Eve não disse nada. Não podia dizer nada.

— Ela odiava tudo sobre eu e você — disse Melinda, olhando para Eve. — E me intimidava falando de você. Falando como iam trancar você lá, como iam machucar você e lhe ensinar uma lição por tudo que você tinha feito no passado. E como iam ganhar uma fortuna vendendo você... Você está bem? — perguntou, ao notar que Eve estremeceu.

— Sim. Estou bem.

— Aliás, eles iam só *fazer de conta* que estavam vendendo você. Acho que ela desejava a sua morte tanto quanto ele, talvez mais. Ela estava obcecada por ele. E não enxergava, simplesmente não enxergava o quanto ele a desprezava. Ela não conseguia ver o desdém de Isaac. Ele me deixou perceber isso, era a nossa pequena piada interna. E aí eles trouxeram Darlie.

Lágrimas brilharam em seus olhos, e Bree levou a mão de Melinda à própria bochecha.

— Ele fez questão de me contar que ia raptar uma garota. Isso foi uma espécie de tortura. Sarajo a jogou dentro do quarto depois que eles terminaram. Deixaram as luzes acesas para que eu pudesse ver o que tinham feito com ela.

— Sua presença ajudou a menina.

— É algo horrível de dizer, mas a presença dela também me ajudou. Era alguém que precisava de mim, alguém que eu podia confortar, aconselhar e cuidar. Quando ele voltou para pegar Darlie no dia seguinte, fiz de tudo para distraí-lo. Ela não estava no apartamento, a parceira. Eu estudei o jeito dele e usei isso para ganhar tempo. Eu o fiz falar comigo, conversar de verdade. Ele gostou da ideia e ficou ali por um longo tempo, exibindo seus conhecimentos artísticos e literários.

— Ele contou algo pessoal? Algo que planejava fazer mais tarde? Algo que poderia nos dizer para onde ele iria depois?

— Acho que não. A conversa toda foi sobre amenidades, como os tópicos de um coquetel chique. Eu não deixei sair disso. Tive medo de perguntar algo pessoal e fazê-lo se lembrar de Darlie.

— Que roupa ele estava usando?

— Hm.... Ahn...

— Tente reviver a cena — insistiu Eve. — Imagine-o lá.

— Uma camisa de moletom com as mangas dobradas. Bem clássica, azul-marinho. Calças leves, mas de boa qualidade. Cáqui, eu acho. Isso mesmo, e um cinto marrom com desenhos em relevo e fivela de prata. — Sua testa enrugou um pouco quando ela se concentrou. — Também havia fivelas de prata nos sapatos. Eles combinavam com o cinto. Ele também tinha uma bainha de couro no cinto, com uma faca. Por um momento me perguntei se eu não conseguiria fazê-lo se aproximar o suficiente para pegar a faca da bainha... Havia duas letras gravadas na bainha. Tinha me esquecido disso.

— Quais letras?

— As iniciais do nome dele. I. M. "Eu sou", em inglês — murmurou. — Ele devia adorar isso.

— Vou descobrir onde ele a encomendou — exclamou Bree, antes que Eve pudesse falar, e saltou para fora da cama já com o *tele-link* na mão.

— Você notou mais alguma coisa? Joias?

— Um smartwatch de prata. Parecia uma boa marca. Uma bainha de couro com as iniciais dele... é claro que dá para rastrear isso. Eu *sei* que dá. — Melinda estremeceu de frustração e pressionou a mão na têmpora. — Como foi que eu não pensei nisso antes?

— Dê a si mesma um tempo — sugeriu Eve. — Você aguentou firme e, mais que isso, você o impediu de levar a menina para mais uma sessão de estupro.

— Ele ficou entediado. Eu o distraí por um tempo, mas ele sabia o que eu estava fazendo. Ele a teria levado de qualquer maneira, mas a parceira entrou em contato. Ele pareceu intrigado a princípio e bloqueou o vídeo. Depois ficou furioso. Não teve acessos de fúria, mas percebi que estava com muita raiva. Ele pegou a faca nessa hora. Foi quando eu soube que pretendia nos matar, mas ele simplesmente ficou ali, olhando para a lâmina.

— Ficou ali como?

— Meio perdido, ficou só mais um minuto olhando para o nada, como alguém que tivesse perdido a linha do pensamento ou esquecido o que pretendia fazer em seguida.

Os olhos de Eve se estreitaram.

— Ele não tinha certeza do que fazer?

— Isso, mais ou menos como se não conseguisse se lembrar de algo ou não soubesse o que fazer. Então ele simplesmente se virou, saiu do quarto e nos deixou trancadas novamente. Fiquei esperando ele voltar depois, voltar com a faca. Foi o pior de tudo. Esperar ele voltar com a faca, sabendo que não seria capaz de detê-lo. — Ela conteve o tremor e quis saber: — Por que ele não voltou?

— Falta de tempo, a confusão, falta de interesse. A mudança repentina e inesperada nos planos. — Eve hesitou, mas logo decidiu que Melinda merecia toda a verdade. — O fato é que ele sabe que vocês não vão esquecê-lo, nenhuma das duas. Isso é importante para ele.

— Ele a marcou. — Melinda colocou as pontas dos dedos no coração. — E também a mim, novamente. Podemos apagar a tatuagem, como eu fiz antes. Mas a lembrança sempre vai estar lá.

— Você superou o trauma. Ela também vai superar.

— Espero que você esteja certa. A pessoa nunca supera totalmente algo assim. Não consegue. Então precisa se obrigar a superar. Ela é uma de nós agora, pobre menina. Virou um dos números de Isaac.

— Você não é um número, Melinda, para ninguém além dele. Lembre-se sempre disso. Lembre-se de que ele tentou fazer você virar um número por duas vezes, mas não conseguiu. — Eve se levantou. — E, quando ele voltar à prisão, vá visitá-lo novamente e mostre-lhe isso.

— Você vai falar com Darlie agora?

— Vou. Se você se lembrar de mais alguma coisa, me avise.

Quando Eve saiu para o corredor, Bree foi até ela.

— Estamos rastreando a bainha de couro. É uma boa pista.

— Pesquise as roupas também. Em especial, o cinto e os sapatos. Ela comprou muitas roupas para ele, mas certamente ele gostaria de comprar mais coisas, depois de ter ficado preso durante tanto tempo. Queria ver os produtos, tocar os tecidos. Talvez tenha comprado algo quando foi ao banco. Pode ser que queira substituir algumas das coisas que foi obrigado a deixar para trás.

— Vou trabalhar daqui mesmo. Eles ficaram de trazer uma cama de acompanhante para que eu possa ficar com Melly esta noite. Não é provável que ele volte para pegar nenhuma das duas, mas...

— Não, ele não voltará, mas por que arriscar? Fique com sua irmã. — Ela atravessou o corredor e se voltou. — Ele não é tão inteligente quanto imagina que é, não dessa vez. Está ansioso com o fato de estar fora da cadeia, de ser um homem livre e para levar a cabo seus planos. Quer roupas da moda, quer seus bons vinhos. Precisa deles depois que isso lhe foi negado por tanto tempo. E não pode ficar escondido durante um período muito longo, é como estar de volta em uma cela.

— E ele vai pegar outra garota.

— Vai, sim.

Pensando naquilo, Eve abriu a porta do quarto de Darlie.

A mãe estava sentada na cama, um dos braços sobre o ombro de Darlie, o pai do outro lado. A entrada de Eve interrompeu algo, mas Eve percebeu que o pai tentava desesperadamente animar Darlie, ou pelo menos fazê-la sorrir.

Lágrimas brilhavam em seus olhos quando ele se virou para Eve.

— Sou a tenente Dallas.

— Eu me lembro. — A mãe se levantou. — Você estava no shopping quando... Eu me lembro. Somos muito gratos... meu marido, eu e Darlie.

— Eu vi quando você entrou no quarto onde a gente estava presa. — O olhar de Darlie se fixou em Eve. — Você entrou e avisou que a gente estava a salvo.

— Sim, vocês estão seguras agora.

— Melinda garantiu que você ia vir. — Seus dedos retorceram a ponta do lençol. — Onde está ela?

— No quarto do outro lado do corredor.

— Você já encontrou ele? Já prendeu e levou ele de volta para a cadeia?

— Estou trabalhando nisso.

Darlie soltou um soluço entrecortado que fez o rosto do pai desmoronar, e sua mãe se apressou em pegar a mão da filha.

— Eu gostaria de conversar com Darlie a sós.

— Ela já relatou tudo aos policiais — começou o sr. Morgansten. — Ela agora precisa muito...

— Está tudo bem. Eu estou bem, papai. Eu quero falar com ela. Melinda me disse para fazer isso. Está tudo bem.

— Nós lhes daremos algum tempo. — A sra. Morgansten se levantou e olhou em torno por alguns instantes. — Vamos lá para fora — sugeriu ao marido.

— Eu... Vamos comprar um sorvete para você — avisou a Darlie. — Que tal?

— Ok.

— Chocolate com brownie, certo? É o seu sabor favorito. Você sempre escolhe esse.

— É o que eu mais gosto.

— Não vamos demorar. — Ele se inclinou e a beijou. Quando se virou para ir embora, o olhar que ele enviou a Eve parecia um doloroso atoleiro de culpa, tristeza, mas, principalmente, esperança.

— Meu pai andou chorando — disse Darlie, quando elas ficaram sozinhas. — Ele tenta se segurar, mas não consegue. Está tentando melhorar a situação, mas não pode.

Diante da dor profunda da menina, da sua dor e exaustão, Eve sentiu falta de Peabody como sentiria de um braço. Sua parceira saberia exatamente o que dizer, a forma certa de dizer, como sensibilizar a criança e seus pais.

— Não posso contar ao meu pai o que ele fez comigo. Não posso falar do assunto, não com o meu pai. Quero contar à minha mãe, mas não sei como. Eu fui burra, então a culpa é minha. Não consigo contar a eles.

— Como assim você foi burra?

— Eu não devia falar com pessoas que não conheço, como aquela mulher. Se eu não tivesse...

— Ela era simpática — começou Eve. — Estava bem vestida, pareceu normal. E você estava dentro de uma loja, com muitas outras pessoas por perto e sua amiga ali perto, no provador.

— Ela disse que pretendia comprar um presente para alguém, não me lembro bem. O vestido era realmente maravilhoso, e ela só queria saber se eu gostava do modelo. Não me lembro de nada direito.

— Aposto que seus pais ensinaram você a ser educada com os adultos.

— Claro, mas...

— E você estava numa loja que conhecia, com outras pessoas, atendentes, sua amiga. Uma mulher simpática fez uma pergunta. Você não foi burra em responder, e ela contava com isso, sabia que você era gentil e tinha uma boa educação. Não foi culpa sua ela não ter sido legal. Nada disso foi culpa sua. Você não fez nada de errado. Você não fez nada para merecer o que aconteceu com você.

— Você não entende. — As lágrimas começaram a lhe deslizar pelas bochechas, lentamente. — A outra policial também não entendeu. Vocês não conseguem.

— Eu consigo, sim.

Darlie balançou a cabeça com força.

— Você *não pode*. Você não *sabe* como é.

— Sei, sim.

O tom de Eve fez Darlie limpar as lágrimas e encará-la. Então seus lábios tremeram.

— Foi ele? Foi Isaac?

— Não. Mas foi alguém como ele.

— Você fugiu? Eles chegaram e salvaram você?

Sangue nas mãos, no rosto e nos braços. Sangue fresco e quente.

— Não. Eu fugi.

— Como você conseguiu ficar bem? Como é possível você estar bem? Eu nunca mais vou ficar bem.

— Sim, vai sim. Você já deu início ao processo. Você disse ao seu pai que queria sorvete, mas não queria. Você aceitou porque não quis magoar os sentimentos dele, e porque quer que ele fique bem. — Eve pegou uma escova de cabelo na mesinha ao lado da cama. — Aposto que você deixou sua mãe escovar seu cabelo porque ela precisava fazer algo por você.

— Foi bom quando ela fez isso.

— Você já deu início ao processo de cura — repetiu Eve. — Não será rápido e não será fácil. Você vai querer que seja. Eles vão querer que seja. Só que não será. Quem disser que será fácil é porque não entende. Acho que isso não é culpa deles, mas é um pouco irritante... e doloroso também.

Lágrimas voltaram a escorrer quando Darlie fez que sim com a cabeça, bem depressa e com força.

— Você ficará chateada, assustada — continuou Eve, no mesmo tom direto e pragmático. — De vez em quando, você se pegará achando que a culpa foi sua, o que não é verdade.

— Todo mundo vai me olhar de um jeito diferente.

— Provavelmente sim, pelo menos durante algum tempo. Eles sentirão pena de você, e às vezes você vai odiar isso. Odiar de verdade, porque você só quer que tudo volte a ser como era. Não será.

— Eu nunca mais vou poder voltar à escola.

— Essa desculpa não vai colar, garota — avisou Eve, e Darlie ficou surpresa —, mas foi uma boa tentativa. Você tem muitas pessoas para comprar sorvete, escovar seu cabelo, segurar sua mão e secar suas lágrimas. Isso é bom, porque você vai precisar de tudo isso. Vou ser bem direta: você aprenderá a conviver com o que aconteceu. O que vai fazer com sua vida só depende de você.

— Tenho medo de ele me pegar de novo.

— O meu trabalho é garantir que isso não aconteça. — Sou a exterminadora de monstros, pensou Eve. Talvez o título lhe servisse, por ora. — Sou muito boa no meu trabalho. Você não precisa me contar o que ele fez com você. Mas, se pudesse me dizer qualquer coisa sobre ele e a mulher, o que disseram um para o outro, ou até mesmo sobre o apartamento, se conversaram com mais alguém, seria ótimo.

— Ela disse que ele devia fazer uma tatuagem nela, um coração com o nome dele no meio. Ele riu, e isso deixou ela com raiva. Ele era... — Como aconteceu com Melinda, ela tocou no seu coração. — Eu não conseguia me mexer. Doía. Ardia, mas eu não conseguia me mexer.

— Você estava acordada?

— Eu conseguia ver e ouvir eles, mas era como se estivesse sonhando. Ela disse que ele podia ir em frente e marcar as putinhas dele, porque ela ia procurar um profissional para fazer a tatuagem dela. Ele disse para ela não fazer isso. Porque não queria que ninguém estragasse a pele dela. E ela gostou quando ele falou isso. — Darlie respirou fundo, insegura, e seus lábios estremeceram de leve. — Ele estava completamente pelado e, quando terminou de fazer a tatuagem, ela começou a... — Um rubor surgiu no rosto de Darlie e lhe cobriu as bochechas. — Ela começou a tocar ele...

você sabe... lá embaixo. E ele começou a tocar ela, mas não tirou os olhos de mim. Eu me senti enjoada e fechei os olhos, porque queria que aquilo fosse um pesadelo.

— Havia algo especial na sala, alguma coisa mais sobre a qual eles conversaram?

— Ele disse para ela parar, sabe, de acariciar ele, e ela ficou brava de novo. Ele disse que era hora de fazer a três. E que estava na hora de ligar a câmera.

— Câmera?

— Ele mandou ela pegar a máquina no closet. Tinha um tripé, a câmera estava no tripé. Ele me obrigou a beber alguma coisa, e eu conseguia me mexer um pouco. Menos as mãos. Elas estavam amarradas. — Ela ergueu os braços para cima e para trás. — Eu gritei. Estava me remexendo, tentando fugir, e ela me deu um tapa. Com muita força. Ela me disse... — Darlie olhou para a porta do quarto. — Ela disse: "Cala a porra dessa boca." E me contou que ele gostava de ouvir meninas más gritando. Depois... — Lágrimas lhe escorreram pelo rosto novamente.

— Está bem. Você não precisa pensar sobre o que aconteceu ou falar sobre isso, a menos que esteja pronta. Conte-me mais sobre a câmera.

— Ahn... Ele posicionou ela lá para gravar o que eles iam fazer. E quando... quando ele estava... — Ela fechou os olhos e levantou a mão. Entendendo, Eve se aproximou e segurou a mão dela.

— Quando ele estava me estuprando — contou Darlie, com os olhos ainda fechados —, ele me mandou gritar "socorro, alguém me ajude!". Eu fiz isso, mas ele não parou. Então ele me disse: "Grita, grita mais, bebezinho, e depois diga bem alto assim: 'Dallas!', várias vezes, para eu ouvir." Eu fiz tudo isso, mas ele não parou. Ele não parou.

Então, pensou Eve, enojada de raiva, ele pensou nela quando estuprou Darlie. Mesmo naquele momento, ele pensou nela.

— Em algum momento você ficou sozinha com ele? A mulher saiu da sala alguma hora?

— Eu não... saiu, sim. Acho que saiu. Foi depois da primeira vez, ou da segunda. Está tudo confuso na minha cabeça.

— Não tem importância.

— Acho que eu não ia conseguir gritar mais do que gritei. Doía muito gritar. Eles estavam deitados na cama comigo. Ela disse que estava com fome e que queria um pouco de doce, então ele expulsou ela do quarto. Quando ela saiu, ele me disse que tinha vontade de ficar comigo, a sua primeira nova menina má. Que talvez me levasse com ele quando terminasse.

— Levasse para onde? Ele disse?

— Ele não estava falando comigo, exatamente. Olhava para o teto, e meio que falava sozinho, eu acho. Disse que ia encontrar outra mamãe para a gente e que íamos nos divertir por mais um tempo com Dallas a nossos pés. Mas falou que sentia saudades de Nova York e de todas as outras meninas más. Mal podia esperar para voltar para casa. Então ele ligou a câmera novamente. — A respiração dela ficou mais ofegante. — E voltou a deitar em cima de mim. E eu voltei a gritar.

— Descanse um pouco. Você me deu algumas pistas que eu talvez consiga usar para pegá-lo.

— Dei? — Darlie enxugou o rosto. — Sério mesmo?

— Por que eu lhe diria isso se não fosse verdade?

— Para me fazer sentir melhor?

— Ei, você já vai ganhar sorvete. Daqui a pouquinho vai se sentir melhor.

Fosse por surpresa ou por ter achado graça de verdade, a sombra de um sorriso apareceu nos lábios de Darlie.

— Você é engraçada.

— Eu sou uma caixinha de surpresas, menina.

A risada veio, um pouco rouca e fraca, mas ainda permanecia no ar quando os pais de Darlie entraram de volta no quarto. Ao ouvir a filha rindo, os olhos da sra. Morgansten se encheram de lágrimas.

— Bem na hora — disse Eve, ao se levantar. — Acabamos de terminar nossa conversa.

— Trouxemos uma casquinha para você também, tenente. — O sr. Morgansten avançou alguns passos segurando um cone coberto por uma bola de chocolate cremoso.

— Agora você também vai se sentir melhor — brincou Darlie.

— Acho que sim. Obrigada.

— Tenente Dallas? — Darlie pegou a casquinha que seu pai lhe entregou, mas continuou olhando para Eve. — Você vai me contar quando prender e mandar ele de volta para a cadeia?

— Você será a primeira a saber. Prometo.

Eve saiu e se encostou na parede por um momento, só para tomar fôlego. Olhou para a porta do outro lado do corredor, mas não conseguia encarar tudo de novo. Chega, disse a si mesma. Já tenho o suficiente, por enquanto.

Pegou o *tele-link* e notou que o sorvete tinha começado a escorrer pela casquinha. Que se dane, pensou, e lambeu o chocolate.

Roarke apareceu na tela.

— Já terminei aqui e tenho algumas pistas para seguir. Onde você...

— Isso aí é um sorvete?

— Sim, foi um presente.

— Eu gostaria de tomar um sorvete.

— E quem em sã consciência não gostaria? Estou voltando para o carro, depois vou...

— Que tal eu ir até o carro com você? — propôs ele, saindo de uma sala à direita enquanto ela caminhava na direção do elevador. — Podemos dividir esse sorvete.

— Acho que é de caramelo.

— Puxa, que horror! — brincou ele, inclinando-se para provar. — Muito gostoso. Como está a menina?

— Ferida, frágil, mas é mais forte do que imagina. Juntando o que consegui com ela e Melinda, temos sapatos e cinto de couro marrom combinando, ambos com fivelas de prata, uma bainha de couro com as iniciais I.M. e uma câmera com tripé. Ele nunca usou uma câmera antes. Nenhuma das outras vítimas mencionou ter sido gravada.

— Os vídeos podem ser localizados e significam mais evidência. Pelo que li em sua ficha, ele não curtia esse tipo de coisa. Não precisa relembrar o que pode simplesmente experimentar novamente.

— Exato. Ele tinha as meninas. Se quisesse uma reprise, podia escolher uma delas. Ele não deixava nada gravado porque era esperto.

— Mas não está mais tentando esconder o que faz dessa vez. Já foi condenado. Portanto, precisa da gravação para relembrar o momento, pelo menos entre uma vítima e outra?

— Acho que não. Ele fez isso por minha causa. Esse sorvete está derretendo.

Roarke pegou um impecável lenço branco e o sacrificou, envolvendo a casquinha com ele. E deu mais uma lambida antes de devolvê-la.

— Por sua causa?

— Ele a fez gritar o meu nome enquanto a estuprava.

— Meu Deus! Isso acabou com o meu apetite.

Sentindo o mesmo, Eve jogou o cone numa recicladora.

— Vou confirmar na lista de evidências, mas não vi nenhuma câmera com tripé. Isso significa que ele levou a câmera com ele, o que me diz que pretende usá-la novamente.

— Outra garota? — Ao notar a hesitação de Eve, cerrou os dentes. — Não, você está dizendo que ele pretende fazer vídeos seus quando conseguir pôr as mãos em você. Talvez para mim, talvez apenas para si mesmo.

— Isso demonstra que ele continua confiante. E a menina também me deu outro detalhe que confirma, na minha opinião, que ele ainda está aqui na cidade.

Ela abriu a porta do carro e entrou sem pressa.

— Quando a cúmplice saiu do quarto para fazer um lanche e usar alguma droga, ele comentou sobre ficar com Darlie. Não falou com ela exatamente, pelo que me disse, e acho que estava certa. Ele pensou alto, não foi uma espécie de "conversa de travesseiro" doentia. Falou sobre conseguir uma nova mamãe para elas, e isso reforça o perfil antigo. As cúmplices são "mamães", na sua versão doentia. Ele mencionou ter Dallas a seus pés. Não sei se ele se referia a mim ou à cidade. Talvez a ambos. Mas ele falou sobre voltar para Nova York. Depois de tudo.

— Você acredita que ele já tem um segundo esconderijo montado aqui na cidade?

— Acho que ele planejou tudo isso durante muito tempo. Preciso resolver isso na minha cabeça. Tenho que filtrar o excesso de informações e chegar ao cerne da questão.

Ela passou a mão pelo cabelo e declarou:

— Enfim. — Ela entrou em contato com o tenente Ricchio e retransmitiu os dados que levantara. — Eu deveria voltar até a casa dele para estudar mais a fundo a cena: analisar o que ele levou e o que deixou para trás. Tudo que ele...

— Como adicionar ainda mais coisas vai ajudá-la a peneirar todo o joio em sua cabeça?

— Empanturrar minha mente de coisas me dá mais material de trabalho. Eu não consegui me concentrar naquele dia. Estava muito cheio e... Eu não estava no meu melhor momento.

Ele não disse nada por um instante.

— Mira já está no hotel.

— Não estou pronta para me encontrar com Mira. Ainda não estou pronta para abrir minha mente, meu íntimo. Preciso sentir que já fiz tudo o que podia. Preciso fazer o que faria em qualquer outra circunstância. E o que eu faria é voltar à cena do crime.

— Tudo bem, vamos voltar à cena, então. Depois, chega, Eve. Vai ser o bastante por hoje.

Não se eles descobrissem algo novo, pensou ela, mas não discutiu.

— Estacione na garagem — disse ela a Roarke, quando eles se aproximaram do prédio. — Era assim que Isaac normalmente entrava e saía de casa.

Ela saltou do carro. Segurança mínima, mas havia alguma. Ele tinha bloqueado os sinais das câmeras quando levou Melinda e depois Darlie até ali. A DDE da Polícia de Dallas analisaria as gravações. Se eles conseguissem algo mais, ela daria uma olhada. Mas, por enquanto...

— Ele pode ter mantido o segundo carro aqui mesmo, bem debaixo do nariz da cúmplice. Como ela saberia? Por que pagar para guardá-lo em outro lugar e ter de ir buscá-lo ao sair? Além do mais, agir assim é a cara de Isaac. Ele adora sacanear as pessoas, dar golpes, fazê-las de trouxas.

— Eu já pedi cópias das imagens das câmeras de segurança do prédio — disse Roarke. — Nós podemos rever as imagens juntos.

— Sim, nunca se sabe. — Ela estudou a área, as instalações e, sim, começou a sentir a atmosfera do lugar. — Ele as trouxe para cá tarde da noite, pois isso minimizava o risco de encontrar outro morador ou visitante. Ele desativou o elevador. Ninguém subia ou descia naqueles momentos, até ele estar dentro de casa. Ele as deixou semiconscientes. Ajudou-as a caminhar. E usou as escadas, por isso escolheu um andar baixo.

Ela começou a subir.

— Silencioso. Rápido. Ele estava confiante, mas também animado. Ainda mais agora, depois de tanto tempo. A cúmplice foi na frente e verificou se o corredor estava vazio.

Roarke concordou.

— E eles caminharam com a vítima — continuou Eve, usando sua chave-mestra para desarmar o lacre eletrônico da polícia.

— Melinda foi direto para o local do cárcere. Mas Darlie foi levada para o quarto dele. — Eve foi até lá. — Ele a dopou mais um pouco e prendeu suas mãos à cabeceira da cama. Em uma espécie de paralisia. A vítima estava consciente, mas imobilizada. Ele não podia permitir que ela ficasse se contorcendo enquanto ele fazia a tatuagem. É um perfeccionista.

Ela visualizou a cena. Viu-o despindo a menina e tocando-a — mas não muito no primeiro momento, só um pouco. Ele tirou as próprias roupas e guardou-as. Limpo e arrumado. Depois as ferramentas, a tatuagem.

— A câmera estava no closet. — Ela se aproximou e abriu a porta. — Ele pegou os sapatos marrons — observou. — Os que Melinda lembrou de ter visto. Levou algum tempo para selecionar o que colocaria na mala. Nada de correria, nada feito às pressas. Nada foi descartado de forma descuidada. Com exceção da camisa com o sangue da parceira.

Ela estudou as gravatas novamente, as peças em duplicata, pensou na declaração de Melinda. Ele ficou parado ali... indeciso.

Levando aquilo em consideração, ela tocou a manga de uma jaqueta, uma camisa.

— Confortável. Material de qualidade. Ele deve ter odiado deixar parte das roupas para trás, ainda mais porque certamente não teve tempo de usar a maioria. Vai querer substituí-las. Será que vai esperar até voltar a Nova York? Não sei. Não sei dizer.

Ela saiu do closet.

— "Com Dallas a nossos pés." Se ele se refere à cidade, tem um lugar mais sofisticado que este. Está cansado desse ar de classe média. Comprou muita roupa fina para um bairro como este. Não apenas algumas peças seletas, como antes. Portanto, está planejando e achando que chegou o momento de ocupar o lugar ao qual pertence. Ele vai ter que me levar para lá agora, então já está pronto para armar o bote ou precisa fazer isso.

Ela entrou no banheiro e ficou ali, estudando os detalhes, caminhando de um lado para o outro, e acabou voltando para a sala, onde o sangue da mãe ainda manchava o chão.

Será que ela acreditava que tudo aquilo não a afetava?, perguntou Roarke a si mesmo. Será que ela não percebia que olhava para tudo, *menos* para o sangue?

— Ele passava muito tempo aqui. Gostava do espaço. Uma cela de prisão é um local muito confinado. Aqui ele podia vigiar Melinda, depois Darlie pelo monitor, ver algum programa na TV, ouvir música, ler. Mas, de vez em quando, ele ficava ansioso, precisava andar, precisava da cidade. Ele saía à procura de lugares onde houvesse pessoas. Lojas, restaurantes, galerias, boates. Assim que sua parceira voltava para a própria casa no fim do dia, ele saía. Precisava sair, queria se livrar do cheiro dela. Queria exibir uma nova personalidade, queria se sentar em algum bar ou à mesa de alguma boate badalada. Queria puxar conversa, flertar com alguma mulher. Se ele pudesse dar algum golpe básico, melhor. Depois ele voltava para casa, trancava tudo e verificava as suas "hóspedes". Talvez tomasse um drinque enquanto revivia a aventura noturna. Em seguida, dormia como um bebê.

Ela caminhou lentamente até a cozinha, verificou o AutoChef, a geladeira, os armários.

— Ele deixou muita coisa aqui também, e tem vários itens repetidos. Quem precisa de meia dúzia de potes de azeitonas recheadas?

— Ele é um acumulador? — sugeriu Roarke.

— Sim, talvez. — Mas ela não tinha tanta certeza daquilo, no momento. — Ele teve de deixar muita coisa para trás porque é muito chato e demorado embalar alimentos. Ele pode conseguir mais do mesmo. Verifique as delicatessens, devem entrar na lista de busca. Boates também, as badaladas. Se descobrirmos aonde ele foi nas noites em que sequestrou Melinda, e depois Darlie, saberemos mais ou menos o que ele buscava nessas horas de entretenimento noturno.

— Ele não voltaria aonde já tinha ido antes. Procuraria algo novo — disse Roarke, quando ela se virou e franziu o cenho para ele. — Não arriscaria a probabilidade de encontrar alguém em quem ele já dera um golpe.

— Você provavelmente tem razão. Bem pensado. Então, se conseguirmos encontrar os lugares, podemos eliminá-los. E de quebra identificaríamos o estilo dos lugares que ele anda frequentando.

Ela foi até a janela, olhou para fora, olhou para baixo.

Dallas aos nossos pés, pensou novamente.

— Ele falou sobre ficar na cobertura de um hotel. Alto nível. Último andar, preços elevados, padrão de vida ainda mais sofisticado. Se ele realmente transferiu seu *modus operandi* para esse segundo local, devemos procurar por algo de altíssimo nível com uma bela vista da cidade. Janelas grandes, talvez um terraço. Muito espaço aberto. Mais perto do centro, onde as coisas acontecem, é o que me parece. O restante se repete. Pelo menos dois quartos, uma vaga de garagem.

Ela fechou os olhos, tentando pensar.

— Um daqueles apartamentos em condomínios de luxo, talvez, ou um aluguel de temporada? Ou...

— Você está se esforçando demais, Eve. Está exausta, tentando não lembrar que está a um metro de distância do lugar onde sua mãe morreu poucas horas atrás. Mas está pensando nisso. Este não é o lugar para você pensar claramente ou de forma objetiva, e você devia aceitar isso.

— Acho — disse ela, devagar e de forma reflexiva — que ele deixou comida, vinho, roupas e equipamentos para trás. Mas levou um pouco de tudo com ele. Acho que selecionou cuidadosamente o melhor de cada categoria. Acho que o fez porque estava se mudando para um local melhor. E acho que se focarmos nos últimos andares... até mesmo em coberturas de edifícios de luxo em áreas mais densamente povoadas, e examinarmos os locais mais luxuosos, nós o encontraremos.

— Então você deve repassar essa hipótese para os seus colegas daqui, para que eles possam começar as buscas.

— Eu sei. Vou fazer isso.

— Ótimo. Faça isso enquanto eu entro em contato com Mira. Ela pode se juntar a nós para tomar uma bebida no hotel.

— Eu não quero...

— Já conversamos a respeito. Você precisa fazer isso para seu próprio bem. Se não quiser, então faça por mim. Estou pedindo, por favor, que você faça isso por mim.

Ela pegou o *tele-link*, mas não olhou para ele nem para o sangue. E entrou em contato com Ricchio enquanto se afastava da cena do crime.

Capítulo Dezenove

Roarke entendeu o silêncio de Eve. Não importava que ela finalmente tivesse concordado em conversar com Mira e até reconhecido que precisava fazê-lo. Ele forçara a barra — a obrigara a interromper o progresso, tirar o foco dos crimes, do agressor, das vítimas, das perguntas e respostas. E interromper tudo aquilo significava enfrentar o passado — o próprio passado.

Lidar com os sentimentos sobre a vida e o assassinato de sua mãe.

Ele conseguia aceitar numa boa a necessidade e a capacidade de Eve transformar a relutância em ressentimento contra ele. No lugar dela, ele provavelmente teria feito o mesmo.

Que belo par formavam!

Ele já esperava, e aceitou, a reação dela quando o elevador se abriu. E Mira virou-se de onde estava, junto da janela. O simples olhar que Eve lhe lançou, repleto do choque da traição, foi como uma facada no coração de Roarke.

— Estava admirando a bela vista que vocês têm aqui — disse Mira.

— É bom ver você, doutora. — Roarke se aproximou para cumprimentá-la. — Como foi seu voo?

— Bem tranquilo.

— E o seu quarto aqui?

— É lindo!

Atrás deles, o silêncio de Eve era como um rugido de fúria.

— Que tal tomarmos um vinho? — ofereceu Roarke.

— Vocês dois podem seguir com seu *happy hour* — interrompeu Eve, com um tom gélido. — Preciso tomar um banho.

Ela subiu correndo a escada e quase bateu a porta do quarto com força ao entrar. Então viu o gato sentado na sua cama, piscando para ela com os olhos de cores diferentes.

Sentiu uma forte pressão no peito, um ardor na garganta e atrás dos olhos quando ela se lançou para a frente e caiu de joelhos ao lado da cama.

— Galahad!

Ele bateu a cabeça contra a dela e ronronou como um avião a jato.

— Ele pediu a Mira que trouxesse você! — Ela esfregou o rosto no pelo do bichano. — Ele pediu a ela que trouxesse você para mim. Meu Deus, minha cabeça está uma bagunça.

Ela se sentou no chão com os joelhos dobrados, encostada à cama. O conforto a inundou quando o gato pulou do colchão e subiu no seu colo. Deu duas voltinhas e espetou suavemente suas coxas com as garras.

— Ok, tudo bem — murmurou ela, acariciando-lhe as costas. Ela fechou os olhos e, segurando o gato gordo, que ainda ronronava, tentou encontrar seu centro novamente.

— Sinto muito — disse Roarke, no andar de baixo. — Eu não disse a ela que você estaria esperando por nós. Sabia que ela arrumaria alguma desculpa para não voltar ao hotel e acabaria... mas achei que seria pior. Vou pegar o vinho.

Ele escolheu uma garrafa aleatória numa das prateleiras do bar. Enquanto tirava a rolha, Mira se aproximou.

— Você me parece muito cansado. Isso raramente acontece.

— Não estou tão cansado assim. E sim frustrado, acho. Esse vinho deveria respirar um pouco, mas, tudo bem, vamos beber assim mesmo. — Ele serviu dois cálices.

— Frustrado com Eve?

— Não. Sim. — Ele tomou um gole do vinho. — Não. Na verdade, não. Ela já tem muita coisa com que lidar, mais do que qualquer um deveria suportar. Estou frustrado comigo mesmo. Eu não sei o que fazer por ela, nem o que dizer para ela. Não gosto de não saber o que fazer ou dizer à pessoa que significa tudo para mim. Desculpe, Mira, por favor, sente-se. Tome um pouco de vinho.

— Obrigada. — Ela se sentou e, com seu jeito tranquilo, tomou um gole e esperou enquanto ele rodeava a sala, como um lobo enjaulado. — O que você acha que eu deveria fazer ou dizer? — perguntou ela.

— Bem, esse é o problema, entende? Eu não sei. Será que ela precisa que eu a deixe trabalhar até a exaustão? Isso não pode estar certo. No entanto, sei muito bem que ela precisa muito do trabalho, da rotina e do apoio para superar todo o restante. — Ele enfiou a mão no bolso, encontrou o botão cinza e o girou repetidamente entre os dedos. — Mas não se trata de rotina dessa vez, certo? Não é simplesmente outro caso, outra investigação.

— É difícil vir aqui. Estar aqui — concordou Mira.

— Já seria ruim o suficiente se fosse só isso, com todas as memórias que estão sendo enfiadas pela sua goela. Os pesadelos tinham diminuído muito até chegarmos aqui. Agora ela teve um que foi pior do que qualquer coisa que eu tenha visto desde que nos conhecemos. Coragem é o sobrenome dela, a senhora sabe. E ver que ela se sente tão aterrorizada e tão absolutamente indefesa...

— Faz você sentir o mesmo.

Ele parou de andar e a angústia surgiu em seus olhos, em seu rosto, na sua postura.

— Não consegui acordá-la do pesadelo pelo que me pareceu... sei lá, uma eternidade. E isso foi antes de saber da mãe. Isso aconteceu só porque ela estava aqui, de volta, tentando encontrar um homem que a faz se lembrar do próprio pai.

— Mas você sabia que isso seria difícil para ela, física e emocionalmente. Você tentou impedi-la de vir?

— Até parece que eu conseguiria.

— Roarke! — Mira esperou até que ele parasse com os movimentos inquietos e a encarasse. — Você sabe que poderia ter evitado isso. Você é o único que teria conseguido impedi-la de vir para Dallas. Por que não o fez?

Ele ficou parado por um momento e, quando a tempestade em seus olhos desapareceu, sentou-se na frente da médica.

— Como eu poderia fazer isso? Se ela não tivesse vindo, se não tivesse feito tudo o que podia e Isaac tivesse machucado, ou pior, matado Melinda Jones, Eve nunca se perdoaria. Algo teria morrido dentro dela. Nenhum de nós conseguiria viver com isso.

— Mas agora Melinda e a garota que Isaac sequestrou já estão a salvo.

— Mas o caso não está encerrado, e não só porque ele ainda está à solta, por aí. Ela encontrou o corpo da mãe sem vida hoje. Pelo amor de Deus! — Ele esfregou a têmpora. — Tinha que ter acontecido isso hoje? Ainda não houve tempo, entende, para ela lidar com isso, para entender o que aconteceu. Para superar. Ela não vai aceitar. Devo forçá-la? Devo obrigá-la a tomar um calmante para que descanse um pouco? Devo deixá-la trabalhar até cair de exaustão? Devia assistir a seu sofrimento e continuar sem fazer nada?

— Você acha que não fez nada?

— Rastrear contas bancárias e obrigá-la a comer a porcaria de um sanduíche? — A frágil e brutal frustração irrompeu.

— Qualquer um poderia fazer isso, então não vale quase nada. Ela precisa de mim para algo mais além disso, e eu não sei o que é.

— Você trouxe o gato para mim. — Eve estava na escada, com Galahad a seus pés. Roarke ficou imóvel enquanto ela atravessava a sala. — Quem mais imaginaria, ou saberia, que eu precisava tanto desse gato bobo? Quem mais faria isso por mim?

— Talvez eu tenha feito isso por mim mesmo.

Ela balançou a cabeça, colocou as mãos no rosto dele e observou tudo — a tristeza, o cansaço e o amor rodando em turbilhão naqueles olhos. — Você me trouxe Mira e Galahad. Por que não aproveitou e trouxe Peabody e Feeney? Ou adicionou Mavis para alívio cômico?

— Você quer que eles venham?

— Pelo amor de Deus! — Ela fez o que raramente fazia quando havia companhia: trouxe os lábios dele para junto dos seus, deixou o beijo rolar sem freios e sentiu a mão de Roarke nas costas da sua jaqueta. — Eu sinto muito!

— Não, não. Eu não quero que você se desculpe.

— Tarde demais. Você precisava parar, e eu não deixei. Não permiti que nenhum de nós respirasse. Só rotina, protocolo, razão. Isso é necessário. Mas agora está tudo zoneado na minha cabeça. — Ela se apoiou nele por um momento e se permitiu abraçá-lo. — Está tudo fodido. Então acho que vamos poder respirar fundo agora. É melhor usar esse momento para dizer que te amo, porque haverá outros momentos em que tudo vai estar zoneado novamente.

Ele murmurou alguma coisa em irlandês e roçou os lábios em sua testa.

— Estamos acostumados a isso, não estamos? *A ghra*, você está tão pálida. Ela perdeu peso, dá para perceber, doutora? — perguntou a Mira. — Estamos aqui há poucos dias, mas eu já consigo notar.

— Ele se preocupa. E reclama como se fosse minha... — ela quase disse "mãe", mas se segurou a tempo — ... esposa. Aliás, ele é uma ótima esposa.

— Você só está tentando me irritar. Mas, dadas as circunstâncias, deixarei passar. Por que você não se senta e eu lhe trago um cálice de vinho?

— Ah, quero um cálice bem grande de vinho. — Ela se jogou numa poltrona e soltou um longo suspiro. — Sei que fui rude ainda há pouco, doutora — disse, olhando para Mira. — Acho que a senhora conhece um mecanismo de defesa quando vê um. Mesmo assim, eu lhe peço desculpas. Muito obrigada por ter vindo.

— Não precisa agradecer.

— Tenho que adiantar o trabalho — disse Roarke, quando entregou o vinho a Eve. — Vou lá para cima, é melhor deixar vocês duas conversarem.

— Não. — Eve pegou a mão dele. — Você deveria ficar. Você faz parte disso tudo.

— Ok, então eu fico.

— Não sei por onde começar. Nem como começar. É o mesmo que tentar encontrar a saída de um labirinto no escuro e... — Nesse instante, o gato se esparramou aos seus pés. Isso a ajudou a começar o desabafo. — Sinto saudade de casa. Roarke lhe pediu que trouxesse o gato porque esse bichano representa nosso lar. Eu nunca tive nada, nenhum bicho, nunca quis ter nada até esse gato chegar. Nem sei ao certo por que o adotei, mas eu o tornei meu.

Ela tomou um longo e demorado gole de vinho.

— Senti falta dele. Sinto falta de Peabody, das suas observações inteligentes e do seu jeito firme. Sinto falta de Feeney, de Mavis e da minha sala de ocorrências. Droga, a situação está tão ruim que sinto falta até de Summerset.

Quando Roarke emitiu um muxoxo, ela estreitou os olhos e o encarou.

— Se você contar a ele que eu disse isso, vou raspar seu cabelo quando você estiver dormindo. Depois vou vestir você com uma calcinha cor-de-rosa com babado, filmar e vender o vídeo por rios de dinheiro.

— Devidamente anotado — disse ele, e pensou: *Aí está a minha Eve. Ela está de volta.*

— Não se trata apenas de estar longe. Desde que me casei com Roarke, já fiquei longe de casa, a trabalho. O problema é estar aqui, trabalhando sem a minha equipe, longe do meu espaço. E é mais do que isso — admitiu, quando Mira a esperou terminar. — Isaac representou um recomeço para mim. Não apenas o começo real da minha profissão. Quando eu abri a porta daquele quarto em Nova York, o local onde ele mantinha encarceradas todas aquelas meninas... quando eu as vi, percebi o que ele tinha feito com elas, eu voltei, por um instante, ao velho quarto da minha infância em Dallas. Eu provavelmente já tinha me lembrado dessas coisas antes, mas aquela foi a primeira vez que não consegui fingir que aquilo não tinha nada a ver comigo. Ele havia feito com aquelas crianças o que alguém havia feito comigo. Eu sabia disso. Mesmo não sabendo tudo, eu sabia aquilo.

— Como você se sentiu? — Quis saber Mira.

— Enjoada, assustada, enfurecida. Mas deixei isso de lado, consegui trancar tudo durante muito tempo. Talvez pequenas partes escapassem aqui ou ali e me afetassem, mas eu conseguia empurrá-las de volta para as sombras novamente. Então, pouco antes de conhecer Roarke, houve um incidente. Uma menina... era uma bebê, apenas uma bebezinha, na verdade. E eu cheguei tarde demais para salvá-la.

— Eu me lembro — disse Mira. — O pai estava com a cabeça cheia de zeus e a matou antes que você conseguisse salvá-la.

— Ele a cortou em pedaços. Logo depois eu peguei o caso DeBlass, e Roarke era um dos suspeitos. Ele era tão... era tão Roarke que, embora eu tivesse logo conseguido tirá-lo da lista de suspeitos, não consegui mais tirá-lo da cabeça. O caso foi se desenrolando e tudo ficou ainda mais confuso na minha cabeça.

— Como você se sentiu? — perguntou Mira, mais uma vez, e Eve conseguiu sorrir.

— Enjoada, assustada, enfurecida. O que ele queria de mim? Puxa vida, olhe só para ele. O que ele poderia querer comigo?

— Eu devo responder? — interpôs ele.

Eles se olharam.

— Você me diz todos os dias. Às vezes ainda não entendo, mas eu *sei*. E agora, com tudo sendo revirado, escancarado e desmoronando, eu me lembrei. Do meu pai e do que ele fez comigo. Isso não pode mais permanecer enterrado.

— É isso o que você quer? Enterrar essa história de vez?

— Eu queria isso. Queria — garantiu Eve, num murmúrio. — Agora? Quero lidar com isso, aceitar tudo e seguir em frente. Foi o que fiz, eu acho. Quando eu me lembrei do restante. Quando me lembrei da noite em que ele entrou em casa e foi direto para cima de mim, me machucando, me estuprando. Ele quebrou meu braço. — Ela massageou o local, como se de repente sentisse o choque da dor. — E eu o matei. Eu não pensei que conseguiria conviver com isso, enfrentar essas lembranças. Não creio que tivesse conseguido sem Roarke. Sem a senhora. Mas, desta vez, estou de volta a Dallas sabendo mais do que jamais soube. Isaac e meu pai estão se fundindo em um dentro da minha cabeça.

— Eles se fundiram? — perguntou Mira.

— Sim. Acho que desde a primeira vez. Sei que eu matei para sobreviver. Sei que era só uma criança, lutando para salvar a própria vida. Mas também sei que senti... prazer na hora de matar. Ao enfiar aquela faca nele, aquela faquinha, várias vezes, sem parar, eu me senti eufórica.

— E por que não deveria se sentir assim?

Em choque absoluto, Eve olhou para Mira:

— Eu matei outras pessoas desde então, no meu trabalho. Não há prazer nisso. Não pode haver.

— Mas aquilo não foi matar em serviço. Ali você não era uma policial treinada para atuar no cumprimento do dever. Era uma criança que tinha sofrido abusos de forma contínua, sistemática e brutal, tanto em termos físicos como mentais e emocionais. Uma criança cheia de terrores e dor, que matou um monstro. E esse prazer, Eve, não durou. Essa é só parte da razão de você o ter suprimido. Esse prazer era assustador por você ser quem é. Ele não conseguiria fazer de você um animal, não conseguiria transformar você em um monstro. Você matou um monstro e sentiu prazer. Mas tirou uma vida e quis se punir.

— Se eu sentisse isso de novo, se sentisse prazer novamente por ter sangue nas mãos, seria um caminho sem volta.

— É o que assusta você?

— Acho que... me perturba saber que isso está em mim.

— Está em todos nós — garantiu Mira. — A maioria de nós nunca é colocada em uma posição em que seja possível experimentar, ou optar por experimentar, tal sensação. Alguns dos que entendem isso se tornam monstros. Outros se tornam caçadores desses monstros e protegem o restante de nós.

— Na maioria das vezes eu entendo e aceito isso. Mas aqui os limites estão enevoados. Eu ataquei Roarke quando tive um pesadelo aqui.

— Aquilo não foi nada — protestou ele, mas ela se virou em sua direção.

— Não diga isso! Não me proteja. Eu arranhei e mordi você. Fiz você sangrar, pelo amor de Deus. Se eu tivesse uma arma, eu a teria usado. Tenho medo de dormir. — Ela estremeceu ao dizer isso. — Tenho medo de fazer a mesma coisa de novo.

— Isso já aconteceu?

— Não, mas eu olhei nos olhos da minha mãe hoje de manhã e a reconheci. Encontrei seu corpo esta tarde e me lembrei dela. Um pouco. Eu me lembro de alguma coisa.

— E você tem medo de que, por conta dessas memórias emergentes, você se torne mais violenta quando suas defesas estiverem baixas, durante o sono?

— É uma consequência direta, não é?

— Bem, eu não posso prometer que não haverá mais pesadelos nem que eles não se tornarão violentos. Mas posso lhe contar no que acredito, Eve. Sua primeira noite aqui, sob tamanha pressão, com seu passado tão à flor da pele, fez você... pifar.

— Esse é um termo psiquiátrico?

— É um termo que você entende. Você não aguentava mais, não conseguiu se conter. Não estava atacando Roarke, apenas se defendendo da pessoa que tentava machucá-la.

— Eu a machuquei — admitiu Roarke.

— E com a dor física e a psíquica se fundindo, você revidou.

— O que impede que eu faça isso de novo? — perguntou Eve. — Por quanto tempo nós dois vamos ficar ali deitados, toda noite, esperando briga e sangue?

— Eu poderia lhe prescrever alguns medicamentos de efeito rápido. Ou... — continuou Mira — você pode considerar algo de que ainda não falou. Você diz que reconheceu sua mãe hoje, mas será que seu subconsciente já não a tinha reconhecido quando você analisou as fotos da mulher que suspeitava ser cúmplice de Isaac?

— Sim. Eu sabia que havia algo ali, mas não conseguia entender o que era. Não conseguia chegar à resposta.

— Conscientemente. Você não é apenas treinada para ser observadora, Eve, é a sua natureza ser assim. Muitas vezes, tal qualidade a deixa desconfortável. Se você a reconheceu e adicionou a tensão do fato a todo o restante, não é de admirar que tudo tenha se manifestado na forma de um pesadelo violento e traumático. Ela fazia parte do que você ainda não tinha entendido e continuava enterrando. A mãe, o símbolo de tudo que foi feito para nutrir, cuidar, amar e proteger.

— Ela me odiava.

— Por que diz isso?

— Porque eu vi e senti. Eu já sabia mesmo quando tinha... sei lá que idade... três ou quatro anos, talvez cinco. Ela gostava de me espancar. Ela resolveu me ter porque meu pai teve a brilhante ideia de criar sua própria máquina de fazer dinheiro. Eu valia menos que um cachorro para ela, e a realidade da minha presença era mais do que ela conseguia suportar. Uma vez ela quis me vender, mas ele não deixou. O investimento ainda não estava maduro o suficiente, na época. Ela me batia quando ele não estava em casa, às vezes me trancava dentro de um closet, onde era escuro e não havia nada para comer. Ela nem me deu um nome. Eu não representava nada para ela. Era menos que nada.

Ela tomou um gole de vinho com a mão trêmula.

— Ela não me reconheceu. Quando estivemos cara a cara novamente e ela olhou direto para mim, não me reconheceu.

— Isso magoou você?

— Não. Quer dizer, não sei. Não conseguia pensar. Só sei que, por um minuto, voltei a não ser nada. Como se eles... como se ela tivesse conseguido tirar tudo de mim. Roarke, meu distintivo, minha vida, eu mesma. Por um minuto, tudo acabou simplesmente por ela estar ali. Não aguento não ser nada de novo.

— Isso nunca seria possível — protestou Roarke, com um tom de raiva mal controlada. — Você é aquilo em que se tornou, lutando contra o impossível. Mesmo quando você estava desamparada, eles não conseguiram destruir o que você é. Você é um milagre, Eve. É o meu milagre e nunca será outra coisa.

— Eles estão dentro de mim.

— E o que há dentro de mim? Você sabe. Sabe o quanto eu escolhi revidar, e, mesmo assim, você ainda está comigo. De todas as escolhas que você poderia ter feito, você escolheu proteger as pessoas. Ficar ao lado das vítimas. Inclusive dela. Está do lado dela até neste momento.

— Vi o que ela era naquela cama de hospital, onde eu a coloquei. Toda machucada, ferida.

— Do jeito que você também esteve — assinalou Mira.

— Sim, do jeito que eu também estive. E eu senti... talvez desprezo ou nojo, estudando-a como a um inseto, esperando estar errada, achando que talvez ela não fosse a pessoa de quem eu me lembrava. Mas, no fundo, eu sabia quem ela era, o que era.

— E o que ela era?

— Egoísta é uma palavra simples demais. Egoísta, cruel e traiçoeira, e continuo sem saber como nem por quê. Havia muito sangue — declarou Eve, com a voz calma, agora. — No fim havia sangue demais e eu pensei: o que há nele? O que há no sangue dela? E no meu? Os nossos olhos são iguais.

— Não — declarou Roarke, com absoluta certeza. — Você está errada.

— Ela havia mudado a cor dos olhos, mas...

— Não — repetiu ele, fitando os olhos perturbados de Eve. — Quem conhece os seus olhos, com todos os sentimentos que eles transmitem, melhor do que eu? Você acha que eu já não estudei as fotos daquelas identidades?

Ele se lembrou do que sua tia irlandesa dissera a ele em seu primeiro encontro e repetiu a frase para Eve, com suas próprias palavras:

— As cores mudam num capricho. A forma das coisas é o que conta. Os seus olhos são só seus, Eve. A cor, a forma e tudo que está por trás deles. Você não puxou dela absolutamente nada.

— Não sei por que isso é importante, eu só não quero me olhar no espelho e vê-la ali. Não quero que você olhe para mim um dia e veja...

— Nunca!

— É tolice discutir isso — disse Eve, cansada. — Eu sei, realmente sei que não somos iguais. Para ela, Melinda e a menina foram apenas meios para alcançar um fim. Elas não eram pessoas, não eram importantes. A próxima dose, isso, sim, era importante. Matar policiais também era importante. Voltar para os braços de Isaac, isso era o mais importante. Seu ponto fraco. Um certo tipo de homem, esse era o seu maior ponto fraco, um homem que a obrigava a fazer o que não era natural para ela. Ter um filho, entregar recados, preparar o almoço. Porque tudo isso a fazia se sentir como quando consumia drogas. Ela vivia uma mentira, mas essa é sua segunda natureza. Tal como usar e explorar pessoas. Ela raptou a filha de outra mulher, sabendo o que ele ia fazer com a menina. Ela me deixou com meu pai e certamente sabia o que ele era e o que faria comigo. Ele já tinha começado a abusar de mim. Mas ela me deixou nas garras dele.

— Do mesmo jeito que deixou Darlie nas garras de Isaac — acrescentou Mira.

— Exato. Eu sabia o que ela era e não senti nada além de desprezo. Depois senti enjoo e, em seguida, frio. Foi nesse instante que tive de escapar daquela loucura. Precisava fazer isso, porque, se não encontrássemos Melinda e Darlie sem a ajuda dela, eu teria que interrogá-la mais uma vez. Teria que voltar, sabendo quem e o que ela era, para trabalhar com ela mais uma vez. Só que ela foi até onde ele estava. Matou um policial sem pensar duas vezes para chegar ao amante. E, quando eu entrei naquele apartamento, vi que ela estava caída no chão, vi o sangue, a morte, eu senti...

— O quê? — perguntou Mira. — O que você sentiu?

— Alívio! — explodiu ela. — Senti alívio. Ela não tinha me reconhecido e agora nunca mais ia me reconhecer. Meu Deus, só de imaginar que uma hora qualquer ela poderia perceber... Nunca mais precisaria pensar nela. Não precisaria mais recear que algum dia, de alguma forma, ela poderia se lembrar de mim, juntar os pontos e descobrir tudo. Para depois usar isso contra mim, contra Roarke, contra todas as pessoas que amo. Ela estava morta, e eu, aliviada.

No silêncio, ela pressionou a mão na boca, lutando para conter os soluços.

— Você não disse que sentiu prazer — observou Roarke, em voz baixa.

Ela olhou para ele com os olhos molhados e os ombros tremendo.

— O quê?

— Você não sentiu prazer.

— Não! Pelo amor de Deus! Ele lhe cortou a garganta como se ela fosse um porco no abate. O que quer que ela fosse, ele não tinha o direito de lhe tirar a vida.

— E é exatamente isso que você é, tenente.

— Eu... — Ela enxugou as lágrimas e olhou para Mira:

— É uma bênção ter alguém em sua vida que a conhece e a compreende tão bem, Eve. Alguém que ama quem você é. Isso é algo muito excepcional. Ele fez aquela pergunta, como eu estava prestes a fazer, já sabendo a resposta. Você sentiu alívio porque uma ameaça a tudo o que você é, a tudo o que você tem e a tudo o que você ama tinha terminado. E terminado em sangue, então agora você está lutando para tratá-la como se ela fosse outra vítima qualquer. Mas não é.

— Ela foi assassinada.

— E Isaac deve pagar por isso. Você precisa fazer parte da derrocada dele não por causa de sua relação com a vítima, mas porque ela foi assassinada. Ela foi assassinada aqui, em Dallas, por um homem que você enxerga como sendo muito parecido com seu pai. Você quer se afastar disso e não consegue. O alívio não impedirá que você busque justiça por ela. Esse conflito causa estresse, traz infelicidade e insegurança. Espero que, ao admitir o que você sentiu e ainda sente, um pouco desse sentimento diminua.

— Eu ia fazer com que ela acabasse presa bem longe da sociedade. Cheguei a achar que haveria justiça nisso. Em trancá-la do jeito que ela fez comigo.

— Ela escolheu o monstro outra vez.

— Ela achava que ele ainda estava vivo. Richard Troy. Eu toquei no assunto para testá-la, eu acho. Eu a induzi a pensar que ele nos deu informações sobre ela.

— Boa jogada! — comentou Roarke, e ergueu as sobrancelhas ao ver o olhar de estranheza que ela lhe lançou. — Desculpe, eu fui insensível? Eu não devia pensar isso?

— Não. — Eve olhou para o vinho que tinha na mão. — Não.

— Eu gostaria que ela estivesse viva, juro. Então eu poderia imaginá-la enjaulada pelas próximas décadas. Mas temos de conviver com a decepção — declarou Roarke.

— Você a odeia. Eu não consigo.

— Posso odiar o suficiente por nós dois.

— Sinto nojo dela e, meu Deus, gostaria de ter as palavras certas para me expressar. Sinto um pouco de vergonha, e não adianta ficar chateada por sentir aquilo que sinto. Preferia sentir ódio. Se ela tivesse sobrevivido, talvez eu chegasse a esse ponto. Então me sinto um pouco impotente, mas também aliviada. Não sei o que isso significa.

— Na minha opinião profissional? — Mira cruzou as belas pernas. — Isso significa que vocês têm uma reação bem saudável a uma situação muito doentia. Vocês passaram pelo inferno nos últimos dias, mas estão aqui... juntos, os dois. Com seu gato.

Eve soltou uma risada fraca quando Galahad continuou a roncar aos seus pés, com as quatro patas para o ar.

— Você precisa dormir. Se quiser algum ansiolítico, posso providenciar.

— Melhor não.

— Estarei por aqui se você mudar de ideia.

— É bom ter uma médica à mão caso eu tire sangue de Roarke novamente.

— Por enquanto eu prescrevo comida e descanso.

— Eu bem que poderia comer alguma coisa — percebeu Eve. — É a primeira vez, o dia todo, que eu sinto fome de verdade.

— É um bom sinal. Estou aqui do lado, caso precisem de mim.

— Fique aqui e coma conosco — convidou Roarke.

— Outra hora. Acho que vocês dois deveriam ficar a sós por algum tempo. Se algo novo surgir, eu gostaria de ser informada.

— Claro. — Eve se adiantou quando Mira se levantou. — Ajudou muito a senhora vir até aqui. E me ouvir.

Mira passou a mão pelo cabelo de Eve.

— Talvez seja influência da minha filha wiccana. Embora eu ache que precisamos aproveitar ao máximo a vida enquanto estamos aqui, acredito que temos mais de uma chance. E, quando temos uma nova chance, surgem conexões, pessoas, reconhecimento. Eu reconheço você, Eve, sempre a reconheci. É uma verdade nada científica, mas absoluta. Estarei bem aqui.

Roarke a acompanhou até a porta, inclinou-se e beijou Mira suavemente nos lábios.

— Obrigado.

Depois de fechar a porta, ele se virou para Eve:

— Você é amada. Um dia, espero que, quando você pensar na sua "mãe", pense nela.

— Quando penso no bem, eu penso nela. Já é alguma coisa.

— É verdade.

— Sinto muito. Tornei tudo ainda mais difícil para você do que era necessário.

— Isso vale para os dois lados.

— Provavelmente as coisas ainda vão piorar até encerrarmos o caso.

— Ah, isso é quase certo. Então por que não comemos enquanto podemos?

— Boa ideia. — Mas ela caminhou até onde ele estava e o abraçou. — Prefiro estar na pior com você do que estar numa boa com outra pessoa.

— Isso também vale para os dois lados. — Ele a puxou de volta e passou o dedo na covinha no queixo da mulher. — O que você me diz de comer espaguete com almôndegas?

— Eu digo "oba!". — Ela tornou a abraçá-lo e depois soltou uma risada genuína quando Galahad se enroscou entre os pés dos dois. — Mesmo apagado num sono profundo, ele ouviu você dizer "espaguete com almôndegas".

— Três pratos então. Se você não pode mimar o seu gato, quem mais pode?

— Mas nada de vinho para o gato. Ele é um bêbado chato.

Ela esperou mais alguns instantes, sendo confortada e devolvendo o carinho.

— Quero dizer só mais uma coisa sobre o assunto, antes de deixar as coisas de lado, pelo menos por enquanto.

— Ok.

— Quando eu era criança... digo, depois. Quando eu entrei para o sistema de adoção, eu costumava imaginar que alguém tinha me roubado dos meus pais. Sonhava que um dia eles me encontrariam e me levariam de volta para casa. Para algum lugar muito legal, com um quintal e brinquedos. Meus pais seriam ótimos, perfeitos. Eles me amariam. — Ela fechou os olhos quando ele a apertou com mais força. — Depois de algum tempo, tive que lidar com a realidade. Ninguém ia me buscar. Não haveria casa nenhuma, nem quintal, nem brinquedos. Eu me conformei com isso e, num belo dia, acabou acontecendo algo muito melhor: eu conheci você. — Ela deu um passo atrás e entrelaçou as mãos nas dele. — Tive muita sorte, porque, Roarke, você é a minha realidade.

Ele levou as mãos dela aos lábios.

— Sempre.

Capítulo Vinte

Ele esperava que ela voltasse ao trabalho depois do jantar, e ela não o surpreendeu. Mas Mira estava certa. Ele a compreendia.

Eve precisava do trabalho, precisava seguir em frente outra vez. Sentia falta de Peabody mais que tudo, precisava conversar com ela, nem que fosse uma palavrinha.

— Eles ainda estão trabalhando para encontrar o esconderijo de Isaac em Nova York. Mas nós investigamos os seus passos desde a fuga da prisão até Dallas.

Ela foi para o quadro e deu início a mais uma linha de tempo.

— Ele pegou um pacote na caixa postal alugada pela cúmplice. Identidades, algumas roupas, os bloqueadores de sinal, os *tele-links*. De lá, foi para seu antigo apartamento. Prendeu Tray Schuster e Julie Kopeski e os torturou do modo como sempre faz. Tomou o café da manhã, limpou tudo e escolheu o que queria. Quando terminou, foi dar uma volta. Deu entrada no Warfield Hotel a partir do check-in antecipado sob o nome de Milo; pegou o pacote que guardavam para ele, que eu imagino que seja o terno. Peabody localizou o táxi que o deixou no hotel, o que foi um ótimo trabalho. Ele caminhou cinco quarteirões desde sua antiga residência antes de chamar um táxi. Temos as imagens das câmeras de segurança da recepção. — Ela ordenou que os dados fossem exibidos no telão. — Veja só, um homem em viagem de trabalho. Mochila, boné, os óculos escuros de Tray Schuster e também seus tênis. Ele entrou em contato comigo a partir do quarto de hotel, usando o *tele-link* descartável e o bloqueador de sinais. Pediu ao camareiro que passasse o terno a ferro, a tal roupa que ela lhe enviou. Pediu uma refeição saudável pelo serviço de quarto. E se vestiu.

Ela trocou a imagem no telão e o mostrou saindo do elevador; cabelos loiros, terno de grife e a pasta que ele provavelmente tinha comprado em Nova York.

— Ele fez o checkout dentro do quarto. Solicitou um motorista particular, que o levou a um quarteirão de distância da Central de Polícia, então ordenou que o motorista esperasse ali. Circulou rapidamente por entre a multidão até que eu o visse e voltou ao carro, que o deixou direto no jatinho para Dallas. Fez um lanche leve e tomou dois cálices de Cabernet durante o voo. Stibble contou que foi ele que ajudou Isaac a comprar um veículo que já estava à sua espera no aeroporto daqui.

Ela bufou.

— Ele alega, de acordo com Peabody, que Isaac disse a ele que o carro era apenas um presente para um velho amigo.

— Ele é um péssimo juiz de caráter para um trambiqueiro — comentou Roarke.

— Ele não era assim. A prisão o transformou, e lá dentro ele não tinha muita opção. Mas Stibble serviu bem ao seu propósito — acrescentou Eve. — Isaac não achou que pudéssemos chegar a Stibble tão depressa.

— Um dos seus vários erros de cálculo.

— Mesmo calculando mal, ele já matou duas pessoas, torturou mais duas, sequestrou Melinda, raptou e estuprou Darlie.

— Portanto, não devemos subestimá-lo — concluiu Roarke.

— Nunca. Nós o perdemos quando ele pegou o carro aqui em Dallas, mas logo preencheremos essa lacuna. Em seguida ele foi àquela loja de vinhos chique e depois resolveu mais algumas pendências antes de ir para o apartamento.

Ela enfiou as mãos nos bolsos enquanto tentava se colocar na cabeça de Isaac.

— Acho que ele não informou a Sylvia a hora exata de sua chegada. Não quis que ela fosse ao aeroporto recebê-lo. Tinha outras coisas para resolver. Quis aproveitar algum tempo sozinho para verificar as câmeras e esconder o que ele não queria que ela xeretasse. Além disso, ela queria um reencontro romântico, certo? Não havia tempo para isso. Ele queria pegar Melinda antes do champanhe e do caviar.

Ela deu a volta no quadro.

— E é bem provável que nesse meio-tempo ele tenha ido conferir seu segundo esconderijo. Dar uma olhada, ver se estava tudo certo, assegurar-se de que ali era o lugar adequado para o que ele pretendia fazer, quando e se fosse necessário usá-lo.

Ela olhou para trás, viu que o gato já tinha descoberto a poltrona reclinável e estava dormindo, muito à vontade no novo ambiente. Então se virou e viu Roarke tomando café e a observando.

— Nenhum comentário a fazer?

— Estou apenas vendo a minha tira trabalhar. Gosto de vê-la no seu elemento.

— Eu me sinto no meu elemento, ou quase. Já estou melhor.

— Dá para notar.

— Foi bom arejar o cérebro. Depois forrar o estômago com espaguete e almôndegas. Isaac está queimado.

Ele sorriu.

— E o que tudo isso diz a você?

— É o padrão dele, seus mecanismos. Quanto mais a gente sabe, mais descobre. Ele precisou separar um tempo para pintar o cabelo, fazer mudanças sutis no rosto, na cor dos olhos. Precisou de produtos para isso. Perucas, tintas, maquiagem. Não encontramos nada do tipo no apartamento, então ele levou tudo. O que me diz que ele pretende usá-los novamente.

Eve deu um passo atrás para estudar as várias fotos das identidades que ele tinha usado.

— Você sempre está me comprando joias — disse a Roarke.

— Isso é uma indireta para eu lhe dar um presente?

— Nossa, não, eu nem consigo usar todas as joias que tenho. É que a parceira tinha joias em casa. Algumas belas peças. E estava usando joias quando eu bati em sua van. Será que não havia mais joias no apartamento dele? Tinha roupas, sapatos, maquiagem e produtos de cabelo dela. Será que ela também não deixou algumas joias lá?

Ele considerou a hipótese.

— Boa sacada. Ela queria ficar com ele, esperava morar na casa dele. Quando uma mulher planeja morar com um homem, ela costuma deixar objetos de uso pessoal na casa do amante. Para fazê-lo se acostumar com a ideia.

— Sério mesmo?

O tom de voz dela o fez sorrir.

— Isso foi algo que você teve o cuidado de não fazer, a princípio. Eu tive que me contentar com um botão perdido.

— Morar com você não estava nos planos. Mas os planos mudam. Digamos que, se ela deixou algumas joias para trás, ele as pegou. O que significa que planeja usá-las, vendê-las ou penhorá-las. Os policiais daqui poderão seguir essa linha de investigação.

— Parece trabalho pesado, pois não dá para sabermos o que ou quando ele poderá vender ou penhorar.

— Investigações sempre envolvem trabalho pesado. A equipe local precisa encontrar as pessoas que ela procurou para instalar o isolamento acústico e o sistema de segurança. Ele queria tudo no apartamento principal. Será que não teria usado as mesmas equipes no esconderijo secundário? Não! — respondeu ela mesma, antes de Roarke ter chance.

— Não — concordou ele. — Porque os funcionários poderiam ter mencionado o outro trabalho para a cúmplice, mesmo que ele os instruísse a não fazer isso. Ela era uma golpista, conhecia o jogo. Sexo, dinheiro, ou apenas fazer a pergunta certa na hora certa, e ela poderia ter descoberto tudo. Era melhor manter as coisas separadas.

— Então vamos fazer assim: a polícia local pesquisa os serviços para o primeiro esconderijo, e nós corremos atrás do segundo. Preciso que você procure esse segundo lugar. Algo com mais classe, mais elegante, num ponto mais central. Ele teve que arranjar tudo isso da prisão, sem um parceiro externo. Vou perguntar a Feeney o que ele conseguiu descobrir nos computadores de Isaac, mas os dados coletados parecem fragmentados e espalhados.

— Leva tempo para recuperar informações bloqueadas, apagadas ou ocultas.

— Eu sei, não estou dizendo o contrário. Nós trabalhamos daqui, e eles trabalham de lá. Os locais e o FBI seguem suas rotinas.

— Você o quer pessoalmente agora — concluiu Roarke. — Antes você o queria, mas não importava quem o pegasse. Agora importa.

Ela não respondeu logo de cara, mas caminhou até o AutoChef para tomar um café.

— Não é porque ele a matou — começou Eve, e voltou-se para Roarke. — Não é por causa da minha relação com ela.

— Tudo bem.

— É porque ele cometeu um assassinato. É porque ela matou um policial. É porque o pai de Darlie me comprou um sorvete enquanto lutava para conter as lágrimas. É porque eu me lembro de quando era criança, estava na cama de um hospital e havia uma policial velando por mim.

— Eu não me importo com o motivo, a não ser que você se importe. Só estou dizendo que é pessoal também, desde o início. E não me diga que não pode ser pessoal porque você precisa manter a objetividade. São as duas coisas. Para você é sempre uma mistura dos dois. É por isso que você é tão boa no que faz.

— Quero prendê-lo, sim, mas não vou reclamar se outra pessoa o fizer.

— Justo. Vou pesquisar a tal localização no centro, andar alto, alto nível.

— E uma bela vista da cidade. Nada menor que dois quartos, dois banheiros e vaga na garagem.

Eve caminhou até sua mesa, sentou-se e entrou em contato com Feeney. Ele atendeu dizendo:

— *Yo!* — E isso a levou imediatamente de volta a Nova York.

— Tenho um ângulo que quero que você investigue. Que barulhão é esse?

— Jogo de beisebol. Ninguém marcou até agora, e já estamos na segunda parte. Dois arremessos, primeira corrida. Se os Mets não estragarem tudo podem se classificar para as eliminatórias hoje à noite.

— Merda, eu queria ver esse jogo.

— Ué... Eles proibiram o beisebol aí no Texas?

— Não. Quer dizer, acho que não. Talvez eu assista à reprise.

Ele balançou a cabeça com ar tristonho.

— Não é a mesma coisa.

— Melhor que nada. Mas, vamos lá... Estou trabalhando na teoria de que Isaac tem um segundo esconderijo aqui em Dallas.

— Eu sei, Peabody me manteve informado. Ela está se saindo muito bem. Sei que Isaac matou a cúmplice e fugiu. Você resgatou Melinda e Darlie.

— Ela matou um policial, saiu do hospital e roubou um carro do estacionamento. Estava um passo à nossa frente.

— Sim, soube disso também.

Ele se virou e pausou o jogo. Eve percebeu que ele estava em casa, e não na Central. Pela hora, ela já devia ter imaginado isso.

Ficar em casa, refletiu ela. Tomando cerveja e vendo beisebol.

— Sei que você anda muito ocupado com esse caso, Feeney.

— Muito! Estamos trabalhando vinte e quatro horas por dia, desenterrando dados, desfragmentando-os e recuperando-os. O cara é um filho da puta, mas não é um amador.

— Estou procurando ângulos diferentes. Se ele estiver nesse esconderijo... e eu sei que ele tem um, Feeney. Tenho certeza!

— Eu me perguntei se ele não tinha um segundo esconderijo aqui em Nova York, nos primeiros ataques. Um golpista sempre tem cartas na manga. Só que ele não conseguiu fugir do apartamento da rua Murray. Nós conseguimos pegá-lo, então procurar por um possível segundo esconderijo não pareceu importante na época.

— Agora tudo aponta para um segundo local aqui em Dallas. O que significa que ele precisou encontrar um lugar para alugar ou comprar. Para fazer isso, precisou entrar em contato com uma imobiliária ou algo do tipo, certo? Mesmo que usasse um intermediário, ele teria que se comunicar. E teria que transferir dinheiro para eles.

Feeney pegou duas amêndoas caramelizadas e as engoliu com um pouco de cerveja.

— Ele não teria começado a agir tão cedo. Não daria tempo de ele fazer tudo isso paralelamente. Mas como ele sabia que ia precisar de um segundo esconderijo?

Aquela era uma sensação boa, pensou Eve enquanto trocava ideias com Feeney. Se ela se esforçasse um pouco poderia até se imaginar em sua sala na Central, em Nova York, discutindo teorias e possibilidades.

— Faz sentido ter um lugar alternativo, um porto seguro para o caso de tudo dar errado. Ele não vai querer sair de Dallas porque está louco para matar você. — Feeney franziu os lábios e voltou a beber a cerveja. — Sim, ele gosta de ter tudo sob controle.

Sempre quis matar a cúmplice. Você descobriu isso bem antes de acontecer. Pelo que ele colocou na mala, provavelmente o lugar para onde foi já estava abastecido. A verdade é que ele é esperto. É mais inteligente ficar quieto, colocar o pé na estrada e voltar para casa. Depois, basta esperar um pouco e atacar quando sua guarda estiver baixa.

— Mas ele precisa disso. Precisa ir para as eliminatórias. Não vai conseguir ir em frente enquanto não me eliminar. Raptou a garota porque precisava se aliviar e porque queria esfregar isso na minha cara. Só que antes ele tinha duas moedas para a barganha, agora não tem nenhuma.

— Você acha que ele vai pegar outra garota?

Aquela possibilidade era algo que vinha corroendo Eve desde cedo.

— Acho que ainda temos tempo. Um dia, talvez dois. Ele precisa se reorganizar, e não tem mais uma parceira para servir de intermediária. Ele está revoltado, Feeney, e é esperto o bastante para deixar as coisas esfriarem. Além do mais, tem a gravação. Não é a mesma coisa para ele, é como assistir à reprise de um jogo de beisebol, mas dá para quebrar um galho.

— Que sujeito doente! Vou programar algumas palavras-chave... aluguel, locação de imóveis, escritura, caução, esse tipo de coisa. Se desenterrarmos qualquer coisa que bata, vai acender uma luz. Enquanto isso, vamos focar no computador de Isaac. Não posso prometer que conseguiremos algo em um dia, mas estamos trabalhando nisso sem parar.

— Roarke está procurando imóveis por aqui. Vou começar com a instalação do sistema de segurança e do isolamento acústico que ele precisou contratar. Temos muitas pistas: o espumante, o carro, a marca, o modelo, as roupas de grife e as várias identidades falsas. O FBI vai bloquear as contas dele, Feeney. Já estão discutindo isso.

— Isso vai deixá-lo muito puto.

— Sim, talvez a ponto de ele estragar tudo. Ou talvez vá desestabilizá-lo o suficiente para que ele decida fazer o que você disse antes: sair de cena e esperar.

Eve hesitou. Eles tinham conversado sobre várias possibilidades e já era hora de ela o deixar cuidar do trabalho e voltar ao beisebol. Mas ela não queria desligar.

— E aí, como vai a esposa?

— O mesmo de sempre. Está participando de um daqueles cursos de cerâmica. Por que ela faz isso?

— Não sei, realmente não existe razão. — Meu Deus, ela estava realmente jogando conversa fora. Precisava voltar logo para Nova York. — Vou esperar notícias suas.

— Durma um pouco, Dallas. Dois marginais conseguiriam se esconder na sombra das suas olheiras.

— Logo, logo vou poder dormir.

Já que a simples ideia de dormir a deixava inquieta, ela se levantou e foi até o escritório de Roarke.

— Ele certamente tem outra conta.

— Para pagar o aluguel ou a prestação, mais as despesas do segundo local não identificado — concluiu Roarke. — Estou verificando. — Ele se recostou e olhou para ela, analisando-a. — Preciso me reunir com meu pessoal de Hong Kong. Isso deve dar a você algum tempo para investigar a instalação do sistema de segurança e do isolamento acústico.

— É o próximo passo. — Ela o deixou e deu início ao próprio trabalho.

Localização privilegiada, serviços de luxo. Tudo um nível bem acima do mediano, desta vez, pensou ela. Tudo limpo e brilhante. Novo?

Ela pensou nos guindastes que viu espalhados por toda a cidade, nos novos edifícios que surgiam como ervas daninhas cintilantes. Algo com projeto personalizado, talvez? Ele pode ter contratado os serviços de instalação enquanto o prédio era construído, tudo projetado levando em consideração suas necessidades específicas, em vez de reformar, arrancar o velho e instalar o novo.

Pensou em se levantar e informar Roarke daquele novo ângulo, para ele usá-lo na pesquisa. Mas se lembrou de Hong Kong. Talvez ele fosse mais rápido, mas ela conseguia realizar aquela tarefa.

— Computador, fazer buscas em prédios construídos em Dallas nos últimos dois anos. Localização central, acomodações residenciais.

Ela fechou os olhos e recitou sua lista de requisitos.

Ele estava lá, pensou. Naquele exato momento, sentado em seus novos aposentos, refletindo sobre a mudança de planos. Mas colocando as coisas em ordem... ah, certamente... colocando tudo no lugar. E dizendo a si mesmo que ele gostava ainda mais assim. Tudo aquilo acrescentava mais desafio, mais diversão, e tornaria a matança mais significativa.

E ainda ansiando, desejando, de verdade, poder dar início à sua mais nova coleção.

Não posso deixar isso acontecer, disse Eve a si mesma. Não aguentaria ter outro par de olhos em sua mente.

Ao perceber que divagava, endireitou-se na cadeira. E, quando o computador anunciou os resultados — que diabos havia *naquela* cidade para precisar de mais prédios do que já tinha? —, levantou-se para tomar mais café.

Roarke a encontrou curvada sobre o monitor. Era quase possível enxergar o cansaço pesando como pedras nos ombros da mulher.

— Já terminou com Hong Kong?

— Por ora, sim.

— Estou trabalhando com a possibilidade de ele ter comprado ou alugado algo recém-construído. Ele pode ter mexido no imóvel durante a construção, alterando a planta. O problema é que eles constroem muita coisa nova nessa cidade, mas estou pesquisando todas as possibilidades.

— Bem pensado. — Ele já suspeitara de algo parecido e tinha mandado rodar uma pesquisa extra, mas não viu razão para mencionar o fato. — Venha comigo.

— Você achou alguma coisa?

— A pesquisa já está rodando, e vai continuar rodando, exatamente como a sua — disse ele, inclinando-se sobre o teclado e digitando um comando —, sem que nós dois fiquemos sentados aqui até que o sangue escorra dos nossos olhos.

— Eu preciso pedir uma referência cruzada para a...

— A máquina fará isso. — Ele simplesmente a pegou no colo.

— Escute, eu ainda não estou pronta para dormir.

— Tudo bem. Existem muitas formas de descansar, relaxar e fazer uma pausa.

— Sei. — Ela sorriu. — Claro que você ia pensar nisso.

— Sexo, sexo e mais sexo. E você ainda se pergunta por que eu me casei com você.

— Você vai ter de colocar esses planos em espera — avisou ela, mas ele a carregou pelo quarto, contornou a cama e entrou no banheiro.

Tinha mandado encher a enorme banheira que existia ali, embutida no chão. Eve sentiu o perfume da água, algo levemente floral e campestre. Calmante. Ele tinha acendido velas para que a luz em torno brilhasse de forma suave e, mais uma vez, reconfortante.

— Um banho quente — decretou ele. — Ou, como eu conheço você, escaldante. E um programa de Realidade Virtual de relaxamento, para acalmar e restaurar as energias.

Como ela já tinha despido a jaqueta, tirado o coldre com a arma e deixado tudo no escritório, ele simplesmente ergueu a blusa de Eve por cima da cabeça.

— Sente-se ali e vamos tirar essas botas.

— Sei me despir sozinha.

— Pronto, lá vem você me negando pequenos prazeres.

Então ela se sentou no banquinho acolchoado e permitiu que ele a despisse por completo. Quando ela desceu os degraus da banheira e deixou-se afundar na água perfumada azul-pálida, seu suspiro foi longo e profundo.

— Ok, isso está relaxante.

— Ligar os jatos de hidromassagem em intensidade baixa! — ordenou ele, e dessa vez ela gemeu baixinho quando a água pulsou contra seus músculos doloridos.

— Ok, agora está melhor ainda.

— Vamos à melhor parte. Experimente a Realidade Virtual.

Ela não queria usar a Realidade Virtual e, embora aquilo a fizesse se sentir fraca e tola, também não queria ficar ali sozinha. O que ela queria, de verdade, estava bem diante dela, em pé, observando-a com uma preocupação exagerada nos olhos.

— Você também poderia descansar, relaxar e fazer uma pausa.

— Nossa, bem que eu gostaria.

— É uma banheira gigantesca. Dá até para nadar.

— Então vou me juntar a você. Um minutinho.

Quando ele saiu, ela se recostou na parede e olhou para cima. O teto não era espelhado — graças ao bom Deus —, mas havia um material que refletia a luz das velas e as transformava em pequenas estrelas.

Um toque de classe.

Ele voltou com dois cálices de vinho, que ela estudou com desconfiança.

— É só vinho. Dou a minha palavra. — Ele colocou os cálices na borda da banheira e começou a se despir.

Se ele tivesse colocado algum calmante na bebida, não mentiria para ela. Então Eve pegou um dos cálices e tomou o primeiro gole.

— Cerveja e um jogo de beisebol.

— Como assim?

— Cerveja e um jogo de beisebol — repetiu ela. — É assim que os tiras relaxam depois de um dia de trabalho duro. Nada de banheiras de hidromassagem do tamanho de piscinas e vinho.

— Verdade. É terrível como eu a obrigo a me agradar.

— Eu que o diga! — murmurou ela, observando-o.

Meu Deus, o corpo dele era tão lindo. Alto, magro, com músculos bem definidos. Um corpo disciplinado, atlético, perfeito por baixo dos ternos caríssimos com caimento perfeito.

Tudo dela, agora. Só dela.

A careta e o xingamento abafado que ele soltou ao entrar na água lhe arrancaram uma gargalhada.

— Não está tão quente assim — comentou Eve.

— Não? Se eu tivesse uma lagosta, podíamos cozinhá-la e comê-la aqui mesmo.

— Foi você quem definiu a temperatura da água.

— É verdade. E agora, na falta de lagosta, estamos cozinhando os meus ovos.

Ele tinha colocado a água quente por causa dela, refletiu Eve, para que ela pudesse absorver o calor e os aromas e desligar a mente agitada com algum programa de relaxamento. Lembrou-se do que o ouvira dizer a Mira, com relação a como ele se sentia.

Roarke precisava daquilo tanto quanto ela.

— Você provavelmente está com mais problemas na cabeça, além de Hong Kong.

Com os olhos fechados, ele tomou um gole de vinho.

— A vantagem de ser o chefe é poder tirar folga quando quiser.

— Você devia experimentar o sistema de Realidade Virtual.

Ele abriu os olhos.

— Esta realidade combina mais comigo, aqui e agora.

Enquanto os dois se encaravam acima da superfície de água borbulhante, ela esfregou o pé ao longo da perna dele.

— Aconteça o que acontecer, vamos voltar para casa dentro de alguns dias — lembrou ela.

— O quanto antes, melhor.

— Ah, nisso concordamos. Mas acho que ainda temos de procurar botas de caubói para Peabody. Ela ficaria empolgada com o presente, e Feeney disse que ela está se saindo muito bem.

— Não entendi, talvez o vinho esteja me subindo à cabeça rápido demais. Você está me dizendo que eu vou sair por aí para fazer compras com minha esposa?

— Não se acostume com isso, meu chapa.

— Que tal um chapéu com abas gigantes para Feeney? — propôs Roarke.

A imagem de Feeney usando um chapéu de caubói fez Eve rir com tanta vontade que ela quase se engasgou com o vinho.

— Você fez isso de propósito.

— Botas com esporas para McNab. Daquelas que brilham no escuro.

Ela riu de novo e baixou o queixo.

— Eu nem sei o que são esporas.

Mas as risadas colocaram um brilho nos olhos dela, notou Roarke, com prazer.

— Vamos levar gravatas country com ponteiras de metal para todo mundo da sala de ocorrências — continuou ele.

— Meu Deus, imagina o horror!

— E uma daquelas saias de couro muito curtas com franjas para Mavis.

— Ela provavelmente já tem umas dez.

Realidade virtual não era tão bom quanto aquilo, pensou Eve, quando Roarke sugeriu mais algumas ideias absurdas — algumas das quais ele provavelmente pretendia levar adiante. Ficar de molho ali na água borbulhante, com seu som suave, velas formando estrelas no teto, sem falar de nada importante nem trágico. *Aquilo*, sim, restaurava as energias.

Quando ela terminou o vinho e a água começou a esfriar, eles saíram da banheira. Antes que ela conseguisse esticar o braço, ele a envolveu com uma toalha quente e macia.

— Que tal assistirmos a algum filme?

Ela se virou, abriu outra toalha e o envolveu nela.

— Sim, podemos fazer isso. Esse é o próximo passo da sua noite "espaguete com almôndegas"?

— Era o plano.

Ela o encarou, tudo dentro de Roarke parecia ansiar por algo.

— Pelo visto eu pulei alguma etapa — murmurou ele, e, em seguida, colou os lábios aos dela.

— Você nunca pula etapas.

Ele a beijou mais intensamente e se deixou levar pelo momento, permitindo que o corpo ainda úmido da mulher se unisse ao dele no mesmo anseio, com o perfume onírico da água ainda grudado na pele.

Quando ele a levantou no ar, a toalha escorregou.

Nada de palavras agora; os dois já tinham falado o suficiente. Nada de tempestades e calmantes. Ela continuou com as pernas enroscadas nele mesmo depois de eles caírem na cama. Continuou segurando-o com força enquanto seus lábios percorriam o rosto do marido. Já excitado e perdido, ele agarrou as mãos dela com força.

Rápido, muito rápido, sem tempo para pensar, ele a penetrou e sentiu o corpo de Eve se arquear, estremecer... e aceitá-lo.

Mentes fortes têm necessidades fortes, pensou Roarke naquele instante. Ele preenchia as carências dela e as próprias. Naquele momento, as manchas do dia seriam limpas.

Naquele momento, o prazer e a paixão afastariam a dor.

O coração dele batia forte contra o seu. Aquilo trouxe uma emoção nova para ambos, o ritmo marcante e frenético. Mais que isso, a restaurava. A vida de Roarke, pulsando contra a sua. Era a vida de ambos.

Nada poderia mudar aquilo; nem pesadelos, nem vergonhas, nem veneno no sangue. Ela conseguira escapar da escuridão e agora adorava a luz que ele lançava no seu mundo.

A luz que disparou através dela com a força de mil flechas quando ele a lançou no abismo do orgasmo.

Ela gritou, e ele percebeu a força do triunfo no som. E entendeu tudo. Ela era capaz de sentir e querer alcançar e conquistar; era capaz de se doar, não importa o que lhe tivessem feito. Era capaz de viver plenamente. Era capaz de desejá-lo.

Saber que ela era capaz de tudo isso, que queria, que faria... o desarmou e encantou.

Ela rolou, deslizando nele, saciando sua vontade até que ele ficou ainda mais louco por ela. Quando ele a ergueu um pouco, ela montou nele e o tomou por completo, até o fundo. E cavalgou, cavalgou e cavalgou como se ele fosse um garanhão sob o chicote.

Ele reparou, antes de a visão ficar turva, nas curvas acentuadas do corpo dela e no prazer feroz em seu rosto.

Então ela desabou sobre ele, o corpo flácido e a respiração pesada.

— Meu Deus — ela conseguiu falar. — Graças a Deus, graças a Deus, graças a Deus.

— Acho que eu mereço pelo menos um agradecimento.

— Obrigada. — Ela manteve o rosto enterrado no pescoço dele. — Eu achei que fosse brochar. Sabe como é, foi um dia... terrível. Mas foi ótimo, como sempre.

— Amor. — Sorrindo, ele lhe acariciou as costas. — Eu achei que *eu* fosse brochar.

— Nós não brochamos. Somos bons demais nisso. — Ela se remexeu e enfiou a cabeça na dobra do ombro dele. — Essa foi mesmo uma etapa excelente.

— Possivelmente melhor do que o espaguete com almôndegas.

— Hummm. Pau a pau. — Ela ficou quieta por um momento. — Sei que você quer que eu durma. Só que eu simplesmente não vou conseguir. Vamos ver um filme e completar todas as etapas.

— Tudo bem então. Que tal um pornô?

Ela riu, como ele queria, e lhe deu uma cotovelada.

— Tarado! Você não acabou de fazer pornô?

— Isso só mostra que você não sabe a diferença entre arte e pornografia.

— Então vamos fechar com chave de ouro. Feeney estava vendo o jogo de beisebol. Pode ser que os Mets se classifiquem para as eliminatórias hoje à noite. Deve dar para voltar o jogo e ver desde o início.

— Beisebol, então. — Ele deu a ordem para o telão e empurrou a colcha com os pés para o fundo da cama.

Eve adormeceu no quinto arremesso. Ele se perguntou como ela havia aguentado tanto.

Ordenou que as luzes se acendessem caso ela acordasse e desligou o telão. Abraçando-a com força, permitiu-se cair no sono junto dela.

Mais perto do que Eve imaginava, Isaac McQueen analisava seu novo espaço. Tudo era precisamente o que ele tinha exigido e encomendado: as cores, os tecidos, os materiais, a decoração.

Mesmo assim, ele se sentia enjaulado.

Ela o achara de novo, aquela vadia da Dallas. Graças a mais um golpe de sorte. E graças à completa estupidez de Sylvia.

Pelo menos, ela estava morta. Sua burrice e sua carência interminável não seriam mais problema. Ela fora útil, mas ele encontraria outra parceira quando chegasse a hora certa. Uma parceira em quem ele pudesse confiar mais, alguém que ele não precisasse cativar, treinar e orientar de dentro de uma prisão.

Esse tinha sido o problema. Ele não havia escolhido errado. Só que, por causa de Dallas, não teve chance de treinar bem sua parceira.

Da próxima vez vai ser melhor, pensou, girando a mão para manter o conhaque em movimento dentro da taça.

Ele ainda tinha o controle da situação. Ele antecipara os imprevistos, certo? Claro que sem a burrice de Sylvia ele ainda teria a pequena Darlie para entretê-lo naquele momento. Nada o mantinha em melhor forma do que uma menina má.

Ele caminhou até a janela e olhou para a cidade, bebericando seu conhaque e imaginando quantas meninas más andavam pelas ruas. Ele só precisava de uma delas, por ora. Apenas uma.

Ele poderia encontrar aquela menina, é claro. Era muito mais esperto, melhor e mais inteligente do que os tiras. Ele poderia pegar uma, umazinha apenas, para batizar sua casa nova.

Melhor não. Não, melhor não, lembrou a si mesmo. Ele se sentia muito agitado, muito chateado. Estava *puto* demais para funcionar direito naquela noite.

Teria que se contentar com as imagens sem cor e sem vida da gravação.

Ele refletiu sobre o assunto. Decidiu assistir à gravação imaginando como vai ser quando forçar Dallas a ver tudo com ele. Aquilo ia animar as coisas.

Resolveu fazer um pequeno lanche. Por algum tempo, ele simplesmente vagou pela cozinha, incapaz de escolher. Tantas opções, pensou. Opções demais.

Ridículo. Ele afastou a sensação de desconforto, o lapso temporário. Sabia exatamente o que queria. *Sempre* soubera.

Selecionou alguns queijos, algumas frutas vermelhas e fatias cuidadosamente cortadas de uma baguete; a tarefa caseira conseguiu acalmar um pouco a fisgada de pânico que sentia na base da espinha.

Ele *amava* aquela cozinha, pensou, enquanto preparava os petiscos. O brilho de tudo, as superfícies lisas. Ele ia gostar muito de usar aquele espaço durante uma ou duas semanas.

Puxa, aquele apartamento ficava numa localização muito superior, e a planta também era melhor. As coisas tinham funcionado exatamente como deveriam. Exatamente.

Em breve, com o corpo de Dallas boiando num rio, ele seguiria em frente. Uma pena que tivesse sido obrigado a abrir mão dessa tradição com Sylvia. Por mais que quisesse voltar para Nova York — apesar de tudo —, ele precisava considerar outro local.

Talvez Londres, pensou, enquanto carregava a bandeja para a sala de estar. Ele sempre planejara passar algum tempo em Londres. Colocou a bandeja em cima da mesinha de centro e desdobrou um guardanapo de linho branco. Passou os dedos no tecido macio, impecável.

Sim, Londres. Carnaby Street, Big Ben, Piccadilly Circus.

E todas aquelas meninas más de bochechas rosadas.

— Ligar telão! — ordenou, experimentando um sotaque britânico de escola pública. Satisfeito com o som da própria voz, sorriu e continuou bancando o londrino. — Exibir "Darlie".

Ele revolveu o conhaque no fundo da taça, mordiscou o queijo e as frutas. E descobriu que aquelas imagens sem vida funcionariam muito bem se ele usasse um pouco da imaginação.

Decidiu, ali mesmo, fazer um novo filme intitulado "Eve Dallas". Imaginou o cenário, os adereços, a iluminação. Até considerou escrever algum diálogo para os dois.

Não seria divertido forçá-la a recitar as suas falas?

Mal podia esperar para produzir e dirigir aquele filme. E vê-lo repetidas vezes depois de matá-la.

Capítulo Vinte e Um

Perto do amanhecer, ela sonhou. Estava presa no escuro, com sussurros e choramingos ao redor. Sentia frio, muito frio, e a mordida dos grilhões lhe apertava os pulsos e tornozelos.

Ele estava lá fora, ela sabia, e o medo talhou um corte sangrento em sua barriga.

Não quero morrer assim, pensou, enquanto puxava e lutava para se livrar dos grilhões. Existem mil maneiras de morrer, mas não assim, e não por sua mão.

Uma luz vermelha turva se infiltrava na sala pelas fendas e fissuras, tingindo a escuridão como sangue.

E ela entendeu que enxergar podia ser pior.

Elas se amontoaram ao seu redor; todas aquelas meninas, todos aqueles olhos vazios e sem esperança. Estavam sentadas, olhando e tremendo na sala gelada dos seus pesadelos. Todas elas tinham o mesmo rosto: o dela. O rosto da menina que ela havia sido.

Ela lutou ainda mais, torcendo o pulso e forçando o braço contra os grilhões. Ouviu — e sentiu — o osso estalar. Uma das meninas gritou, e cada uma delas agarrou o seu braço.

— Isso não está acontecendo, não está acontecendo. Não é real.

— É tão real quanto você permitir. — Mira estava sentada numa das poltronas azuis do seu consultório e cruzou suas lindas pernas.

— A senhora tem que ajudar.

— Claro. É o que eu faço. Como estar aqui, assim, faz você se sentir?

— Que se fodam os sentimentos. Temos que sair daqui!

— Raiva, então — declarou Mira, com o semblante plácido, e tomou um gole de chá da xícara de porcelana. — Mas existe mais, eu acho. O que há debaixo dessa raiva, Eve? Precisamos desenterrar isso.

— Tire-nos daqui. A senhora não vê como elas estão assustadas?

— Elas?

— Eu estou assustada. Estou apavorada.

— É um progresso! — Com um sorriso satisfeito, Mira ergueu sua xícara de chá, em saudação. — Agora, sim, vamos falar sobre o assunto.

— Não há tempo. — A cabeça de Eve girou de um lado para o outro enquanto o pânico pareceu lhe morder a barriga e os ossos. — Ele vai voltar.

— Ele só voltará se você permitir. Muito bem, esse é todo o tempo que temos por hoje.

— Pelo amor de Deus, não nos deixe aqui assim. Leve as garotas. Tire-as daqui. Elas não merecem estar aqui.

— Não. — Com a voz suave como um beijo, Mira balançou a cabeça. — Você também não.

— E quanto a mim? — A mulher, cúmplice e mãe, estava de pé com a garganta aberta e ensanguentada. — Veja o que você fez comigo.

— Eu não matei você. — Eve se encolheu enquanto as meninas, todas elas, se enrolaram em posição fetal para se defender.

— Sua piranha burra, a culpa é toda sua. — Quando ela deu uma bofetada em uma das meninas, jogando-a longe, Eve sentiu o golpe. — Sua vadia estúpida, feia e sem valor. Você nunca deveria ter nascido.

— Mas eu nasci. Como você pode odiar o que saiu de dentro de você? Como pode odiar uma bebê que precisava de você? Como permitiu que ele me tocasse?

— Reclamar, reclamar, reclamar, tudo que você sempre fez foi reclamar. Você não passa de um erro, e agora eu estou morta porque você está viva. — O rosto mudou e duas imagens se sobrepuseram. Stella se tornava Sylvia, Sylvia se tornava Stella. — Você merece tudo que ele fez com você e tudo o que vai fazer.

— Ele está morto! Ele não pode fazer nada porque está morto.

— Sua vaca estúpida. Se é assim, como foi que você chegou aqui?

— Puxa, ninguém sabe encher a filha de culpa como uma mãe.

Com um sorriso compreensivo, Peabody se agachou na frente de Eve.

— Como você está?

— Como diabos você acha que eu estou? Salve essas crianças. Peça reforço! Traga-me uma arma. Eu preciso de uma arma.

— Nossa, Dallas, acalme-se.

Enfurecida, Eve sacudiu os grilhões.

— Eu, me acalmar? O que há de errado com você? Mexa sua bunda e faça seu trabalho.

— Estou fazendo meu trabalho. Estamos todos fazendo o trabalho, não está vendo?

Ela conseguiu, como em um sonho dentro do sonho, vê-la cercada de policiais nas mesas, em suas estações de trabalho. E viu Feeney com seu terno amarrotado em meio às cores contrastantes e ao movimento incessante da DDE. Acima de todos, Whitney estava em pé, com as mãos atrás das costas. Vigilante.

— Policial precisa de ajuda! — murmurou Eve, tonta.

— A ajuda já vem, Dallas. Estamos fazendo o melhor possível, como você me ensinou. Olhe só para o meu gato. — Ela sorriu e apontou para McNab, que circulava de um lado para o outro usando tênis com listras coloridas e falando coisas de nerd sem parar. — É assim que ele trabalha. Ele não tem a bundinha mais linda? Agora, o seu gato está passando por um sufoco neste momento.

Eve viu Roarke atrás de uma parede de vidro. Em sua mesa, ele trabalhava num computador com dois monitores de última geração e um fone de ouvido. Seu *tele-link* tocou, e alguns códigos e números passaram zunindo pelos telões na parede.

Tinha o cabelo preso na nuca. Os olhos pareciam ferozes e intensos, e mesmo a distância ela podia ver que estavam cheios de fadiga e preocupação.

— Roarke! — Tudo nela, o amor, o medo e a angústia, transbordou numa única palavra.

— É difícil pensar com clareza e captar os pequenos detalhes quando a pessoa está tão preocupada. Ele ama você, Dallas. Quando você sofre, ele também sofre.

— Eu sei. Roarke!

— Você vai ter de quebrar o vidro, eu acho. — Peabody sorriu. — Você é a minha heroína.

— Eu não sou heroína de ninguém.

Peabody deu um tapinha nas algemas.

— Não. Assim, você realmente não é.

— Tire-me daqui!

— Como?

— Encontre a chave. Encontre a maldita chave e me tire daqui.

— Gostaria de poder fazer isso, Dallas, mas é esse o problema. É você quem precisa encontrá-la. Melhor encontrar a chave antes que ele pegue outra menina. Antes que ele pegue você. Você nunca foi burra. Não o deixe fazer você de idiota.

— Como vou encontrar algo se estou trancada aqui dentro? Como... — Ela parou e se encolheu quando ouviu os passos. — Ele está vindo.

— Ele nunca foi embora. — A mãe foi até a porta.

— Não abra essa porta. Por favor!

— Lamentos, lamentos, lamentos. — Ela abriu a porta.

Isaac entrou e exibiu um sorriso encantador.

— Olá, garotinha — disse ele, com a voz do pai.

E, sangrando por uma dezena de ferimentos, ele caminhou na sua direção.

Ela despertou de um pulo e apertou a garganta. A respiração não vinha; por mais forte que seu coração batesse, a respiração não vinha.

Ela nem sentiu o gato batendo a cabeça com força na lateral do seu corpo.

Roarke irrompeu no quarto. Pulou na cama e lhe apertou os braços com força.

— Estou aqui. Eve! Olhe para mim!

Ela o viu. Reparou naquele rosto, os olhos de um azul intenso contra a pele branca como papel. Ela viu medo e fez força para pronunciar seu nome.

— Respire fundo. Droga! — Ele a sacudiu com força e quase a fez saltar na cama.

O choque destravou sua garganta. Quando sua respiração voltou, os braços dele a envolveram.

— Está tudo bem. Você está bem agora. Por favor, me abrace com força.

— Ele chegou para nos pegar.

— Não, amor, não. Ele não está aqui. Estamos só você e eu. Só nós dois.

— Você estava lá, atrás do vidro.

— Estou aqui, bem aqui. — Ele lhe segurou o rosto para que ela pudesse vê-lo e senti-lo. — Você está a salvo. — Com a própria respiração instável, ele beijou a testa dela, suas bochechas, cobriu-a com a colcha.

— O quarto. Eu estava naquele quarto. Ele me trancou. Não sei onde. Elas estavam todas lá. As meninas. Todas as meninas tinham a minha cara.

— Já acabou.

Só que não, pensou ela, e fechou os olhos. Não tinha acabado.

— Sinto muito — disse ele. — Eu não devia ter deixado você sozinha.

Ela abriu os olhos, olhou ao redor. O hotel, tentou convencer a si mesma. O quarto com a iluminação suave. O gato. Ele tinha levado o gato para ela e Galahad se sentara ao seu lado, vigilante como um cão de guarda.

— Aonde você foi? — perguntou ela.

— Eu tinha trabalho a fazer. Droga de trabalho! — Ele mordeu as palavras, sua voz rouca. — Eu não queria acordá-la, então fui trabalhar no escritório. Você tinha adormecido e estava tranquila, então eu achei que... Eu não deveria ter deixado você.

Ela estudou o rosto dele, olhou além de si mesma e dentro dele. Viu culpa, medo, preocupação, raiva. Tudo isso, pensou. Tudo isso estava estampado ali.

— Eu gritei?

— Não. Você começou a se debater e a lutar. Quando eu cheguei aqui...

— Como você sabia? Como soube que precisava vir?

— Eu liguei uma câmera para vigiá-la.

— Você estava me observando dormir? — perguntou ela, com a voz calma. — Enquanto trabalhava?

— Imaginei que você fosse dormir mais um pouco. Ainda é cedo, mal amanheceu.

— Mas você estava trabalhando e me observando.

— Não tinha nada de "voyeur".

Ela balançou a mão no ar para tranquilizá-lo e afastar o leve tom de raiva na voz de Roarke.

— Você estava preocupado comigo, então teve que ficar de olho em mim enquanto tentava trabalhar.

Ela pensou em como ele parecera no sonho, atrás daquela parede de vidro, resolvendo um monte de problemas ao mesmo tempo, o cansaço evidente no rosto.

— Claro que eu estava preocupado.

— Porque eu podia ter um pesadelo.

— Você teve um pesadelo, então...

Ela balançou a mão no ar mais uma vez e se levantou da cama.

— Então você resolveu me monitorar como se eu fosse uma criança doente e se sente culpado por aproveitar algum tempo antes de a porcaria do sol nascer para cuidar do próprio trabalho. Pois bem, isso acabou. Eles já nos prejudicaram muito mais do que deviam e isso tem que parar. Vai parar!

Ele a viu caminhar pelo quarto como um furacão e se perguntou se ela percebeu que estava gloriosamente nua e irradiando completa indignação. Observando-a, ele se sentiu mais em paz do que se sentira desde que ela havia entrado em seu escritório em Nova York, poucos dias antes.

— Não vou mais aguentar isso — continuou ela. — Você nem consegue comprar um simples sistema solar sem se preocupar que eu surte? Como é possível que trabalhe desse jeito?

— Na verdade, não estou à procura de nada no mercado de sistemas solares no momento.

— Coisas ruins acontecem, quem sabe disso melhor que eu? Coisas ruins, indescritíveis e feias acontecem, quer você as mereça ou não. Seu pai era um canalha que fez da sua vida um inferno, mas você não fica choramingando por causa disso.

— Não. Nem você.

— Exatamente! — Ela apontou um dedo para ele. — Isso é uma bosta, com certeza, mas trata-se apenas de mais merda que precisa ser despejada pela privada. Não sou uma chorona. Não sou fraca nem burra. Sou uma tira fodona.

— Até a alma.

— Isso mesmo, então é melhor eu pegar toda essa merda subconsciente e mandá-la para o inferno, porque não vou mais permitir que ela me destrua. Estou farta de ver esse olhar triste no seu rosto. Sou a porra de uma tira, e não importa por que eu sou assim ou como sou. O que importa é cumprir o meu dever, trabalhar direito, trabalhar de forma inteligente, trabalhar o tempo todo. O que importa é você e eu. O que importa é você, porque eu te amo, porra!

— Eu também te amo, porra!

— Claro que ama, e você não teria se apaixonado por alguma covarde chorona.

— Nunca — concordou ele. — E não me apaixonei.

— Então! — Ela respirou fundo pela primeira vez. — É isso aí. Está tudo resolvido.

Ela colocou as mãos nos quadris e olhou para baixo, franzindo as sobrancelhas quando se deparou apenas com pele.

— Estou nua.

— Mesmo? — Ele sentiu uma risada dentro do peito, uma sensação maravilhosa. — Pois é, realmente está. Eu não me importo nem um pouco.

— Aposto que não. — Ela pegou o roupão que ele obviamente tinha colocado nos pés da cama antes de sair para tentar trabalhar. Enfiou os braços pelas mangas e declarou: — Estou puta!

— Sério? — brincou ele.

Ela foi até o AutoChef e programou dois cafés. Então, estudando o gato, que a observava de volta, acrescentou uma tigela de leite ao pedido. Colocou a tigela no chão e levou o café para Roarke.

— Obrigado.

— Eu não estou dizendo que você não deva se preocupar. A preocupação faz parte do contrato de casamento, eu entendo. Mas não quero ser responsável por deixar você morto de preocupação desde que chegamos aqui.

— Você não é responsável por nada disso.

— Mas permiti que isso ferrasse a minha cabeça, e isso ferrou a sua também. Tenho de encarar os fatos. Minha mãe não me amava, ok. Buá... Vida que segue.

Ele a puxou para junto dele.

— Nós dois sabemos que é um pouco mais complicado que isso.

— Seja como for, não vou permitir que ela me deixe tão abalada que eu não consiga pensar direito. Eu estou deixando você ansioso. E chega de culpa. Se quiser se sentir culpado, que seja por causa de algo que me faça ter vontade de socar você, e não por ter ido trabalhar no cômodo ao lado.

— O que importa é você, como acabou de dizer. Mas vou tentar não me sentir culpado, a menos que seja por algo digno de um soco.

Ele a envolveu com o braço enquanto eles sentavam para tomar café.

— Você dormiu bem — comentou ele —, até o pesadelo.

— Graças ao tratamento completo de espaguete com almôndegas. Quem venceu o jogo?

— Não faço ideia. Apaguei logo depois de você.

— Se nós dois dormimos um pouco, é um bom começo. Quero combinar uma coisa: vamos pegar esse filho da puta e voltar para casa.

— Com prazer.

— Preciso me vestir e analisar mais uma vez o que temos. Porque, se essa merda de subconsciente significa alguma coisa, então estou deixando passar algum detalhe. Nós estamos deixando passar algo.

— Tire um tempinho para nós dois — pediu ele, quando ela começou a se levantar da mesa.

Então ela tornou a se sentar com ele e o gato, tomando café e vendo o céu se iluminar para um novo dia.

Em seu escritório, Eve tomava uma segunda xícara de café e examinava o quadro do crime. Não quisera tomar o café da manhã completo, e Roarke tinha decidido não insistir.

— Você vai para a Central agora de manhã? — Quis saber ele.

— Não tenho certeza. A questão é a seguinte: temos Melinda de volta, e ela foi a isca. Foi o motivo pelo qual fui chamada para trabalhar aqui. Continuar trabalhando com eles não seria um problema para Ricchio, nem para o FBI, provavelmente, mas todos já tiveram tempo de estudar Isaac e não precisam mais de mim. Porém, a menos que sejamos idiotas, é muito possível que ele pegue outra criança e depois a esfregue na minha cara para me atrair até onde ele quer. Por que não ficar aqui e terminar logo tudo? — Ela deu de ombros. — Além do mais, acho que nós dois trabalhamos melhor daqui, então por que ir até lá se não temos nada relevante para acrescentar?

— Trabalhar daqui também me convém. A pesquisa que você pediu sobre locais em potencial já está sendo feita.

— Ótimo. Escute, por que você não cuida do meio milhão de coisas que deixou pendentes no Império Universal de Roarke?

— Esse título chama atenção. Posso usá-lo um dia.

— Vou voltar ao começo. Quero revisar todos os dados, interrogatórios, cronogramas, tudo que levantamos. Basicamente, vou fazer uma revisão objetiva, e isso levará algum tempo. Depois você pode me enviar os resultados da pesquisa para eu acrescentá-los ao relatório.

— Combinado. Quanto ao restante, tenho Summerset, Caro e outras pessoas lidando com o meio milhão de coisas pendentes no IUR. Então, se você tiver alguma ideia ou quiser que eu investigue alguma pista, me avise.

— Ok.

Ela foi até sua mesa, pegou o alerta do incidente e a declaração de Bree, feita na noite em que Melinda foi sequestrada.

Os dados ainda estavam frescos em sua cabeça, admitiu ela. Conhecia todos os detalhes, simplesmente não conseguia ver nada que ela, a polícia de Dallas ou o FBI tivessem deixado passar. Mesmo assim, checou as linhas do tempo, reviu o interrogatório com o dono do bar onde Sarajo trabalhara e a declaração da vizinha.

Filtrou tudo, vasculhou as informações que Peabody, Feeney e a equipe de Nova York tinham conseguido. Continuou passo a passo, etapa por etapa, recriando tudo que acontecera desde que ela chegara ao Texas, revendo todos os fatos, especulações e probabilidades sobre Isaac e seus passos.

Atendeu o *tele-link* com a mente ainda imersa naquilo.

— Dallas falando.

— Isaac fez contato — anunciou Ricchio. — Ele quer falar com você. Podemos repassar a ligação?

— Só me dê um segundo. — Ela correu até o escritório de Roarke. — Isaac está na linha com Ricchio. Você consegue rastrear onde ele está daqui?

— Consigo.

— Vou pedir que transfiram a ligação. — Ela voltou para sua mesa e se sentou. — Estou pronta.

— Quer bloquear seu vídeo?

— Não, deixe ele me ver.

— Vamos repassar.

Ela se inclinou para a frente. Queria que ele a visse bem. Estava descansada, alerta. Estava pronta.

— Olá, Eve.

— Isaac! Foi uma pena termos perdido você ontem.

— Sinto o mesmo. É por isso que estou tomando providências para que possamos nos reencontrar muito em breve.

— Que tal agora? Estou livre.

— Calma! Ainda tenho alguns preparativos a fazer para que o nosso reencontro seja perfeito. Como você sabe, tive que dispensar a criadagem e estou um pouco assoberbado.

— Sim, você estava com pressa e se descuidou um pouco, Isaac. Quando você voltar para Nova York, a história será diferente. Dessa vez, as suas acomodações serão num lugar fora do planeta.

— Ah, mas eu tenho algo muito diferente em mente.

— Como o que, por exemplo?

— Vou lhe contar quando você estiver agraciando meu quarto de hóspedes com sua presença. Enquanto isso, achei que você apreciaria a prévia de um emocionante vídeo caseiro que produzi recentemente.

A tela passou do branco para a obscenidade no quarto de Isaac. Os gritos e soluços de Darlie irromperam.

Eve se obrigou a assistir e se esforçou para não exibir reação alguma, embora a menina dentro de si sofresse tanto quanto a criança na tela.

A cena foi cortada abruptamente.

— Vamos assistir ao filme completo quando você estiver aqui — prometeu Isaac. — Vou fazer pipoca. A gente se vê depois, tchau.

Ela aguentou firme quando Ricchio surgiu, o rosto duro como pedra.

— Sinal protegido. Estamos tentando decodificá-lo.

— Ele está na Lovers Lane, no Highland Park — avisou Roarke, entrando na imagem numa tela dividida. — E está em movimento.

— Entendido! — disse Ricchio. — Vou dar o alarme. Você vem, Dallas?

Ela fez que não com a cabeça.

— Vou esperar notícias suas.

Ela encerrou a ligação e ficou muito quieta.

— Estou bem — garantiu, quando Roarke entrou com um copo de água.

— Você não está bem e fingir não ajuda.

— Eu já tinha a imagem na cabeça, já sabia o que ele... o que eles... tinham feito com ela. Não vou deixar que me atrapalhe. — Mas ela aceitou o copo de água. — Não vou sair daqui porque ele não vai estar lá. Eles precisam checar o local, têm que tentar, mas ele não estará nem perto de lá.

— Não — concordou Roarke.

— A nova localização de Isaac também não fica ali perto, então podemos eliminar os locais circunjacentes. Highland Park, certo? Lovers Lane? Cacete! Isso foi proposital!

— Foi, sim. Você quer que eu chame Mira?

— Quero, daqui a pouco. Mas não para mim, não por causa disso. Preciso dela para me ajudar a aprimorar o perfil. Durante todos esses anos, ele manteve o que fez e o que pretendia fazer só para si. Só se permitia compartilhar sua genialidade, como ele vê a si mesmo, quando conversava com as mulheres que pretendia matar. Agora ele encontrou liberdade e prazer em se exibir. Entrou em contato comigo para me abalar, para garantir que ainda estamos conectados, mas também para compartilhar suas façanhas. Seu controle não é mais o que era, e isso é uma vantagem para nós. Mas também o torna mais imprevisível.

Ela se sentiu mais firme, notou. Estava forte o bastante.

— Por favor, envie a Mira todas as atualizações e a ligação gravada. Peça a ela para revisar tudo e montar um novo perfil. Depois disso, podemos reavaliar a situação, passar para a polícia local e para o FBI.

— Tudo certo. Mas não assista ao vídeo novamente.

— Você sabe que eu preciso assistir.

— Pelo menos espere um tempo. Você disse que ele entrou em contato para abalar você e se gabar. Considere também a possibilidade de ele ter enviado a gravação para desviar seu foco, para que você perca tempo estudando aquela crueldade em vez de buscar outras pistas.

— Você provavelmente tem razão. Vou terminar minha análise e rodar o programa de probabilidades. É improvável que algo na ligação nos ajude a descobrir sua localização atual. Mas ele confirmou para mim que tem um esconderijo novo, com um quarto de hóspedes. — Ela balançou a cabeça lentamente e completou: — Está vacilando, e eu não vou fazer o mesmo.

Ela voltou ao trabalho, revisou as velhas anotações, fez novas, conferiu os mapas. Rodou o programa de probabilidades e obteve um resultado alto o bastante para eliminar a área de Highland Park. Ajustou a lista de propriedades que ela e Roarke tinham compilado e, por fim, começou a árdua tarefa de investigar os registros das empresas que instalavam isolamento acústico.

— Vou ajudá-la nisso — ofereceu Roarke, ao ver o que ela fazia. — Mas, em troca, quero que você faça uma pausa. É quase uma da tarde e você está de pé desde o amanhecer, sem nada no estômago.

— Não estou chegando a lugar algum. Todos os locais da minha lista já eram à prova de som desde a construção. A maioria dos endereços da sua lista também, ou então o equipamento foi instalado em alguma reforma antiga. As pessoas esperam que esse tipo de apartamento seja à prova de som, para não precisar pagar pela comodidade.

— Então devemos passar para a segurança e os eletrônicos. Mas só depois de comermos.

— Sim, tudo bem. Preciso deixar isso tudo cozinhando em fogo brando. Se eu perdi algum detalhe ou se existe uma chave para esse mistério, não estou encontrando.

— O que vamos comer?

— Não sei. — Ela consultou o menu do AutoChef sem muito interesse. — Eles têm nachos. — Ela se animou um pouco. — Os nachos devem ser bons aqui nessa região, certo? E essa sopa de tortilla não parece má.

— Eu topo — anunciou Roarke, pensando que diante de um prato cheio de nachos e uma bela sopa ela teria que se sentar para comer.

Ela fez o pedido, pegou as bebidas na geladeira do escritório e tornou a circular o quadro.

— O começo, vamos ao começo novamente. — Ela se sentou e pegou um belo nacho. — Ele se estabeleceu em Nova York. Excelente território de caça. Tinha dinheiro escondido em toda parte... grana abundante, investimentos... mas preferiu morar num prédio de classe média. Não encontramos um segundo esconderijo em Nova York, o que não significa que não havia um. Provavelmente de alto nível. Ele foi condenado e foi para a cadeia. Mas conheceu pessoas no sistema carcerário e conseguiu explorá-las. Isso não começou com Stibble e o guarda. Havia pessoas trabalhando para ele, dando a ele acesso não registrado às comunicações. Isso exige grana. É preciso manter felizes os pombos-correio. Então, se ele possuía um segundo apartamento, será que ele não o vendeu? E investiu o dinheiro?

— Possivelmente.

— Mas, se ele tinha outro lugar, e eu acho que tinha, por que não costumava ir até lá? Por que ficava só no lugar onde eu o prendi? Ele poderia ter usado o local, em vez de ficar num hotel. Se alguém estivesse morando lá ele faria o que fez com Schuster e Kopeski. Para ele, seria até mais divertido. Mas, se ele vendeu o lugar, não significa nada. Estou viajando na maionese — disse ela, puxando o cabelo para trás.

— Talvez sim, talvez não. Continue.

— Não sei para onde estou indo, mas tudo bem. Ele matou a antiga parceira de Nova York antes que eu o derrubasse. Nossas análises mostram que ele matava as parceiras antes de se mudar de local. Mas não havia nenhum sinal de que ele planejava sair daquele apartamento ou mesmo de Nova York. Afinal, ele mantinha sua coleção lá.

— Ele podia estar entediado com a parceira da época.

— Sim, ou ela o deixou irritado, ou estragou tudo. Mas digamos que ele estava entediado com ela. Já não teria outra em vista? Uma substituta, pelo menos em potencial?

— Eu diria que sim. Certamente — confirmou ele, satisfeito ao ver que os dois já pareciam raciocinar com mais clareza. — Será que ele não ia querer ou precisar de outro lugar? Um local em que não tivesse de se preocupar com a chegada inesperada da parceira atual ou recear a possibilidade de a próxima cúmplice ficar curiosa a respeito do quarto trancado? Um lugar onde ele pudesse entretê-la, treiná-la e desenvolver o vínculo entre os dois.

— Um lugar mais condizente com o gosto dele.

— Eu poderia encontrar esse lugar para você, se tivéssemos tempo — considerou Roarke. — Mas não vejo como isso a ajudaria no momento.

— Seriam informações adicionais. Ele estava bem estabelecido em Nova York. É o seu tipo de cidade, está se divertindo para caramba por lá. Assistindo às reportagens da mídia sobre o colecionador, sobre como os policiais não estão nem perto de encontrá-lo. Ah, ele está adorando tudo aquilo, talvez prestes a conseguir uma nova "mamãe" também. A vida é bela. Então um pobre coitado é assaltado e assassinado na rua, perto do prédio, e eu apareço na porta dele.

— Ele não poderia estar preparado para isso.

— Não, e é isso que ele sempre faz: planeja, se antecipa, se prepara para contingências enquanto... — ela parou com uma colher de sopa a meio caminho da boca — ...planeja.

— Alguém teve uma ideia — comentou Roarke.

— Ele planeja. — Ela se levantou da mesa e caminhou até o quadro. — Todo esse controle, essa expectativa. Rotina, procedimentos. Foi isso que o tornou tão bom no que fazia. O que mais havia para fazer na prisão, além de planejar? Ah, era claro que ele ia fugir. Poderia levar algum tempo, mas tudo bem. Ele quer que tudo esteja certo antes de escapar. Leva algum tempo para preparar os mensageiros, leva algum tempo para se integrar ao ritmo da prisão e mostrar como ele é um bom menino, para poder conseguir algumas vantagens. Está na hora de encontrar uma nova parceira e começar o treinamento. Hora de organizar tudo para ele poder seguir em frente com o plano.

Roarke soube exatamente aonde ela queria chegar.

— Não recuamos tempo suficiente na busca do novo esconderijo.

— Não. Recuamos nossa pesquisa somente até dois anos antes. Não foi suficiente.

— Doze anos é muito tempo, ele foi inteligente. Quem reviraria um passado tão distante?

— Não tão distante. — Ela colocou o dedo sobre a foto de Melinda. — Foi nesse momento, bem aqui. Ela foi visitá-lo. Quaisquer que tenham sido os planos que já tivesse feito, ele os ajustou. Ela foi a chave. O sinal de algum deus pervertido que ele adora. Ele a raptou... foi a última a ser levada... e eu a libertei. Melinda, da cidade de Dallas. Eu devia saber que essa foi a centelha de tudo. Devia saber! Como foi que eu deixei passar?

— Tolice, não diga isso! Você não deixou passar nada. Nem suspeitava que ele tinha outro esconderijo até ontem. Por que suspeitaria?

Ele se levantou e foi até a mesa.

— Quando foi que ela o visitou?

— Em agosto de 2055.

— Então vamos começar por aí.

— Prédio novo. Ele tinha bastante tempo, por que não deixar o imóvel exatamente como ele queria?

Ela pegou seu *tele-link* e quase ligou para Peabody, mas se lembrou do protocolo. Para seguir as regras ao pé da letra, entrou antes em contato com Ricchio.

— Pode ser que eu tenha descoberto alguma coisa.

Ela deixou Roarke cuidar da busca, enquanto Ricchio montava uma equipe para fazer o mesmo do lado dele.

— O FBI está prestes a congelar as contas de Isaac — avisou Eve a Roarke. — Ainda temos algumas horas para agir. Eles vão nos dar essas horas para trabalhar.

— Mas sem pressão — murmurou ele.

Ela pensou em retrucar, mas olhou para ele. Cabelo preso na nuca, trabalhando no computador, diante de um monitor com inteligência artificial, os dados piscando no telão instalado no outro lado do escritório.

Mas nenhuma parede de vidro, refletiu Eve. E nenhum sinal de preocupação e fadiga em seu rosto.

Em vez de rebater, ela se aproximou do marido, inclinou-se e beijou o topo da sua cabeça.

Ele olhou para trás.

— Ainda não encontrei.

— Mas vai encontrar. Vou chamar Mira. Ela poderá nos ajudar. E Feeney também. É meu dever explicar a ele em que pé estamos.

— Vá fazer isso em outro lugar.

Quando Eve trouxe Mira para o escritório, lançou um olhar de advertência na direção de Roarke.

— Não fale com ele — avisou. — Roarke fica irritado quando está muito focado em alguma coisa. Não sei se temos chá.

— Temos chá na cozinha, e eu não fico irritado. Maldição, *inferno*!

Eve revirou os olhos e pegou o chá.

— Obrigada — agradeceu Mira.

— Podemos tomar o chá lá embaixo, doutora.

— Não. O quadro que você montou também é útil para mim. — Mas Mira falou em voz baixa quando Roarke praguejou em irlandês. Em seguida, ela murmurou: — Ele me parece estar regredindo.

— Não, fica só um pouco mais irlandês quando está frustrado

— Não estou falando de Roarke. — Mira sorriu de leve. — Isaac. Ele passou muito tempo na prisão e, como muitos, se acostumou à rotina e à estrutura do lugar. A liberdade após o confinamento pode ser algo assustador e energizante, mas vai deixá-lo mais descuidado. Como você toma uma decisão quando quem decidia tudo não existe mais?

— Mas ele tomava decisões na prisão. Escolheu uma parceira, escolheu um local, escolheu sua primeira vítima ao rever Melinda.

— Sim, mas mesmo essas decisões foram ilógicas. Ele é antes de tudo um pedófilo, mas arriscou sua liberdade por causa de um plano para matar você.

— Eu impedi seus crimes. Além do mais, ele também é feito de ego.

— Sim. Eu esperava... e você também... que ele primeiro se escondesse, depois caçasse suas vítimas e só então viesse atrás de você. Só que ele a colocou na frente. Desde que saiu da prisão, ele agiu por impulso, foi impaciente, quebrou seu padrão de comportamento. Sua autoconfiança está abalada. Ele nega, mas todas as suas ações são precipitadas, deselegantes. Entrar em contato com você, como fez hoje, e exibir aquele vídeo...

Eve fitou Mira longamente.

— Eu estou bem, doutora.

— Mostrar o vídeo me diz que ele está lutando para recuperar a própria confiança e quer provar a você o quanto se sente confiante.

— Gravatas e azeitonas.

Mira simplesmente olhou para Eve.

— Não entendi.

— Ele comprou muitos produtos repetidos, algo que destoa do seu padrão anterior. Dezenas de gravatas, muitos potes de azeitonas, entre outras coisas. E Melinda disse que ele pareceu sofrer um lapso por um minuto, depois que recebeu a ligação de Sylvia. Puxou a faca, então pareceu dar um branco nele, como se tivesse esquecido o que pretendia fazer.

— Combina com o que eu disse — assentiu Mira. — A liberdade após um longo período de confinamento pode ser estressante, ainda que profundamente desejada. As decisões são mais difíceis de tomar. Assim como os ajustes, quando um fator muda de forma inesperada.

Como Eve, ela analisava o quadro.

— Meu palpite — continuou — é que ele continuará a regredir. Suas ações se desviarão cada vez mais do padrão cuidadosamente estabelecido. E ele se tornará mais violento. Se raptar outra garota, agirá com mais brutalidade. Poderá até matá-la, porque o estupro e a violência não serão suficientes para satisfazê-lo por muito mais tempo. Nada será suficiente, exceto você. Ele assumirá riscos progressivamente maiores para chegar até você. Enquanto você existir, ele não poderá se sentir completo. Você o castigou. De uma maneira terrível, você é a "mamãe", agora.

— Meu Deus! Eu já tinha sacado alguma coisa, mas não tinha chegado a essa conclusão.

— Você não se encaixa no padrão de Isaac. Não é velha o bastante para ser sua mãe, não é viciada, não é fraca nem suscetível aos seus encantos. Mesmo assim... A mãe abusou dele, o castigou e, o mais importante, durante muitos anos, manteve controle total sobre ele.

— Então ele precisou eliminá-la, substituí-la, periodicamente, por alguém que ele controla.

— É o mais provável. Na minha opinião, você é a única mulher a tirar o controle das mãos dele desde o tempo da mãe.

— E pode ter certeza de que vou tornar a fazer isso. — Ela olhou para o seu smartwatch. — Temos menos de uma hora até o FBI bloquear as contas dele. O que ele fará quando...

— Não importa — anunciou Roarke. — Eu o encontrei.

— Você achou alguns locais que se encaixam em todos os parâmetros?

— Não. Você honestamente acha que eu levaria tanto tempo assim apenas para levantar todas as possibilidades? Não sei como ainda consigo tolerar os seus insultos. Encontrei a localização exata.

— Como pode ter tanta certeza? — Ela revirou os olhos quando os dele se estreitaram. — Não estou questionando suas habilidades gigantescas e sensuais. Só quero ter como retransmitir os dados para Ricchio, para o FBI, e convencê-los de que você está certo.

— Eu estou certo. Isaac deu uma boa entrada para a compra de um apartamento projetado exclusivamente para ele. Dois quartos, dois banheiros e um lavabo, cozinha gourmet e elevador privativo. Sexagésimo sexto andar. Isso aconteceu em setembro de 2055.

— Como foi que você não notou antes a transferência dessa quantia para a entrada do apartamento? Deve ter sido uma grana considerável.

— Porque, como você suspeitava, ele tinha outra conta.

Como ela viu claramente que ele estava irritado por ter deixado passar essa segunda conta, manteve o bico calado.

— Foi uma conta de corretagem corporativa — continuou Roarke. — Ele contratou uma firma de advocacia para lidar com esses depósitos e transferências. Esse escritório de advocacia funciona na Costa Rica. Sei disso porque, ao encontrar o apartamento onde ele está, fiz outra busca cruzada, que me deu muito trabalho — explicou, com ar sombrio —, e consegui rastrear o dinheiro de volta até ele. O apartamento está no nome da Executive Travel, uma empresa de fachada que já lhe rendeu bons lucros com o aluguel a empresas que o usam para realizar congressos, hospedar executivos em viagens rápidas, estadias de curta duração e reuniões.

— Então é...

— No entanto — continuou Roarke, ignorando a interrupção —, o apartamento foi reformado três meses atrás. Foi nessa "reforma" que ele instalou os eletrônicos. O imóvel permanece indisponível para locação.

— Nós o pegamos!

— Sim, como eu já disse. Agora, tenente, ligue para o FBI, o tenente e chame os cães de caça. Vamos acabar com isso de uma vez por todas.

Capítulo Vinte e Dois

— Nós vamos fazer assim. — Mais uma vez, Eve se dirigiu à sala de reuniões de Ricchio a passos largos. Roarke caminhava ao seu lado e Mira se esforçava para acompanhá-los. — Como já temos as informações, vamos coordenar a apresentação. Enquanto eu resolvo os próximos passos com Ricchio e o FBI, quero que você, Roarke, prepare todos os dados, repasse os detalhes técnicos já levantados, a planta do apartamento e tudo o que descobrimos sobre os sistemas de alarme e segurança pessoal de Isaac. Quero que você se junte à pessoa que Ricchio escolher entre os seus detetives eletrônicos e lidere a equipe de segurança.

— Ah, você quer?

— Eles vão levar em conta suas descobertas porque, a menos que sejam idiotas completos, a essa altura já descobriram que você é melhor e mais rápido do que qualquer um da equipe local. E também porque eu vou obrigá-los a ouvir.

– Ela joga em equipe — disse Roarke baixinho para Mira e recebeu um olhar duro da esposa.

— Vamos derrubar o sistema de segurança de Isaac, desativar os elevadores e isolar o prédio inteiro sem alertá-lo — determinou Eve. — Mas vamos ter de fazer isso bem depressa, com precisão e na hora certa. Fica por sua conta. Sei que você é capaz. Não sei se os homens de Ricchio conseguiriam.

— Você consegue fazer isso? — perguntou Mira, olhando para Roarke. — Isolar o apartamento de Isaac e o prédio inteiro?

— Esse é um dos meus hobbies.

— Quero que Mira comece a apresentação com o novo perfil que ela montou — continuou Eve, lançando mais um olhar duro para Roarke. — Quero que todos os envolvidos saibam exatamente com quem estarão lidando. Não se apresse, mas seja objetiva. Na última operação deu tudo errado, alguns dos policiais ficaram nervosos e outros deviam estar ansiosos demais.

— Entendido.

— Então vamos nessa.

Ela seguiu direto até Ricchio.

— Preciso de um minuto, tenente — pediu Eve.

— Claro. — Ele acenou com a cabeça para o detetive ao seu lado e disse: — Vá chamar os outros. Dallas, já identificamos e localizamos os dois profissionais que Isaac mandou a parceira procurar a fim de instalar o sistema de segurança e o isolamento acústico. Mandei trazê-los para interrogatório.

— Excelente.

— Também interrogamos o funcionário da loja de vinhos onde Isaac comprou o espumante, o vinho e o caviar. Temos as imagens das câmeras de segurança mostrando-o dentro da loja, escolhendo os produtos. O funcionário levou as compras para o carro e confirmou que Isaac estava dirigindo um Orion.

— Muito bom! Isso vai nos ajudar a montar a linha do tempo.

— Também descobrimos a faca e a bainha, foram compradas no mesmo dia.

— Ele é um cara ocupado. Tenente, trouxe a minha analista de perfis. Gostaria que ela informasse sua equipe sobre as mudanças no padrão e no perfil de Isaac. É importante que entendam o alvo e seu atual estado de espírito.

— Concordo.

— Meu consultor vai apresentar os dados. — Ela fez uma pausa quando os agentes do FBI chegaram e virou-se para explicar as novidades. — Temos as plantas do prédio e do apartamento de Isaac, e sabemos como funciona seu sistema de segurança. Roarke precisará de alguns homens competentes para trabalhar com ele — avisou a Ricchio. — Desativar os sistemas de segurança, tanto do apartamento de Isaac quanto do prédio, assim como os elevadores, no timing correto, tudo isso é essencial.

— Temos homens para isso — sugeriu Nikos.

— Ótimo, envie-os para Roarke. Ele vai coordenar tudo.

— Mas ele...

— Roarke é o melhor que existe — interrompeu Eve.

— Devo concordar com isso — afirmou Ricchio. — Stevenson não se impressiona com facilidade e ele convidaria Roarke para a divisão dele hoje mesmo, se pudesse.

Não é um idiota, pensou Eve.

— Roarke já está familiarizado com a planta e conhece o sistema de segurança, já que é um dos fabricantes. A segurança pessoal de Isaac será mais complicada, o que também depende do timing e da habilidade do técnico. Não estaríamos tendo esta reunião se não fossem os dados levantados pelo meu técnico.

— Concordo — disse Laurence, antes de Nikos ter chance de falar. — Nós lhe daremos tudo que precisa.

— Ótimo. — Eve esperou um segundo antes de continuar. — Precisamos confirmar se Isaac está dentro do apartamento ou não antes de desativar e bloquear tudo.

— Parece que você supõe que vai comandar toda essa operação, Dallas. A última que você comandou terminou com uma perseguição em alta velocidade, um policial e um suspeito mortos. O que nos leva à questão do detetive Price. — Nikos olhou para ele. — Bem como a decisão de incluí-lo nessa operação.

— As ações do meu detetive salvaram uma criança de ferimentos graves, e possivelmente da morte. Não comece a questionar as ações dele ou o meu julgamento, agente — reagiu Ricchio.

— Já que você quer joga em cima de alguém a culpa do que aconteceu, jogue em mim — desafiou Eve. — Quem sabe você teria deixado aquele garoto ser atropelado.

— Eu culpo você, e acho que o detetive Price não está psicologicamente preparado para...

— Ah, dá um tempo, Nikos. Sério! — Laurence esfregou a testa. — Se você quer culpar alguém, culpe o diabo do cachorro. O fato é que fizemos tudo certo e a operação deu errado. Precisamos recuperar o atraso nesta segunda chance. Dallas tem os dados.

Nikos cerrou os dentes.

— Temos que analisar os dados e confirmar a localização de Isaac antes de qualquer coisa.

— Já foi confirmada — rebateu Eve. — Você quer todos os detalhes?

— Quero fatos. Realmente confirmados.

— Isaac paga a prestação desse apartamento desde setembro de 2055... um mês depois de Melinda ter ido visitá-lo na Penitenciária de Rikers. A construção do prédio e do apartamento foi concluída em fevereiro do ano seguinte. Eu ainda não terminei — disse Eve, quando Nikos se preparou para interrompê-la.

A agente estava cansada, reparou Eve. O nervosismo, o estresse e a tensão dos últimos dias apareciam nitidamente no rosto de Nikos. Mas ela teria de engolir a situação, pensou. Ela e todos os outros.

— Os pagamentos, o dinheiro dos aluguéis de inquilinos corporativos, a manutenção e outras despesas são administrados por Ferrer, Arias & Garza, um escritório de advocacia da Costa Rica, Heredia, para ser exata. Fato que você poderá confirmar. O apartamento pertence à Executive Travel, que paga regularmente todos os impostos e taxas. Também usa o mesmo escritório de advocacia para isso. Isaac contratou um serviço de limpeza local, o mesmo usado pela parceira no apartamento. Tudo pago pelo escritório de advocacia e cobrado da Executive Travel, que tem apenas uma caixa postal como endereço. Quem gerencia a locação é a administração do prédio, mediante uma taxa. Ela também envia relatórios regulares para o escritório de advocacia.

Ciente de que tinha total atenção dos policiais naquela sala, Eve manteve o foco em Nikos e insistiu no seu argumento:

— Esses são os dados que o meu consultor levantou, grande parte deles no caminho do nosso hotel para esta sala. Se quiser, ele pode conseguir os nomes de todos os funcionários do escritório de advocacia e ainda informar se usam cueca samba-canção ou sunga. Ele é competente a esse ponto. Pesquisou esses dados porque eu deduzi que Isaac tinha um segundo esconderijo. Também sou competente a esse ponto. Com o que estamos lhe entregando de bandeja, Nikos, você pode acusá-lo de todo tipo de crimes divertidos em âmbito federal, e potencialmente prender uma organização criminosa... no caso, esse tal escritório de advocacia, caso você esteja com dificuldade para acompanhar. Essa firma certamente contornou ou violou várias leis internacionais e sonegou uma montanha de grana. Antes disso, porém, existe o pequeno detalhe de prendermos Isaac.

Ela se virou para Ricchio, que lutava para esconder um sorriso.

— Com sua permissão, tenente, eu gostaria de começar a reunião e depois coordenar com você as tarefas de cada um.

— Isso mesmo, vamos colocar todo mundo na rua.

Nikos quase fumegou de raiva, mas Eve não se importou. Na verdade, se sentiu motivada.

Depois que Mira terminou de expor o perfil que traçara, Eve estabeleceu a estratégia e os procedimentos operacionais. Em seguida, chamou Mira e Roarke a um canto.

— Você vai trabalhar com os detetives eletrônicos da Polícia de Dallas e do FBI.

— Que maravilha! — comentou Roarke, sem demonstrar nenhum prazer verdadeiro.

— Ricchio vai lhe dar espaço para coordenar tudo. Ele também vai providenciar os mandados para que você invada o sistema de segurança do prédio e o de Isaac. Vocês vão ser a Equipe Um.

— Já entendi. Bem, vou encontrar minha turma. Vejo você na linha de frente, tenente.

— Eu gostaria que a senhora viesse conosco — disse Eve a Mira. — Sabemos que Isaac estava em movimento quando entrou em contato comigo. Parece improvável que tenha raptado outra garota, mas não é impossível. Nesse caso, talvez precisemos de uma negociadora de reféns, e leva tempo para conseguir uma. Além do mais, a senhora o conhece.

— Sim, claro. Ficarei feliz em colaborar.

— Vamos mantê-la fora do perigo. Mas a senhora estará conectada, doutora, para acompanhar tudo que estará acontecendo.

— Basta me dizer onde eu devo me posicionar.

Vamos em frente, pensou Eve, enquanto subia na van com sua equipe e colocava o fone de ouvido. Um passo de cada vez.

Acessar o sistema de segurança do prédio, câmeras e microfones internos e externos. Confirmar se o alvo está no local. Se estiver, localizar e bloquear seu veículo. Todas as equipes devem avançar para as novas posições. Derrubar o sistema de segurança do apartamento e desativar os elevadores. Mover-se para o corredor do apartamento, bloquear todas as saídas e isolar o prédio. Prendê-lo na ratoeira como o rato que ele é.

Arrombar a porta e invadir o apartamento com tudo. Derrubá-lo.

Se o alvo não estiver no local, aguardar sua chegada e prosseguir conforme o planejado.

Bree se virou para Eve:

— Eu queria agradecer por me chamar para fazer parte da sua equipe.

— Talvez eu só queira ficar de olho em você para que não pise na bola.

Bree exibiu um sorriso tenso.

— Não vou fazer nada errado. Meus pais estão em casa com Melly. Não contei nada a eles. É melhor assim.

— Bem melhor.

— Quero poder dizer a eles que o pegamos.

— Então vamos fazer acontecer.

— Sei que Nikos pegou no seu pé e criticou Ricchio por causa de Price. Esse tipo de coisa se espalha rápido.

Tiras eram todos iguais, pensou Eve. Alguns comportamentos não tinham limites geográficos.

— Sim, se espalha mesmo.

— Soube que você o defendeu.

— Ele não fez nada de errado. Tivemos azar, simples assim. Nikos também sabe disso. Só está chateada e frustrada.

— Eu sei. Mesmo assim, obrigada.

— Você pode me pagar um drinque quando acabarmos.

— Combinado.

Aqui vamos nós, pensou ela, quando a van parou.

— Equipe dois em posição — disse, no microfone. — Câmbio!

Ela ouviu o relato dos comandantes das equipes e gesticulou para o detetive eletrônico da sua equipe.

— Imagem no telão! Vamos dar uma olhada.

Ela estudou o edifício, todo ouro e vidro cintilante, formando uma longa curva. As varandas eram maiores e mais salientes nos andares superiores.

Isaac estava no último andar, lado leste.

— Aumentar zoom no apartamento do alvo.

Ela ficou na ponta da cadeira. A menos que ele tivesse um paraquedas ou um jetcóptero pessoal, não poderia escapar pela varanda. Com o elevador e as escadas bloqueados, também não teria acesso ao telhado.

A única saída seria passar por uma muralha de policiais. Ele não conseguiria.

— Fazer uma varredura, nível térreo! — ordenou.

Ela viu os policiais à paisana em posição ou entrando no saguão; reparou no casal que tomava café num bistrô ao lado do prédio; viu um homem sentado numa mureta sobre um canteiro de flores enquanto trabalhava em seu tablet; outro olhava vitrines.

Ela conferiu o restante dos policiais em seus postos.

Deu ordens estritas para que não se aproximassem de Isaac nem o perseguissem, mesmo que ele fosse avistado do lado de fora. A última coisa que ela queria era outra perseguição, pois isso daria a ele uma oportunidade de furar o cerco.

— Estamos dentro do prédio — informou Roarke, em seu fone de ouvido.

— Entendido. Mostre-me o local.

A imagem do monitor mudou, mostrando a área do saguão, sofisticado e elegante. Um androide trabalhava atrás de um balcão comprido, recebendo visitas, entregas e as equipes de limpeza. Muitas flores transbordavam de vasos de vidro quadrados, alinhados junto a uma parede.

Enquanto ele a conduzia pelas áreas comuns do prédio, salas de segurança e manutenção, o comandante da equipe quatro avìsou em seu ouvido:

— Os sensores indicam que o apartamento está vazio, tenente.

Merda, pensou Eve.

— Vamos esperar. Equipe cinco, vá para a garagem. Vamos ver se ele saiu de carro ou está a pé. Se vocês localizarem o veículo, bloqueiem-no.

Ela se recostou na cadeira.

— Roarke, vamos verificar o andar.

Ela estudou o corredor, a localização dos outros apartamentos, a posição das escadas, os elevadores. E a luz de segurança na porta de Isaac.

— O veículo do alvo está na sua vaga. Já o bloqueamos.

— Entendido. Vamos ficar a postos.

Hora de esperar, pensou.

A alguns quarteirões de distância, Isaac circulava pelas prateleiras de um mercado gourmet. Ele sentia falta daquela vida. Sentia falta de *tempo* livre para curtir o que gostava; sentia falta de desfrutar uma refeição à sua escolha, em um lugar especial.

Pretendia preparar para si mesmo um jantar muito especial, o último antes que tivesse companhia.

O último antes que Eve se juntasse a ele.

Ia dar tudo certo, pensou, enquanto examinava as alcachofras. Ele sabia exatamente onde encontrá-la agora.

O nível de segurança da comunicação, como era de esperar em um hotel de Roarke, era perfeito. Mas a Polícia de Dallas não era exatamente inteligente nem possuía muitos recursos. Portanto, não tinha sido difícil rastrear Eve durante o último contato. Naquela noite mesmo, ele lhe faria uma visita. Sem dúvida, teria que matar Roarke, o que era uma pena, considerando todo o dinheiro abundante que poderia ter caído em suas mãos.

Mas Eve valia a pena.

Faltava apenas acertar alguns detalhes, algo que ele faria logo depois do mercado.

Ele se viu olhando fixamente para as prateleiras, incapaz de tomar uma decisão sobre as azeitonas. Havia tantas escolhas diferentes, todos aqueles vidros. Como era possível escolher uma única marca, *saber* o que teria vontade de comer dali a uma hora? Ou duas?

Irritado consigo mesmo, ele pegou um vidro qualquer de azeitonas, depois outro, depois mais dois. Claro que ele sabia o que desejava ou ia querer. O problema era que estava com muita coisa na cabeça. Conseguir passar pelo sistema de segurança do hotel e chegar aos aposentos de Eve não seria moleza, afinal. Mas nada que estivesse além de seu alcance, bastava um planejamento cuidadoso. Não era de admirar que ele não conseguisse decidir nem que azeitonas comprar.

Ele pegou seu tablet, onde tinha anotado cuidadosamente tudo de que precisava para aquela refeição especial. Sentindo-se mais calmo, continuou a circular pelos corredores da delicatessen. Tudo ficava muito melhor quando era anotado e bem organizado.

Estudou os tomates-cereja durante muito tempo.

— Algo está acontecendo no Golden Door — comentou alguém.

Isaac saiu do seu transe.

— O que você disse?

— Polícia.

Ele se sobressaltou, se atrapalhou e quase deixou a cesta cair. Com a cabeça girando de um lado para o outro, preparou-se para fugir.

Foi quando viu o rapaz do estoque conversar com um colega do mercado.

— Policiais naquele lugar? — O balconista riu. — O que aconteceu? Alguém tropeçou no próprio dinheiro e despencou pela janela?

— Acho que é algo mais grave. Fiz uma entrega lá agora há pouco. Enquanto saía, avistei um tira que eu conheço.

— É sempre assim. Os tiras estão em toda parte, exceto quando você precisa deles.

— Você não está acreditando em mim, né? Não era um tira qualquer, era um *detetive*, e parecia estar disfarçado.

— Mas, então, como você sabe que ele é detetive?

— Porque eu o conheço. Detetive Buck Anderson. Ele deu uma palestra sobre criminologia na minha escola, umas duas semanas atrás. Ele é bem maneiro, cara, até me fez pensar em ser policial.

O atendente deu uma risadinha e bufou.

— Até parece!

— Qual é? Eu daria um belo tira. Descobri um detetive disfarçado, não foi? Ele estava encostado na parede. Estava usando jeans, camiseta e óculos escuros, mas eu o reconheci.

— Talvez seja o dia de folga do cara.

— De jeito nenhum, porque, quando eu o cumprimentei, ele agiu como se não me conhecesse. Conversei com ele depois da aula por uns vinte minutos, ele me deu um cartão e tudo. Como eu disse, ele foi maneiro, mas garantiu que eu estava enganado. "Pareço um policial, por acaso?", foi o que ele me disse, e mandou eu cair fora.

— Que mancada, Radowski, provavelmente nem era o mesmo cara. E se fosse?

— Era ele! Aposto que está no encalço de alguém, ou algo do tipo. Aposto que logo sai alguma notícia escandalosa sobre o Golden Door.

Com muito cuidado, Isaac colocou a cesta de lado. Estampou um sorriso na cara e caminhou até os dois jovens.

— Com licença, ouvi você mencionar o Golden Door? A polícia? Tenho um amigo que mora lá. Espero que não haja problemas.

— Não sei dizer, senhor. É que pensei ter visto alguém que eu conhecia. — Como o sorriso de Isaac não combinava com a fúria em seus olhos, o entregador se afastou. — Preciso voltar ao trabalho.

O balconista se voltou para Isaac:

— Posso ajudá-lo a encontrar alguma coisa, senhor?

— Não. Não, você não pode. — Isaac saiu correndo, empurrou de lado um casal que entrava na loja e saiu caminhando a passos acelerados na direção oposta do Golden Door e seu apartamento perfeito.

Eve ignorou a conversa paralela, mantendo-se concentrada nos próprios pensamentos. Depois de uma hora de espera, Roarke falou em seu ouvido:

— Isaac fez contato novamente. Quer falar com você.

Algo aconteceu, pensou Eve. Algo deu errado.

— Mantenha-o na linha e comece a rastrear a chamada. Não quero ouvir a voz de ninguém aqui. Você consegue rastreá-lo? — perguntou a Roarke.

— Possivelmente. É mais difícil com *tele-links* em movimento.

— Tente descobrir onde ele está, atenda a ligação e desabilite a câmera.

— Use o comunicador do seu *tele-link*. Assim posso fazer um cruzamento. Tente ganhar tempo para que eu possa rastreá-lo. Vou transferir a ligação.

Ela mudou de posição e esperou.

— Duas vezes no mesmo dia? Você deve estar com saudades de mim, Isaac.

— Não por muito tempo.

Havia algo errado, pensou ela, novamente. Percebeu na voz dele. Não havia o habitual tom divertido e premeditado, mas raiva pura.

— Isso é o que você sempre fala.

— Mas você não conseguiu se aguentar. É muita falta de educação da sua parte, Eve, muita, vir à minha casa sem ser convidada.

Merda, merda, merda!

— Dei só uma passadinha por aqui. A que horas você vai voltar, Isaac? Trouxe um presente de boas-vindas para a sua casa nova.

A respiração dele sibilava, para dentro, para fora.

— Você se acha muito esperta.

— Encontrei seu esconderijo, não foi?

— Sorte. Pura sorte. Você não vai ter toda essa sorte quando eu a pegar. Vou fazê-la se arrepender de tudo isso. Você vai sofrer tanto que se sentirá grata quando eu finalmente cortar a sua garganta.

— Você planeja usar a adaga que comprou na Points & Blades? Gastou uma grana alta para comprar uma arma. Mal posso esperar para vê-la.

— Você vai vê-la. Um dia eu estarei bem do seu lado.

— Quer saber? Você me parece um pouco irritado. Por que nós não...

Ela xingou baixinho quando ele desligou.

— Estou tentando — disse Roarke, antes que ela tivesse a chance de perguntar. — Ainda não consegui definir o local exato da ligação, não daqui. O mais próximo que posso lhe dar é algum lugar na avenida Davis, entre a Corral e a Kingston.

Ricchio entrou.

— Vou emitir um alerta geral. Teremos todas as rotas de fuga bloqueadas.

— Ele não vai voltar aqui — assegurou Eve. — Vamos entrar. Ele está fugindo, mas talvez possamos encontrar algo que nos diga para onde é mais provável que vá.

Ela queria socar alguma coisa, mas conteve a raiva quando saiu da van. Ela tinha acompanhado as varreduras e conferido a posição dos policiais espalhados pela rua. Nenhum deles poderia tê-lo alertado sem querer.

— Como foi que ele nos descobriu? — perguntou, quando Roarke se juntou a ela. — Como diabos ele nos identificou?

— Instinto, talvez?

— Ninguém é tão bom assim. — Ela balançou a cabeça. — Ele sabia que estávamos aqui. Que eu estava aqui. E ficou mais furioso do que nunca.

Ela deixou que um androide de Ricchio fosse na frente para verificar se era seguro. Quando chegaram ao apartamento de Isaac e conseguiram entrar, ela já estava calma novamente.

— Acho que foi um dos meus homens — disse Ricchio. — Não foi nada que ele ou nós fizemos. Alguém o reconheceu, um estudante universitário. Esse meu detetive deu uma palestra para a turma do rapaz recentemente e passou algum tempo conversando com ele. O garoto saiu do prédio e o viu. O detetive conseguiu se livrar dele, e depois o investigou, por desencargo de consciência. Ele trabalha em um mercado gourmet que fica a alguns quarteirões de distância, fora do nosso perímetro.

— Isso que é sorte!

— O detetive está no mercado neste momento, conversando com o garoto. É possível que Isaac também tenha estado lá, e o garoto pode ter comentado algo sobre ter visto a polícia.

— Merda!

— Ninguém poderia adivinhar ou prever que...

— Não, ninguém poderia. A sorte ajudou Isaac, só isso. — Mas ela endureceu quando Nikos se aproximou. — Se você vai me pentelhar por causa disso, pode economizar a saliva.

— Não desta vez. Tudo estava funcionando como um relógio. Mas gostaria de saber por que você não negou que estava aqui quando ele fez contato. Por que você confirmou?

— Porque ele sabia, então escolhi irritá-lo um pouco. Ele está desnorteado. A doutora Mira chama isso de regressão. Provocar Isaac o descompensará ainda mais.

— A doutora Mira também disse que, provavelmente, ele se tornará mais violento e menos controlado.

— Exatamente. Bloqueie as contas dele, este é o momento.

— Já fizemos isso — informou Nikos. — Há cinco minutos.

— Boa. Ele não tem para onde ir e não tem como seguir em frente, ao menos até roubar um carro. Mas ele sabe que não poderá circular com um veículo roubado durante muito tempo. Precisamos bloquear as estradas, vigiar todos os transportes públicos e privados. Ele não tem dinheiro, exceto o que leva no bolso. Só tem a identidade que usa atualmente. Se usar o cartão de crédito, nós o pegamos, e ele sabe disso. — Ela se virou e gesticulou. — Olhe só para este lugar. Ele dedicou muito tempo e esforço para fazer isso acontecer, e tudo de dentro da prisão. Agora ele não poderá contar com nada disso. Quando tentar sacar mais dinheiro, não vai conseguir.

— Ele vai tentar sair de Dallas.

— Talvez, mas nós não vamos ficar de braços cruzados enquanto ele tenta.

Ela foi até a porta trancada e olhou para Roarke. Quando ele abriu as fechaduras, ela entrou.

Isaac tinha decorado as paredes com fotos das suas vítimas. Todas as garotas, todos os olhos.

— São as fotos dos arquivos policiais — afirmou Eve. — Ele se deu ao trabalho de consegui-las. Ele me queria aqui, trancada com elas.

Ela estudou os grilhões e se lembrou de como eles pesavam em seus pulsos e tornozelos durante o pesadelo.

Então virou-se e saiu do quarto.

— Vamos ver o que mais ele deixou para trás.

Ele levava uma vida de luxo, refletiu Eve, enquanto viravam o apartamento pelo avesso. Lençóis de linho irlandês, toalhas de algodão turco. Champanhe francês, caviar russo.

Havia tranquilizantes, substâncias que provocavam paralisia temporária e seringas, tudo meticulosamente organizado em um estojo com suas iniciais.

— Flores recém-colhidas em todos os cômodos — disse ela a Mira. — E comida suficiente para vários meses. Muita coisa fresca também, que ia acabar estragando.

— Ele tem muita necessidade de adquirir coisas... colecioná-las. Comprar e possuir. Provavelmente anda tendo problemas para decidir o que quer.

— Então compra em excesso — concordou Eve. — Flores demais, comida demais, roupas demais. Antes ele sabia como levar um estilo de vida frugal. Vivia bem, mas sem excessos. Aposto que vamos achar suas digitais em todos os lugares, muitas delas sobrepostas. Ele precisa tocar em tudo, várias vezes. Aposto que ficava no meio da varanda se sentindo o rei do mundo. Depois voltava para cá e se trancava nessa fortaleza. Para onde vai agora?

— Londres estava nos seus planos — avisou Roarke. — Estamos descriptografando alguns de seus dados e descobrimos que ele começou a pesquisar acomodações e imóveis em Londres.

— Ele não vai conseguir ir para lá agora.

— Ele conhece Nova York — argumentou a médica.

Eve assentiu para Mira.

— E ele espera que eu volte para lá. Vai precisar voltar a aplicar golpes para levantar algum dinheiro rápido. Vai sentir necessidade de caçar, e logo. Só que não tem para onde levar nem manter a vítima nova. Vai para um motel, talvez, algo que possa pagar em espécie. Vai precisar deixar a vítima dopada. Não vai poder contar com isolamento acústico, desta vez. Mas precisa matar a vontade.

Ela andou de um lado para o outro e continuou:

— Talvez invada uma casa desocupada. Para roubar o que puder e ficar algum tempo, até se recuperar.

— Ele está com raiva. Vai agir de forma precipitada — alertou Mira. — E violenta.

— A imprensa poderá ser útil. Vamos espalhar seu rosto, seu nome. Podemos liberar alguns dados do caso. Se ele assistir aos jornais, vai ficar ainda mais furioso e abalado. Está sozinho agora e vai ter que depender apenas de si mesmo. Faz muito tempo que não se vê nessa situação.

Eve pediu a dois guardas que levassem Mira de volta ao hotel e chamou a DDE para cuidar dos eletrônicos.

— Sua ajuda seria útil — sugeriu a Roarke. — Sei que você não gosta de trabalhar nas instalações de Ricchio, mas é para lá que o equipamento vai.

— Sim. Então é para lá que nós vamos também.

— Vou ficar aqui e continuar a busca. Tem uma dúzia de policiais no local — disse ela, quando ele franziu o cenho. — Sem contar comigo. Quando eu acabar aqui e estiver indo para o hotel, peço a dois policiais fortões com cara de mau para me levarem até a porta, se você estiver ocupado. Está bom para você?

— Não vá a lugar nenhum sozinha. Prometa.

— Não se preocupe. Não vou dar a ele a chance de me pegar sozinha.

— Vou te infernizar — advertiu Roarke. — Ligar de hora em hora.

— Tudo bem, vou só terminar aqui e peço uma escolta de volta. Depois vou me trancar no hotel para tentar achar uma nova pista de onde ele possa estar e de como planeja me pegar com a polícia cercando Dallas desse jeito. Estou falando da cidade.

— Certo, então. Ligue para mim quando estiver de saída para o hotel. Se eu já tiver acabado tudo que tenho para fazer até então, encontro com você lá. Podemos investigar o novo ângulo juntos.

— Combinado.

Capítulo Vinte e Três

Estava limitado a furtar estabelecimentos pequenos, pensou Isaac. Como um ladrão de rua qualquer. Mais uma coisa pela qual Eve Dallas ia pagar. Mesmo assim, não era mau saber que ele não tinha perdido o jeito. Com três paradas relativamente rápidas, conseguiu tudo de que precisava.

Talvez tivesse sido uma chatice ter de abandonar um carro e furtar outro logo em seguida, mas ele tinha de admitir que foi um pouco emocionante também. Ligeiramente nostálgico.

Ele não roubava carros desde seus tempos de menino debaixo da saia da mãe. Além disso, o segundo carro lhe rendeu uma maleta — que belo golpe de sorte! Acessórios sempre ajudavam no disfarce.

Chegou a hora, pensou, de chegar ao cerne da questão. Hora de terminar aquilo, acabar com *ela* e dar o fora de Dallas. A cidade tinha lhe trazido má sorte, nada além de azar fétido. Hora de voltar para Nova York. Seria como esfregar na cara da cidade o rosto de Eve morta, certo?

Mas não, não, ele também tivera azar em Nova York.

Filadélfia, talvez, ou quem sabe voltar a Baltimore. Ou Boston. Não, não, o inverno estava chegando, apesar do calor insano que fazia naquela malfadada cidade esquecida por Deus. Era melhor ele ir para o sul. Atlanta... não, Miami. Todas aquelas meninas más nas praias. Alvos fáceis. Seria como férias.

Decidiu tirar férias em Miami e se viu passeando por South Beach em um terno de linho branco.

Com a imagem de um belo carrão na cabeça e um estado de espírito mais feliz com a perspectiva de sol e surfe no futuro, parou o carro em frente ao hotel. Fingiu ter problemas para abrir o cinto de segurança e pegar a maleta, para dar tempo ao porteiro de vir lhe abrir a porta.

— Boa noite, senhor. Vai fazer check-in?

— Não, apenas encontrar um amigo no bar.

— Aproveite sua visita, senhor.

— Ah, vou aproveitar, sim. — Ele não se incomodou de dar ao rapaz uma bela gorjeta. Pretendia sair com muito mais do que tinha entrado, então podia se dar ao luxo de ser generoso.

Entrou no hotel e levou alguns instantes para olhar ao redor, como qualquer visitante faria. Observou que o espaço era exatamente igual ao que aparecia no site. Também analisou o sistema de segurança do saguão, as câmeras e as pessoas que trabalhavam ali.

Balançando a maleta, entrou no bar contíguo ao saguão e escolheu uma mesa de frente para os elevadores.

Ainda havia algum tempo, calculou. Eles não voltariam logo à ação, pois tinham trabalho a fazer. Revistar seu apartamento, vasculhar suas coisas. Bloquear as estradas e coordenar a caçada.

Eles podiam transmitir quantos alertas quisessem. Ele já tinha resolvido o problema com uma tesoura. Cortou os cabelos no toalete da farmácia, pintou-os com esmero e usou os fios tosquiados e um pouco de cola para criar um cavanhaque descolado. Agora ele exibia um visual totalmente novo.

E bem atraente, pensou, enquanto flertava com a garçonete e pedia um refrigerante com uma rodela de limão. E ela flertou de volta! Elas sempre correspondiam, pensou. E o que ela havia enxergado? Um homem de cabelos castanhos curtos, meio picotados, com um cavanhaque fino e desenhado. O terno sob medida e a maleta.

Não viu um homem que a polícia perseguia por toda parte. Não mesmo.

Flexionou a mão, abrindo-a e fechando-a debaixo da mesa. Ele queria sangue, o mais depressa que conseguisse. Queria o corpo recém-desabrochado de uma menina má, muito má. Queria ver a vida se esvair do corpo de uma certa policial vadia. Mas teria de esperar mais um pouco. Precisava proceder com cautela.

Estava com sorte, lembrou a si mesmo. Deu à garçonete uma piscadela alegre quando ela trouxe a sua bebida, um prato de azeitonas e uma bela bandeja de petiscos.

Azeitonas, pensou, deixando a mente vagar por alguns segundos. Qual era mesmo o lance das azeitonas?

O entregador da delicatessen, o balconista, os tiras. Todos aqueles potes de vidro.

Ele tomou um gole bem devagar. Refrigerante agora, champanhe depois, prometeu a si mesmo. Tudo ia seguir conforme o planejado. Ele só precisava esperar por um alvo.

Examinou o bar e o saguão, considerando e rejeitando possibilidades enquanto bebia seu refrigerante.

Demorou vinte minutos, mas ele a encontrou. Bonita e baixinha, usando um vestido preto curto. Um pouco maquiada demais, com bijuterias e cabelos castanhos que precisavam de luzes e um corte mais moderno.

Mas ele gostou dos sapatos rosa-choque.

Tinha vinte e poucos anos, avaliou, quando ela se dirigiu ao bar. Garota do interior na cidade grande. Quando ela se sentou à mesa ao lado, ele considerou aquilo um sinal.

Ele nem precisaria mudar de lugar para tudo dar certo.

Ela pediu um coquetel de champanhe. Curtia o momento, reparou ele, observando enquanto ela olhava em volta. Então se certificou de que ela olhasse para ele no instante em que consultou as horas no smartwatch com a testa franzida. Quando percebeu que tinha chamado atenção da jovem, sorriu para ela.

Ela corou.

— Acho que levei um bolo. — Ele deu de ombros e sorriu novamente. — Espero que você não se importe, mas preciso falar: seus sapatos são lindos.

— Ah. — Ela mordeu o lábio inferior e olhou em volta novamente. Havia muitas pessoas no bar, era um excelente hotel. Que mal havia? — Obrigada. Acabei de comprar.

— Ótima escolha. — Ele olhou para o smartwatch novamente, como se estivesse conferindo a hora. — Está em Dallas a passeio?

— Ahn...

— Desculpe. — Ele fez um gesto com a mão. — Não queria me intrometer.

— Não, tudo bem. Vim aqui para ver alguns amigos. Nós vamos jantar juntos, mas eles tiveram que adiar a reserva para mais tarde. Então eu pensei que, já que estou aqui, toda arrumada...

— Com esses sapatos novos maravilhosos...

Ela riu, e ele pensou que ia ser fácil demais.

— Pensei em tomar um drinque aqui embaixo, em vez de ficar esperando no quarto.

— Não a culpo nem um pouco. — Ele esperou até a garçonete servi-la e pediu outro refrigerante. — Eu também vim encontrar alguém... um cliente. Só que, como eu já disse... E aí, de onde você é?

— Ah, eu sou de Lugar Nenhum, em Oklahoma.

— Sério que o nome da cidade é esse?

— Não, mas poderia ser. É uma cidade minúscula. Brady, ao sul de Tulsa.

— Você deve estar brincando! Tulsa — exclamou ele, batendo no peito. — Foi lá que morei até os dezesseis anos, quando nos mudamos para cá. Fiquei arrasado. Tive de deixar a menina que eu sabia ser o amor da minha vida. Não acredito! Alguém de Brady, Oklahoma, com belos sapatos rosa-choque, senta ao meu lado no bar do hotel. Preciso lhe pagar um drinque.

— É... Hmm....

— Vamos lá, o povo de Oklahoma precisa se unir. — Cuidado, ele disse a si mesmo, e simplesmente se virou para encará-la de frente. — Meu nome é Matt Beaufont.

— Eloise. Eloise Pruitt.

— É um prazer conhecê-la, Eloise. Então, esta é sua primeira vez em Dallas?

Ele a envolveu no papo, a fez rir, a fez corar. Pagou as bebidas dele e as dela quando a garçonete trouxe mais uma rodada.

— Escute, você se importa se eu ficar com você, só até ir embora?

Antes de ela ter chance de responder, ele pegou sua bebida e se levantou. Moveu-se rápido e deslizou a cadeira para o lado dela, encurralando-a.

— Não acho que...

— Fique bem quietinha e continue sorrindo para mim. Você sente isso, Eloise? É uma faca. Se fizer qualquer som ou movimento, serei obrigado a enfiá-la em você. — Os olhos dela ficaram muito arregalados, muito perplexos. Uma emoção extra. — Seu vestido vai ficar destruído e o sangue vai pingar nos seus belos sapatos rosa-choque. Você não quer que isso aconteça, certo?

— Por favor.

— Ora, mas eu não quero machucar você, juro que não. Só quero que você me dê aquela risadinha, como fez antes. Dê uma risadinha para mim, Eloise, ou eu vou cortar você.

Ela conseguiu rir — um pouco alto e meio estridente. Ele colocou a mão no bolso para pegar a seringa de pressão que já tinha preparado e se inclinou na direção da jovem, como se sussurrasse algo em seu ouvido.

— Ai!

— Ora, nem doeu. Foi só uma fisgadinha para ajudar você a relaxar. A fisgada e a bebida vão fazer isso.

— Eu me sinto....

— Bêbada? Ah, é assim mesmo. Em que quarto você está, Eloise?

— Estou no... quarto 1603. Estou meio tonta. Não me machuque.

— Claro, não se preocupe. Vou levar você até o seu quarto. Aposto que quer se deitar um pouco.

— Eu preciso me deitar.

— Coloque seu braço em volta da minha cintura, Eloise. E dê mais uma risadinha.

Ela cambaleou um pouco quando ele a levantou. Sorriu quando ele a mandou sorrir e apoiou-se nele enquanto os dois atravessavam o saguão.

— Não me sinto bem.

— Vou fazer com que se sinta melhor. Você só tem que fazer o que eu mandar. Exatamente o que eu mandar.

Ele a levou até o elevador, mandou que ela colocasse os braços em volta do pescoço dele e se manteve de costas para a câmera.

— Aperte o botão do dezesseis, Eloise, e sorria para mim.

— Preciso ir encontrar com meus amigos. — Ela errou o botão duas vezes, mas na terceira acertou.

— Isso vai ficar para mais tarde.

Ninguém entrou no elevador. Sua sorte ainda não o abandonara. No corredor do décimo sexto andar, ele valsou com ela pelo corredor, ela tropeçando, ele rindo.

— Preciso da sua chave, bonequinha.

— Chave?

— Deixe que eu pego. — Ele a abraçou contra a porta e a encurralou novamente enquanto abria sua bolsa e pegava o cartão. — Aqui vamos nós!

No minuto em que entraram no quarto, ele a deixou deslizar até o chão.

— Muito bem, Eloise! Agora, temos mais trabalho a fazer.

Carlotta Phelps saltou no décimo sexto andar. Ela já trabalhava na segurança do hotel havia três anos, e aquela não era a primeira vez que ajudava uma hóspede bêbada. E, como seu turno acabaria dali a dez minutos, destrancar a porta de um banheiro e redefinir a senha de uma chave não era um jeito ruim de terminar o dia.

Ela bateu duas vezes à porta do 1603.

— Srta. Pruitt? Aqui é da segurança do hotel.

Carlotta ouviu alguém tentando abrir a porta. Manteve o rosto sem expressão, mas sorriu de leve por dentro, torcendo que Eloise, de Oklahoma, tivesse algum remédio para tirar o álcool do organismo.

A mulher que finalmente abriu a porta parecia um pouco confusa e muito bêbada, mas seu rosto era o mesmo da foto no cadastro de hóspedes. Ela disse:

— Desculpe. Eu sinto muito.

— Não tem problema. Você ligou dizendo que perdeu a chave do quarto e não consegue destrancar o banheiro?

— Eu... Sim, foi o que eu disse.

— Posso entrar?

— Eu... por favor.

Eloise deu um passo para trás, ainda tonta, e Carlotta entrou no quarto.

Assim que a porta se fechou, ela captou um movimento com o canto do olho e teve só meio segundo para reagir antes de a seringa de pressão atingir seu pescoço.

— Pronto! — disse Isaac, alegremente. — Não foi tão difícil, foi? — Ele gesticulou com a ponta da faca. — Agora vá para a cama, Eloise, e fique de bruços.

— Por favor.

— Você é tão educadinha! Por favor, por favor, por favor. Sente-se ou eu vou rasgar a sua linda bochecha até o osso.

Ela fez como ele ordenou.

— Silver Tape — explicou ele, enquanto usava a fita adesiva para prender as mãos da jovem nas costas. — Baixa tecnologia, facilmente disponível e muito versátil. Ele prendeu seus tornozelos também, enquanto ela tremia e chorava.

— Eu poderia asfixiar você. Nenhum sangue. Mas, para ser franco, Eloise, não estou muito a fim. — Cansado de ouvi-la choramingar e suplicar, ele prendeu um pedaço de fita sobre a sua boca também. — Pronto, agora vou ter um pouco de paz e sossego.

Satisfeito, ele se virou para a mulher caída no chão. Virou-a de lado, pegou sua chave-mestra, o comunicador, o *tele-link*, o fone de ouvido e, como fizera com Eloise, todo o dinheiro e as joias que usava.

A ocasião faz o ladrão, pensou.

Ele a amarrou e a amordaçou, por segurança, mesmo calculando que ela ainda ficaria desacordada por uma hora. Em seguida, guardou a fita adesiva na maleta.

Preferia arrancar fora o polegar da mulher. Era mais rápido e fácil. Mas ia fazer uma sujeira. Em vez disso, pressionou o polegar dela contra uma tira de papel alumínio, prendeu-a no dele com cuidado, e lacrou.

Sentindo-se empolgado com o sucesso da empreitada, caminhou até a cama.

— Talvez eu acabe sufocando você, sabia? Com esse cabelo horrível e essa maquiagem exagerada, você provavelmente não merece viver. — Em seguida, completou: — Brincadeira! — E gargalhou ruidosamente enquanto ela se contorcia e lutava para gritar. — Quer dizer, não quando falei do seu cabelo e da sua maquiagem. Tchau, Eloise... e não precisa agradecer. Você vai se lembrar dessa pequena aventura por muitos anos.

Ele passou por cima da segurança e parou por um instante. Pegando o bloqueador de sinais, entreabriu a porta para ver se o corredor estava livre. Era melhor não ser visto, caso alguém se desse ao trabalho de olhar para o monitor certo na hora certa. Criou uma interferência de três segundos e correu até a escada.

Seria uma longa subida, avaliou, assim que começou, mas o prêmio no fim valeria a pena.

Ele suou muito ao subir, mas considerou o suor um derivado de exercícios bons e saudáveis.

Parou na porta do 58º andar. Precisaria novamente do bloqueador de sinais. A chave-mestre e a impressão digital permitiriam sua passagem, mas emitiriam um alerta.

Qualquer interrupção do sistema que levasse mais de dez segundos dispararia outro alerta, que resultaria numa verificação *in loco*. Portanto, ele teria de se mover depressa.

Ele ligou o bloqueador de sinais e correu. Passou o cartão e encostou o polegar com a impressão digital da segurança do hotel. Nada.

Eles precisavam ter enviado uma mulher? Ainda mais uma com mãos pequenas e digitais minúsculas?

Depois de alguns palavrões, com o suor escorrendo, ele recobrou a calma e encostou a digital sobre o sensor novamente, agora com mais cuidado e atenção.

A luz ficou verde.

Ele empurrou a porta e desligou o bloqueador de sinais assim que entrou.

Levou um momento para recuperar o fôlego e notou que tinha lágrimas nos olhos. Lágrimas! De alegria, é claro. Secou-as e examinou a área ao redor.

Eve tinha subido muito na vida, e para isso bastou apenas abrir as pernas por dinheiro. Tapetes macios sobre um requintado piso de porcelanato; o brilho suave das luminárias de prata cintilando sobre as almofadas aconchegantes das poltronas; sofás nas cores vibrantes de joias preciosas.

Vagou um pouco, tomado por um sentimento avassalador de inveja, e reparou no bar bem abastecido e forrado com a mesma prata das luminárias; admirou a comprida mesa de jantar em ébano legítimo e viu a pequena cozinha que humilhava a que ele tinha planejado para si.

Azulejos ainda mais luxuosos no lavabo.

Era o que ele queria, aquele luxo. Era o que merecia. Seu coração disparou quando subiu a opulenta escada em caracol até o segundo andar. Ao vagar pela suíte master, sentiu o travo da raiva que lhe deixou um gosto ácido na garganta.

Era assim que ela vivia... era assim... enquanto ele apodrecia na prisão. Matá-la já não lhe parecia vingança suficiente. Ela pegou tudo para si e tirou tudo dele. Mesmo agora, ela lhe negava o prazer de torturá-la, de vê-la sofrer, de humilhá-la.

Obrigá-la a implorar por comida haveria de bastar.

Foi até o closet e sentiu uma nova onda de inveja. Aquele homem tinha bom gosto, pensou Isaac. Os ternos, as camisas e os sapatos eram fabulosos — apesar da péssima escolha de esposa.

Como o assassinato seria sanguinolento — o máximo que pudesse —, ele precisaria de uma muda de roupa. Algo confortável, pensou, acariciando o tecido de um paletó fino. Paletó aberto e camisa para fora da calça, ótimo. Ou talvez algo mais casual — mais confortável também, mas...

Ele perdeu algum tempo ali, indeciso, mas logo se virou quando ouviu um sibilado atrás de si.

Olhou para o gato, que o encarava com os olhos de cores diferentes.

— Oi, gatinho. — Ele sorriu e pegou a faca.

A ideia de estripar o gato da policial o encheu de prazer. Quando o animal saltou, ele foi atrás, subindo as escadas para o terceiro andar.

— Aqui, gatinho, gatinho!

Rindo agora, ele entrou no escritório de Eve.

E esqueceu o gato.

O quadro do caso o fascinou e provocou nele uma rápida e prazerosa torrente de orgulho.

Suas meninas, todas as suas meninas más. E ele, muita coisa sobre ele. Veja só como você se tornou o centro do mundo dela. Aquilo era uma delícia. Eve tinha passado horas — horas e horas e horas — pensando nele, tentando com afinco ser mais esperta que ele.

Mas quem era que estava parado ali, agora, à espera dela? Quem dos dois tinha sido o mais esperto, o tempo todo? Ela havia feito as coisas à própria maneira durante doze longos anos. Mas agora tudo seria do jeito dele.

— Eu estava enganado — murmurou, os olhos brilhando diante do quadro —, e eu raramente me engano. Matar você será suficiente. É perfeito e será o bastante. E acontecerá bem aqui, diante de todo o seu trabalho duro. Bem na frente de todas as meninas más. Vai ser perfeito.

— Estou saindo daqui agora — anunciou Eve para Roarke, pelo *tele-link*. — Já fiz o que podia. Quero analisar tudo que coletamos e pedir o parecer de Mira.

— Vou sair logo atrás de você. Fizemos algum progresso na DDE, mas a coisa está avançando devagar. Vou trabalhar melhor sozinho, com meus recursos. Como você vai voltar para o hotel?

Preocupado, sempre preocupado, pensou ela.

— Estou embarcando em uma viatura oficial com dois policiais fortões. Encontramos o carro que ele roubou e abandonou no caminho para Fort Worth. Eles estão verificando as denúncias mais recentes de veículos roubados, pois ele provavelmente trocou de carro. Pode ter largado um deles rumo ao oeste. Eles estão bloqueando todas as rodovias, estradas e vias secundárias.

Ela cumprimentou os policiais com a cabeça e se acomodou no banco de trás.

— A imprensa está impulsionando os alertas e já há vários relatos de pessoas que julgam tê-lo visto. Vão seguir todas as pistas. A desvantagem dessa abordagem é que ela atrai todos os malucos e os paranoicos.

— Por que você não pede para a sua escolta trazer você até a Central? Podemos voltar para o hotel juntos.

— Roarke, estarei no hotel em dez minutos. Vou tomar uma caneca de café decente e rever minhas anotações. Sabe o que encontramos na cômoda dele? Um álbum de fotos. Retratos da mãe, das parceiras que conhecíamos... e de várias outras que não conhecíamos. Estão todas numeradas, assim como as meninas. Mira vai amar isso.

— Ele começou a pesquisar shopping centers, cinemas, fliperamas e boates no centro de Londres.

— Bom, ele não vai comer... o que é mesmo que eles adoram em Londres?... ah, salsicha com purê de batata tão cedo. Não sei por que alguém comeria algo assim, mas gosto de saber que ele não vai nem experimentar. Preciso rever a cronologia, mas não acredito que ele tenha tido tempo de fugir, nem acho que esteja querendo fazer isso. Está com raiva e desesperado. Estamos chegando ao hotel. A gente se vê quando você chegar aqui.

— Estou saindo da Central agora. Peça aos policiais que a acompanhem até o quarto.

— Eu *sou* uma policial — lembrou ela. — Obrigada — agradeceu aos policiais quando saltou do carro. — Já estou entrando no hotel. Vejo você em alguns minutos.

Ela estava nervosa, pensou. Isaac, suas quase capturas, seus problemas pessoais. Tudo aquilo estava deixando o marido e ela muito tensos. Era hora de esfriar a cabeça, encerrar o caso e voltar para Nova York. Não que as pessoas de lá também não fossem tentar matá-la, mas pelo menos aquilo era *normal*.

Se bem que nada daquilo parecia normal.

Ela examinou o saguão, o bar e as lojas enquanto passava, alerta aos seus instintos e aos sinais. Isaac não sabia exatamente onde ela e Roarke estavam hospedados, mas podia ter um palpite razoável.

Ela caminhou até o elevador, passou pela segurança e acenou com a cabeça para o homem de plantão.

— Boa noite, tenente. Vou liberar sua entrada.

— Obrigada.

Ela entrou no elevador e se encostou no canto da cabine. Café, pensou, e depois alguns minutos para se acalmar e relaxar. Saltou no andar do quarto. O que ela queria mesmo era um banho longo e quente para limpar as horas passadas no apartamento de Isaac. Queria arrancar das roupas o cheiro de produtos químicos dos peritos e suas ferramentas de trabalho. Decidiu tirar a jaqueta e, depois de remover o coldre, vestiu uma blusa limpa.

Assim era melhor, decidiu, e pegou o café no AutoChef do quarto. Tomou o primeiro gole em pé e decidiu procurar pelo gato, já que ele não tinha vindo cumprimentá-la na entrada. Café, Galahad e seu quadro de investigação. Aquilo era quase como estar em casa.

Colocou os pés em cima da mesa e aproveitou para pensar um pouco antes de Roarke chegar, para depois mergulhar no trabalho. Como Galahad não estava esparramado em cima da cama, devia estar na poltrona do seu escritório. Ela sabia que ele ia agir como se estivesse morrendo de fome, já que o tinham deixado sozinho o dia todo.

Ela entrou no escritório e ficou surpresa por não ver o gato. Provavelmente, estava de mau humor. Encolheu os ombros e caminhou em direção ao quadro. Quase sorriu quando Galahad colocou a cabeça para fora, debaixo da poltrona. Ele poderia tê-la saudado ou dado um miado curto e rouco, mas mostrou os dentes e sibilou com muita força.

Pela segunda vez desde que se conheciam, Galahad salvou a sua vida.

Ela se virou e ergueu o antebraço para se defender. A faca lhe cortou a carne de leve e fez correr algum sangue, mas ela não foi apunhalada nas costas. Acompanhou o bloqueio com um soco e, quando Isaac se esquivou, ela procurou sua arma.

Lembrou-se de que tinha jogado o coldre com a jaqueta em cima da cama.

Ele a atacou novamente, a faca formando um arco no ar. Ela saltou para trás e conseguiu chutar o braço que segurava a faca, mas sem força suficiente para fazê-lo soltar a arma.

Enquanto se esquivava de outro golpe, Eve se lembrou da outra arma, que estava no coldre do tornozelo, mas precisava de uma oportunidade para sacá-la.

Ele está em regressão, pensou ela. Use isso!

— Você perdeu a cabeça, Isaac. — Ela se colocou em postura de luta. — E não vai conseguir escapar daqui.

— Consegui chegar até aqui, não foi? Dessa vez a sorte está do meu lado. É uma pena que Roarke não esteja aqui com você. Mas eu posso esperar. Talvez eu não mate você logo. Antes disso, quero que você me veja cortar cada pedaço dele.

— Ele é que vai cortar você ao meio. Você não faz ideia. — Ela desviou da faca novamente, girou o corpo e enfiou a bota no estômago dele. A lâmina arranhou seu quadril durante o movimento.

— Vou furar você várias vezes.

Ela jogou uma cadeira em cima dele, e esse movimento a levou de volta à sala onde haviam brigado antes. Só que agora ela já não era uma recruta. Era mais inteligente, mais forte. Bastava manter a distância até pegar sua arma.

— É você quem está com os miolos furados, Isaac, você perdeu o controle. Devia ter ido embora, sumido de vez para aproveitar uma vida de rico com todo aquele dinheiro que escondeu. Agora nós bloqueamos tudo. Você vai voltar para uma jaula e, desta vez, sem grana para bancar seus planos. Você é muito *burro*!

A fúria tingiu seu rosto de vermelho quando ele investiu contra ela. Eve saltou por cima da poltrona, e a faca cortou fundo, deixando um rasgão violento no encosto. Usando o impulso a seu favor, ela pegou a arma no coldre do tornozelo enquanto dava uma cambalhota para trás, tentando recuperar o equilíbrio em seguida.

As duas armas caíram no chão quando ele a atingiu como um aríete. O peso dele a prendeu contra o chão, seu braço torcido atrás das costas. Ela ouviu um estalo, mas identificou o som e a dor lancinante como um osso quebrando.

E se viu de volta no quarto com a luz vermelha turva.

Roarke usou o tempo parado no trânsito para rever alguns dados logísticos. Tinham *hackeado* quase todos os dados de Isaac — o homem não tinha sido tão obsessivo com senhas e *fail-safes* nos eletrônicos e equipamentos do segundo esconderijo.

Isaac se sentia seguro, pensou Roarke. Intocável.

Logo descobriria que a coisa não era bem assim.

De qualquer modo, nada do que eles haviam recuperado até agora tinha se mostrado particularmente útil para encontrá-lo. Mas a quantidade exaustiva de dados que Isaac tinha coletado sobre Eve proporcionaram a Roarke alguns pressentimentos bem ruins. Aquele tipo de obsessão não desapareceria nem mudaria de foco. A obsessão tinha sido exatamente o motivo pelo qual Isaac mudara seu comportamento, ultrapassando os limites da razão e caindo em uma espécie de labirinto maluco de enredos e planos mirabolantes.

Ele não desistiria, muito provavelmente não conseguiria desistir.

Desde os contatos que mantivera com ela até a nota eletrônica... tudo tão pessoal, tão desnecessário. Mais parecido com a reação de um amante desprezado, concluiu Roarke, então, entediado e irritado com o trânsito parado, resolveu abrir caminho entre os carros.

E o último contato, refletiu, ao finalmente virar na esquina do hotel. Aquela última troca de ameaças, mesmo com os policiais a poucos quarteirões de distância, num momento em que Isaac não devia estar pensando em nada além de escapar. Aquilo tinha sido um ato de completa burrice e desespero. A sobrevivência sempre vinha em primeiro lugar, como o próprio Roarke bem sabia. Se quiser provocar alguém — embora ele nunca tivesse entendido o motivo —, faça-o para se proteger. Mas arriscar se comunicar com Eve a poucos quarteirões de distância, quando sabia que estava sendo rastreado? Aquilo só podia significar...

A verdade o atingiu como um martelo no coração. Ele localizou Eve... e o fez de novo quando conversaram mais cedo, no escritório do hotel.

Ele a localizou e a seguiu.

Roarke pulou do carro antes mesmo de chegar à porta do hotel e pegou o *tele-link*. Tentou ligar para ela enquanto corria, mas a voz de Eve o mandou deixar uma mensagem.

— Senhor! — O porteiro chamou por Roarke quando ele entrou no prédio correndo. — O seu carro...

— Ligue para a polícia! — ordenou Roarke, assim que chegou à segurança junto ao elevador. Chame o tenente Ricchio. Agora! Peça que ele envie uma equipe armada para os meus aposentos. Agora, porra! — Então voou para o elevador e sacou a arma que trazia escondida na parte de trás da calça.

Ele poderia ter rezado, mas apenas uma única palavra soava repetidamente em sua cabeça.

Eve.

Ela gritou. A dor foi tão grande que tomou conta de tudo. Ele a golpeou, de novo e de novo, e pressionou o corpo contra o dela. Estava duro, e ela sabia que ele ia penetrá-la, machucá-la, destruí-la. Novamente.

Só que, desta vez, ele a mataria. Viu isso estampado no rosto dele.

O rosto do pai.

— Isso mesmo, grite. Ninguém vai ouvir. Você vai gritar quando eu comer você. Isso mesmo, isso mesmo. — Ele rasgou as roupas dela. — Eu vou comer você e depois te matar. Quem tem mais sorte, sua vadia? Quem tem mais sorte agora?

— Por favor, não! Isso dói.

— Implore um pouco mais. — Ele ofegou, excitado. — Chore como uma menininha. Uma menininha má.

— Vou ser uma boa menina! Não, por favor, não.

Quando ele a golpeou novamente, ela viu dois rostos. Tentou arranhá-lo, numa resposta selvagem à dor, ao horror. Ele uivou quando ela rasgou seu rosto com as unhas. Uivou e recuou.

Em sua cabeça, ela sentiu que ele a penetrou. Na realidade, foram as mãos dele que apertaram sua garganta, deixando-a sem ar.

Com a mão livre, ela tateou — impotente, sem esperança —, e encontrou a faca.

Ela o atingiu e sentiu o sangue quente escorrer por sua mão. Tossindo, sufocando e engasgando, ela o golpeou mais uma vez.

De repente ela se sentiu livre — liberta, de alguma forma —, ajoelhada ao lado dele, com o braço machucado pendendo inutilmente e a faca na outra mão, levantada acima dele.

— Eve!

O coração de Roarke parou. Mais tarde ele se lembraria de que, por um instante, seu coração simplesmente parou de bater na violenta colisão do alívio — ela estava viva! — com o horror do que viu naquela sala.

— Eve!

A cabeça dela se virou em sua direção, o rosto machucado e ensanguentado, os olhos que ele conhecia tão bem com uma expressão selvagem. Mais uma vez o gato, leal até o fim, estava ao lado dela, batendo a cabeça sobre o quadril de Eve, que sangrava.

Quando Roarke deu um passo à frente, ela mostrou os dentes e emitiu um som parecido com um rosnado.

— Eu sei quem você é. Tenente Eve Dallas! — Ele rezou por um momento e pediu que não fosse preciso atordoá-la com a pistola para poder salvá-la. — Olhe para mim. Olhe para mim, sou eu. Ele não pode machucar você agora, Eve. Tenente Eve Dallas! Essa é a pessoa que você é. É a pessoa que se tornou. Eve. A minha Eve.

— Ele voltou.

— Não desta vez.

— Ele me machucou.

— Eu sei. Não mais. Eve. Eu que sou real. Nós que somos reais.

Se ela baixasse a faca e a enterrasse em Isaac, nunca conseguiria viver com aquilo, nunca mais voltaria a ser quem era. Eles a tinham espancado — seu pai, sua mãe, o projeto de homem que sangrava no chão.

— Ele é Isaac McQueen. Não é seu pai. Você não é aquela criança. Você é a tenente Eve Dallas, da Polícia de Nova York. Você precisa prender o seu prisioneiro, tenente. Você precisa fazer o seu trabalho.

— O meu trabalho. — Ela soluçou e respirou fundo, ofegante. — Isso dói. Isso dói.

— Deixe que eu ajudo. — Lentamente, olhando fixamente para os olhos dela, ele se ajoelhou ao lado de Isaac, que estava inconsciente. — Eu te amo, Eve. Confie em mim agora. Me dê essa faca. — Gentilmente, ele pegou o cabo ensanguentado da faca.

— Roarke.

— Isso mesmo. Me dê essa faca agora, Eve.

— Pegue. Por favor, pegue. Eu não consigo soltá-la.

Ele arrancou a faca da mão trêmula de Eve e a arremessou para longe.

Quando ele a abraçou, sua equipe de segurança pessoal entrou correndo. Ele pensou em lhes dar ordens, mas percebeu que vieram à sua mente as ordens erradas: mandar que algemassem Isaac e pedissem uma ambulância para sua esposa. Essas eram as ordens erradas para Eve.

— Chamem a dra. Charlotte Mira no quarto 5708. Um de vocês, avise à doutora que a tenente Dallas precisa dos cuidados dela. Peçam que traga sua maleta médica. Agora! Todos vocês, desçam e esperem pela polícia.

Ele pegou Eve no colo e a colocou na poltrona, e o gato imediatamente pulou para se aninhar no colo dela.

— Não — disse ela, quando Roarke tentou afastá-lo. — Ele me salvou. Ele me salvou. Você me salvou.

— Você salvou a si mesma, mas tivemos um pequeno papel nisso. Deixe-me examinar o seu braço.

— Está quebrado?

— Não, amor, não está quebrado. Está só deslocado. Eu sei que dói.

— Não está quebrado. — Ela fechou os olhos e tornou a exalar um suspiro trêmulo. — Não desta vez.

Ela pegou a mão dele com a outra mão.

— Eu queria matá-lo. Mas não consegui. Preciso que você saiba disso. — Ela silvou entre dentes, com dificuldade para pensar e falar em meio à dor. — Eu preciso que você saiba disso.

— Não importa. — Ele passou as pontas dos dedos sobre o hematoma roxo na bochecha da esposa. — Vamos esperar Mira.

— Importa, sim. Eu não consegui matá-lo. Havia algo dentro de mim... Eu mesma estava dentro de mim, eu acho. Era só uma criança e ela estava gritando. Mas eu também estava lá. Eu, adulta. Foi como estar presa entre dois mundos. Não sei como explicar. Não consegui matá-lo, mas também não consegui recuar, pelo menos não até você chegar. Até você me tocar. Não consegui matá-lo, Roarke, mas também não consegui reagir e fazer o que precisava fazer até você chegar.

— Você consegue fazer isso agora?

— Tenho que conseguir. Acho que, se eu não conseguir... Eu preciso conseguir.

— Deixe eu pegar suas algemas. Eu faço essa parte.

Enquanto ela segurava cuidadosamente o braço machucado, ele pegou as algemas do seu cinto e, levantando-se, virou Isaac de bruços, ajoelhou-se e as colocou. Mira chegou correndo enquanto Roarke virava Isaac de barriga para cima novamente.

— Ó meu Deus.

— Ela está bem. — Roarke se levantou e bloqueou a corrida de Mira em direção a Eve. — Dê a Isaac alguma coisa que o faça acordar.

— Mas ela precisa...

— Ela precisa informar os direitos e os deveres do prisioneiro. Ela precisa saber que ele a está vendo e ouvindo enquanto o faz.

Com um olhar demorado para Eve, Mira assentiu. Roarke se virou para a porta quando o lugar se encheu de policiais, seguranças e agentes do FBI.

— Isso é dever dela — declarou Roarke. — É o trabalho da tenente Dallas.

Ele ofereceu-lhe a mão, mas ela balançou a cabeça e se ergueu, trêmula, quando Mira trouxe Isaac de volta a si.

— Você consegue me ouvir? — exigiu ela.

— Você está sangrando! — exclamou ele, com os dentes cerrados, enquanto Mira pressionava com a mão o corte fundo na lateral do seu corpo.

— Você também. Isaac McQueen, você está preso pelo assassinato de Nathan Rigby; pelo assassinato de uma mulher não identificada e conhecida como Sylvia Prentiss; pelo sequestro e cárcere privado de Melinda Jones; pelo rapto, estupro e cárcere privado de Darlie Morgansten; pelo ataque a uma policial com arma branca; pela tentativa de homicídio contra esta mesma policial e por outras acusações ainda a serem determinadas.

— Eu vou atrás de você de novo. — A raiva ardia como ácido em sua voz. — Vou sair da prisão e ir atrás de você novo.

— Uau, veja como estou assustada! Isaac McQueen, você tem o direito de permanecer calado. — O embrulho em seu estômago diminuiu enquanto ela lia os direitos dele.

— Detetive Jones, você poderia se encarregar do prisioneiro?

— Sim, senhora.

— Você já pode contar à sua família que nós o pegamos.

— O que diabos aconteceu aqui? — perguntou Nikos.

— Fiz o meu trabalho.

— Como foi que...

— A tenente Dallas precisa de cuidados médicos — disse Mira, antes que Roarke tivesse a chance de falar. — As perguntas terão que esperar. Roarke, me ajude a levá-la para cima. Vamos usar o elevador.

Os policiais abriram caminho.

— Preciso contar a Darlie. Prometi fazer isso. Precisamos proteger a cena do crime — disse Eve, assim que as portas do elevador se fecharam. Então pensou "Oh-oh..." — Merda. Acho que vou desmaiar.

— Vá em frente. Ninguém está vendo, além de nós. — Quando ela apagou, Roarke a pegou nos braços. Então simplesmente pressionou o rosto contra o pescoço da esposa.

Quando ela voltou a si, já estava na cama, com uma intravenosa no braço e Mira cuidando do corte em seu quadril.

— Não sinto dor.

— Não por enquanto.

— Mas eu me sinto... Merda. A senhora me deu alguma coisa. Eu estou me sentindo esquisita.

— Vai passar.

— Os ferimentos são graves?

— Graves o bastante — informou a médica. — Você foi esfaqueada, espancada, estrangulada e teve o braço torcido. Mas vai ficar bem.

— Não fique brava, doutora. — Eve sorriu para ela. As drogas sempre a deixavam meio abobalhada. — Ele queria me estuprar. Por um segundo, no meio da confusão, eu pensei que ele estivesse me estuprando. Mas não teve a chance.

— Não. — Mira colocou a mão na bochecha de Eve. — Você o impediu antes.

— A senhora está toda suja de sangue. A senhora sempre parece tão bonita e elegante, mas está cheia de sangue na roupa, no terninho, na saia... Desculpe.

— Está tudo bem. Estou quase acabando.

— Ok. Estou nua?

— Não completamente.

— Ótimo, porque isso é constrangedor. Roarke? Onde está Roarke?

— Eu o convenci de que conseguiria cuidar de você enquanto ele falava com a polícia e dava uma declaração. Ele vai entrar em contato com Darlie. Você pode falar um pouco com ela mais tarde, se quiser.

— Ele me ama... Roarke. Ele me ama.

— Ah, ama muito!

— Ninguém me amava antes. Pelo menos até eu conhecer Mavis; ela simplesmente não desistiu e não me deixava em paz. E depois Feeney. Mas ele não se sentia à vontade para falar de amor, então.... — Ela fez um gesto de fechar os lábios com um zíper. — Mas Roarke é diferente. Ele me ama horrores. E, porque ele me ama, coisas que não existiam na minha vida passaram a existir... existem. A vida era mais fácil no tempo em que não existiam, mas ficou melhor quando passaram a existir. Dá para entender?

— Sim. Você precisa descansar agora.

— Quero acabar logo com isso, redigir meu relatório. Meu rosto está em péssimo estado? Odeio quando isso acontece. Não que eu seja bonita ou algo assim, mas...

— Você é a mulher mais bonita que já existiu — disse Roarke da porta, e Eve lhe deu um sorriso torto e alterado.

— Viu só? Eu não disse que ele me ama? Vou fazer meu relatório e depois voltamos para casa, ok? Vamos todos para casa.

Ele chegou mais perto e se sentou ao lado da cama.

— Vamos, sim.

EPÍLOGO

A médica se recusou a liberar Eve para viajar por vinte e quatro horas, e Mira era um osso duro de roer. Mesmo assim, aquilo foi bom, pois deu a Eve tempo para resolver todos os detalhes e amarrar as pontas soltas.

— Isaac está sendo transferido para unidades de segurança máxima fora do planeta, em um foguete da própria penitenciária — anunciou ela a Roarke. — Mas a Polícia de Dallas e o FBI entraram com acusações adicionais. Ele será julgado por um tribunal holográfico.

— Você terá que testemunhar — lembrou Roarke.

— Farei isso com todo o prazer. Como estão a funcionária do hotel e a hóspede?

— Recuperadas. Implementaremos algumas mudanças na segurança do hotel.

— Ninguém poderia ter previsto o que ele fez. Foi loucura total.

— Mas funcionou, não foi? — Ele nunca se esqueceria daquele susto. — Ele conseguiu pegar você.

— Você e eu sabemos que, com alguma habilidade, muita determinação e sorte, qualquer um consegue pegar qualquer um, em qualquer lugar. Por isso existem os policiais.

Ela se recostou. Meu Deus, ela odiava voar, mas, pelo menos dessa vez, o jatinho seguia na direção certa.

— E como está a minha policial?

— Estou me sentindo muito bem, na verdade. O braço é o pior.

— Você dormiu bem ontem à noite.

— Difícil não dormir, cheia de calmantes. — Ela pegou a mão dele. — Sei que tenho muito em que pensar e que preciso encarar tudo de frente. Todas as coisas horríveis que foram desenterradas nesse caso. Mas vou conseguir, porque, no fim, eu fiz o meu trabalho. E você me ajudou nessa missão.

— Sempre me perguntei se eu voltaria ao passado para matar seu pai e poupar você de tanta dor, se fosse possível. Então entrei naquele cômodo em Dallas e vi com muita clareza tudo que aconteceu naquela noite, pelo que ele fez você passar; tudo que ele fez.

Ele levou a mão dela aos lábios dele, a mão da qual ele havia tirado a faca, compartilhando o sangue com ela.

— Eu poderia ter pegado a faca de você e enfiado no coração dele. No coração de Isaac, do seu pai. Eu poderia ter feito isso.

— Mas não fez.

— Não. Você me amou, e as coisas que não existiam para mim passaram a existir, e existem.

— Você me ouviu falar — murmurou Eve. — Com Mira.

— Ouvi, sim. E posso confirmar que a vida era mais fácil quando essas coisas não existiam, mas ela é melhor, muito melhor, agora que existem.

Ela apoiou a cabeça no ombro dele.

— Para duas pessoas com um passado tão fodido, até que estamos bem.

Ao lado dele, ela olhou pela janela e ignorou o aperto no estômago quando o jatinho começou a descer. O gato pulou no seu colo e deu duas voltas, afofando com as patas, antes de se acomodar.

Ao lado de Roarke, com o gato ronronando, ela viu Nova York surgir através das nuvens.

De Dallas para Nova York, ela pensou. O lugar ao qual pertencia.

F I M

Impresso no Brasil pelo
Sistema Cameron da Divisão Gráfica da
DISTRIBUIDORA RECORD DE SERVIÇOS DE IMPRENSA S.A.
Rua Argentina, 171 – Rio de Janeiro, RJ – 20921-380 – Tel.: (21)2585-2000